穿越霸王花

5

大结局

黑暗中的鲨鱼 著

重庆出版集团
重庆出版社

图书在版编目(CIP)数据

穿越霸王花：大结局／黑暗中的鲨鱼著．—重庆：重庆出版社，2009.12

ISBN 978-7-229-01335-6

Ⅰ.①穿… Ⅱ.①黑… Ⅲ.①长篇小说—中国—当代 Ⅳ.①I247.5

中国版本图书馆CIP数据核字(2009)第194926号

穿越霸王花——大结局

CHUANYUE BAWANGHUA(DAJIEJU)

黑暗中的鲨鱼 著

出 版 人:罗小卫

责任编辑:郑 玲

责任校对:廖应碧

装帧设计:重庆出版集团艺术设计有限公司・蒋忠智 钟丹珂

重庆出版集团
重 庆 出 版 社 **出版**

重庆长江二路205号 邮政编码:400016 http://www.cqph.com

重庆出版集团艺术设计有限公司制版

自贡新华印刷厂印刷

重庆出版集团图书发行有限公司发行

E-MAIL:fxchu@cqph.com 邮购电话:023-68809452

全国新华书店经销

开本:787mm×1 092mm 1/16 印张:19 字数:319千

2009年12月第1版 2009年12月第1次印刷

ISBN 978-7-229-01335-6

定价:28.00元

如有印装质量问题,请向本集团图书发行有限公司调换:023-68706683

目

录

第一章 千里黄河火连天

听到纯儿亲笔签下诏书，正式宣布对西蜀国开战的消息，端昊整个人都愣住了，他直直地望着大臣，本能地问道：

“你刚才说什么，你再说一遍？”

大臣有些奇怪，他不明白，为什么这个消息会给陛下带来这么大的冲击：

“回禀陛下，现在，大梁国已经宣布，由他们的皇后来主持国事，并且，新登基的大梁国皇后已经亲口宣布对西蜀国宣战！”

端昊的灵魂如同被人抽走了一样，愣愣地站在原地，他觉得自己的脑海中一片空白，双耳在嗡嗡作响。

“纯儿要主持大梁国的大局？并且，亲自宣布要对自己宣战？”

端昊无法接受这个事实。纯儿怎么会这么做？她怎么可以这么做？她嫁给别人，也许是因为对自己失望，也许是因为对自己还有误会。端昊相信，只要把纯儿夺回到自己身边，好好跟她把所有的事情都解释清楚。等一切误会都消除了，纯儿就又会和自己在一起了。

可是，纯儿怎么能做出这种事情来？她怎么可以领导着一个国家来和自己为敌，她怎么可以向自己宣战！自己，是她最爱的人啊！

“纯儿，你怎么可以这么做？你让我的心好痛！”端昊惨叫了一声，一口鲜血就直喷了出来。

大臣被吓坏了，赶紧上前扶住了端昊，同时高声喊人。

过了很久，端昊才缓过神来，他抬起眼，环顾四周，看见大臣内侍们都围聚在自己身旁，可是，这些人却让端昊觉得那么陌生。这种感觉，酷似当初他刚知道自己是冒牌皇帝的那一天。只是，这次的打击似乎比那一次还要沉重！那时，他最先想到的是，即使自己不做皇帝了，还可以和纯儿一起归隐山林。可是现在，纯儿向全天下，宣布了他们之间的仇恨！一时间，端昊觉得身后没有了纯儿，仿佛自己全部的依靠都没有了。

这时，端昊才明白，原来纯儿一直是自己心中最信任的一座堡垒，自己其实始终都在依赖着这座堡垒，自己心中始终都有一个信念，不管千难万险，不管风云变幻，自己总还有一个地方可以存身——就是纯儿的身边。

可是突然之间，这座堡垒不见了，只剩下端昊一个人站在风狂雨骤的悬崖边，再也没有了退路。

“陛下……”

看端昊睁开了眼睛，大臣赶紧问道：

“现在我们怎么办？”

端昊勉强一笑：

“应战。还能怎么办？”

即使心中已经痛如刀绞，但是自己仍旧要承担皇帝的责任啊。

“是。”

“大梁国宣战也是必然的事情，不要被他们吓住，该怎么打还怎么打。我们现在节节胜利，最后的胜利也会是属于我们的。”端昊鼓舞着大臣们的士气，只是语气有些疲惫。

“是。”

“青衣卫照旧出发，不惜一切手段杀死完颜臻华。”

“是。”

“还有大梁国中那些所谓的监国重臣。见一个杀一个，他们一死，大梁国没有了股肱之臣，我们就可以尽快取得胜利了。”

“是。”

“还有……”端昊犹豫了很久很久，才又说道：“大梁国皇后只能生擒，不要伤害到她。”

想到了纯儿，端昊的心中又是剧烈的一痛：

“纯儿啊，任凭你一把把朝我的心上插刀子，我还是不忍伤害你……”

其实放在以前，纯儿如果敢做出这么大逆不道的事情来，恐怕端昊早就气急败坏地下了杀手了。只是现在，在亲身感受到了失去纯儿的痛苦之后，端昊再也狠不下这个心了——因为他明白，他可以失去一切——江山、尊严，就是不能失去纯儿。

大臣们面面相觑，他们都无法理解陛下对大梁国皇后这种特别的宽厚所为从何而来，现在大梁国的皇后才是大梁国真正的统治者啊，擒贼先擒王，怎么着，也应该先杀死大梁国的皇后啊？

当然，人们只是心中疑惑，却没有人敢问出来的。毕竟拿的是皇家的俸禄，就按照皇帝的意思办吧。

夜幕四合，端昊昏昏沉沉地陷入梦中，今天他太累了，如果不是战事正紧，那他一定会一醉方休！然后在大醉中，再去追问纯儿，究竟自己怎样做，她才肯回头？

同样的夜，同样痛苦的还有丝丽苔。她孤零零地坐在自己的卧房中，怀里抱着她的水晶球——水晶球，是她现在唯一可以依靠的东西了，可即使是水晶球，法力也大不如前了。

“自己这究竟是为什么啊？为了臻华，自己整整折腾了十几年，可是到头来，仍旧是一场空！”丝丽苔的眼中不禁涌起了一层清泪。

现在，丝丽苔只想找到一点能麻痹自己的东西，让自己暂时忘了心中的痛苦，找什么呢？丝丽苔的眼光慢慢在屋子里巡视着，最后还是落在了水晶球上。

丝丽苔把双眼一闭，就朝着端昊的梦中闯去——她要靠那极度的放纵，来麻痹自己！

端昊正在半睡半醒之间，忽然，一阵熟悉的倦意袭来，端昊还没有来得及抵抗，就沉睡了过去。当他刚一进入梦中，一个熟悉的身影就朝着他走来。

“纯儿。”这是端昊当时最直观的反应，他太想纯儿了，太渴望纯儿能够回到他的身边了。

但是马上端昊就失望了，纯儿的身子永远都是那么轻灵美丽，而现在朝他走来的这个人，虽然也很婀娜，但是却带着一身浑浊的魅惑。

人影又走近了一些，这次端昊看清了，他有些厌烦地皱起了眉头：

“是你？”这个人影正是丝丽苔。

丝丽苔并不理会端昊的眼神，只是自顾自地开始宽衣解带。她已经有无数次在端昊的梦中和他欢愉了，所以她相信，端昊是抵挡不了自己的诱惑的。

所以，丝丽苔一边脱着衣服，就一边闭着眼睛，朝着端昊的身上靠了过来。

让丝丽苔没有想到的是，她竟然靠了一个空，丝丽苔深感意外，她睁开眼睛，竟然看见了端昊一脸厌恶的神情。

“你躲开了？为什么？”丝丽苔吃惊地问道。

端昊并不想回答她的问题，只是烦躁地说道：

“你又来干什么？快点走！”

丝丽苔咯咯一笑：

“你说我来干什么……”说着就又往端昊身上靠去，而这一次，端昊干脆一把就推开了她。

这时，丝丽苔才意识到，原来端昊是认真的：

“出什么事了？你到底怎么了？你不是很喜欢和我亲热吗?”

端昊冷冷地看着丝丽苔，眼中充满了厌恶：

“我现在一点儿也不想看见你，更不想和你这个样子。”

端昊脸上的厌恶更重，似乎一想到要和丝丽苔亲热，都让他无法忍受。

“为什么？”丝丽苔叫了出来。

为什么？端昊的心中惨笑了一声：

“还能为什么?纯儿爱着我的时候，我看着世间的女子都是各有千秋，可是现在，纯儿离开我了，我却对所有的女人都失去了兴趣，如果能够交换，我情愿一辈子都不再碰别的女人，好换取纯儿重回我的身边。”

“你是为了方子纯？”丝丽苔的眉毛皱紧了。

端昊没有理她，他懒得跟丝丽苔解释，而且这些事也解释不清楚，他不是为了纯儿，强迫自己不碰别的女人了，而是心中，自然而然对纯儿以外的任何女人都没有兴趣了。

过去，纯儿跟他说——爱，就是要两心如一，一心一意，当时，他怎么都无法理解，一个男人只爱一个女人是怎样一种状态。但是现在，他理解了，原来，当一个男人真正深刻地爱上了一个女人之后，他的心中，的确是就再也没有其他任何女人的位置了。

端昊的拒绝，无疑让丝丽苔更加狂怒了。一天之内，她失去了臻华不算，甚至于连一个很好的床伴都不要她了，而这一切，都是因为那个叫方子纯的女人！

丝丽苔真的要疯了，要不是现在法力受损，她一定会不顾一切地先去杀了方子纯再说！可是现在，她却没有这种能力了。

“怎么办，怎么办？”丝丽苔狂怒地在屋子转着圈子，她需要宣泄，她需要证明自

己还是一个很有魅力的人，对，她的手中还有严冰！

自从来到了行辕之后，丝丽苔几乎就没怎么搭理过严冰，每天就是把自己关在屋子里。而严冰则把这种情形理解为，丝丽苔对这种软禁生活的不满，所以严冰的心中一直深感愧疚。

今天，严冰突然听说，丝丽苔竟然闯到皇帝那里去了，还听说，大梁国的皇后竟然是曾经的鸿雁公主，叫方子纯！饶是严冰多年来走南闯北，此刻面对着这一连串的变故，也被惊得晕头转向，心乱如麻，直到深夜都还没有睡着。

就在这时，丝丽苔忽然闯进了他的卧室，严冰吓了一跳，赶紧迎了上去：

"阿丝，出什么事了，怎么你这么晚跑来了，是不是不舒服……"

严冰关切的话还没有说完，就自己顿住了，因为他清楚地看到，在丝丽苔的眼中，有两把火在烧。那种眼神太可怕了，严冰本能地向后退了半步，而丝丽苔却根本不容他后退，一下子就扑了上来，紧紧地抱住了他。

严冰这一下更不知如何是好了，虽然，他也曾经和丝丽苔亲热过，但其实一直都没有实质性的接触，他不明白，为什么丝丽苔会在这大半夜的突然跑来投怀送抱。

可是丝丽苔现在根本不容严冰再有思想了，她紧紧地抱住了严冰的身体，就把他推倒在床上，毫不犹豫地撕开了严冰的衣服！

天上一轮明月，地上万户人家。几多欢喜悲愁，各不相同。就像今夜，端昊伤心欲碎，丝丽苔严冰放纵销魂，而在大梁国中，却有一群人彻夜未眠。

庆典结束，纯儿一回到宫中，就接到了天象师的消息，于是，纯儿就和宰相他们急匆匆地赶到了臻华的寝宫。

寝宫中，臻华仍旧在昏睡，而守候在他身边的天象师，仍旧是脸色苍白——他还没有从刚才斗法的消耗中恢复过来。

"大师，出什么事了？"纯儿关切地问道。

"回禀娘娘，就在刚才，举行大典的时候，那个邪术又来攻击陛下，但是被我击退了。"

"啊！"一听邪术又来攻击，纯儿大吃一惊："臻华没事吧？"

"陛下没事，幸亏有娘娘的鲜血维护。"天象师吸了一口气："我虽然没能直接击毙了对方，但是我也重创了她，而且，我找到了这股邪术的来源。"

"哦？"一听天象师这句话，寝宫中的人都紧张了起来，因为人们虽然对邪术不了解，但是大概也都知道一点儿——邪术，只要找到了来源，基本上就可以找到破解之法了。也就是说，臻华有救了。

天象师继续说道：

“这股邪术，是由一个女人施展的，这个女人使用的是来自于非常遥远的西方的法术，我从来都没有遇到过。单凭这个女人，她的法术我足可以对付，可是这个女人身边，似乎还有一种神秘的力量在潜伏着。那种力量非常厉害。不过，据我推断，那种厉害的力量，应该是女人的师傅或者是同门在死前留给她的，所以，就如同无源之水，用一点就会少一点的，这不足为虑。”

“这个女人现在在哪里？”纯儿沉声问道。

“就在黄河口岸，西蜀国的行辕中，和宇文皇帝在一起。”

“知道她叫什么名字吗？”

“不清楚，只知道，她是一个波斯女人……”

“丝丽苔！”纯儿脱口而出，果然是她！这个因爱成恨的女人，终于变成了疯子！

“娘娘认识她？”

“见过一面，其中的纠葛就说来话长了。”

直到这时，纯儿才注意到，在天象师的眼中，堆积着深深的忧虑。

“大师，是不是还有什么问题？”

天象师轻叹了一声，问道：

“娘娘既然认识丝丽苔，那知不知道，在她的身边，还有一个年轻男人？”

“严冰？”纯儿脱口而出。

天象师摇了摇头：

“我不知道他的名字。只知道他有二十七八岁，一表人才，玉树临风，身上的气质很复杂，似乎游历过很多地方。”

“那就是严冰，他怎么了？”

天象师的目光阴郁：

“这位严冰，似乎是被丝丽苔用某种法术或者药物控制了。而且，就在刚才，丝丽苔已经和严冰结为男女之好了。丝丽苔修习的是至阴的法术，所以如果当她和一个男人交好之后，他们两个人的灵魂就会纠结在一起，共同来对付我们。而我们如果想摧毁丝丽苔，就必须连严冰一起摧毁。”

“啊！”纯儿惊叫了出来。

天象师神情黯然：

"我也不愿如此,因为据我观察,严冰其实是一位心底纯正的好人,我们天象一门,最忌的,就是滥杀无辜。可是现在,他们已经结好,两个人的灵魂,就如同紧紧扭在一起的绳索,是分不开的了。"

比起天象师来,纯儿的脸色更是难看了一万倍,她的身体重重地一晃,惨笑了一声:

"非要这样吗?难道就没有别的办法了?"

天象师无奈地摇头:

"目前,我还没有想出更好的办法。娘娘,您怎么了?"天象师终于看出了纯儿的不对劲。

纯儿的眼睛中涌起了一层薄薄的泪光:

"他是我的哥哥……"

"什么?!"这一次,换成天象师吃惊了:"这个妖女,真是用心险恶至极!"天象师愤怒地说道。

众人一阵沉默,过了一会儿,天象师长叹了一声,说道:

"娘娘和众位大人也不用过于忧虑,我再想想办法。反正,不管用什么方式救陛下,我现在都做不了,因为我的伤势还没有恢复。所以,我们也不用急于动手。而且那个妖女也被我重创了,短期内,她也不会采取行动。等我伤势好些了之后,实在不行,我亲自去一趟西蜀国,想办法把严冰公子带到大梁国来,看能不能解开施在他身上的邪术。"

大家听天象师说得有理,现在也只能如此了。

众人散去,留下纯儿一人独自坐在臻华的身旁。纯儿为臻华擦洗完身子,换上干净的衣服——这是纯儿每天例行的功课,只要她人在大梁国,那么不管她多忙,多累,多么烦躁,都会亲自照顾臻华。在照顾臻华的同时,她会殷殷地把这一整天发生的事情都告诉臻华,好像,只要把这些事都和臻华说了,臻华就能够分走她心中压着的重量似的,这是不是就是妻子对丈夫所特有的,那种毫无道理的莫名的依赖?

"臻华,你听到厮杀声了吗?今天正午,西蜀国的军队已经对我们的京城发起了总攻。而我们,为了能进一步诱敌深入,基本没有真正抵抗,只是在后退。附近的百姓都已经被撤离了,我们的百姓不会有太大伤亡的。现在,敌人离我们越来越近了,你肯定不怕,对吧?我也不怕,因为我和你在一起。"纯儿脸上绽开了孩子般纯真的笑容。"臻华,放心吧,西蜀国得意不了多久的,天很快就要亮了,等天亮之后,他们就会收到我们为他们准备的'大礼'了！"

雪姬和胡杨女还有无喜无忧，已经在纯儿大婚的前一天汇合到了一起。按照事先的计划，她们把起兵的地点，选择在了西蜀国南部，千岛湖畔。之所以选择在这里，其一，是因为这里素来民风温顺，所以驻军极少，几乎不用费多少力气，就可以占领这块地方。

其二，千岛湖地形复杂，又是有名的鱼米之乡，真要退守，敌人难以攻击，而且这里的物资足够圣域大军维持相当长的一段时间，甚至是永远地打下去。

其三，走出千岛湖，前面就是一马平川，可以直捣西蜀国的都城，一旦发兵，必然会势不可当！

西蜀国内的布置，可以说已经万无一失。

起兵之日的那个黎明，这四个女子一起坐在一间小小的院落中，这个院落就是她们暂时落脚的地方。

她们四个都沉默着。因为她们知道，很快，她们就将亲手毁灭一个国家。

正午时分！几乎就在太阳升到正头顶的那一刻，雪姬和胡杨女的眼中，同时射出了一道寒光，两人相互一望，她们毫不意外的，从彼此的眼神中看到了相同的东西！

"那就好！"既然心意相通，那剩下的就只有一件事要干了。

"打！"胡杨女沉声发出了命令。

用火器武装起来的圣域大军，开战了。

在起兵的同时，圣域大军已经扯起了一面巨大的旗帜，旗帜上绣着硕大的宇文二字！大字的旁边是宇文皇族的标志。

而同时，那些仍旧在继续潜伏着的圣域门徒，已经向各地散发了事先准备好的《告西蜀国人书》。

在这封公开告示中，详细说明了宇文端昊是假皇帝这件事，甚至把当年的经过都交代得清清楚楚！确凿的语言，精准的细节，让人没法不相信告示中所说的都是真的。不仅如此，甚至告示中还说明了，梨太后其实是被宇文端昊杀死了！是宇文端昊在那个非常时期，为了巩固政权，为了永久埋藏住自己是假皇帝的秘密，才对梨太后痛下杀手的！

当然，这也不是全部的事实，事实是，梨宫月为了帮助端昊，自作主张杀死了梨太后。但是，在这个时候，每个人都会相信，她是在宇文端昊的指使下，杀死的梨太后。

在告示的最后写道，这次起兵的主帅，是宇文皇族的长公主——韵琪公主！十几年前，宇文端昊知道了公主的身份，所以对公主多方迫害，公主被迫远走西域，今天，公主卷土重来，不为争夺皇权，只为了能在天下人面前，揭穿宇文端昊的真面目！

长公主的身份，不容人质疑，因为她手中掌握着先帝和梨太后的信物，这是梨太后当时送走她时，不忍心就这么舍弃女儿，而放在她身上的。

这一句当然是谎话，当年梨太后送走柯韵琪的时候，恨不得让自己都相信，自己从来都没有生过这个女儿，所以，肯定不会再在她身上放上什么信物。

但是，柯韵琪的手中，还真有两件能让所有宇文皇族的人都信服的信物。知道她们是怎么做到的吗？其实很简单，还记得梨太后身边的那个女官吗？她也是圣域门徒！

当接到了雪姬发出的指令之后，女官立刻就窃取出了两件可以作为信物的东西，潜出了皇宫。在第一时间，把信物送到了柯韵琪的手里，并且告诉了她们，当年梨太后偷换婴儿的所有的细节，还告诉了她们梨太后的死因。

三十年前，圣域主人就已经开始了阴谋瓦解西蜀国的工作，所以说，这是一场漫长的，经过了三十年的权谋斗争。而这一切，当初曾经因为圣域主人的原因，都停止了。本来，宇文端昊如果肯像臻华、像完颜洪烈一样，做一个仁爱的君主，也许，这一切秘密都会慢慢地被人们遗忘。但是，他的所作所为，终于招到天怒人怨！把自己逼到了死路上！

端昊是在雪姬她们起兵的第二天，得到消息的，同时给他送来的，还有一封告示。

看着告示，端昊只觉得眼前一黑，告示上那一个个棋子大的字迹连成了模糊的一片。他已经看不清楚告示上究竟是写的什么了，眼前只有一头黑色的怪兽，卷着邪恶的黑烟，长着血盆大口，不停地吞噬着，它要吞噬掉端昊所拥有的一切，财富、地位、权力，所有端昊所在乎的一切。

端昊毕竟是一位在权力的巅峰搏斗了将近二十年的皇帝，在险恶的关头，他也能强迫自己镇定下来，就比如说现在。

端昊屏退了所有的人，然后一个人独自坐在桌前，静静地思忖着，他在细致地分析着眼前的局势，盘点着自己手中所剩的筹码。

端昊就这样独自枯坐着，时间一分一秒地滑走，忽然，一阵脚步声传来，端昊一怔——谁敢在这个时候来打扰他？

端昊刚要发作，就见他的亲信内侍急匆匆地走了进来，轻声说道：

“陛下，武陵将军来了。”

“啊?！”端昊心头一震：“快请。”

现在武陵已经成了端昊的心腹，端昊自己带兵亲征，特意命武陵驻守京城，盯着宇文皇族的动向，一旦其他皇族宗室有什么异动，就马上通知端昊。

在这个时候，武陵突然赶来，一定是京中出了很大的变故，已经不能再用书信传达消息了，所以他才会亲自赶来。尤其是在这个特别的时候，听说武陵来了，端昊的心中，不禁又升起了一层不祥的阴影。

武陵进来了，身上脸上尽是征尘和疲惫：

“见过陛下。”

“免礼，你来得好快，战报才刚到，你就到了。”虽然心中烦乱，但是端昊还是不会把情绪带到脸上来的，他仍旧和蔼地赞扬着武陵。

武陵苦笑了一笑：

“身为大内密探，我本应该在战报到之前，甚至是在他们起兵之前，就把消息送来的。只是，这件事太突然了，我一点儿风声都没有听到。”

端昊深谙帝王之术，他知道，现在绝对不是责怪下属的时候，目前最关键的，是怀柔，是收买人心！因为在这种非常时期，他更需要有人为他去卖命！

“正如你所说的，事情来得太突然了，你没有防备，也情有可原。你能现在赶来，已经很不错了，足以看出你对朕的赤诚忠心，朕很欣慰。说吧，京城出了什么事情？”

武陵再次谢过了端昊的勉励，才说道：

“陛下让臣监视皇族的动向，我发现，叛军刚一起兵，皇族中就有人在和叛军秘密接触，而且这一次，皇族中的人似乎是达成了同盟，凡是他们控制着的地方，都在为叛军大开方便之门。”

端昊心中愤怒，但是脸上却显出了玩味的笑意：

“哦？会这样？那你觉得，他们这么做是为了什么呢？”

见武陵有些犹豫，端昊就又说道：

“大胆说嘛，现在在你我之间，还有什么不能畅所欲言的呢？”

“是，”武陵终于下定了决心，说道：“我觉得，最主要的原因，就是因为那个柯韵琪，打出了不想争夺江山的旗号，所以皇族宗室们就开始跃跃欲试了。如果柯韵琪的目的，只是找陛下报私仇，而不是要做皇帝，那么其他人就可以利用她打败陛下，然后，由他们来坐这个江山。陛下跟柯韵琪鹬蚌相争，他们坐收渔翁之利！”

“没错，你说得很对！”端昊的脸上浮现出了一丝无可奈何的苦笑：“这可能就是女人最麻烦的地方。她们真的可以不为任何目的，就为了报一个私仇，而发动一场战争。”

端昊说得没错，如果柯韵琪存着一份想要夺江山的心，事情都会好解决得多。因为，那样的话，至少皇族们是宁可选择帮助他这个假皇帝，也不会帮助那个真公主的——假皇帝到什么时候都是假的，以后还可以找机会慢慢收拾。可是真公主如果拥有了天下，那就真没有借口再推翻她了。

可是现在，柯韵琪已经亮明了自己的态度——我什么都不为，就为了逼死宇文端昊！这个理由，可是太符合皇族们的心思了！一下子，柯韵琪的叛乱得到了皇族大力的支持。

“严丞相那一系力量，是什么态度？”端昊问道。

现在，严丞相的那张大网，已经愈加的强大了。

武陵的目光闪动：

“这就是我最不理解的地方。”

“哦？怎么了？”

“严丞相竟然是在观望。他是陛下的至亲啊，他怎么能观望呢？”

当武陵谈到严丞相面对这次兵变的态度的时候，他显得非常的愤愤不平。

可是和武陵的愤怒正相反，端昊听了他的话之后，却是分外的平静，脸上甚至还带着些嘲讽的笑容。端昊含笑问道：

“现在朝中观望的恐怕不止严丞相一家皇亲国戚吧，朕的其他国戚们，态度也是如此吧？”

武陵知道，端昊口中所谓的“其他国戚”，指的就是其他妃嫔们的娘家，多年来，端昊广充后宫，朝中重臣们，基本都有女儿在宫中为妃，而端昊，也正是凭借着这种姻亲关系，在朝中建立起了一张庞大的统治网。在过去，这张网是端昊最忠实，最可靠的力量。

武陵沉吟了一下，决定实话实说——身为大内密探的总管，他的使命，就是把一切有用的消息告诉皇帝，不管这个消息是好还是坏。

“回陛下，确实是像陛下所说的那样，朝中重臣现在的态度都不明朗。”

看着武陵那紧锁的眉头和阴沉的面庞，端昊又是一笑：

“怎么？你很不能容忍他们的行为，是吗？”

武陵见端昊看破了自己的心思，索性也就不再隐瞒了：

“对，臣的确是接受不了他们的这种做法。即使是在民间，婿有难，岳家相助，也是最根本的情理，本来都是至亲骨肉，可是他们竟然……”

武陵及时地刹住了话头，因为他怕再说下去的话，会说出一些冒犯的词句来了。在皇帝的面前，是不能那么失礼的。

面对着武陵的怒火，端昊仍旧是非常的平静：

“武将军，能为朕不平，说明你的确是对朕忠心耿耿。有你这种态度，我就很安慰了。好了，你先下去休息吧，我要想点事情。”

“陛下，我不累，如果有什么需要我做的，您尽管吩咐就可以了。”武陵赶紧说道。

端昊微微一笑：

“放心吧，国家多难，正是用人之际，肯定会很快就给你分派任务的，现在你先去休息。也许，用不了多久，我就会差人去叫你了。”

“是，臣随时等候陛下差遣。”说完话，武陵恭恭敬敬地行了一个礼，才转身离去。

直到武陵走了很久之后，端昊才卸下了脸上那张厚厚的面具，露出了悲哀、疲惫的神情。他惨笑了一声：

风雨飘摇，众叛亲离。真没想到，自己竟然会在一天之内，把这所有的滋味都体会到。

在这个世上，难道就没有一个女人肯陪他共渡难关，和他生死不弃吗？有，纯儿！

端昊坚信，如果纯儿一直留在他身边，现在，她一定会毫不犹豫地选择和他并肩作战，哪怕明知是死，她也会陪着他共赴黄泉！纯儿一定会这么做的。

甚至于即使纯儿没有在他身边，如果纯儿听说他处于困境，也一定会毫不犹豫地赶回到他的身边，安慰他，陪伴他，支持他。

因为自己虽然有过无数的女人，但只有纯儿是毫无目的地单纯地爱着他这个人的！

只可惜，现在纯儿已经嫁做他人妇了！

想到这里，端昊不禁心中涌起了一阵强烈的愤恨：

完颜臻华，如果不是你趁虚而入，纯儿现在一定还在等着我的召唤！早知道会这样，我真应该一早就杀死你！就不会让你抢走我的纯儿了。一定是纯儿在等着我的时候，越来越没有信心，越来越觉得已经失宠于我，你才趁机欺骗了她，否则，纯儿肯定不会放下我，再去嫁给别人。对，一定是这样！纯儿如果知道我还在记挂着她，肯定早就已经回到我身边了。

不管是自欺也好，还是心中真在这么认为也罢，反正端昊就是不相信，纯儿会忘了他！

"那么现在，该怎么办呢？"

慢慢地，端昊的目光又从混乱的愤怒，变得灼人而锐利了。他毕竟是宇文端昊，是在权力的巅峰打滚了近二十年的西蜀国皇帝，任何困难都休想打败他。眼前的局势，虽然看起来是兵败如山倒，但是端昊绝对不会就这么放弃！困兽犹斗，垂死还要挣扎，在端昊的字典里，绝对没有"束手待毙"这样的词语。

当心思一沉静下来，端昊马上就找到了解决事情的入口：

"来人，请武陵将军过来！"

武陵没想到，皇帝竟然这么快就又要找他，匆匆忙忙地就赶了过来。

端昊也没有客套，武陵刚一行完礼，端昊就问道：

"武将军，我想问你件事情。"

"陛下请讲。"

"我看战报上说，西蜀国内的叛军完全是用火器武装起来的，并且叛军的人员组成都是已经在西蜀国内居住了很久的人，甚至有些根本就是西蜀国人。而且那些外来的人，看起来也不像是大梁国人。所以，他们判断不出这支叛军究竟是什么来历，对于这件事，你有什么想法吗？"

这的确是一个非常困扰端昊的问题，而且也是一个非常严重的，能够完全影响端昊对大局判断的问题——怎么就会有这么一只叛军，突然从天而降呢？

武陵沉吟了片刻，说道：

"回陛下，的确就像陛下所说的那样，朝中的大人们，对于这只军队的来历议论纷纷，但是谁都说不出个所以然来。微臣倒是有一个想法，只是似乎有些荒谬。"

"没关系，你大胆地说，这个时候，不管多么荒谬的想法，都有可能把我们引到正确的路上去。"

"陛下还记得圣域吗？"

"西域的圣域？！"

"对，西域那个最神秘也最有势力的帮派。我还记得，最初在岭南王府威胁岭南王的，就是来自圣域的人。而且，岭南王造反初期，军中也有西域人在用火器协助他。

只不过人数很少。不像这一次，竟然会出现这么多火器和军队。”

端昊眼前一亮：

“原来是圣域！”无数个念头在端昊的心中闪过：“没错，肯定是圣域！柯韵琪多年来一直就在西域活动，她一定是和圣域勾结在一起了。好，很好！柯韵琪口口声声没有野心，只想报仇，不想当皇帝，也许，柯韵琪说的是实话。但是，这恐怕只是她一个人的想法，在她背后支持她的圣域，肯定不会这么想！”端昊的脸上露出了一抹阴冷的笑容：“宇文皇族们，这一次，你们以为找到了打击我的最好的工具，可惜你们错了，你们这一次，是真正的引狼入室！没关系，打吧！等你们打到两败俱伤的时候，就又该由我来收拾残局了。”

端昊的脑海中，希望的光芒在不断地闪现。现在，对于端昊而言，西蜀国已经是失去了控制的车驾，冲到哪里，都不再受他控制了。既然如此，索性就不去控制它了！就让它去冲，去乱好了。这么胡乱冲下去，它一定很快就会冲出悬崖，然后摔得粉身碎骨！到时候，自己不费吹灰之力，就又可以把这驾车收回手中了。

因为，现在在端昊的手中，还另有一个极其重要的筹码——西蜀国的百万大军，几乎都集结在了边境，掌握在他的手中！凭着这百万大军，他很容易就可以重整旗鼓。哪怕他什么都不做，就集结在这里，等待西蜀国彻底混乱就可以了。

“唉，”端昊长叹了一声：“只可惜，现在没有了拓跋傲疆，如果拓跋还在的话，自己赢这一局已经是定数了！”端昊狠狠地咬了咬牙：“莫回首，现在不是怨天尤人，不是后悔的时候。眼前还有太多的事情，在等待着自己去做！”

转瞬间，端昊就已经变得精神抖擞了：

“武陵将军，现在有一件非常要紧的事情，必须得由你亲自去做。”

“陛下请讲。”

“从现在起，我把青衣卫的调拨权交给你，你率领青衣卫，阻断前线和西蜀国内的一切消息往来！记住是一切消息！”

端昊目光闪动，紧紧地注视着武陵，问道：

“你听明白我的意思了吗？”

武陵受不住端昊那种逼视的目光，错开了眼神，说道：

“明白了。”

“那好，你告诉我，我为什么要这么做？”

武陵没想到端昊会这么问自己，他愣了一下才说道：

"陛下是不想让关于西蜀国内叛乱的消息,传到军中来,以免动摇军心。"

"很对!"端昊的脸上露出了嘉许的神色:"从现在起,任何人,尤其是西蜀国来的人,不得靠近大营三十里之内,否则杀无赦!"

"是!"

"除了传给我的书信之外,其他任何人的任何书信,都不许私自往来,否则不论是谁,杀无赦!"

"是!"

"从现在起,军营之中,上至大将军,下至普通军士,任何人都不得议论西蜀国中的局势,否则,杀无赦!"

"是!"

一连三个杀无赦,听得武陵遍体生寒,他终于生平第一次,切实感受到了,什么叫君权无情!

端昊从怀中取出了一块玉佩,递给了武陵:

"这是青衣玦,你凭着它,就可以直接调动青衣卫了。任何有所违反我刚才命令的人,你都有权力先斩后奏!"

端昊这最后一句话深深地震动了武陵。他用力盯着端昊手中的青衣玦,一时间都忘了伸手接过来!

"这就是人们私下里传说的青衣玦吗?"武陵望着端昊手中那块并不起眼的翡翠牌子。看上去,它是那么的简单、朴素。可是,所有了解青衣卫,了解西蜀国的人都知道,一旦掌握了它,就等于触摸到了西蜀国的最高军权。

"自己苦熬苦战了二十多年,终于等来了一个改变命运的机会!"武陵的眼中放射着炙热的光芒。

武陵的心潮起伏,当然没有逃过端昊的眼睛,而他所要的,正是眼前这样的效果!做皇帝这么多年了,端昊已经太善于利用他人的野心,来为自己服务了。

现在,端昊满意地看到,他已经彻底得到了武陵的忠诚,所以,端昊微微一笑,把青衣玦递到了武陵的手中,说道:

"每一个青衣卫的身上,都有一块青衣玦,但是,你拿的这一块却和他们的不同,你拿的这一种,普天下只有两块,当年,一块在拓跋将军的手中,一块在无影将军的手中。"端昊停顿了一会儿,语调深沉地问道:"武陵将军,你明白我的意思了吗?"

当然明白!武陵怎么会不明白?!拥有了这块青衣玦,就等于他已经拥有了和当年的拓跋傲疆、日下无影一样的权力！

“传大将军觐见。”武陵走了之后，端昊立刻就又发出了下一道命令！

随着端昊的传唤声，接替拓跋的新任大将军走了进来。

“我们现在已经有多少军队进入大梁国了？”面对着大将军，端昊就仿佛什么事情都没有发生一样，又恢复了往昔的深沉和自信。因为端昊知道，面对铺天盖地而来的负面消息，沉着和不以为然，是最好的武器。

“回禀陛下，六十万。”

“这么多!?”端昊脱口而出。这个数字有些超出他的预料了。

“的确是六十万。”大将军进一步解释道：“我们的军队渡过黄河之后，几乎没有遇到任何阻碍，所以军队一直长驱直入，现在已经开赴到大梁国都城的附近了。”

端昊沉吟着：

“没有遇到阻碍，而长驱直入……你觉得，这种状况正常吗？”

大将军认真地想了想，回答道：

“应该说也是正常的，大梁国在停止使用火器之后，战斗力一直就比较薄弱，而这一次，我们总攻的势头又非常的猛烈。大梁国难以阻挡也是正常的。更何况，现在大梁国是皇后当权，女人是不懂战争的，一看到敌人来犯，就手忙脚乱，不知道该如何是好，所以一味的撤退，也是正常的。”

端昊听了大将军的话，久久无言，他承认按常理来说，大将军说的话都有道理，可是，纯儿不是一般的女人啊！端昊永远不会忘记，在长江上，纯儿孤身面对悍匪时的胆量，也不会忘记，在洪泽湖畔，纯儿面对着他和拓跋傲疆侃侃而言，毫不犹豫地指出了西蜀国的战略要点……

这样一个有胆识、懂战略，又敢于在如此危机的时刻，挺身而出的女人，会面对敌人的进攻而手忙脚乱吗？

不会！绝对不会！端昊拍案而起，把大将军吓了一跳：

“陛下，出什么事了？”

端昊的表情分外地严峻：

“传令撤军！”

“什么？”大将军惊呼了出来。他怀疑自己是不是听错了，现在撤军？陛下是不是在开玩笑?！他们费尽心机，好不容易现在兵临大梁国城下了，却要撤军？

端昊也不解释，只是连续发布着命令：

“不是全线后退，而是有计划回撤，务必保证我国黄河北岸的军队和南岸大营之间通道畅通，做到进可攻，退可守！”

服从命令是军人的天职，虽然大将军对于端昊这突如其来的战术变动并不理解，但仍旧毫不犹豫地接下命令，执行去了。

大将军走了，端昊的目光却愈加的阴沉！本来，在他想到西蜀国即将大乱，而他要稳稳地保持住自己手中的军事实力，坐收渔翁之利的时候，他第一个想到的，就是要延续在大梁国境内的武力进攻，并且和已经率领回鹘大军出战的无影取得联系，两边夹击，用最短的时间一举征服大梁国！

——西蜀国的皇帝既然做不安稳了，那就去当大梁国的皇帝！然后，再反过头来去征服西蜀国。端昊永远也不会忘记，在大梁国内还存放着大量的火器，那是端昊梦寐以求的东西！端昊相信，当这些火器属于他之后，不要说一个区区的西蜀国，就连辽阔的西域，甚至大地的那一端，都会尽归于他的掌中！

所以，吞并大梁国，是势在必行的！

更何况，除去这些可以摆在桌面上的理由之外，在端昊的内心深处，还有一个非打败大梁国、征服大梁国不可的理由——完颜臻华！

男人的仇恨，莫过于杀父之仇，夺妻之恨！正是完颜臻华，这个看上去英俊、儒雅，风神态度足可以倾倒所有世人的男人，抢走了他的妻子，抢走了他的纯儿！

此仇不报，誓不为人！

所以，端昊恨不得指挥自己的百万大军冲过黄河，一举踏平大梁，再把完颜臻华碎尸万段，才能泄出他心中的愤恨！

可是，当大将军向他说明了现在的战况之后，端昊却犹豫了。甚至于他不仅仅是犹豫了，他是开始担忧了——只因为大梁国的反应太不正常了。

在和大梁国长达十年的军事对抗中，可以说，端昊已经摸透了大梁国所有的一切！大梁国的民风淳朴却强悍，大梁国人可以战死，却绝不会临阵败逃。这样的民风再加上一个外柔内刚的方子纯，绝不会做出不战而退的事情来。

而在这个时候，手中的军队已经成为端昊东山再起的唯一屏障，所以，他不得不加倍的小心谨慎。

“唉，”端昊深深地叹息了一声：“兵法有云，知己知彼，才能百战不殆。可是纯儿，我真的不希望把我对你的了解，用到战争中去，我们不应该是敌人，真的不应该，我们应该是爱人，是亲人，永远都是。”

在西蜀国的军队刚刚放缓追击速度的时候，消息立刻就传到了大梁国的皇宫中。

纯儿看到了这个战报，嘴角不禁浮现出一丝玩味的笑意：

“宇文端昊果然是心思缜密，他竟然意识到了我们的计划。”

“那现在我们该怎么做？”宰相问道，他现在对纯儿已经不是简单的信任了，而是言听计从，发自内心地把纯儿当成了真正的领袖。

纯儿听到宰相询问自己的意见之后，淡淡一笑，那笑容就仿佛是高居云端的仙人，在胸有成竹地观望着人间的一切。因为这人间所有的变数，都已经尽在她的掌握之中了。

总之，看到纯儿的微笑，大梁国群臣刚刚紧张起来的情绪，就又很自然地放松了下来。

笑容中，纯儿平静地说道：

“传令，提前合围。”

“提前合围？”

“对。我军迟迟没有合围，只是希望西蜀国军队能够再朝着包围圈里走得深一些，远一些。现在，既然西蜀国已经觉察出端倪了，我们索性也就不再等了，提前合围。”

“娘娘，”一位武官沉吟道，“您觉得这会不会只是巧合呢？也许，西蜀国只是想试探一下，如果我们没有什么反应，他们就还会再继续深入？”

“不会，”纯儿毫不犹豫地说道，“我了解宇文端昊。”

话到此处，纯儿却不肯再往下说了，而是转过头，问另外一位将领：

“我们在黄河北岸，为西蜀国清理出了多大面积的无人区？”

“回禀娘娘，方圆五百里。”

“足够了！从现在开始，在无人区的东、西、北三个方向，对西蜀国军队进行合围。”纯儿的目光变得锐利了，“西蜀国妄图在我国本土进行战争，以便尽可能地对我国造成重创，让我们无力支撑下一场长期战争。但是他们的如意算盘要落空了，我们就把他们圈定在这五百里的无人区内，把这里当做战场，慢慢地打，打得他们没有后援，没有粮草，没有了斗志！”

“是，娘娘圣明。”

“我军在战场上一定要牢记以下几点。”纯儿郑重说道。

一听皇后娘娘要针对军队发布命令，几位武将赶紧上前一步，恭恭敬敬地站在纯儿身前——让武将臣服很难，因为他们只效忠于自己真正崇拜的人，也正因为如此，他们一旦臣服了，那也将是一生一世的忠心耿耿。现在，大梁国的武将们，已经真正地臣服于了纯儿。

"在战场上，我们要以围为主，不要强攻，除非西蜀国强行突围，否则尽量不要发生正面冲突。这样，既是为了保存我们的战斗实力，更是为了保护我国军士的生命！我们的军士虽然都已经做好了为国家而战死的准备，但是，生命可贵！不到万不得已，不要让我们的军士失去生命。"

纯儿声音沉重地继续说道：

"这一战的目的，是要逼得西蜀军在粮草不接，后援不济的情况之下投降，或者被俘。否则，一场血战下来，西蜀国六十万男儿的性命抛在了大梁国，那这份仇恨，不知道要多少代人才能够化解得了。"

"现在我要说第二件事！"纯儿的声音忽然变得非常严厉了，"在这场战争中，我们费尽苦心，当初臻华陛下更是不惜冒险签订不再使用火器的协议，为的就是要让百姓安居乐业。所以，你们在这次合围中，无论如何，都不能让西蜀国的军队突围成功。因为他们现在已经成为了困兽，所以一旦突围，必将会狠狠地伤害我国人民，以图报复。这是我绝对不允许发生的事情。所以，任何一支部队，如果在合围过程中，被西蜀国军队突破，军法严办，决不轻饶！"

"是！"

几位将领当然都明白，皇后娘娘这一番话，都是出自于爱民之心。而大梁国的武将一直就有一个传统——爱民如子。因为他们一直就认为保护好百姓，是他们的本分。也正因为如此，现在他们认为纯儿的这个要求是天经地义的。

所以，几位将领都单膝跪倒在地，口中说道：

"请娘娘放心，如果我们属下部队让敌军突围，我们情愿受军法处置。"

大臣们散去了，纯儿也回到了自己的住处，她觉得有些累了，换完衣服后，就斜倚在了一张软榻上，而玉环则乖巧地靠了过来，轻轻地给纯儿捶打着臂膀。本来，纯儿是从来不让玉环做这些事情的，被人这么伺候，她很不适应。可是现在，她真的是太累了，玉环的这种服侍，的确能让她有效地解除疲劳，所以她也就不再阻拦玉环了。

纯儿微阖着双眼，脑子里却一刻也没有停下来。

可以说，端昊的及时收兵，是在纯儿意料之中的，其他的人，可能会认为端昊并不是很懂军事，所以会觉得，没有了拓拔傲疆的西蜀军，已经成为了一盘散沙，但是，纯儿却知道，端昊其实是真正的天纵英才，他虽然不是马上皇帝，但是，军事才华却远在一般的普通将领之上。

而且，纯儿毕竟和端昊曾经相知甚深，所以，她非常了解端昊的做事风格。端昊做事从来都是稳中带狠，他求稳，但他求稳的目的，永远都是为了能够更快更狠地打击对方。

现在，雪姬她们已经起兵，端昊绝不会再轻易拿手中的军队冒险了，但是他也不会简单的撤军，因为他也舍不得大梁国这块马上就要到嘴的肥肉。

所以，端昊最有可能采取的策略，就是在大梁国内建立起完全属于他的，而且是绝对坚实可靠的军事基地。和他在黄河南岸的边塞交相呼应，相互配合。这样，端昊就等于又拥有了一个独立的军事王国。大梁，端昊，西蜀，就成为了三个并排着的军事阵营。而当端昊所希望的这个局面出现之后，他就又可以随心所欲地去争夺西蜀和大梁了。

可以说，端昊的这一番布置是天衣无缝的，只可惜，他遇上的是方子纯！一个在现代的时候，把区域作战研究到了炉火纯青的女特警！

端昊正在独自研究地图，大将军忽然惊慌失措地冲了进来：

“陛下，大梁国动手了，三面合围，把我国的军队围困在了大梁国南部的平原上。”

端昊的脸当下就变成了青色，心中暗喝了一声：

“纯儿！你竟然还真会对我下手！”

不过现在不是为情动怒的时候，端昊强压住心中的愤怒和慌乱，沉声问道：

“为什么是三面合围，而不是四面？”

“留下了黄河一面。”

“为什么？难道大梁国并不是真心作战，只是在逼我们撤军？”

端昊话一出口，就意识到了事情没有这么简单，因为大将军的脸，几乎已经变成了死灰色。

“到底出什么事了？快说！”端昊低沉而威严地命令道。

大将军张了张嘴，但是并没说出话来，停了片刻之后，才说道：

“请陛下出来看看吧。”

端昊心中疑惑，要不是他看着大将军的脸色实在是已经难看到了极点，真要痛斥他了。

可是，当端昊刚一随着大将军走出行辕，他就僵住了，那一瞬间，端昊就像是被人施了定身法一样，不仅人动不了了，连他的思想都停滞住了。

因为，他远远地就看见，滚滚的黄河之上，竟然燃烧着熊熊的大火。

火的面积太大了，看不见头，也看不见尾，能看见的，只有布满了河面的火光。就好像，此刻黄河中流淌着的不是水，而是无数的干柴！

为什么黄河竟然会燃烧起来？这恐怕是所有人心中的疑问，可是现在端昊却没有心思去理会这个疑问，现在只有一个念头定格在了他的心里——黄河水面上现在全是大火，那他的六十万人，怎么办啊？

滔天大火沸腾着黄河，也灼烧着端昊的心！端昊明白，这火光，就好似当年项羽所面对的四面楚歌！

大梁境内的六十万大军，看见这火光，知道回家的路已经被断绝，又深陷于重重埋伏之中，肯定已经是魂飞魄散，无力再战。

而自己身边的这四十万军队，看见这火光，一定早就想到了，西蜀国的军队已经有多一半的人陷入了敌国无法逃生，这一来，必将军心大乱！

"纯儿，你好狠心！"端昊只觉得喉咙一咸，他一咬牙，生生地把一口鲜血咽了回去，这个时候，别说是气急吐血，就算是有人在他心脏上插上一刀，他都得用衣服盖住，然后笑着说，没关系，这点儿小事难不住我。

因为身边，还有那么多大臣和军士在看着他，这个时候，端昊如果显出一丝一毫的惊慌来，那就真的完了，一切就都完了。

端昊就这样定在原地，望着燃烧着的黄河，表面上他是在沉吟，而实际上，他是在强压下自己翻腾的气血，然后从乱如麻的思绪中找出了一个头绪来。

过了很久，端昊才找回了自己的声音，他冰冷而沉静地问道：

"找到河面燃烧的原因了吗？"

看着皇帝的态度，大将军不禁心中佩服：

"陛下就是陛下，面对着这样突如其来的变故，竟然如此的不惊不乱不惧，果然是比我强多了。"

大将军感慨了片刻，赶紧说道：

"还没有找到原因。即使站到河边，都是只能看到火焰，而火势又太大，无法靠近火焰,所以……”

端昊一挥手打断了大将军的话:

“现在去查,不惜一切代价!”

看着大将军离去的身影,端昊不禁心中愤怒,如果是拓跋还在,这些事情,根本就不用自己过问,原因和解决办法,恐怕早就都已经想出来了。

几十个士兵分别划着几条木舟靠近了大火。水火无情,那水和火加在一起呢?不知道,只能看见,木舟一旦靠近大火,立刻就被火焰吞没了。

看着一批批有去无回的死士,端昊痛苦地闭上了眼睛。他纵然是铁血心肠,纵然为了达到目的可以不择一切手段,可是看见自己的军士,就这样无声无息地像飞蛾一样死在火中,心中也是沉痛不已。

随着一只只木舟被大火吞没,端昊的心也沉入了无边的深渊之中。渐渐地,他的眼前出现了幻觉——他仿佛看见自己那六十万大军,就像纸蝴蝶一样在黄河的大火中化为了灰烬,随着这六十万大军的灭亡,自己最后的支撑,也都随之土崩瓦解了。

未来应该怎么办?端昊的心中一片茫然。

就在端昊心中迷惘,几乎已经模糊了今夕何夕,此年何年的时候,一声呼唤传进了他的耳鼓:

“陛下。”

端昊一愣,才发现原来大将军已经回到了自己的身边,手中还捧着一个铜盆。铜盆中装着半盆黑糊糊的黏稠液体。

“这是什么?”端昊一下子没想起来这是什么东西,不禁开口问道。

“回禀陛下,黄河水面上就是这种东西在燃烧。”

“是它们在烧?!”端昊这才用心地看向了这些黏稠的黑色液体。

“对,刚才终于有一队军士回来了,这是他们冒死从大火中取回来的。现在,黄河水面上布满了这种东西,就是它们在燃烧。”

“原来如此。”端昊终于想起来了,“这种能够燃烧的黑油,过去曾经被用在大梁国的武器中,这也是他们独有的一种武器。”

“对。”大将军随声附和,“这种黑油的特点是只要把它们燃尽了,火就自动熄灭了。所以,我们只要等几天,火势就会慢慢变小,最终熄灭的。”

端昊没有说话,他的心情丝毫也没有因为大将军的劝慰而感到轻松:

“等它自动熄灭?先不说大梁国还会不会源源不断地,把这种黑油倒入河中。就光眼前这场大火，恐怕等不到它烧完，就已经烧垮了他的军心，烧毁了他重掌西蜀国的希望了。”

天已经黑透了，可是河面上的大火，却把黄河口岸照得如同白昼一样，西蜀国的留守大军，在这火光的映照下偷偷地战栗着，一种不祥的情绪，在西蜀国的军营中悄悄地蔓延着。宛如死神已经用它的黑色大氅，遮在了西蜀国军营的上空。

同一时刻，在大梁国都城边的一座山峰上，纯儿正在雅鲁的陪伴下登高眺望，她看不到黄河，但却可以看见远方地平线处，那一抹浓重的红色！

纯儿已经在夜风中站了很久了，她一直就痴痴地盯着远方的大火，一看就是满腹心思。雅鲁一直都没敢打扰她，可是现在夜实在是太深了，连雅鲁都感觉到了阵阵凉意，他不得不提醒一下纯儿了：

“纯儿小姐，”雅鲁是随着玉环称呼的，所以，并没有像其他人那样，喊纯儿为皇后娘娘，“纯儿小姐，夜深了，我们回去吧，草原上风寒，您现在可病不得啊。”

纯儿久久都没有言语，只是一个劲儿地望着前方，很久才问了一句：

“这场大火，不会伤到什么人吧？”

雅鲁这才明白，原来纯儿还是在担心这件事。于是说道：

“小姐的心就是太善了，不仅怕伤到大梁国人，还总是怕伤到西蜀国人，可这打仗哪有不伤人的道理啊。”

纯儿轻叹了一声：

“虽说这是在打仗，可毕竟是因为我们几个人而引发的战争，因此而损伤的却是两国无辜军士与百姓的性命。”

雅鲁并不觉得打仗死人是什么大事，相反，他认为这是很正常的事情。但是，雅鲁也觉得纯儿说的是对的。在雅鲁看来，纯儿的这份慈悲心肠，就和庙里的僧人差不多，虽然，雅鲁从来都搞不懂僧人在说什么，在做什么，但是他还是很敬重僧人的思想的。

于是雅鲁劝道：

“纯儿小姐，你就放心吧。这场大火，是烧在黄河水面上的，这一段黄河，别说是人，就是鱼都少见。那些西蜀国的军士，看到这里燃烧着这么大的火，也没必要非跑到火海里来。所以，就像您当初所预想的那样，这场大火，只是阻隔了黄河两岸西蜀国军队的相互救援，并不会造成什么伤亡的。小姐要是实在不放心，等到火势稍微小一些了，派人去打探一下就行了。”

说实话，雅鲁实在是不会劝人，这个鲁直的汉子从不畏惧打打杀杀，冲锋陷阵，可是你让他去劝慰别人，尤其是劝慰一位年轻女子，那对他来说，简直是一个不可能完成的任务。所以他的劝说，听起来也没有什么说服力。

可正是雅鲁这一番没什么说服力的劝说，却仿佛给纯儿的思想里投进了一线光明。这就好比一间完全密封的屋子里，忽然射进了一道细细的光线，这道光线可能比针还要细，起不到任何照明的作用，但是，对于被关在屋里的人而言，却会起到意想不到的效果。现在的纯儿就是如此。

从下午起，她就一直觉得自己忽略了什么事情。她把整个计划翻来覆去地想了又想，可实在是想不出到底是哪里出了纰漏。

纯儿相信自己的直觉，因为这不同于一般女人的第六感，她的直觉，是上辈子无数次的出生入死历练出来的。所以，纯儿对于隐藏的危险的判断，就像野兽永远都能感知前方潜藏着的陷阱一样准确。

在自己的计划中，一定有一个严重疏漏！

刚才，雅鲁的一句话，终于提醒了纯儿——“小姐要是实在不放心，等到火势稍微小一些了，派人去打探一下就行了！”

纯儿终于明白了，自己忽略了一个最重要的问题——通讯！

习惯了现代作战的纯儿，彻底忘记了这里是古代，古代战争中所采用的通讯方式，就是人或者是信鸽、信鹰等动物！而现在，黄河上燃烧着漫天的大火，真的是飞鸟难行，所以，在这一段时间里，纯儿就等于已经失去了敌踪！

在战争中，不能随时掌握敌人的动向，无疑是一件非常可怕的事情。

心头一直存着的那个疑惑终于找到了答案，可纯儿的眉头却皱得更紧了——她真的无法原谅自己，竟然会犯下这样一个严重的错误。

按照她当初的安排，这场大火将燃烧七天左右。七天啊，整整七天不知道端昊在做什么，不知道西蜀国里发生了什么。这种情形，光是想一想，就够让纯儿紧张的了。而且不仅仅是端昊的下一步战略，自己无法控制了，更重要的是在西蜀国中，还有雪姬和胡杨女她们啊！

纯儿真恨不得扎自己一刀，身为总指挥，竟然会忽略了如此重要的问题。

“回宫。”纯儿吩咐一声，就策马扬鞭，直朝着王宫的方向奔去。此刻，她的心中比燃烧着的黄河还要翻腾不休。可以说，直到现在，纯儿才切身感受到了古代战争和现代战争最大的不同。也许正因为古代战争的透明度，远远不如现代战争，所以，在古代才会产生出了那么多的战术理论，那么多的军事家，以及那么多的精彩战役。

难怪在战争理论界，有一种很有意思的说法——现代战争的标志，其实是电报的发明。

“那些西蜀国的军士，看到这里燃烧着这么大的火，也没必要非跑到火海里来。”这是雅鲁的原话，理论上说确实是这样的。可是现在面对的敌人，是宇文端昊！

宇文端昊是一个像鹰一样的男人，他表面上容纳四海，可内心中，却是孤绝无匹，这样一个男人，面对着重重困境，绝对不会束手待毙。恰恰相反，越是这种时候，他越会不停地采取进攻策略，好给兵将以士气，进而来稳定军心！

所以，纯儿断定：端昊是不会安安静静地呆在那里，等待着大火熄灭的，他一定会采取某种相对来说，非常极端的手段。

纯儿的确是了解端昊，她一点儿都没有猜错，端昊果然是已经开始了反攻。端昊的一贯方针就是——越是看起来没有希望的时候，越要去找各种事情做，以证明自己仍旧是胸有成竹。

而且，他现在也的确是想好了一个办法，一个让所有人都想不到的办法！

“起兵。”端昊对着自己连夜喊来的大将军和武陵，简单地吩咐道。

“啊？”大将军蒙住了，起兵？现在起兵？黄河上现在全是大火，这会儿起兵渡河，不是自寻死路吗？

“起兵去大梁国？”大将军试探着问道。

面对着大将军的茫然，端昊心头火起，他再一次感受到了，能够找到一个随时都能明白自己心意的下属，是何等的宝贵。

端昊强压着怒火，反问道：

“你觉得现在我们去得了大梁国吗？”

“那……陛下的意思是我们回去？”

“弃六十万大军于不顾?！”端昊低哑的咆哮了出来。他真不明白，自己怎么找了这么个大将军。不过，现在这个非常时刻，他还的确是唯一的人选，因为他人虽说笨了点儿，但是非常忠诚。

端昊知道，现在气、急都不是办法，所以，只好压下心头的怒火，耐着性子解释道：

“现在，大梁国用这一场大火，彻底阻断了我军前后方的联系，对吗?”

“对。”

“但是大梁国在这么做的同时，它等于也断绝了自己的消息通路——从今天起，一直到大火熄灭，大梁国也没有办法知道我们的任何讯息。”

大将军这次终于有点儿开窍了：

“陛下的意思是，我们现在不管做什么。他们都不会知道？”

“没错，我就是这个意思。现在，我们这四十万人马，枯守在这里也无事可做，反倒让军士中整天冲着这漫天大火心烦意乱，犹自乱了军心。不如，我们趁着这个机会，移师到别的地方去，这样，我们就等于彻底摆脱了大梁国的掌握，等到时机，就可以直接打他个措手不及！”

“好，”大将军赞出了声来，“不过，我们要到哪里去呢？”

“地方，我已经找好了。”端昊的目光变得很深很远。

他选择的地方，就是胡杨女和纯儿曾经栖身的那个峡谷。那里的地势非常隐秘，靠近黄河上游，也许黄河上的大火都没有烧到那里。而且，那里距离回鹘军的驻地也非常接近。到时候，很容易就可以和回鹘军接应上(现在，端昊还不知道无影已经决定了要帮助大梁国的事情)。

另外，端昊还有一个私心，就是把这仅存的四十万大军带到一个隐秘的地方，保存起来，以备日后面对西蜀国的变故。

现在，由于武陵把西蜀国内的消息封锁得非常严密，所以，兵将们还不知道发生的国内叛乱事件。如果，突然开拔，肯定会引起大家的疑心，而这会儿，正好有了这样一个名正言顺的理由，把军队带走，所有的将军和兵将都会认为是战术转移，而不会产生其他任何的怀疑。

至于被困在大梁国内的那六十万军队，黑暗中，端昊惨笑了一声：将心比心，大梁国既然把这六十万人困在了国内，还会让他们再活着回来吗？

所以，端昊认定，他那六十万大军是死定了。

大梁宫中，几位重臣都被纯儿召集过来了——这段时间，他们一直就留住在了宫中。

现在，纯儿已经向各位大臣说明了事情的来龙去脉，以及自己因为考虑不周而犯下的错误。

和纯儿这种自责的态度正相反，大臣们都不觉得纯儿有什么不对。因为在他们看来，战争过程中，前后方失去联系，或者忽然失去了敌人的消息，是很正常的事情。而且他们都认为，皇后娘娘亲手做的这一系列布置，简直是神仙的手笔，太精绝了！

纯儿这时也明白了，原来还是自己的思想出了问题，不知不觉间，又用现代战争的标准来要求古代战争了。

“娘娘不用担心，”宰相心平气和地说道，“雪姬姑娘英勇善战，她们一定可以照顾好自己的。倒是刚才娘娘所说的，宇文皇帝的行为值得我们关注——人在绝境中，往往会做出出人意料的事情，更何况是宇文皇帝这样一个人。所以，我们现在的确应该采取一些防范措施。”

现在纯儿也慢慢地冷静了下来，她努力地按照古人的思想，把这件事情又从头到尾地想了一遍，说道：

“从现在起，加强京城的治安，保护好臣民们的安全，免得西蜀国派刺客来，伤我大臣性命，乱我军心。”

“是。”

“还有，通知竹笙，加强火器库的戒备，把警戒圈扩大到一百里，擅入者，杀！”

“是。”

“还要尽可能多地了解西蜀国大军的情况。”

“是。”

分派完了，纯儿的心也像是拉满了弦的弓一样，因为她知道，随着这场大火，大梁国和西蜀国之间的短兵相接已经拉开了帷幕。

与此同时，西蜀国军营中，一切转移的准备工作都已经做好了。

端昊在向武陵发布着最后的命令：

“再派出二十名青衣卫，绕道进入大梁国，和先期进入大梁国的青衣卫汇合，对于大梁国中有用的大臣，能杀一个就杀一个，尽可能地在大梁国制造恐慌。”

“是。”

“我要让他们明白，虽然困住了我六十万大军，可是我的阵脚一点都没有乱，大梁国仍旧会落入我的掌控。”

“是。”

“再有，这次青衣卫还有一个重要任务，就是想办法摸清楚大梁国火器库的情况，如果能够劫掠他们一部分火器，那我们的胜算就又多了几分。”

“是。”

西蜀国大军，连夜转移了。第二天，天蒙蒙亮的时候，黄河上的大火还在燃烧，而前一天还沸沸扬扬的西蜀国军营，却已经只剩下了几堆残冷的灰烬。四十万人就这样失去了踪影。

雪姬和胡杨女领导的这次兵变，就像是把一块巨石投进了一片潭水中。本来，潭水很深，表面上非常平静。可是，随着这块巨石落底，那些潜伏在水潭深处的潭妖水怪，都纷纷地跃出水面。一潭清水霎时就被搅得混乱不堪。

现在的西蜀国就像是被搅混了的水潭一样。多年来，由于端昊的强势和铁腕，西蜀国中所有的敌对力量和所有的不满情绪，都因为惧怕而深深地隐藏起来。可现在，随着胡杨女——这位正牌长公主的出现，和内战的爆发，他们的野心迅速膨胀，纷纷粉墨登场了。

胡杨女和雪姬坐在桌前，桌子上摆着一封封拆开的书信，而胡杨女一边拨弄着这些书信，脸上一边带着轻蔑的笑容：

“幸好我一出生就被送到了民间，这些所谓的皇族真是肮脏之极。”

也难怪胡杨女如此地反感，原来这些书信，都是那些觊觎皇位，想和胡杨女合作的皇族们送来的。他们在书信中提出了各式各样的合作条件，其中很多条件，一看就是彻头彻尾的谎言！

比起胡杨女的义愤填膺来，雪姬倒是显得非常淡然平静，因为她毕竟是来自于现代，关于历史上，人与人之间的这种尔虞我诈的故事，她已经听得太多了，也就习以为常了。

所以雪姬只是微笑着劝慰胡杨女：

“反正你也没想做女皇帝，等我们把事情办完了，就回大梁国去，远走高飞，让他们这些皇族自己斗去。现在，何苦跟他们生这种闲气。”

胡杨女重重地叹了一声：

“我倒不是跟他们生气，主要是，我们这次在西蜀国内起兵的目的，是为了打击宇文端昊。在来之前，纯儿和咱们不是已经反复讨论过了吗，对端昊最沉重的打击，就是联合起一个有实力的皇族来，帮助这个皇族推翻端昊的统治，让别人成为新皇帝。可是你看看，”胡杨女用力地把那些书信一摔，“这些人，哪个有本事去推翻端昊，自己做皇帝，如果，我们真帮助这里面的某一个人当上皇帝的话，那恐怕我们刚一离开西蜀国，端昊就能再把皇位给夺回来。”

“你说得也很有道理。”雪姬点头认同，虽然以前雪姬也知道，端昊不是一个一般的人，可是直到这次在西蜀国内起兵造反，她才真正地意识到端昊的厉害与可怕之处。可以说，端昊已经把西蜀国完全地掌握在自己的手心里了，要不是赶上这接二连三的变故，恐怕是没有人有机会推翻端昊的。

“干脆，我们不和别人合作了，自己做皇帝算了！”胡杨女心中烦躁。

雪姬笑了：

“那可不行，你忘了来之前纯儿是怎么说的了？如果我们跟西蜀国中的人合作，那就等于我们成功地分化了西蜀国，端昊就是孤立的。而我们如果不合作的话，那就等于我们是孤立的，端昊和西蜀国内的力量就会暂时联合起来，那时候我们的目的就更难以达到了。”

“可是这些人真的无法合作啊！”

雪姬的眼睛中闪动着明亮的光辉：

“也许，我们还可以找到一个合作者……”

“谁？”

“一个皇族之外的人。”

“不是皇族？！”胡杨女有些吃惊了，“不是皇族，那行吗？会不会得不到天下人的信服？”

雪姬闻言一笑，笑容清冷倔犟：

“王侯将相，宁有种乎？乱世之中，也就无所谓是不是皇族了，只要有足够的实力，就可以来夺一夺这个江山！至于天下服不服——哼哼，”雪姬又是一声冷笑，“成者王侯败者寇，等江山到手了，也就轮不着旁人说三道四了。”

雪姬说完话之后才发现，胡杨女正在紧紧地盯着她，目光深刻。雪姬被她看得有些无措，不禁好笑地问道：

“怎么了？”

胡杨女沉吟着说道：

“没什么，只是觉得，你刚才跟圣域主人真的好像。”

“是吗？”雪姬自失地一笑，听胡杨女这么说，她的心中不禁有些感慨：“是啊，怎么会不像他，从前生到今世，自己整整追随了他两生两世啊。只是现在他已经不在了。而自己则成为他最大的敌人的得力助手！这是不是就算是人生的无常呢？”

“好了，”大敌当前，她是没有时间悲风伤月的，雪姬精神一振，说道，“你先驻守在这里，我需要出去一趟，可能得两三天才能回来。”

“你去哪里？”

“去见一见那个虽然不是皇族，但是却也很想当皇帝的人。”

“啊？你亲自去?！”

“对。”

“他住在哪里？”

“京城。”

“你要去京城？”

“对啊。”

“不行，这样太危险了。”胡杨女激烈地反对道，她觉得雪姬简直是疯了，她们现在是叛军，她竟然要大摇大摆地跑到人家的京城里面去。

雪姬微微一笑：

“放心吧，所谓的危险，对于每个人来说，并不是完全相同的，至少对我来说，京城就不算是什么危险的地方。”

不知怎地，胡杨女望着雪姬的笑容，竟然有些恍惚，因为雪姬刚才的笑容，竟然一下子变得非常的妩媚了。

胡杨女一直就知道雪姬是一个很美的女人，但是直到刚才，她才突然意识到，雪姬不仅是美，而且还是那种很能够让男人动心的女人。

“你带多少人去？”

“轻装简从，”雪姬轻笑着答道，“但是我却一定要带一个人去。”

雪姬要带的，就是当年梨太后身边的那个女官！

多年的潜伏生涯，已经让女官练就了一身超出常人的隐忍本领。所以，当她听明白雪姬分派给她的任务之后，竟然连问都没问，甚至都没有表现出一点点吃惊、不解或者是怀疑，就径直回去准备了。

这份定力，让雪姬都不禁心生佩服。

严丞相正独自在丞相府的花园里踯躅独行，他徐徐地走到了水塘边的一处小亭里坐了下来，说来也巧，当初，方子纯穿越成为严纯儿之后，就是在这个地方，决定要入宫的。

好像人们如果想要做出什么重要决定的时候，总是爱到这个小亭中来，也许是因为，这个小亭独特的设计，会让人觉得，自己能够暂时离开尘嚣，不受打扰吧。

严丞相面对着水塘，现在一丝风也没有，水塘平静得如同一整块绿色的玻璃，而他此时的脸色，比水塘还要平静。这也是严丞相独到的本事，任凭心中风高浪涌，脸上却永远都是一片平和。

"自己下一步,究竟该怎么走?"严丞相的心中在抉择!

经过多年的苦心经营,可以说,严丞相现在,已经成为了西蜀国中最具实力的一个人物,所以,那些想要造反的皇族,也都在通过各种渠道来试探他的态度,想获得他的支持。可以说,如果能够获得严丞相的支持,他们夺取皇位的成功系数就会增加到七成以上。

可是,面对着人们的试探,严丞相却始终都是沉着含蓄,不动声色,对任何人的态度都没什么区别。

难道,严丞相是铁了心要忠实于端昊,帮助端昊吗?当然不是,在严丞相的字典里,从来就没有忠诚这个词,有的,只是利益!

他这一辈子,就像一个赌徒一样,一直就在押宝,只不过这种政治押宝,更加残酷。押中了,就可以换来无尽的权力和荣华富贵。押错了,就是诛灭九族。

当初,严丞相毫不犹豫地把宝押在了端昊的身上,不惜把两个女儿都送进宫。当时,事实也证明,他所做的是对的。可是现在,端昊的假皇帝身份已经被揭穿了,严丞相就算是患了失心疯,都不会再把宝押到端昊身上了。

至于那些所谓的世俗间的说法——什么端昊是他的女婿,端昊是他的旧主,端昊曾经对他们一个家族都有大恩,端昊是他女儿的丈夫,甚至于,他的儿子现在还在端昊的手中……

等等等等,所有这一切世俗间的情理,对于严丞相来说都是废话!

他才不会在乎这些呢,他之所以迟迟的不表态,只不过是因为还没有找到一个合适的押宝目标。这一把押下去,可就不能换了,万一押错了,那就全完了。所以,严丞相需要好好选择一下。但是选来选去,他仍旧是选不出一个能够取代端昊的适合人选。

"唉,"严丞相不禁长叹了一声,真不知道究竟是端昊太优秀了,还是皇族们都太无能了,怎么想选出个能当皇帝的人来,都这么难呢?

严丞相心里很清楚,自己现在必须得做出抉择了,因为不管他心里怎么想,在外人眼里,他毕竟还是当朝的国丈,如果他迟迟不加入推翻端昊的叛乱的话,人们就会把他当成端昊的死党,而直接杀死他!这可是一件非常严重的事情。

就在严丞相心中纷乱的时候,他的贴身男仆匆匆地赶来了:

"老爷……"

"什么事?"严丞相烦躁地喝了一声,这个时候,他不想被人打扰。

“有人要见您！”男仆说道。

“我不是说了吗？我谁也不见。”

“可是……”男仆欲言又止，神色古怪。

严丞相也看出了男仆的不对劲，于是问道：

“你怎么了？为什么这么鬼鬼祟祟的，到底是谁来了？”

“是，是……”

“快说啊！”严丞相又快火了。

“是雪夫人！”

“什么?!”严丞相当下就把生气的事情给忘了，实际上，他整个人都呆住了。

“你再说一遍，谁来了？”

“好像是雪夫人……”

一个好像，就仿佛一盆冷水迎头浇在了严丞相的身上：

“混账！什么叫好像！你先去给我看清楚了再回来！”严丞相大怒地喝道。从他的态度变化中，不难看出来，雪夫人在严丞相的心中，还是有些分量的。

可是还没等男仆回话，一个声音就响了起来，这个声音听起来娇柔婉转，却又冷气森森，就仿佛是一朵美丽的花被冻在了冰里一样，美丽依旧却让人寒冷：

“丞相大人，好大的火气。”正是雪姬的声音。

严丞相大吃一惊，骤然回头，果然看见雪姬已经站在了小亭的外面。在这一瞬间，严丞相什么都来不及想，脑子中只有一个问题：

“你怎么进来的！”

因为严丞相看得很清楚，来的并不是雪姬一个人，在雪姬的身后至少还站着十几个高大的黑衣人，自己的丞相府虽然比不得皇宫中的警戒，可也是戒备森严啊，怎么这么多人一下子闯了进来，自己竟然没有听到任何动静，没有得到任何讯息呢？

雪姬淡淡一笑：

“因为你的人根本拦不住我，不信你瞧。”

雪姬说着话，轻轻挥了下手，随着她的手势，两个十几岁的孪生少女刷地一下，就从雪姬背后闪了出来，正是无喜和无忧。只见二人也不理会严丞相，只是向前一步，目不转睛地盯了那个男仆片刻，男仆立刻就朝着雪姬一躬身，说道：

“老爷回来了？您有什么事情，尽管吩咐就行了。”

原来无喜、无忧只是稍微施展了一下摄魂术，就彻底地控制了男仆的思想，男仆就把雪姬认做了严丞相!

这一幕,直看得严丞相全身冰冷,生平第一次,他感到了恐惧。严丞相强作镇定地问道:

“府中的人,都已经被你们弄成这个样子了?”

“也不是全部,只是那些碍事的人吧。”雪姬很无所谓地说道。

严丞相到底是风浪中打滚了这么多年的人,所以,他也用最快的时间恢复了镇定,只见他深深地吸了一口气,问道:

“雪姬,你到底是什么人?这个问题,我曾经问过你无数遍,你现在能回答我了吗?”

雪姬又是一声轻笑,再次抬起了手臂,而这一次,当她的手臂放下去的时候,她身后那十几个黑衣人,每个人都从斗篷中亮出了一把乌亮亮的枪管!

如果说,几天之前,严丞相还真不认识这是什么东西的话,那么现在,随着叛军的南征北战,他已经和所有的西蜀国人一样,深深地了解了这种武器——火器!

严丞相倒吸了一口冷气:

“你竟然是叛军的人?!”

雪姬的脸上始终都浮现着笑容:

“这件事说来话长,不如我们找个清净的地方,好好谈谈。你放心!至少今天我不是来杀你的。”

雪姬这句话,的确是让严丞相放心了不少——因为他很明白,现在雪姬想要杀他,易如反掌。

严丞相和雪姬来到了一处僻静的书房,无喜、无忧等人在外面守候,雪姬独自随着严丞相进了屋里。

直到这时,严丞相才腾出心思来,认认真真地打量雪姬,而这一看之下,他就明白了为什么刚才男仆在禀报的时候,态度会那么古怪。

眼前的雪姬身段容貌和过去完全一样,妆容还是那么精致、淡雅,虽然不像往日在丞相府里的时候,身上的珠宝首饰那么繁琐,但是只是简简单单的一两样,也足够说明身价的了。

而不同的,是雪姬的气质,此时的雪姬看上去和在丞相府里时完全不同,现在的她虽然也是长裙婀娜,但是全身却都显得那样的冷峭、利落,最要紧的是,雪姬现在的整体气质和她本身非常的熨帖。

看到严丞相在观察自己，雪姬又笑了：

“你看出了什么？”

“今天我终于明白了，原来你是属于战场的。除了战场之外，其他的任何身份，加诸到你的身上，都会像是强迫你穿上不合身的衣服一样。十年了，今天我终于看到了你的本色。”

雪姬不得不佩服严丞相目光的锐利。是啊，自己整整做了两辈子的恐怖分子，这种气质恐怕已经是深入骨髓，无论如何也改不了了。不过雪姬不想再谈这个问题了，于是说道：

“我知道，你有很多问题想要问我，这样，你一条条地问，我一个一个地答，也许在问答之间，我们就能够取得共识了。”

“好，”严丞相现在也已经彻底恢复了正常，一如往常那个老谋深算的权臣，“你为什么要和我做十年假夫妻！”——原来这十年来，雪姬竟然和严丞相做的是假夫妻。

雪姬避开了严丞相那直盯着她的目光：

“这件事就不用再提了，不过，无论如何，我都感激你，容忍了我十年。”

严丞相苦笑了一下，笑容中显得有些沧桑，但是透彻：

“容忍你，只是因为我想到了，像你这样的人肯屈尊待在丞相府，一定是有某种目的的。而且我也知道，你背后还有一股强大的势力。而我多年来，一直就在致力于联络各方的势力，为自己所用。只是我没有想到，你竟然会突然间就离开了。”

“突然离开，是因为我当时的事情已经干完了，不过，正像我刚才所说的那样，因为你的容忍，我才能够顺利地做完自己想做的事情，所以，这也算是我欠你一个人情。今天，我专程来找你，就是为了和你合作一件事情，刚才你也说了，你一直就致力于和各方的势力合作。现在，我也很希望，你能够和我背后的势力合作成功。”

“那你今天来找我的目的究竟是什么？”

“我们这次起兵的目的，你可能也知道了，我们就是要彻底推翻宇文端昊的统治，夺下他的皇位。但是现在，所有跟我们联络的皇族中，没有人可以担当起这个大任。所以，我们想让你来做这个皇帝！”

“我?！”这回严丞相真的吃惊了，他本能地反对，“这不行！”

“为什么？”

“因为我不是宇文氏的人，名不正言不顺！”

雪姬不以为然：

“宇文氏的江山也是从别人手里夺来的，你为什么就不能再从宇文氏的手里夺走呢？而且，”雪姬忽然又向前逼了一步，“而且，我知道，你其实一直就很想当皇帝！”

在雪姬的逼视下，严丞相本能地向后缩了缩，因为，雪姬的话说到了他的心里——当皇帝，这本来就是严丞相心中最隐秘，也是最大的野心和梦想！

但他毕竟不是一个普通人，老奸巨猾、老谋深算……所有的这些形容词都堆到他身上，也不显得过分，所以他绝对不会因为雪姬一个简单的邀请，就喜形于色，他宁可把所有的事情都搞清楚之后，然后再一点点地展露出自己的想法。

“雪姬，我知道这次起兵的真正主使人，并非长公主，而是另有其人，我想知道，那个人是谁？”严丞相不动声色地问道——弄清楚雪姬背后的势力至关重要。虽然，现在雪姬她们起兵造反，看起来声势浩大，但是严丞相知道，要想改朝换代，将是一个非常艰苦而漫长的过程，他需要判断出雪姬背后的势力有没有那么强大的能量。而且，既然想要合作，严丞相就需要全方位地了解他的合作对象，这样，才能保证自己尽可能多地在合作中占据主动。

雪姬听了严丞相的问题之后，微微一愣——她没有想到，严丞相会这么肯定地指出这一点。所以雪姬并没有马上回答，而是笑了，笑容中充满了玩味。她在用这种满不在乎的笑容，来掩盖自己心中紧张思索的过程。过了一会儿，雪姬才意味深长地答道：

“为什么，你会认为这次起兵造反的主使不是长公主呢？”

严丞相的目光冰冷：

“我在权力争斗中打滚了一辈子，这点儿判断力还有！我知道，你们背后一定另有高人，告诉我，这个人是谁，我才能决定是否和你们合作！”

严丞相虚张声势的态度，并没有吓唬住雪姬，恰恰相反，他这种态度，反倒让雪姬刚才有点儿紧张的心情平静下来了。雪姬非常开朗地笑了：

“丞相大人，我想跟您说明一件事情，现在，不是您在考虑需不需要跟我们合作，而是您别无选择。我们这次来西蜀国，不是来游山玩水的，我们是非把端昊推下皇位不可。您现在如果想选择的话，那您只有两条路可以走，一，选择跟我们合作。二，选择忠实于宇文端昊。当然，如果您选择了后者，我们很快就会送您到您该去的地方……”

“你在威胁我？！”丞相勃然大怒。

“您也可以把这理解为威胁！”

雪姬态度平和，但是却言辞锋利，寸步不让。其实，如果严丞相一直跟雪姬打感情牌，雪姬心中怀了几分歉疚之意，还会想办法为他周全一下。可是严丞相竟然拿出谈判的态度来，并且想在合作谈判中占据上风，那他真是打错主意了，要知道，他面对的是雪姬啊——两辈子的恐怖组织首领！恐怖组织什么时候跟别人好好谈判过？他们只会一种谈判方式，就是要挟！所以，雪姬马上就开始要挟严丞相了——这种事她太熟了。

雪姬的态度让严丞相有些恼火，他继续威严地说道：

“你的上司，不是个君子，君子应该是光明磊落地与人交往的。”

这一次，雪姬干脆大笑了出来：

“光明磊落地去谋朝篡位？！”

雪姬这一笑，真是尽显恐怖分子的嚣张。让严丞相都不禁心生寒意，气势也就不由得弱了下来：

“你是铁了心，不说出你们背后的人了？”

雪姬的确是不想说，也不能说——在出兵之前，她就和纯儿商量过了，这次在和西蜀国的皇族以及上层权臣的接触中，轻易不把大梁国说出来。

如果让西蜀国人知道了，是大梁国在背后指使着这一切，难免就会心生戒备，那样，会增加她们和西蜀国皇族合作的难度。所以，雪姬毫不犹豫地答道：

“我当然会告诉你，但是要等适当的时机，而不是现在。”

现在严丞相也无奈了，因为雪姬已经把话说得很清楚了——你跟我们合作，否则，我们就杀了你。而且你什么都不要多问，你如果问得太多，我们也杀了你。

看一看刚才那两个小丫头一眨眼就控制住男仆的手段，再看看雪姬背后那十几个手持火器的高大汉子，严丞相非常相信，雪姬说的都是真的。他只是不明白，雪姬怎么做起事来这么不讲道理，而且还不讲道理得这么自然，这么理直气壮。

虽然心里已经决定和雪姬合作了，但是严丞相仍旧不想这么快就表态，毕竟是一国丞相，这么三下两下的就被人给收拾服了，面子上也过不去。所以，他又开口说道：

“不是我不想合作，你别忘了，我在宫里头还有个女儿呢，我的女儿身为贵妃，还为陛下生了孩子，我也得想好，怎么安置她啊。”

听了严丞相的话，雪姬的嘴角流露出了一丝嘲讽：

“看来这个老狐狸真是乱了方寸了，竟然想出这种借口来。他就不想想，我在丞相府里生活了十年，什么事情不清楚。别说女儿，就是儿子，在他的眼里也不过是工具罢了！”

雪姬含笑说道：

“严鹂儿的事情，就不用您操心了，我们已经都替您安排好了。”

“什么！”严丞相吃了一惊：“你们已经把她杀了？”

“哎，您想到哪里去了，怎么会杀她呢？现在，严鹂儿执掌着端昊的后宫，对我们还有用，我们是不会杀对我们有用的人的。只不过是我们已经派人到宫里去了，帮助严鹂儿处理一下宫中的事务。”

“你们的人连后宫都进去了?!”严丞相更加意外了。

“对。只是不知道严鹂儿的态度如何，不过现在时间也差不多了，您倒是可以进宫去问一问她。”

“我现在进宫？”严丞相疑惑地望着雪姬，“你会让我走？”

雪姬又笑了：

“为什么不会？你又跑不了。”

看着雪姬的态度，真的是已经把严丞相当做网中之鱼，囊中之物了。

严丞相想要发作，但是想了想，现实情况也的确是如此，所以，也就无可奈何了。

景华宫中，严鹂儿正心情复杂地坐在房中，严鹂儿已经生下孩子了，而且，如愿以偿地生了一个儿子。可是，随着她的儿子降生，一系列的变故也接踵而至——先是端昊率军远征，所以，她的儿子出生时，连一个像模像样的庆祝仪式都没有举办，紧跟着，这场突如其来的兵变，更是打碎了严鹂儿所有的平静。

后宫，看起来虽然是隔于高墙深院之中，但是，这里面每一个妃嫔的背后，都系着一个庞大的家族。所以，关于兵变的各种消息，一直都在源源不断地通过各种渠道涌进宫来。当然，妃嫔们肯定是不敢拿这些消息开议论的，但是，从她们的脸上却可以轻而易举地看出，她们心中在不断翻滚着的起伏波浪。

严鹂儿也不例外，这些天，她已经连打扮的心思都没有了——皇帝不在家，群妃也都已经人心惶惶了，她又打扮给谁看呢？

现在眼看着端昊就要灰飞烟灭了，严鹂儿更是惶惶不可终日了。甚至于现在，她都有些后悔了——如果她早猜到端昊会是如此的短命，那她当初肯定不会那么费尽心思的去拼命争宠，更不该生下这个孩子。因为她担心，新的统治者在当权之后，会因为这个孩子、因为她曾经是端昊的宠妃，而杀死她。

“唉，”严鹂儿痛苦地长叹了一声，“早知道事情会变成这样，当初真应该做一个不引人注意的普通妃子，那样的话，没准儿当新的统治者到来的时候，自己还有可能得到一些机会！”

所以说，端昊是非常了解他这些妃子们的。他猜得很对，当他不再是皇帝以后，这些曾经如醉如痴地爱过他、不择手段争夺过他的女人，都在第一时间里选择了——背叛他。

就在严鹂儿独自哀叹惶恐的时候，一个宫女走了进来，行礼禀报道：

“娘娘，有人求见。”

“不见。”严鹂儿毫不犹豫地拒绝。

“她说必须要见到娘娘。”宫女说道。

“什么？”严鹂儿此时的吃惊已经超出了愤怒，“是谁这么大胆子!？”

“是——”

“说啊！”

“是当初太后驾前的女官。”

“是她？”这次，严鹂儿真的意外了，心里琢磨着，“她来干什么？自己和她从来都没有说过话啊。”

严鹂儿的脑子飞快地转着，她的脑海中浮现出了女官那张年华已老，却优雅仍存的脸，只是这张脸对任何人都不苟言笑。可以说，梨太后活着的时候，这位女官虽然沉默寡言，但在后宫众人的心目中，她的权威仅次于梨太后，因为人们都知道，梨太后非常信任她。后来，梨太后突然离世，这个女官也从人们的视线中消失了，她每天就是在自己的住处深居简出，以至于很多人都忘记了她的存在。

她现在突然找上门来，是要干什么呢？

严鹂儿毕竟是严鹂儿，自小在丞相府中受过专门训练，也算是有一定的心机，所以她马上就做出决定——见她！这个神秘人物，在这个时候突然出现，一定是有什么重要的目的，也许会给自己带来新的机会呢。

女官施施然走了进来，朝着严鹂儿微微一礼：

“严娘娘。”

严鹂儿则站起身来亲自让座，同时口中说道：

“姑姑请坐，有什么事，姑姑派人叫我过去就行，哪里还用得着姑姑亲自跑一趟。”严鹂儿的礼节非常周到。

女官坐了下来，也不拐弯抹角，而是直截了当地说道：

“自从娘娘十五岁进宫那天，我就一直在旁边冷眼瞧着，说句实在话，娘娘是这宫里头少有的明白人，所以，我在需要用人的时候，第一个就想到来找娘娘了。”

女官这时的态度，倒像她是主子，严鹂儿才是奴才。

这一点，严鹂儿当然也觉出来了，但是像严鹂儿这样的人，天生就没有什么气节，从来都是欺软怕硬。现在，她觉得自己的靠山倒了，而女官又是一副高高在上的样子，所以，严鹂儿反倒是更加地恭顺了。

“姑姑能想到我，是我的福气，有什么事需要鹂儿去做，姑姑尽管吩咐就是了。”

女官满意地笑了笑，她没有看错，严鹂儿果然是一个很容易控制的人，于是她接着说道：

“是这样，严娘娘可能也听说了。我家公主已经回来了。”

严鹂儿愣了一下：

“你家公主？”

“对啊，”女官坦然地答道，“现在不是都已经传开了吗？端昊皇帝并不是太后亲生的，韵琪公主才是。我既然是太后身边的人，当然是奉长公主为我的主子了。”

女官说得天经地义，就仿佛当年不是梨太后一手导演了这出皇帝换公主的戏一样。

严鹂儿非常聪明地没有和女官争论这一点。现在，她只弄明白了一件事——眼前的这位“姑姑”是叛军的人，当然，弄明白这一点就足够了。

“我明白了。不知道长公主对我有什么吩咐。”

女官接着说道：

“本来，长公主是不信任你的，因为，你既是端昊皇帝的宠妃，又生下了皇子，不过长公主听了我的话，相信你是一个聪明人，所以，决定给你一个机会，看你愿不愿意跟我们合作。如果，你肯跟我们好好合作的话，我们保证，保全你和你儿子的性命。至于以后，我们自然也不会亏待你们母子。”

“我答应你们。”严鹂儿毫不犹豫地说道。现在，她根本顾不上想以后，本来她一直在担心，如果叛军势如破竹攻入京城，自己会不会被杀死，现在有机会保住性命了，那不管让她做什么，她都会答应的。

“需要鹂儿做什么，姑姑尽管吩咐就是了。”严鹂儿毫不犹豫地说道。

女官笑了：

“严娘娘真是个又乖又聪明的好孩子。”

严鹂儿谦恭的一笑：

“还请姑姑不要再称呼我为娘娘了，从现在起，我已经不再是端昊的妃子了，我情愿做长公主的一名奴才，为长公主效力。”

女官脸上的笑容更盛了：

“好孩子，如果长公主听你这么说，一定会高兴的。不过现在，你还得做你的娘娘，因为，我们还需要利用这个身份做些事情。”

“好，我一切都听姑姑的安排。”

“首先，你把宫中所有的皇子公主召集起来，派专人保护。我家公主宅心仁厚，只是要向端昊讨回公道，并不愿伤及无辜，所以，她怕有人趁乱伤了这些孩子。”

“长公主真是太善良了。”严鹂儿恰到好处地说着赞誉之词，不过她也是真高兴，因为这样的话，连她的儿子也保住了。

保护好端昊的孩子，是当初纯儿她们商量好的。纯儿和雪姬都是熟读历史的人，她们深知在古代，每一次的朝代更迭，都意味着对失败者的斩草除根，所以，如果不采取策略的话，新登基的皇帝肯定会把端昊的后代全部斩尽杀绝。她们是绝对不想让这些无辜的孩子受到伤害的。

“第二，这后宫中的妃子，总有几个好人，我们需要把那些好的挑出来，和孩子们安排到一起，这样，既保全了她们，也有人照顾孩子。”

这一点，严鹂儿不太赞同，因为在她的眼中，这后宫里的女人就没一个好的，都是她的仇人，她恨不得趁着这个机会把她们都弄死，但是现在女官既然这么说了，她也只能从命。不过严鹂儿相信，只要给她时间和权力，她总有办法把这些讨厌的女人都一一除掉。

“那剩下的那些妃子呢？”严鹂儿试探着问道。

女官的目光变得冰冷了：

“剩下那些参与朝政过深的，表面上对她们仍和往常一样，但是绝对不允许她们再自由行动了，你要看好她们，等到时候，我们还用得着她们。”

严鹂儿心中一寒，她明白了，原来长公主是要把那些妃子作为饵，用来钓住她们背后的势力。这些妃子的命运，就完全取决于她们背后的势力，对长公主的态度了！

此时，严鹂儿感到非常的庆幸，因为她毫不犹豫地就决定了背叛端昊、同长公主合作，否则，她的命运，恐怕也和那些当饵的妃子一样了。

“好了，该你做的事，我都交代给你了。从现在起，你也不要再整天圈在景华宫里了，也该出去走走，做一做我安排给你的这些事情了。”女官毫不客气地吩咐道。

“是。”严鹂儿毕恭毕敬地答应道。

女官刚刚离开，严丞相就来了。

听严鹂儿复述了刚才的事情之后，严丞相不禁长叹了一声。

看到严丞相叹气，严鹂儿不禁问道：

“怎么，父亲还是不想和长公主合作？”

严丞相苦笑了一声：

“现在已经不是我想不想的问题了，而是我们别无选择。”

“是啊，所以我才会这么听她们的话啊。”严鹂儿有些得意地说道，“父亲不是总教育我们，说识时务者为俊杰吗？还说，我们严家之所以能够长盛不衰，就是因为我们永远都站在了胜利者一方。”

严鹂儿的话说得从容自然，可是听在严丞相耳中，却觉得心里五味杂陈。他抬起头，深深地凝望着这个女儿，说心里话，严丞相对于严鹂儿并没有多少亲情，更多的只是一种相互倚赖和利用的关系。此时，面对着严鹂儿的笑靥，严丞相的心中，却升起一种莫名的寒意：

自己为了保全住性命，和所拥有的一切，选择了背叛端昊，臣服于长公主，可端昊毕竟是自己的旧主啊！而且，自己在背叛的时候，还是经过了一番犹豫和挣扎的。而此时，自己这个女儿，在背叛自己的丈夫、自己孩子的父亲的时候，却是那样的毫不踌躇，就仿佛这只是一件再平常不过的事情一样。这个女儿，比自己还要冷血无情得多了。

对于女儿如此的青出于蓝而胜于蓝，严丞相不知道究竟是该感到无奈还是悲哀，只是在心中唏嘘不已。

当然，在这个时候，严丞相是没有时间也没有心思来反省自己的子女教育问题的，他还有更重要的事情要做——既然长公主已经把什么都安排好了，自己也就只有和严鹂儿一样，乖乖从命了。

只是在心中，严丞相还存着一个深深的疑惑——在叛军的背后，究竟是隐藏着一个什么样的高人，竟然能够在举重若轻的谈笑间，就布置好了这一切？

在接下来的时间里，父女两个又商讨了一下诸如以后两人的沟通方式，以及各种需要考虑的细节等等，把所有的事情都商量好了，天都已经快黑了。看看天色不早，严丞相也不方便继续在宫里逗留了，又嘱咐了严鹂儿几句，就匆匆赶回了丞相府。当然，他对严鹂儿的殷殷嘱托，也不是出于什么父女情深，只是因为他和严鹂儿的利益关系，从来没有像现在这样联系得这么紧密过，真正是一损俱损，一荣俱荣，生死相关！

当严丞相回到府里的时候，看到雪姬正坐在他的书房里，悠闲地品着茶，这不禁让严丞相的心中又升起了一种深深的悲哀——看来，现在雪姬她们这些叛军，已经视他于无物了。

“你还在这里？”严丞相低沉着声音问道。

“对，我在等你回来，不管你最终如何选择，我今天必须要得到你的决定。”雪姬的态度很平和，但是谁都能听得出来，她的言外之意就是，她要在今天，就决定严丞相究竟是死还是活。

严丞相一辈子也没被人这么轻视过，但是，在现在这个时候，人为刀俎他为鱼肉，也轮不着他发脾气，心中有再大的火，他也得先压下去。无奈，严丞相只得忽略了雪姬的态度，说道：

“我已经决定了，跟你们合作。”

“那很好。”

“但是，合作的方式要稍微修改一下。”

“你的意思是……？”

“我不能出面当这个皇帝，现在还不是时候，如果我来当皇帝，宇文皇族的人看到他们自己家的江山保不住了，很可能就会团结起来，先来对付我们。”

“你说得也有道理，”雪姬微微点头，“那你有什么更好的办法吗？”

“我想，我们不如从宇文皇族内部，挑选出一个性格懦弱无能，但是相对来说，又最有资格当皇帝的人，让他成为我们的傀儡，先打着他的旗号，把江山夺下来再说，等以后一切局势都稳定了，再取而代之！”

严丞相在这里耍了个花招，并没有直接说明，在局势稳定之后，究竟由谁来取而代之。在他的心里，当然是希望由自己来取代那个傀儡皇帝，但是，他怕把话说得太明了，会引起雪姬她们的戒备，毕竟直到现在，严丞相还不敢确定，长公主还有她背后的那个主使人，发动这场兵变的真正目的到底是什么。

雪姬也听出了严丞相的话外之意，但是她现在也懒得跟他动这种心思，只是说道：

“丞相大人果然是想得周到，那好，就按大人说的办。只是不知道，大人现在有没有这个做傀儡皇帝的合适人选呢？”

严丞相阴森地一笑：

“人，我倒是有一个……”

至此，纯儿、雪姬和胡杨女她们，已经从内到外的，正式瓦解掉了端昊的皇权，计划，正在一步步走向成功。

第二章　密　约

武陵所布置下的那张庞大的谍报网仍旧在发挥着作用，所以，这些发生在丞相府、后宫以及各个皇族中的事情，都通过有效的渠道传递到了武陵这里。

武陵现在已经随着端昊的大军移师到了那处隐秘的峡谷之中。武陵和往常一样，在收集到了情报之后，不管是好与坏，都在第一时间交给端昊。武陵也知道，今天的这些情报，对于陛下而言，一定会是一个非常沉重的打击，可是出乎武陵意料的是，端昊在看完了这些情报以后，神情却分外的平静，甚至脸上还挂着些笑容。过了一会儿，端昊才对武陵说道：

"我想出去走走，你陪我来吧。"

武陵赶紧领命，并且迅速地布置好了侍卫，然后随着端昊走出了大帐。

端昊走到了附近的一个小山谷里，捡了一块石头坐下来，独自仰望着黑沉沉的天空。武陵知道，现在陛下是想独处，所以并不太靠前，只是站在不远处，留神戒备着四方。

时间一点点地过去了，月亮已经升到了最高的地方——端昊已经在这里坐了大半夜了。就在武陵已经开始考虑该如何劝他回去的时候，端昊却突然开口了：

"武陵将军。"

"在。"

"真没想到，在这个众叛亲离的时候，你的情报网，竟然还这么忠诚。"

武陵知道，端昊这是在有感而发，可是现在在武陵和端昊之间，还没有形成一种很默契的友谊关系，所以，武陵也不知道该如何安慰端昊，只是如实地解释道：

"谍报这种东西，和政治不同，所用的都是一些小人物，他们没有什么太大的野心，想得到的，只是把听到看到的东西传递出来后，可以拿到那一笔赏钱，而且，很多人都有把柄攥在我的手里，所以，显得稳定一些。”

“哦？原来是这样，看来也不是真正的稳定。”端昊有些感慨。

“是。”

端昊似乎是在经过了大半夜的沉思之后，很想和人聊一聊，所以，他继续说道：

“武陵将军，你知道我刚才一直在想什么吗？”

“回陛下，臣不知道。”

“我在想，皇族在第一时间想要推翻我，严丞相会选择帮助叛军，甚至那些妃子们的叛离其实都没有太让我吃惊，其实从一开始我就知道，她们围聚在我身边，只是为了我手中的皇权，当我的皇权受到威胁的时候，她们是不会和我共患难的。”

这个话题太深了，武陵不敢接茬，只能听着端昊继续说下去。

“我从做太子到做皇帝，将近三十年的时间里，拥有过无数的心腹大臣，也拥有过无数女人，但是，我心里很清楚，在这么多人里，真正能和我患难与共的只有三个人，拓跋、无影，而第三个，是一个女人……”

在提到“一个女人”的时候，端昊的声音变得很低了，连武陵都能听出来，端昊言语中蕴涵的深深情意。

“我曾经坚信，不管到什么时候，她都会陪着我，或者说，即使我成功的时候，她会远离我，不过一旦我落败的时候，她一定会在第一时间里，赶回到我的身旁。而且，我还坚信，只要有她在，不管遇到什么样的困难，我都能克服，都能战胜，然后东山再起。”

武陵被端昊话语中所流露出的那种真情实感，深深打动了，因为他清晰地感受到，端昊口中的那个女人，现在已经成为了端昊体内，所有的坚持和力量的来源。

“现在，拓跋将军已经不在了。”端昊长叹了一声。

“那无影将军呢？”武陵不禁问道。因为这一直是武陵心中的一个疑问，他们移师到此，其中一个很重要的原因，就是因为这里靠近回鹘的领地，而且回鹘军应该就在黄河的那一边，所以很容易就可以取得回鹘的增援。而且，大军刚到这里的时候，端昊一看黄河上的大火，并没有烧到这里，立刻就让武陵派人，去侦查回鹘军的情况，但是不知道为什么，当探子回来之后，端昊却绝口不提联络回鹘的事情了。

现在听武陵问起了无影，端昊不禁淡淡一笑，笑容中包含着丝丝苦涩：

“武陵将军，前几天，你给我带回的情报上，不是写得很清楚吗？在回鹘军的大营中，并没有构筑任何工事，而且，大梁国也没有在回鹘军的附近派驻大量军队。”

“对。”

“你难道还不明白这意味着什么吗？”

“意味着他们两国还没有开战？”武陵的确是不太懂军事，所以有些懵懂地说道。

端昊又是一声苦笑：

“不，说明他们两国就没想开战！”

“什么！”武陵吃惊地喊了出来，“无影将军为什么不想对大梁国开战，刚才陛下不是还说，他是陛下最信任的人吗？”

“但他也是拓跋傲疆最好的朋友。”

端昊这句话一说出来，他们两个人都沉默了。

尤其是武陵，一直以来，等待回鹘的援助，就是他心中最后的希望。所以，现在一听说回鹘不会帮助西蜀国了，就等于已经打碎了他最后一线生机。

看着武陵吃惊的样子，端昊又笑了，人到了彻底绝望的时候，是不是反倒会变得轻松起来，反正武陵就觉得端昊现在，比这段时间任何时候都要轻松。

“武陵将军，我现在已经把我所面临的所有困境都告诉你了，你还打算继续追随我吗？”

武陵没想到端昊会问得这么直接，所以愣了一下，然后才毫不犹豫地说道：

“当然会。”

“哦？为什么？现在，你追随着我，我很可能再也给不了你高官厚禄了，甚至于，你很可能得陪着我死。”

听了端昊的话，武陵坦然地说道：

“臣追随陛下，虽然也是为了实现自己的抱负，但我却不是严丞相那样的小人。我视陛下为知己，士能够为知己者死，其实也是一种幸福，所以，我愿意一直追随陛下，哪怕陪陛下一起战死，我也死而无憾。”武陵停了一下，又说道，“其实多年来，拓跋将军，一直就是我心目中的偶像，我也一直都希望自己能够成为拓跋将军那样的人。”

武陵最后这句话，又引起了端昊一阵伤感：

“是啊，如果拓跋在，那他一定会毫不犹豫地一直追随自己，不管自己遇到什么样的困境。哪怕最后自己身边只剩下一个人了，那一定就是拓跋傲疆。可现在……”

“唉，”端昊长叹了一声，很多事情已经成为了定局，多想无益，还是想想眼前吧。

端昊平静了一下自己的情绪，说道：

“武陵将军，你能这样想，我很欣慰。”端昊说着说着，忽然话声一扬：“不过你放心，我们君臣绝对到不了自刎于乌江的境地。”

端昊的气势忽然高昂了起来，武陵一惊，他没想到端昊的态度会变化得如此之快，所以抬头愣愣地望着端昊。端昊看出了武陵的怀疑，于是问道：

“怎么，不相信？觉得我是在宽慰你？”

武陵踌躇着，一时也不知道该说什么才好，因为，他的确是有些怀疑端昊之所以这么说，只是在给他鼓舞士气而已。

望着武陵那将信将疑的神情，端昊不禁长笑一声：

“放心吧，武陵将军，我不是那种面对困境束手无策，还要自欺欺人的庸人，更何况，你如此赤胆忠心地追随于我，我更不会用假话骗你了。我说的都是真的，我真的有办法，重新收拾山河。”

望着端昊那恢弘的气度，武陵的心不禁再一次被他所折服了：

“陛下果然是陛下，身陷绝境，却还能如此的挥洒自如，只这一份从容的气度，普天下恐怕就无人能比得了。”

武陵定定地望着端昊，重新点燃的希望在他的双眼中燃烧。他现在迫切地想要知道，陛下究竟想出了什么办法。

端昊也看出了武陵的心思，就又开口解释，语调悠远：

“一直以来，我都不确定，西蜀国的这次叛乱，究竟是谁指使的。虽然他们打的是胡杨女的旗号，但是，我相信她们的背后，一定另有背景。”

“那您找出她们的主使人了吗？”

“我应该找出来了，其实，通过胡杨女进入西蜀国后，所做的这一系列事情，我就已经想到了，只能是她在暗中操纵了这一切，因为我虽然从来都没有承认过，不过说实话，在这个天下，的确是只有她的心机和智慧，才能够和我一较高下！”

武陵听得莫名其妙，因为他不知道端昊口中的这个“他”究竟是谁。但是，尽管心中疑惑，他也不能打断皇帝的话，所以只能听着端昊继续说下去。

“今天，当我看到你给我送来的情报的时候，我终于能够肯定了，一定就是她，肯定是她！”

端昊说得斩钉截铁，可武陵却更加不明所以——因为今天的情报他也看过了，并没有看出有什么线索。

端昊的声音中忽然蒙上了一层暗哑，一听就是他在用力压抑着心中激荡的情感：

“因为在这种势不两立你死我活的时候，还能想到保护好我的孩子们，这件事只有她才能做得出来！”

原来，就是因为通过这件事，端昊才猜到西蜀国中的兵变，是由纯儿操纵的。因为，只有纯儿才会有这份善良。

也正因为断定了，所有的这一切都是出自纯儿的安排，才又让端昊的心中重新燃起了转败为胜的希望！

端昊忽然站了起来，转身朝着远处走了几步，因为他不想让武陵看到自己此时的情绪起伏：

“纯儿，我知道，虽然你亲手安排了战争中的这一切，但是，你最终也不会弃我于不顾的，对不对？你的心中还有我，一定还有，否则你不会在战乱中，想到要保护好我的孩子！纯儿，谢谢你，我替我的孩子们谢谢你，我替我自己谢谢你。不管这段时间，你对我做了什么，我都不怪你。因为我现在知道了，以前都是我错了。我不该为那些女人，伤了你的心，逼得你远走他乡；我不该因为私心，为了保住我不是宇文皇族的这个秘密，而杀死拓跋，我知道，他是你的师兄，是你的亲人。纯儿，我知道，你是因为我做了这么多错事，才不肯原谅我，才会和我为敌。纯儿，我的爱，现在我知道错了，我后悔了。纯儿，我知道你会原谅我的，给我一个悔改的机会，让我们重新开始。让我们两个一起重新打出一个江山来。我相信，我们一定能，我们两个联起手来，一定能天下无敌！到时候，我做皇帝，你做我的皇后——唯一的皇后，今生今世，我都将不再看其他的女人一眼，纯儿，我向你发誓！”

在这片荒山野岭中，在头顶的这片萧瑟的天空下，端昊再一次确定了，纯儿还是爱着他的，一如洪泽湖畔，那璀璨星空下，他们曾经许下的誓言。

但是端昊永远是端昊，面对女人的时候，即使他再动心，再感动，再不愿意失去她，也不会放下身段，去主动靠近那个女人。他唯一擅长的，也唯一屑于采用的方式，就是用自己的实力和手段，重新证明自己的强大，让纯儿主动回到他的身边！

尤其是现在，端昊的心中对完颜臻华还有着深到了剜心刻骨的嫉妒！所以，他更不会明明白白地去求纯儿回来。他觉得，如果那样做，就会害他失去一个男人应有的尊严，在端昊看来，他现在最应该做的，就是打败完颜臻华，让完颜臻华彻底地臣服于自己脚下，然后他再以一个胜利者的姿态，迎接纯儿飞回到他的怀抱之中，这才算是真正的胜利！

端昊对于如何转败为胜，已经有了一整套想法，现在，他就要去实施这个计划的第一步了。

“武陵将军，我要出一趟门，明天天不亮就走。”

“啊？”武陵吃了一惊，“陛下要去哪里？”

“……”端昊凑近武陵的耳边，压低声音说出了一个地名。

端昊的话音未落，武陵就变了面色，他瞪大了眼睛望着端昊，想透过这深深的夜色，看清楚端昊的神情，好知道陛下是不是在开玩笑。

端昊看透了武陵的心思，淡然笑道：

“我没开玩笑，我说的是真的。为了我们的未来，这一趟，我是非走不可。”

“那我替陛下去。”武陵本能地脱口而出。

端昊轻轻地摇了摇头：

“如果这件事想要做成，那我非得亲自去不可。”

“可是陛下，”武陵言辞恳切，“这太危险了。”

在无边的黑暗中，武陵看不清端昊的眼神，如果能够看清的话，他就会发现，端昊的目光变得分外深远了，比这无边无际的暗夜还要深得多，远得多：

“武陵将军，其实你我心里都清楚，现在我们等于是在渡过一道悬崖，朝前走，也许会有一些危险，而且也许会是很严重的危险。但是，如果我们停留在原地的话，那等待我们的，就是百分之百的死亡！”

武陵沉默了，他知道，端昊说的都是事实。但尽管如此，武陵还是想着能说服端昊，他总觉得，端昊要去做的这件事情，太冒险了：

“陛下，千金之子坐不垂堂。您是皇帝，身担着无数人的生死，您不应该这么冒险。”

听了武陵的话，端昊竟然笑了一声：

“没错，我是个皇帝，千金之子坐不垂堂。但是武陵将军，你忘记了，在皇帝这个身份之外，我首先还是个男人！”说到男人两个字的时候，端昊的眼中仿佛忽然蹿出了两道火光：“而当男人面对危难的时候，挺身而上，才不愧于男儿本色！”

现在，黄河上的大火，已经渐渐地熄灭了，而这场火，也起到了预期的效果——西蜀国被困在大梁国境内的六十万军队，在前有敌军，后有大火的境地下，军心浮动，难以承受这份压力，选择了投降。

这一次，大梁国的大臣们，是真服了他们的皇后娘娘了。皇后娘娘竟然在不费一兵一卒的情况下，就俘虏了对方六十万大军！虽然，现在，需要凭空地多养西蜀国的这六十万人，这也算是一个比较沉重的负担，但是这种负担，和把这六十万人都杀死所造成的杀孽，还有真正打起来大梁国所有的伤亡比起来，实在是算不了什么。

大梁国内千家万户，都燃起了香烛，诚心诚意地感激着他们的皇帝和慈悲的皇后，真心的为皇帝还有皇后祈求着福祉。

雅鲁亲自率领着人架起了一艘战船，把纯儿送过了黄河口岸。纯儿要亲自到西蜀国过去的行辕中来看一看。

这是纯儿第四次走进行辕。第一次，她和端昊他们一起，安防边疆，第一次在这里见到了火器。后来的两次，她都是为了救拓拔傲疆而来，一次给他疗伤，一次想把他带走。可惜，枉自纯儿万里奔波了这么多次，终究还是没能救出拓跋，拓跋就是死在了这行辕之中！

一想到拓跋的死，纯儿的心中就不禁再一次怒火中烧。她可以不再提及端昊对她的伤害，但是却无法忘记，拓跋的惨死！

正当纯儿黯然伤神的时候，雅鲁走了进来：

“纯儿小姐，我刚才已经全部检查过了，西蜀国的大军应该是在我们放火的当夜就离开了。因为已经过了一些日子了，所以他们留下的痕迹已经很模糊了，但是，根据那些零碎的痕迹，我判断，他们是——”

“他们是朝着西面去了。”纯儿代替雅鲁说了下去，声音悠缓。

这一次，换做雅鲁吃惊了：

“纯儿小姐，您是怎么想到的？他们真的是朝着西方去了。”

纯儿的嘴角浮现出了一丝模糊的笑意：

“因为西方，驻扎着回鹘的军队。”

“那又有什么用？我们回鹘是不会帮助这种杀害朋友的恶人的！”雅鲁瞪大了眼睛，斩钉截铁地说道。

纯儿没有再说话，但是雅鲁看得出来，纯儿的心中似乎是在为什么而忧虑着。于是，雅鲁问道：

“纯儿小姐，你不是在担心无影陛下那里吧？你放心吧，我们陛下是您和臻华陛下的好朋友，他是不会帮助西蜀国那个恶皇帝的。那个西蜀国皇帝那么坏，如果陛下还要帮助他，我们回鹘人都不会答应的。”

纯儿感动地一笑，轻轻拍了拍雅鲁的胳膊。虽然，雅鲁实在不善于劝人，但是，他那种发自内心的真诚、善良和热忱，还是每一次都能深深地打动纯儿。每一次都会让纯儿觉得，其实自己所面对的问题也不算太严重，因为毕竟自己身边还有这么好的朋友。

有时候纯儿都想，如果臻华醒了以后，她不得不再次离去，再次选择漂泊的话，她就还回到西域去，还去住在孔雀城。因为，在孔雀城中的那段日子，是她回到古代之后，最轻松，最无忧无虑的时光。她怀念那种简单的生活。

纯儿所乘坐的战船开始返回大梁国了。

她站在船头，迎风而立。意识到端昊是在向着西方移师，纯儿的确是担忧了，她不是信不过无影，或者信不过回鹘，她是太了解端昊了！

她比任何人都知道端昊性格中的隐忍和坚韧，也更明白，端昊是如何善于利用别人的善良之心和情感。

拓跋就是为此而死，纯儿好怕，无影会成为下一个拓跋！

"不，"一个声音在纯儿的脑海中响起，"我必须要阻止这一切，绝不能让师兄的悲剧在无影大哥的身上重演。无影，是那样地忠诚于臻华，是那样的处处为大梁国考虑，无论如何，也不能让无影大哥受到伤害！"

纯儿的心中念头急转，她在想着，自己现在该如何去做。因为，现在战争已经进行到了最危急的关头，任何一个错误的决定，都有可能酿成大祸！她要好好想一想。

纯儿刚刚回到宫中，还没有来得及去处理回鹘那边的事情，雪姬的快报就到了。这是黄河恢复通行以来，雪姬送回来的第一封信，所以，纯儿在拆开信的时候，心情也和其他大臣一样，分外紧张！

偌大的一个西蜀国，就交给了两个女人，她们现在的状况，究竟如何了？

纯儿逐字逐句地读着来信，雪姬真是一个完美的下属，她在来信中，把这段时间西蜀国所发生的一切，都条例分明，繁简有序地记叙了下来。

读着雪姬的信，想象着西蜀国中现在的情景，纯儿不禁暗自好笑——雪姬，真不愧是玩儿了两辈子恐怖主义的人，她太善于在别人的领土上兴风作浪了。所以说"术业有专攻"，壁垒森严的西蜀国碰上了专业恐怖分子，也只有自认倒霉了。

纯儿看完信后，扼要地向大臣们说明了西蜀国目前的情况，虽然雪姬的信中说得很详细，但要想总结一下也容易，就一句话就行——下月初一，西蜀国将举行新帝登基大典！屈指一算，也就是四天以后了！

当纯儿宣布完这个消息之后，大殿中并没有出现一片欢腾和雀跃的场景。这段时间以来，他们君臣费尽苦心，做了这么多安排，为的就是从西蜀国内部彻底瓦解端昊的政权，现在，这个目的终于实现了，曾经严重威胁大梁国安全的宇文端昊，已经成了流亡皇帝，他们终于可以松一口气了，但是大臣们不仅没有欢呼，反倒是出现了一阵长时间的沉默。

也许，对于旁人来说，发生在宇文端昊身上的这一切事情，只不过是一个故事，一段传奇。可是，对于大梁国的这些重臣，这些在权力最中心沉浮了大半辈子的人来说，所感到的却不仅仅是振奋或者感慨，他们的情绪要复杂得多，因为他们想得更多，更深，更远。

“皇后娘娘，现在大梁国境内的六十万西蜀军已经投降，西蜀国中也完成政权更替了，我们的计划等于实现了大半，现在，我们是不是可以着手安顿大梁国的内务，还有等着西蜀国派人来谈战俘的事情了。”宰相问道。

宰相就是管家，一个国家的管家，所以，虽然硝烟还没有散尽，他却已经开始着手，按部就班地料理战后事宜了，而且养着西蜀国六十万人，也的确是一个沉重的负担。宰相实在是想赶紧把他们送回去。

按说战争结束，双方是应该交换战俘的，可是，西蜀国中没有大梁国的战俘，而且，就这么把这六十万战俘送回西蜀国，似乎也不太对头——吃点儿亏事小，堕了战胜国的威风事大。

所以，宰相想出了个办法，按照春秋战国先贤的方法，让西蜀国把战俘赎回去，也不多要钱——不分军官和士兵，五两银子一个。都是青壮年，这个价格对于西蜀国来说绝对合算，而且，大梁国也有三百万两银子的进项，基本就够国内战后重建了。

宰相把这个想法一本正经，引经据典地说出来之后，纯儿差点儿没乐出来——这件事宰相做得实在是经典，最厉害的是，人家还是跟远圣先贤们学的。由此可见，古人的智慧绝对是无边的。

纯儿认同了宰相的建议：

“宰相大人这个方法很好，但是，现在还不能实行。”

“为什么？”宰相奇怪地问道。

纯儿的容颜肃穆：

“因为这场仗还远远没有结束，我一天没有宇文端昊的确切消息，这场仗就不能算战局明了。”

大臣们没想到纯儿会说出这样一句话来，他们面面相觑，不明白皇后娘娘的意思：

“娘娘是怕宇文端昊卷土重来？”一位大臣问道。

“对。”

“他现在手里只有四十万人马，又没有了西蜀国的后援，而且，现在西蜀国的新政权已经建立，他们也容不得宇文端昊再活在这个世上，到时候，宇文端昊在我们两方夹击之下，还能有什么作为呢？”这位大臣分析得也很有道理。

纯儿沉默良久，眼中闪动着坚毅的光芒：

“换作别人，在受到这样接二连三的打击之后，很可能会一蹶不振乱了方寸。但是，宇文端昊不会！我了解他，就算到他只剩下了最后一兵一卒，就算是他需要潜伏十年才能重整旗鼓，他都不会放弃的。他只要活着，就一定会想方设法重新来过！”

那个大臣还想说什么，宰相却打断了他：

“娘娘说得没错，宇文端昊是一代枭雄，绝不能用普通人的作为去度量他。我们还真是不能掉以轻心，导致前功尽弃。”

纯儿点了点头：

“所以，我们现在还有很多事情要做！如果我们的目的，是要真正彻底地打败宇文端昊的话，恐怕我们的路才刚刚开始！”

宰相点了点头：

“千里之堤溃于蚁穴。皇后娘娘说得没有错，我们决不能掉以轻心，从现在起，大梁国境内的警戒要加倍的森严，毕竟现在，宇文端昊已经从明处转到了暗处！”

纯儿暗自点头，宰相大人果然了得，一旦明白了目前的局势，就能够立刻调兵遣将，并且把问题分析得更加深入。

见自己已经和大臣们达成了共识，纯儿又开始谈另一个问题了：

“宰相大人，我想出宫几天，朝中事务，就先依仗各位大人代为处置。”

“皇后娘娘又要去哪里？”

“我要到回鹘军中，去见一见无影陛下。我觉得，如果宇文端昊想要重夺江山的话，他最先想到的，一定就是向回鹘借兵。”纯儿沉着地说道。

听纯儿这样说，大臣们不禁都变了脸色，宰相大人有些着急了：

“您既然想到了宇文端昊可能会打回鹘的主意，那您还亲自到回鹘去？这不是太危险了吗？”

纯儿轻叹了一声：

“放心吧，无影陛下是一位正直的君子，既然和我们有约在先，他就不会做出背信弃义的事情来。”

“那您为什么还要亲自去呢？”

纯儿不语，只是把目光投向了远方：

“自己为什么要去呢？”其实连纯儿都说不清楚自己为什么要亲赴回鹘。她只是觉得自己应该去，因为她了解端昊和无影，她更知道这两个男人之间的复杂情感，这种情感，外人是无法明白的。

其实，纯儿现在急于见到无影，并不是担心无影会改变决定，而去看住他。她是在担心无影，她真的怕无影会和拓跋一样，在情与义之间，逼得自己走投无路！

纯儿很怀疑，如果无影也和拓跋一样，采取了极端的方式来成全自己的忠和义，那自己是否还能够继续承受下去。

所以纯儿想去见他，想对他说一句话：

“如果，你不忍心伤害端昊，那就恪守中立吧。你即使恪守中立，臻华也会感激你，永远都把你当成兄弟的！但是千万不要再像师兄那样，用死亡或者自伤来完成这一切！”

纯儿知道，端昊一定会用情去逼无影，所以，她决不能再用无影和臻华的兄弟之情来逼迫无影了，不仅不逼，她还要主动给无影一条出路。

但是，如此复杂的事情，该怎么给大梁国人解释清楚呢？

纯儿正在犹豫，宰相忽然开口了：

“皇后娘娘不用踌躇，您做得对。”

纯儿愣住了，一时不知道说什么才好，因为她不知道宰相这句话是在指什么。

宰相却不疾不徐地继续说道：

“无影陛下是一位好皇帝，如果，为了我们大梁国的事，受了什么牵累，那回鹘国必然会再次大乱。到时候，受苦难的将是西域七十二城邦。而我们大梁国，为了自己的臣民不受伤害，却置友邦黎民的生死苦难于不顾，这太说不过去了。”

纯儿被宰相这种大义凛然的胸襟打动了，几乎说不出话来。宰相继续说道：

“但是，我还是不主张皇后娘娘亲自到回鹘军中去。”

“为什么？”

“无影陛下无疑是一位正人君子，即使他最终选择了中立，哪怕是他要和我们为敌，他都不会干出趁娘娘不备，而伤害娘娘的事情来。但是娘娘您想过没有，既然宇文端昊想要向回鹘借兵，那么很可能他的精锐部队现在已经在朝着回鹘军的方向集结了。如果是那样的话，很可能现在在大梁军和回鹘军之间，已经又有了一道隐秘的西蜀国防线，到时候，如果娘娘您误入了西蜀国的防线，就太危险了。”

宰相一番话，让纯儿警觉到，自己刚才的计划是何等不够周密，纯儿不禁暗自汗颜。难怪人常说关心则乱。自己刚才关心无影，又忆起了拓跋傲疆的死，心中痛楚，几乎就犯下大错。

纯儿心中惭愧——看来，想成为一位真正能永远冷静睿智，永远都立于不败的统治者，自己仍旧需要历练。

“那依大人的意思呢？”纯儿诚恳地问道。

“娘娘只要写一封亲笔信，立即派可靠的人送给无影陛下。”停顿了一下，宰相大人又加了一句，“君子之交贵在相知。无影陛下既然是臻华陛下和您的好朋友，那么我相信，他一定会理解您这一番苦心的。”

纯儿点了点头：

“好，就按宰相大人说的办。”

这段时间，回鹘军一直驻守在大梁国的西面，看起来，好像是对大梁国已经兵临国界了，但实际上，回鹘等于为大梁国建立起了一道坚固的外围防线，牢牢地为大梁国守住了西部边陲。

这些天里，无影一直都在紧密关注着大梁国的战局，眼看着纯儿诱敌深入，然后三面合围，又火烧黄河，最后兵不血刃地俘虏了西蜀国六十万大军。无影兴奋之极，他的兴奋甚至超过了每一个大梁国人。

他赞许纯儿的聪明才智，更为了纯儿的善良而感动不已。

“自己没有爱错，纯儿果然值得自己用全部生命去爱！”

尽管现在纯儿已经昭告天下，成为了大梁国的皇后，完颜臻华的妻子，可是这似乎丝毫也没有影响无影对纯儿的爱。

夜很深了，无影还在看战报，西蜀国内的消息刚刚才传到他这里。看到西蜀国已经江山易主，无影，这位名震天下的冷血英雄竟然情不自禁地打了个寒战——天啊，这不会是真的吧？

无影从来都没有为自己恐惧过，但是，他现在开始为端昊担忧了。他了解端昊，所以他不敢想象，端昊怎样才能承受住眼前发生的这一切！

就在无影胡思乱想的时候,门外忽然传进了侍卫的呼唤声,紧跟着侍卫就走了进来。

“什么事?”无影问道。

“有人夜闯大营,要见陛下。”

“是什么人?”

“十几个黑衣人,为首的一个说是替方子纯送信来的。”

“方子纯?纯儿?”无影吃了一惊,因为他没想到,会有人直接说出方子纯这三个字来。无影心念急转,“难道是纯儿担心信使见不到自己,所以才特意嘱咐他们来了之后,要报出这个名字,还是另有原因呢?不过,不管什么事,先看看再说吧。”

“好,带那个信使进来,其他人在外面等候。还有,”无影目光炯炯,“严密监视那些人,他们一有什么异动,立即拿下。”

无影本来就是一个周密之人,现在身为一国之君,又领兵在外,所以,做事就更加的谨慎了。

“是。”侍卫领命出去了。

无影把长剑放到了手边。表面上看起来,无影现在仍旧是一派从容,但是实际上,日下无影已经一触即发了。

就在无影已经完全做好了对敌准备的时候,忽然,帐外传来了一阵熟悉的脚步声!这脚步声太熟了,熟得让无影都无法置信,因为他说什么也想不到,这脚步声会在这里出现!

以至于最开始的时候,无影都以为自己听错了,但是这只是一瞬间的事情,恐怕这辈子,无影也不会听错这种声音,脚步声越来越近了,无影一跃而起,跳到了门前,而那个人也刚好走了进来:

“陛下——”

没错,来的人正是宇文端昊!

宇文端昊的身上披着一件长长的藏青色斗篷,显得他的身材更加挺拔,他的脸虽然略显清瘦,却依旧是那么神采奕奕。尤其是他的眼睛,往日里,当端昊还是西蜀国皇帝的时候,他的眼神总是刻意地笼罩着一层朦胧,就好像给明珠蒙上了一层轻纱,让所有的人都无法窥到明珠的真正光芒。

可是现在,他的眼睛中光华毕露,即使是在这个简陋昏暗的帐篷中,即使他刚刚结束了远途奔波,即使全天下人都知道,他宇文端昊已经成为了明日黄花,即使他现在几乎可以说是孤身陷入了敌营,但这一切,都丝毫无损于他眼中那闪动着的光华。

可以想见,如果现在,让大梁国中的任何一位大臣见到宇文端昊,他们都会毫不犹豫地相信纯儿的话——宇文端昊,绝不会就这样束手待毙,对于这个男人来说,如山倒般的兵败,只不过是他另一场征服的开始,而且,每一个人在看到此时的宇文端昊之后,都会坚信,他——还将是这场征服的胜利者!

无影当然也把这一切都看在了眼里,他的心中也不禁暗生佩服:

"陛下果然是不同凡响,恐怕像他这样的人,放眼天下,再也找不出第二个来了。"

端昊听无影脱口喊出了陛下,不禁微微一笑:

"山水轮流,命运翻覆。恐怕你也知道了,我现在已经被逐下了西蜀国的皇位,早就不再是什么陛下了。而你,却真正成为了回鹘国的皇帝,所以此刻,应该是我叫你陛下才对。"

端昊这一番话,明明应该是包含辛酸的,可是不知道为什么,从他的嘴里说出来,却显得那样的豪迈洒脱。

无影微微一躬身:

"陛下玩笑了。我是陛下的护龙使者,今生今世,不管你我二人的身份如何变化,这一点,是永远都不会改变的。"

无影说的也是真心话,如果一个人从一有记忆起,就被灌输接受了某种身份的话,恐怕这一辈子,他心里也抹不掉这种身份的印记了。

端昊又是洒脱一笑:

"哈哈,我还以为你不做护龙使者,改做皇帝了,会学得幽默一些,没想到你还是这么一本正经,不苟言笑。真不知道,你那个美丽的唐皇后,是怎么容忍你的。"

端昊的这句话貌似玩笑,却让无影暗暗心惊——因为这足以证明,端昊不仅知道无影已经成婚的事,而且还见过了唐婉云的画像!

"看来,陛下从来都没有放松过对回鹘的关注。"无影的心中暗暗沉吟。

"好了,这里只有你我二人,索性咱们就把那些世俗虚礼都抛开,还像我们小时候私下里那样,彼此直呼其名或者兄弟相称,怎么样?"

这恐怕也是现在唯一可行的办法了,古人都很看重名分和礼节,如果不先把他们之间的名分关系解决了,那两个人就没法继续谈下去了。

"好,"无影一闪身,让到了一旁,同时说道,"端昊兄,请坐。"

看着无影的身姿风度，端昊心中一动——此时的无影，还真是有了帝王的凛然大气。

端昊这一路而来，一直想的就是，无论如何也不能在气势上显出衰弱来，甚至都不能让人觉得他外强中干，否则，他的计划就无法成功。可是现在，看到无影身上那自然而然流露出的王者气概，不禁让端昊的心更加沉重了。

不过端昊把这所有的心思都深深地隐藏了起来。他气度不变，和无影相对而坐，侃侃而谈：

"无影，"因为无影比他略小，所以，他对无影都是直呼其名，"在回鹘怎么样？有什么难处吗？虽然你是真正的王位继承人，可毕竟这么多年都没有在回鹘部，一直在中原长大、生活，很多方面，难免同回鹘人的习惯和思想不和。我在西蜀国的时候，经常会想起你，每次想起来，总是会为你担心。你的性格也是过于刚直、黑白分明，可是做皇帝，很多时候却容不得你那么黑白分明，这个身份逼得你不得不去做很多不想做的事情和不情愿的决定，我真怕你改不了你的脾气，到头来是自己吃亏。"

本来无影在见到端昊的时候，心里就已经做好了各种准备——他已经准备好了，如果端昊质问他为什么不出兵攻打大梁，他该怎么答复；也准备好了，如果端昊要向他借兵，他该怎么答复；甚至准备好了，如果问起纯儿来，他该怎么答复。而且，他还想到了，要问一问端昊为什么非要把拓跋傲疆处死！

可是无影真没想到，端昊一开口，竟然是如此语重心长地说出了这些话！

任何人，都不能否认端昊此时所表现出的一片真诚，无影当然也否认不了，他点了点头：

"的确是，皇权沉重，皇路艰辛，只有身在此中的人，才能明白这里面的艰难。"

端昊心中稍微放松了一些，他知道，自己已经成功把握住了这次谈话的开端，于是，端昊接着说道：

"听说你现在干得还不错，是吗？"现在端昊的态度，真的就像是一个非常有责任心的兄长，在殷切的关心着自己的弟弟。

"对，"无影面对着端昊这份真诚，也只能敞开胸怀了，因为他本来就是一个非常光明磊落的人，"不过好在，回鹘人的心地都很简单，脾气也率直，心里有什么想法都写在脸上，所以，平时处理起国事来，也还容易。"

"那就好，"端昊浅啜了一口凉茶——茶早就冷了，但是他和无影谁都没有在意这点小事，现在他们最需要的，是不受人打扰的安静谈话，"不过你还是不能大意，现在回鹘刚刚从外族的压迫中解放出来，正是全体臣民上下一心，全力以赴团结建国的时候。所以很多矛盾和问题都会被忽略，或者被隐藏起来，但是，等到回鹘兴盛了以后，很多关系就会变得复杂了。”

无影知道，现在端昊所说的每一句话都是做皇帝的至理明言，是他身居皇位二十年，用自己的心血换来的，看到端昊这么无私地帮助自己，无影也不能不心生感激。

端昊又叹了一声：

“对你，我不担心别的，就是担心你太直了。而且一腔热血，容不得丝毫奸佞之事，作为一位英雄、侠客，这无可厚非，可是做皇帝，如果这么做，就不行了。”

端昊的眼神变得黯然了：

“我知道，你和纯儿都不能原谅我对傲兄所做的事情，但是，当时大势所迫，我也是没办法啊，无影，你想一想，如果有一天，为了你身为皇帝的责任，为了你的国家臣民，你非得杀死你最信任的人不可的时候，你会怎么做呢？”

无影愣住了，他没有想到，端昊会主动提起拓跋傲疆来，而且，最后端昊那个问题也问住了他。

“如果自己面临这样的难题，会怎么做呢？”无影心中踌躇，“如果有一天，为了回鹘大局，不得不杀死婉云，这个自己现在最信任的，就如同自己亲妹妹的人，自己会怎么做呢？”

想着想着，无影不禁打了个寒战，因为他惊恐地发现，如果真有那么一天，自己也许真的会顾全大局！想到了这些，无影情不自禁地哆嗦了一下。

自从知道了拓跋的死讯之后，无影就对端昊彻底地失望了，他甚至认为，从那一刻起，自己就等于和端昊已经完全的恩断义绝了！可是，端昊刚才的话，却又让无影的决心动摇了，难道，端昊杀拓跋，真的有难以言说的苦衷吗？

端昊一直都没有看无影，他只是又叹息了一声，似乎是自言自语般地说道：

“如果我知道，我会这么快就失去皇位，那我说什么都不会伤害傲兄的，反正也不给西蜀国做皇帝了，西蜀国的兴衰也就与我无关了，我又何苦为了西蜀国，去杀死我最好的兄弟呢？”说完话，端昊惨笑了一声，可是，他的这一声笑，比哭还更能让人动容。

无影虽然素以冷血闻名于世，但事实上，他是一个心地很忠厚的人，虽然他很想问清楚，拓跋到底干了什么损伤西蜀国利益的事情，以至于端昊都非得杀死他不可。

可是现在，看到端昊为了拓跋的事情，竟然如此的痛苦，他实在是不忍心再问了。

——端昊的一个目的达到了。

沉默了一会儿，端昊又换了话题：

“无影，当你听到他们禀报的时候，没有想到会是我来了吧？”

无影点了点头，老实地承认：

“确实是没有想到。”

“我不是有意要冒纯儿的名义，只是现在，我被境况所逼，不得不分外小心。而且我知道，不管你做了哪国的皇帝，在你的地盘中，和纯儿有关的人都会是安全的。”

端昊，终于说到了正题！

本来无影正伸手去拿茶杯，可就在他的手将要碰触到茶杯的一刹那，端昊说出了纯儿的名字，无影的手一下子僵在了半空，他抬起头，眼睛刚好遇到了端昊那灼热逼人的目光。

一时间，两人四目相对，相顾无言。

在这个时候，无影和端昊想到了同一个问题——此刻，他们不是君王和下属的关系，也不是一个流亡皇帝和一个邻国皇帝的关系，他们，只是深爱着一个女人的两个男人！

没错，当剥离开世俗间的重重包裹之后，端昊和无影的关系就是这么简单，可是在这份简单的背后，却又隐藏着两个人心中所有最无奈、最复杂的情感。

沉默了良久，端昊忽然一笑，笑容中充满了自嘲：

“我宇文端昊，从来都没有想到过，这辈子我竟然会为了一个女人如此的牵挂，直到现在我才明白，天下所有佳丽和这整座江山加起来，也抵不过一个纯儿在我心中的分量。”

这是端昊第一次在无影面前彻底坦白对纯儿的情感，而且，还坦白得如此直接，如此的炙热。这让无影有些手足无措。不管端昊如何作为，他在无影心中的形象始终都是一个英雄，他也许自私，也许不择手段，也许野心勃勃，但是无影从来都没有否认过，端昊是一位真正的英雄，是真正的天纵英才。也正因为如此，端昊的这种表白，听起来才更让无影动容。

端昊不等无影说话，就又接着说道：

“所以，你为了纯儿，不肯出兵助我，我一点儿也不会怪你，因为，我现在终于也体会到了，一个男人为了自己心爱的女人，究竟可以牺牲到何种地步。我相信，如果现在你我的位置换一下，是你在和纯儿交战，你请我出兵相助的话，我恐怕也不能答应你。”

本来，无影自打端昊一出现，就做好了准备，等着端昊兴师问罪的，可是现在，端昊的话里有情有理，又包含了深深的谅解，反倒让无影不知如何是好了。

今天端昊似乎是铁了心要把个人演讲进行到底了，他仍旧不给无影说话的机会，而且这次还换了话题：

“无影，你已经成婚了，对吧？”

无影一愣，不明白端昊怎么一下子就从纯儿那里绕到他的身上来了，但是，他也只能先顺着说下去了：

“对。”

端昊的嘴角扬起了一丝玩味的笑容：

“得到你大婚并且立新皇后的消息，我真是感到非常意外，我还以为，你今生今世，会非纯儿不娶呢。”

这恐怕是无影最不愿意提起的事情了，但是既然端昊问到了，他也不能不答，所以只好说道：

“主要是因为，按照回鹘的国法，皇后必须是拥有纯正回鹘血统的人，这样才能保证以后皇位继承人的血统纯正。”

无影言简意赅地解释完了，但是，从端昊的神情中不难看出来，其实这个情况，端昊早就已经了解了，现在，只不过是让无影自己说出来而已。

“那我就明白了，”端昊继续说道，“纯儿一定也和当初一样，不能容忍做你的妃子，而你还有其他的女人，所以才离开你的。”

端昊这句话的声音不大，但是却惊得无影变了脸色，无影“腾”地一下跳了起来：

“这是从何说起，虽然我一直仰慕纯儿，但是纯儿待我，始终就如拓跋兄一样，只是把我当成哥哥的！”

无影急切的解释道，因为他真的不愿意让端昊误会，纯儿和他有过感情。无影这么紧张，倒不是怕端昊会对自己如何，主要是不愿意让端昊误会了纯儿。在无影的心中，纯儿是那样的冰清玉洁，即使现在，纯儿已经做了臻华的妻子，但无影仍旧是把纯儿当成仙子一样，他不能够忍受，世俗间的尘埃染到纯儿身上，哪怕一点点都不行。

看到无影如此着急的辩解，端昊不禁心中一松——这么说来，纯儿并没有和无影产生过感情，那就好！

端昊也是俗人，心爱的女人离开自己身边，漂泊江湖这么久，无影又这么爱她，他真的很担心两个人之间可能发生过些什么，而且，内心中，对此也非常嫉妒。但是，端昊不会明明白白地去问无影，因为他总觉得，如果让无影觉察出来，自己在纯儿的问题上，变得没有信心了，那是一件很没面子的事情，所以，他宁可用这种方式，激无影说出实话。

现在，既然摸清了无影的态度，他就又开始进行下一个步骤了。端昊仍旧是那副漫不经心的样子，不紧不慢地说道：

"当时，不是说纯儿是被圣域掠去，陷身于西域了吗？她怎么又会到大梁国去呢？"

无影犹豫了一下，觉得这件事也没有什么好隐瞒的，于是就很坦白地回答道：

"纯儿遇险的时候，被大梁国臻华王子救了，不过，当时两个人分开了，后来他们又在西域相遇了。"

任凭端昊再怎么装作若无其事，当他听到关于完颜臻华的事情的时候，还是禁不住妒火中烧，眼中不可控制地闪过了一层仇恨的火焰，声音也变得冰冷了：

"哼！乘虚而入，这个完颜臻华，也是个卑鄙小人！"

无影心中一动，这是他今天见到端昊以来，第一次看到端昊情绪失控——为了纯儿的丈夫而失控。

"看来，端昊刚才说的是真话，他真的还是非常在乎纯儿的。"无影暗自沉吟。

"其实……"无影想为臻华辩解几句，但是端昊没有给他机会，端昊直接就打断了无影：

"无影，既然你刚才也说了，纯儿对你，只是兄妹之谊，那么我也就不瞒你了，就像我刚才所说的那样，我心里一直就只有纯儿，我要把纯儿夺回来！"端昊的这几个字，几乎是咬着牙说的，无影毫不怀疑，如果现在臻华就站在端昊面前，那么端昊一定会亲手撕碎了他的。

"可是，纯儿已经成亲了啊？"

"成亲？"端昊狞笑了一声，"她和那个完颜臻华，还不是真正的夫妻，不是吗？完颜臻华已经昏迷快死了，他们根本就没有人洞房！"

"那倒是，但是他们的婚事，毕竟已经昭告天下了啊？"

"我不在乎！"端昊毫不犹豫地说道，语气斩钉截铁，"我知道，纯儿一定有她的苦衷，我原谅她！这次不管她做什么，我都原谅她。我已经失去她一次了，我不能再失去她第二次！"

"可是……"无影想说，现在其实不是端昊原不原谅纯儿的问题，而是纯儿肯不肯原谅端昊！但是，他又觉得，如果这样直接的就把话说出来，有些伤人。所以，他又顿住了。

端昊盯着无影，目光亮得都有些吓人：

"无影，你不会是宁可让纯儿和那个完颜皇帝在一起，都不让她回到我身边吧？"

"我不是，但是……"

无影觉得事情有点儿乱，一时也有些没有头绪。端昊接着说道：

"这不就行了。那个完颜臻华无外乎两种结局，一，或者死了，或者是永远这么不死不活，这样，纯儿就等于把自己送进了坟墓里。二，他万幸活了，但他毕竟是大梁国的皇帝，一旦醒过来，他肯定会有满宫的妃嫔，如果那样的话，纯儿的日子仍旧是暗无天日。以她的脾气，是绝对不能容忍这样的事情发生的。所以，纯儿和他在一起，是没有幸福的。无影，为了纯儿的幸福，你会帮我的对不对？"

无影终于理清了自己的思路了，他吁了一口气，由衷地说道：

"端昊兄，我知道，你是真爱纯儿的。但是这件事，我觉得还是由纯儿自己做决定的好。"

"如果，纯儿还是决定要和我在一起呢？"

"我尊重纯儿的意见，她觉得怎样能得到幸福，我就支持她怎样做，她需要我怎么帮助她，我就怎么帮助她。"无影终于还是说出了自己的立场。

端昊点了点头：

"那就好，你放心吧，纯儿的心中还是护着我的。"

看无影不说话，端昊昂然一笑：

"怎么，你不相信？无影，你了解我，我不是信口开河的人，纯儿的心思，我绝对有十分的把握。"

看着端昊这么自信，无影也有些茫然了，他本来一直都认为纯儿和臻华已经两心相许了，可是，正如端昊所说的，端昊从来都不是盲目的人，他既然有这份信心，就说明他的确是有把握的。一时间，无影也不知道自己该相信什么了。

沉默了一会儿，无影才又开口，而此时，无影已经恢复了他的冷静和沉稳：

"端昊兄，我不瞒你，其实，我和完颜臻华也私交甚笃。"

这一次，端昊有些吃惊了，他真没想到，无影竟然还会和臻华有牵连，端昊的眼光一闪——看来自己还得重新估量这件事的难度了。然而，无影接下来所说的话，却极大地出乎了端昊的意料：

“我承认，虽然我现在已经成婚，而且，回鹘国的国法限制了我，我这辈子不可能娶纯儿了，但是，纯儿始终都是我心中最爱的女人，这一点永远都不会变。在我心中，她的地位无人可替代。所以，我心甘情愿地做她的知己、兄长，一辈子守候着她。不管是你也好，臻华也好，或者是其他别的男人，只要是纯儿选定了，我就会支持她，同样，不管是谁，如果伤害了她，我都不会答应。”

端昊听了无影这一番表白，不禁心中有些辛酸！因为同样是男人，他就做不到像无影这样的洒脱和无私！

无影继续说道：

“刚才我说的，是我对于你、我、臻华、纯儿几个人之间私事的态度。现在，我站在回鹘国的立场上，来说明在这场战争中，回鹘的态度！”

无影的神情变得刚硬了起来，凛然不可侵犯。端昊心中一惊，他真没想到，短短的时间里，无影就历练得如此深沉老辣，这么快，就从自己那逼人的威压中闯了出来。

“回鹘国不希望看到战争。而我，作为曾经的西蜀国民，更不愿意看到西蜀国现在这样遍地烽火，民不聊生的情景。我仍旧希望由你来做西蜀国的皇帝，因为我做护龙使者二十年，非常了解宇文皇族的根底。我知道，除了你，没有人能够做好这个皇帝，别人，只能让西蜀国越来越衰败，只有你才能让西蜀国富强昌盛。”

看到无影以皇帝的姿态来谈国事，端昊也就自然而然地显出了帝王的风范：

“好。私事到此为止，你能够对纯儿有这份赤诚之心，我也很感动，我要替纯儿谢谢你。”话里话外，端昊仍旧是把纯儿当做是自己的人的态度：“至于国事，回鹘国的态度，让我欣慰！这一点，你我很一致，我也不会放弃西蜀国的皇位——西蜀国的皇帝，只有我能做！”

此时的端昊已经豪情勃发，自信更胜过刚才谈纯儿的时候。

无影望着端昊的神情，也不得不叹服——并不是什么人都能在丢了皇位之后，还有这份豪情壮志的。

“端昊兄，我可以助你夺回皇位，也愿意在你和大梁国之间，做鸿雁之使，奔走调停。我只有一个愿望，”无影目光炯炯地望着端昊，郑重地说道，“我希望，你能在重新夺回皇位之后，休兵止战，永远和大梁国修好，不再发起战争！”

这是无影的真心话，他也一直认为这是最理想的结局——毕竟，他和端昊之间，还有着深厚的感情，所以，他真心希望，端昊通过最近发生的这么多事情，会有所觉悟，不再执意于称霸天下，安心做好西蜀国的皇帝，好好地建设西蜀国，成为一代明君，永垂史册。这样的结局，应该是对所有人都伤害最小的。

可是无影没有想到，端昊在听完了他的话之后，竟然放声大笑了起来，笑声放肆之极，直震帐顶！笑声中，端昊尽显出了一代枭雄的本色！

“无影，你说得没有错，我这次来找你，就是想让你做鸿雁之使，在我和大梁国之间往来调停，但是，却不是像你所说的这样调停！”

无影的心提了起来，他隐隐地感觉到，自己还是把端昊给想简单了。果然，端昊冷森森地说道：

“无影，你可以说是和我一起长大的，你应该是这个世界上最了解我的人！你认为，在完颜臻华，占我妻子、夺我皇位之后，我还会这么轻易地放过他吗?!”

望着端昊那双被仇恨灼烧的眼睛，无影感到黑暗在袭来。只听端昊继续说道：

“夺妻之恨不共戴天！这是一！大梁国兵临城下，用炮口逼我签订停战协议，这是二！亡我六十万大军，这是三！派出叛军勾结宇文皇族，逼我退位，这是四！让我成为被全天下耻笑的流亡皇帝，这是五！

完颜臻华罪恶滔天，我杀他，都不足以泄我心头之恨！所以我不仅要杀死他，我还要把他加诸在我身上的这一切，都一件件地还给他！我要天下人看一看，我永远都不会败给完颜臻华！”

无影听得心头冰冷，勉强解释道：

“西蜀国六十万大军，并没有被杀，只是做了战俘。”

“没被杀?!”这个消息让端昊也非常吃惊，但是，他只吃惊了一下，紧跟着就说道：“俘虏我六十万人，也足够羞辱我了。”

无影继续说道：

“我承认，刚才你说的这些都是事实。但是战争之中，什么事情都有可能发生。而且这些事情，更多的，都是发生在臻华昏迷之后……”

听了无影的解释，端昊忽然笑了，笑容中饱含着无尽的仇恨和酸涩：

“无影，你非要逼我说出真心话来，是吗？那好，我说——我承认，我所说的这一切，都是我要兴兵的借口，而我要杀死完颜臻华唯一的理由就是——他竟然敢染指我的纯儿！”

端昊紧盯着无影的双眸，一字字地说道：

“在这个世界上，没有人可以打纯儿的主意。大梁国曾经昭告天下，说他成为纯儿的丈夫，就凭这一点，他就非死不可！我要让纯儿，让全天下都知道——完颜臻华，不过是我的手下败将，刀下亡魂！”

看无影听完自己的话之后，很久都沉默无言，端昊又笑了。不过这一次，他的笑容显得很阴很沉，以至于让他的脸上都出现了几条深深的纹路，在这几条纹路的衬托下，端昊那年轻英俊的容颜上，出现了一种和他的年龄以及气度，极其不相称的深刻。这份深刻，清楚地表明端昊此刻心中，不达目的誓不罢休的坚决！而他的目的就是——杀死臻华！

桌上的烛光，映在端昊的脸上，让他的脸看上去明暗不定，更显出端昊心中的怒火在熊熊地燃烧。看着端昊所表现出来的那种喧嚣、咆哮的仇恨，无影彻底地绝望了——看来，端昊和臻华之间的仇恨，已经无可调和。而这个局面，正是无影最不愿意见到的。

想了想，无影还是觉得要对端昊和臻华这件事的和平解决，做最后的努力，于是说道：

“端昊兄，既然你觉得纯儿的心中还记挂着你，不如，你和纯儿好好谈一次，或者给她写封信，如果她还愿意跟你走的话，你们尽可以放下俗世中的一切，去寻找属于你们自己的生活。真得很没有必要，再增加这么多的杀戮。”

端昊冷冷一笑，恨声说道：

“纯儿当然得跟我走！但是，我不会去跟她谈，也不会去给她写信，我要在彻底打败了完颜臻华之后，让她自动回到我身边来！我宇文端昊是永远不会祈求女人回到我身边的，我只会用自己的实力去征服女人，让女人心甘情愿地臣服我、追随我！”

端昊停了一会儿，又问道：

“无影，你是不是觉得，我说我要夺回王位，杀死完颜臻华，剿灭大梁国，这些都是在痴人说梦?！”

无影无话可说，因为他虽然一直都承认端昊是一个很优秀的男人，但是，俗话说得好，“巧妇难为无米之炊”。现在，端昊手中无兵无将，又没有坚实的后援，所以，他的确不明白，端昊为什么还会如此的自信。

端昊看穿了无影的心思，不禁桀桀一笑：

“无影，你有没有想过，我明明已经想到了你会和大梁国联盟，为什么我还敢孤身到你的军中来？”

无影呆了一下，他还真没想过这个问题。因为他自从今晚见到端昊开始，就没有想过要害端昊，所以，他也就没想到端昊来他这里，是冒了风险的。可是现在经端昊这么一说，无影才意识到，凭着端昊的多疑，的确是不应该做出这种擅闯大营的事情来。

端昊微微一笑，道：

“我现在就来告诉你答案——每个人都有自己的弱点，我之所以敢来，就是因为我了解你的弱点。你表面上冷血无情，可是实际上却是心地极为公正，只愿意做绝对公平的争斗，绝不会做出背后下手，趁人之危的事情来。所以我相信，别说你现在只是和大梁国结盟，就算你现在是大梁国的人，只要在你的军中，你都会尽力保证我全身而退！然后，让我在战场上去和大梁国人一决生死！所以，我敢来！”

无影不得不承认，端昊的确是非常了解自己，无影真的就是这么想的，端昊一点儿都没有说错。

端昊不容无影说话，就又继续说道：

“纯儿也一样，她也有她的弱点。她的弱点就是心太软，太在乎别人的生死了。你刚才也说了，她并没有剿灭我那六十万大军，这对我、对西蜀国当然是好事。而对于大梁国来说，这绝对是错误的——两国相争，最主要的就是尽可能地剿灭掉对方的有生力量！”

无影只能无声地叹息——端昊对于事物的态度，和自己、和臻华、和纯儿都差距太大了。也许，在这些观念上，他们永远都无法互相调和。

端昊永远都理解不了，在这个世界上，还有一种非常宝贵的品质叫做善良，端昊也理解不了，在臻华他们的心目中，做皇帝，最根本的目的不是要称霸天下，而是去造福苍生。

端昊忽然颜色一正：

“无影，看着我。”

“啊？”无影本能地把目光聚焦到了端昊的脸上，他发现端昊的眼睛中，放射着一种分外明亮的光芒，不知道为什么，这光芒尤其的让人感到不安，就好像是天象即将出现异变之前，天空中所发出的那种古怪的光辉。

“无影，我下面要说的每一句话，都是想让你转告给纯儿的。当然，是否告诉她，还是由你决定，但是我想，你在听完之后，一定会告诉她的。”

一听说事关纯儿，无影也紧张了起来，他向前靠了靠，紧紧地盯着端昊的眼睛，不知道端昊会说出些什么来。

只听端昊一字字地说道：

“我手中，现在还有四十万大军，另外还有几千名青衣卫，一直都跟随着我——青衣卫对我的忠诚，我想你是不会怀疑的。另外，我手中还有足够的粮草和军饷，这一点，你应该相信，因为当初，正是拓跋和你、我，三人一起在边境设定的这些秘密仓库，里面存放着足够的粮草、军饷还有武器。”

无影知道，端昊说的都是事实，他现在急于知道的是，端昊接下来会怎么做。难道，他想用这四十万大军和大梁国决一死战吗？那肯定是以卵击石啊。

像是看透了无影的疑问一样，端昊冷笑了一声：

“你放心，我没那么傻！我知道，要是用这四十万军队去和大梁国打，那是自取灭亡！我要做的是，”端昊的声音忽然一沉：“把这四十万军队，全部培养成死士，我要组建一个新的圣域！”

“什么！”无影惊呼了出来，他终于明白端昊的打算了，也真的被惊骇了。

端昊却丝毫也不理会无影那蓦然而变的脸色，继续说道：

“也是机缘巧合，当初，你说纯儿被圣域掠走，从那时起，我就开始专门研究这个圣域组织。尤其是后来，我发现岭南梨氏叛乱，也有圣域参与其中，我就更加关注他们了。

我想知道，这是一个什么样的神秘帮派，竟然能够威胁到一个国家的政权。所以我收集了所有能够收集到的，关于圣域的资料，尽可能地掌握了他们三十年来，做的每一件事情。

其实，即使当我了解了关于圣域的一切之后，我仍旧不太重视圣域。因为当时我还是西蜀国皇帝，我手中有更加庞大的国家机器，这比圣域更好用。但是现在，当我失去皇位，深陷江湖之后，我突然发现，圣域，真的是一个非常不错的选择！”

端昊的眼睛，就像是两簇黑色的火焰在燃烧，不知道为什么，望着端昊的眼睛，无影忽然想起了回鹘部中一首古老的诗歌——黑色的火焰燃烧，那是魔王降临到人间的征兆！

难道，端昊现在已经成为了传说中的那个魔王？！

端昊可不管什么魔王不魔王的事情，他仍旧在继续着自己的话题：

“我知道,四十万大军,也许不能全部都培养成死士,但是,死士不需多,有上二十万人就够用了……”

无影感到一阵彻骨的寒冷,因为他明白,真正的像青衣卫那样的死士,只要五万人,就可以让天下大乱!

“我已经把青衣卫分成几路人马,其中一路,现在已经潜回西蜀国了,他们的任务,就是杀死那个准备登基的新皇帝,并且灭掉他的九族。从现在起,西蜀国只要有人敢当这个皇帝,等待他的就是灭门之祸。无影,青衣卫曾经是你一手掌控的,你觉得,他们能完成这个任务吗?”

“能完成,”无影像背书一样,面无表情地说道,“青衣卫本来最根本的任务,就是监视朝中大臣,所以,他们对于西蜀国中的一切权贵,都了如指掌,当初对他们的训练之一,就是要他们可以不费吹灰之力,就剿灭西蜀国中的任何一个家族。没有人能够阻拦住他们。”无影的语气分外的空洞,就好像他体内的血已经被抽干了一样。

无影身体中的血的确是仿佛停止了流动,因为他似乎已经看见了西蜀国中,现在那血肉横飞,妇孺老弱都会被杀害的惨象!

端昊满意地看着无影的神情变化,接着说道:

“另外一路青衣卫,已经潜入了大梁国,他们的目标,是大梁国中除了纯儿之外的所有权贵,能杀一个,就杀一个!另外他们的目标,还有大梁国中的所有大富商!大梁国靠商路兴盛,大梁国的商人往来于商路,他们将劫持这些商旅和商号,把他们的财物充当我的军饷!无影,你认为他们能完成这个任务吗?”

“能,”无影的手紧紧地扣住了桌子,“西蜀国和大梁国对抗了十年,所以,青衣卫对大梁国中所有权贵情况的了解,不亚于对西蜀国权贵的了解。包括那些富商,当初我们曾经专门研究过,如果开战,怎么样才能在第一时间控制住大梁国民间的大量财富,让大梁国无法转移、藏匿财产。而且,青衣卫中有一个分支,是专门培训出来对付大梁国的,他们每个人,都具有合法的大梁国人的身份。我相信,就是这些人,又回到了大梁国。”

端昊微笑阖首:

“好,不愧是朕的护龙使者,对于这些事情,都还历历在心。”端昊的话锋一转:“我的第三路人马,就负责专门训练那四十万大军。每训练好一批人,我就会把他们投放到大梁国中去,在大梁国尽可能地制造一切混乱,该杀人就杀人,该血洗就血洗!”

听着端昊的话，无影突然感到一阵眩晕，因为他仿佛看见了，当年的回鹘部——无数训练有素的圣域死士，在肆意地屠杀平民。就好像一群狼闯进了羊群一样，羊，只能任人宰割！

“还有，”端昊的声音忽然变得很轻，就仿佛一个珠宝商人，在一件件地展示完自己的宝贝之后，准备最后展示最宝贵的一件时，那样的小心翼翼，那样的充满骄傲和自豪，“无影，你听说过波斯的拜火教吗？”

“听说过，他们早就有心要侵占商路，侵占西域，甚至侵占中原。”

“没错，现在我和拜火教已经取得了联络，我们都非常希望能够相互合作。我需要他们的力量，而他们进驻东方，需要向导！”

无影彻底地愤怒了：

“你这么做究竟是为什么?！”

“为了成为第二个圣域，或者说，我要取代圣域，成为另一个更加强大的神秘组织。”端昊毫不犹豫地回答。

“我是问你的目的，你的目的不会是只成立一个神秘、残忍的江湖帮派那么简单！”

“当然没那么简单，我的目的，是要夺回我的皇位，夺回我的江山、我的天下！”

“可是你这么做，就能夺回皇位了吗？”

“如果，我的对手是别人，那我恐怕不能，但如果我的对手是纯儿，我就能！”

“为什么？”

“我刚才说过了，就因为她的弱点！”

忽然，端昊的语气一变，变得很轻松，就好像他刚才所说的，只不过是一件很平淡的事情一样，而他现在，已经准备结束这次“轻松”的谈话：

“无影，我要你转告纯儿的话，都已经说完了，至于其他的，她如果想知道，就只能亲自来问我了。我今天该说的都说清楚了，天快亮了，我也准备走了。”说着话，端昊就站了起来。

“最后一个问题，纯儿要怎样做，你才肯放弃这所有的计划？”

端昊笑了：

“这个，也得由她来跟我谈。”

“你在逼纯儿。”

“我没有逼任何人，我只是要拿回属于我自己的东西。”

"可是你所采用的手段太过分了。"

"无影,你应该明白,这个世界上的事,殊途同归,都是为了最后的成功,只要成功了就可以,不用那么斤斤计较于手段。至少我不计较!"

端昊忽然又是一笑,笑容嚣张:

"当然,你现在可以放弃你的原则,直接杀死我,免得我出去为害人间。"

无影惨笑了一下:

"我不会的,这不仅仅是因为我的原则,也因为我了解青衣卫的规则。我相信,你在来我这里之前,已经把该发的命令都发出去了。青衣卫在开始执行命令之后,除非能得到你亲自发出的终止命令,否则,他们是不会停止下来的,他们会一直按照你的命令去杀人,一直杀人,直到他们自己被杀死为止!也许,正因为如此,你才敢有恃无恐的,来到我的军中吧?"

"也许吧。"端昊承认道,"如果,你真的不准备留下我的话,那我就走了。"

"走吧,"无影有些无力地说道,"虽然我知道,你说得很对,我让你走了,就是放任你去为害人间!但是,我现在没有办法阻拦你。"

端昊对于无影的讽刺不以为然,转身就朝着帐外走去,忽然,无影又叫住了他:

"等我把这些都告诉了纯儿之后,她如果想见你,该到哪里去找你呢?"

"放心吧,她会知道的。"端昊忽然有些古怪的一笑,"我和纯儿之间的相互了解,比你能够想象到的,要多得多!"

说完话后,端昊头也不回地就走出了大帐。

其实端昊也知道,无影对纯儿的感情,只是一相情愿,纯儿并没有对无影动情。可是此刻,他就是想刺伤一下无影。因为这么长时间以来,他一直都在被臻华所刺痛着。所以,他现在要找一个不如他的人来伤害。好平复一下自己心中的痛苦。

的确,无影是不如他的,因为无影从来都没有和纯儿相恋过。

端昊走了,却把一个天大的难题丢给了无影——端昊,要立志成为下一个圣域主人!

恐怕,在这个世界上,没有一个民族,比回鹘部更了解圣域的可怕,也没有一个人,比无影更切身感受到过圣域的残酷!当初,圣域真的是逼得回鹘部差点亡族灭种,让无影、唐婉云还有无数的回鹘人,骨肉失散,死无葬身之地。

如果,想弥合圣域带给回鹘和西域的损失和苦难,那恐怕还需要五十年的时间。

而在这个世界上,再没有一个人比无影更了解端昊。天下的人看端昊,看到的都是他的宏才伟略，看到的都是他跃马天下的英雄气度。唯有无影知道，在端昊心中，还有着阴沉、狠毒，为达目的不择手段的一面。就凭着这一点，刚才，端昊所说的那一切，他都会做到，而且，一定做得比他说的还要决绝！

当端昊、圣域、拜火教，这三者结合起来之后，等待天下黎民苍生的，只会是没完没了的腥风血雨！

无影想着想着，竟然双掌不由自主地合了起来，做出了一个回鹘人习惯的，在苦难时向苍天祈祷的动作。

“天上的诸神啊，请赐给你的子民以力量，告诉我，我该如何帮助纯儿！”

无影的心紧缩成了一团，他现在只有一个念头，无论如何，也要帮纯儿把这个问题解决掉，为此牺牲一切，他也在所不惜！

第三章　佳人跃马硝烟里

又是一个幽深的夜色，纯儿处理完国事之后，天就已经黑透了。宰相陪着纯儿吃过了晚饭——这是宰相大人最新给自己增添的工作，每天陪着皇后娘娘用膳。

因为宰相总是觉得现在纯儿操心的事情太多，休息的时间太少，看上去身体总是那么单薄，所以他要监督着纯儿，每天都得亲眼看着她认真地吃一顿晚饭才肯罢休。

宰相的这份情意，让纯儿感动。她能够感受到，这个白发苍苍的老人，是真的把自己当成孙女了，总是从各个方面都想要尽量地照顾好她。所以，纯儿也就每次都尽量地多吃一点，好让宰相放心。

纯儿吃过了晚饭，才回到臻华的身边。每天深夜，能够回到臻华的寝宫，亲手为臻华擦洗、更衣，是纯儿一天中最安宁最幸福的时刻。她总是一边做这些事情，一边把白天发生的所有的事，还有自己所有的心里话，都和臻华说一遍。这样，她就会觉得，自己并不是在孤军奋战，臻华一直就在陪着自己。

当纯儿给臻华料理完之后，她就会卸去晚装，依偎在臻华的身旁睡上一觉——拥着臻华的气息入眠，让她觉得踏实、安稳。

纯儿每晚用这种方式，来感受属于自己的幸福。而大梁国中的每一个人也都在传颂着，他们的皇后对皇帝的无限痴情。

今天纯儿的心情很好，因为天象师告诉她，他已经渐渐地摸索出了侵害臻华的那种邪术的根源，也就是说，也许很快，他就能够找到救醒臻华的方法了。

这个消息，无异于在无边的黑暗中，给了纯儿一线光明，怎能不让纯儿欣喜呢。

纯儿给臻华料理妥当之后，刚刚卸去钗环，准备就寝，忽然窗外传来了一个宫女的传唤声：

"皇后娘娘，玉环姑娘在吗？"

正在侍奉纯儿卸妆的玉环愣了一下，说道：

"我在，什么事？"

"雅鲁将军传话进来，说有急事要见您，请您出来一下。"

一听雅鲁的名字，玉环立刻勃然变色：

"这么晚了，他怎么能让人来找我？打扰了小姐休息怎么办？"

纯儿叹息了一声，自从这次玉环回到她身边之后，纯儿就发现了，一贯温柔怯弱的玉环，在雅鲁的面前，简直就像是一只母老虎一样，要多凶就有多凶，把一个名震西域的雅鲁将军，搞得就像是一只小羊羔一样。这件事让纯儿又好笑又好气，看来，宰相府只教会了玉环如何做一个好丫头，却没有教过她该如何做一个好妻子。

"等我忙完眼前的这些事情，一定得好好给你补上这一课，教给你该怎么做人家的妻子，省得你嫁出去之后，人家说我的丫头简直就是一头母狮子。"纯儿曾经这样半开玩笑半认真地对玉环说。

今天看玉环又要发雌威，纯儿不禁好笑，说道：

"雅鲁将军是有分寸的人，这么晚了找你，肯定是有事情，你先去看看再发脾气呀。"

"是。"小姐的命令，玉环永远是百依百顺的。她一边往外走，嘴里还一边嘟囔着，"他要是没有正经事，看我怎么收拾他。"

纯儿失笑了出来——这小两口吵吵闹闹，也足以证明他们之间的深情了。忽然，纯儿又感到了一丝莫名的悲凉，她走到了臻华的身边，手指轻柔地滑过了臻华的脸颊：

"臻华，我们还没有正式谈过恋爱呢。等你醒过来，你一定要陪我，好好地谈一场恋爱，就像雅鲁和玉环这样，好吗？"

说着话，一颗大大的泪珠从纯儿的眼角坠落下来，沉甸甸地砸在臻华的脸上。

让纯儿意外的是，不大工夫，玉环就像是一阵风一样地又闯了进来，她几步就走到了纯儿的身边，神情有些紧张地望着纯儿，用极低的声音说道：

"小姐，无影陛下亲自来看您了。"

"啊?!"纯儿"腾"的一下就站了起来，都忘了先擦去腮边的泪痕了。无影怎么会突然来了？出什么事了？

纯儿来不及多想，赶紧问道：

“他现在在哪里？”

“在雅鲁那里。因为无影陛下不想惊动其他人，所以就叫人悄悄通知了雅鲁，雅鲁又找我给小姐送信。”

纯儿略一沉吟，就有了计较：

“这样，玉环，你带无影陛下到旁边的那间小殿里，让所有的宫人都退开，就说我命你和雅鲁，今晚在那里替陛下祈福，任何人不许打扰。”

“是。”玉环走了出去。

无影和雅鲁很快就被玉环带到了那间小殿中，小殿布置精雅，正中供奉着一尊神像，青烟缭绕，纱幔低垂，让人肃穆。无影已经知道了刚才纯儿对玉环的一番吩咐，不禁心中暗生佩服——纯儿的心思越来越缜密了。

把无影带进来之后，玉环和雅鲁就退了出去。无影有些急切地望着门口，想早一点见到纯儿，他也的确是思念纯儿了。忽然，他听见背后一响，无影是何等的敏锐，“刷”的一下就转过身来，就见神像旁边的墙壁上忽然开了一道小门，纯儿轻盈地从门后走了出来——原来，这墙壁后面还另有机关。

虽然无影的心头此刻压着万钧的重担，但是，他一看到纯儿，还是情不自禁地就忘记了一切。

其实此时纯儿穿得很简单，一件裁剪得非常合体的月白色缎子长袍，长袍沿用了大梁国的风格，就是说穿着它，随时也可以提刀上马。因为已经出嫁，所以纯儿的一头青丝都绾了起来，用一支金银混打的凤钗紧紧地扣住，凤凰的眼睛，是两颗硕大的钻石，钻石在黑暗中熠熠生辉。除此之外，纯儿的身上再无任何饰品，但只这一根由波斯工匠专门打制的凤钗，就足以彰显身份了。

纯儿的脸上已经洗净了铅华，白得几乎透明的肌肤，在烛光的映衬下愈显消瘦。看着纯儿那消减的容颜，无影的心中一疼——可怜纯儿，身担着这样重的担子，自己不仅丝毫也不能为她分忧，还要给她添愁。想到这些，无影真的无法原谅自己。

“无影大哥，出什么事了？您怎么亲自来了？”

纯儿那清澈如山泉出谷的声音，冲淡了无影心中的自责和羞赧：

“纯儿啊，为什么你永远都是这么善解人意呢？我相信这个世界上，再也找不出第二个像你这么完美的女孩子了。”

想到这些，无影不禁叹息了一声，先问道：

“臻华怎么样了？”

“还是老样子，不过天象师说，他已经快找到救臻华的方法了。”

“那就好。”无影由衷地说道。

两人落座之后，无影才又说道：

“我接到你的信了……”

原来，就在无影百般踌躇，找不到解决问题的方法的时候，纯儿的信到了。

纯儿在信中坦诚表明了自己的态度。她详尽地说明了自己对端昊的了解，并且说出了自己的担忧——她怕端昊会用旧日的情意，逼无影出兵相助，致使无影陷入两难之中。所以，纯儿在信中，再三重申了自己的心意——

“无影大哥，请你答应我，不管你因为大梁国的事，遇到了什么样的难题，都一定要和我商量，我们一起解决，千万不要把什么事情都自己扛着。我已经失去了师兄，不能再失去一位兄长了。我相信，这也是臻华的心愿。”

纯儿信中的深情厚谊，让无影感动至极，他再一次感受到了纯儿的善良。而同时，纯儿的信也给了无影一个重要的提示！

“对，就这么办。”

无影的脑海中开始闪念过一连串的打算，困扰了他几天的难题，终于找到了突破的出口，无影的精神一下子就振奋了起来，并且决定，亲自去一趟大梁国。因为，他要做的这件事，非得由他亲自去面见纯儿不可！

无影望着纯儿，也不绕圈子，非常直接地问道：

“纯儿，你信任我吗？”

“当然信。”纯儿毫不犹豫地说道。

“那好，我跟你借点儿东西。”

“借东西？”

“对。”

“你要借什么东西？”

无影深深地吸了一口气：

“我要借一些火器。”

纯儿的脸上忽然显出了一种很古怪的神情：

“火器？你要借多少？”

无影略微沉吟了一下：

"越多越好,但是最少,也要能够武装一支一万人的军队。"

纯儿忽然沉默了,她久久地望着无影,在烛光的映衬下,纯儿看上去就像是用象牙雕刻出来的观音一样,那样的圣洁,脸上的线条也那样的柔和温婉。

看纯儿忽然不说话了,无影有些不知所措。他一路赶来,已经把这件事前思后想了无数遍,已经为纯儿会问的一切问题,都做好了答案。可以说,现在不管纯儿问什么,他都可以毫不迟疑地回答出来。例如他要借火器做什么用,跟谁去打仗,为什么打仗,等等等等。可是他没想到,纯儿竟然什么都不问,只是朝着烛光呆呆地出起神来。而且,她的神情很……怎么说呢?她的神情很复杂,而且,无影都怀疑自己是看错了,纯儿的眼睛中,竟然还有着一丝感动,一丝笑容。

时间一分一秒地流逝,无影有些沉不住气了,于是主动开口说道:

"是这样,我刚刚得到消息,波斯的拜火教要侵犯回鹘的西北边疆。这些拜火教的教徒有些邪门,所以,我想不如跟你借些火器,直接把他们打回去了事。现在回鹘百废待兴,我没有时间慢慢跟他们打消耗战,到时候,我用火器武装了军队……"

"无影大哥!"无影还在滔滔不绝地解释着自己借火器的原因,纯儿忽然开口打断了他。

"啊!怎么了?"

纯儿慢慢把目光从烛火上转到了无影的脸上,她深深地望着无影的眼睛,发自肺腑说道:

"无影大哥,谢谢你。"

无影被纯儿看得有些手足无措,他干咳了一声,错开了眼神,勉强笑了一下:

"咳,说什么呢!是我要跟你借火器,怎么倒成了你谢我了,该我谢你才对。"

纯儿看出了无影的难为情,但是她并没有移开目光,仍旧深深地注视着无影:

"无影大哥,我谢你,是因为你对我和臻华,还有大梁国的这份心意。"纯儿停顿了一下,继续说道,"我知道,你借火器,并不是要去抵抗入侵回鹘的拜火教,甚至也许,拜火教根本就没有入侵回鹘。"

"纯儿,真的……"无影还想解释,可是纯儿却根本没给他说下去的机会,再次打断了他:

"我知道,你要借火器,是想武装起一支军队,替我们去剿灭端昊的残余部队!"

无影心中一惊,他的确是这么打算的——用火器武装起一支军队,找到端昊的藏匿之地,就像当初回鹘立志要剿灭圣域一样,剿灭他们。无影思前想后,认为只有这样，才是彻底根除端昊这个隐患的唯一方法。但是，他不想让纯儿知道这件事，因为无影明白，他这一出手，就是大规模的杀戮，他不愿意让纯儿接触到这些东西。为了纯儿，他情愿背上这个背叛旧主、不念西蜀国养育之恩，屠杀西蜀国四十万军士的恶名。

"只要能保护纯儿，哪怕让天下人骂我一辈子，我也认了！"无影这样下定了决心。

只是无影没想到，纯儿竟然看出了他的真实目的。无影望着纯儿，他在揣摩，纯儿究竟是真的看透了他的真实目的，还是只是在猜测。

纯儿的神色还是那样的从容平静，那双美丽的眼睛，就仿佛是两颗黑水晶一样，晶莹明亮，却又深邃幽远，透露出一种美丽而坚强的神情。纯儿的嘴角慢慢扬起了一丝微笑，她的笑容有些无奈，但更多的，还是一种决绝的明艳。

不知怎么的，看着纯儿的笑容，无影的心里竟然翻了个个儿，他脱口而出：

"纯儿，你到底怎么了？是不是他已经找过你了?！"

见纯儿一下子就看透了自己的目的，尤其是看到纯儿脸上那一抹高深莫测的笑容，无影的心忽然提了起来。他当然还记得，端昊临离去时的那种狂妄的自信——他坚信，纯儿一定会主动去找他的，并且相信，纯儿在他如此强大的威压之下，会答应他的一切要求——不管是合理的还是不合理的。

所以，看到纯儿此时的情形，无影不得不怀疑端昊已经找过纯儿了，如果端昊已经威胁过纯儿了，纯儿现在的神情又是如此的决绝、古怪，那是不是说明，为了挽救天下黎民苍生，纯儿已经决定放弃自己的幸福，重新回到端昊的身边？

一想到这种可能性，无影就不禁遍体生寒，突然间，直透心扉的恐惧充满了无影的全身，他再也顾不得什么礼仪了，竟然一把扣住了纯儿的胳膊，就好像眼看着纯儿要闯进刀山火海了，无论如何也要先拦住她再说：

"纯儿，你听我说，不管端昊找你说了什么，你都不要听，也不要信，更不要匆忙做任何决定，他那都是骗你的，放心吧，事情没有那么严重！有我在，什么事都不会发生的，所有的麻烦，我都可以替你解决掉。现在臻华昏迷着，我更不能让你胡来，乖乖的，你不要再想这些事情了，把所有的问题都交给我，给我火器，我很快就可以把这件事处理掉的。"

"无影大哥……"纯儿刚一开口，就又被无影打断了，事实上，现在无影根本就不给纯儿说话的机会，他只是一个劲儿地把自己的心思和态度都说出来，他唯恐自己一说慢了，纯儿就会来不及听，会突然从他的手中消失一样：

“纯儿，你听我说，我们还没有到走投无路的时候。现在，端昊就是抓住了你的弱点，想用这种方式逼你就范，你千万不要上当！天象师不是说了吗，臻华很快就可以醒过来了，等臻华醒过来之后，我们两个人联手，就更不用怕端昊了！”

无影的话说得又快又急，脸上的神情也充满了焦虑，而和无影的焦急正相反，纯儿的神情却一直都是坦然的，而且嘴角仍旧一直挂着那一丝洞然的微笑。只是随着无影的劝阻，纯儿眼中的感动更加浓厚了。

直到无影一口气说了很多很多话，不得不停下来缓口气的时候，纯儿才幽幽地开口了：

“无影大哥，我知道，你都是为我好，也都是在替臻华，替大梁国考虑，但是你不要着急，先听我说几句话，”纯儿说着话，亲自从壶中倒出了一杯热茶，双手端起来，递到了无影的面前，动作中充满了敬重，“无影大哥，我先谢谢你，为我想了这么多，而且还打算为我做那么多事情，我觉得我很幸运，能遇到你这样的好朋友、好兄长。”

纯儿话语真挚，烛光映到她的眼睛中，使得她的瞳仁里，有两簇小小的火苗在跳动，虽然火苗很小，但却明亮、温暖，照亮了无边的黑暗。

直到无影把杯子接了过去，纯儿才又继续说道：

“端昊并没有找过我。”纯儿平静地说道。

“什么，他没有找过你？”无影真的吃惊了，“可是你刚才说……”

“是，我说你借火器武装军队，是为了围剿端昊的残余，这是我猜到的。”

“什么，你只是猜的?！”这一下，无影可真懊恼至极，他一心想着不让纯儿担忧，不让纯儿受伤害，可没想到，自己竟然沉不住气，率先把一切都说了出来，无影不禁暗骂自己无用。

纯儿看透了无影的心思，微微一笑：

“无影大哥，你也不用懊恼。我虽然是猜的，但我绝不是毫无目的瞎猜，不信，我把事情的始末说一说，你看看对不对。”

纯儿拿起桌上的一把银剪子，轻轻拨了一下烛芯，烛光一下就明亮了许多。

“我一直就知道，端昊不会是一个甘于失败的人，即使我现在把他逼到了死角，他也会占据一隅，伺机反扑。但是，他现在没有了西蜀国作为后盾，而他又一心想着夺回他所失去的国家，所以，他唯一可走的路，就是把他手中现存的那四十万军队，培养成一支新的恐怖力量，也就是一个新的圣域！”

纯儿话未说完，无影就已经目瞪口呆，他不能置信地盯着纯儿：

“纯儿，这些都是你猜出来的？”

“对。”

无影又望了纯儿良久，才欷歔道：

“纯儿，我真没想到，你竟然这么了解端昊！”

纯儿淡然一笑，并没有过多的解释，因为有些事情，是解释不清楚的。正如现在，她能够毫不犹豫地就说出端昊接下来就准备做的事，而且完全都说对了，这并不是全都取决于对端昊的了解，更多的是来源于现代，纯儿对恐怖组织的了解。

“无影大哥，我都说对了，是吗？”

“是，你猜得很准。”

“端昊找到了你，把他的想法全都告诉你了？”

无影又点了点头。

纯儿叹息了一声：

“无影大哥，把端昊找你的全部经过都告诉我好吗，不要因为怕我担心而有所隐瞒，都告诉我，让我们一起去面对。因为，不管端昊要采取什么手段，首当其冲遭受不幸的，肯定是我们大梁国，所以，作为大梁国的皇后，我也应该知道这所有的事情。”

无影现在也觉得没什么可隐瞒的了，既然纯儿已经想到端昊要做的事情了，那自己也应该把细节都跟她说清楚，也好让她早做准备。

于是，无影把端昊所说的一切，包括无影自己的分析，都完完全全地说了出来，事无巨细，一一详述，力求做到让纯儿全方位地了解端昊目前的状态和即将发生的所有事情。

纯儿一直都在静静地听着，无影注意到，有好几次，纯儿的嘴角都会泛起最初的那种有些无奈的笑容。这种笑容让无影陌生，也让无影无法理解：

“也许纯儿是在为端昊的行为悲凉，或者，还是不愿意和端昊为敌？”

无影这样猜测，可是又觉得不太可能，端昊的行为早就已经让所有爱过他、信任过他的人伤透了心。而纯儿自从执掌大梁国那天起，就已经和端昊势不两立了。那纯儿这一抹无奈究竟是为什么呢？

其实，纯儿的这丝无奈，纯粹是一种感慨。因为她发现，自己穿越了千年，绕了这么大的一个圈子，可以说什么都变了，但是没想到，自己的职业竟然没有变！她又得去和恐怖组织打交道了！

纯儿真要怀疑，是不是自己身上有某种特质，只要有自己的地方，恐怖组织就会分外的兴盛。

听无影说到，端昊针对于她的弱点的那一段评述以后，纯儿的心中不禁冷笑了一声：

“端昊，你终究还是不了解我。没错，我不遗余力地保全大梁国的军士、百姓，保全西蜀国那六十万大军，甚至在推翻你的统治之后，还想到要保护好你的孩子。我所做的这一切，并不是简简单单因为心软或者善良，更主要的是因为我受现代教育长大，在我的心中，人的生命高于一切！

而你，现在作为恐怖组织的首领，竟然想利用特警的心软，来达到目的，那你真是想错了，大错特错！特警，永远也不会对罪犯仁慈！从现在起，你每犯下的一点罪行，每沾染的一滴鲜血，我都会让你加倍地偿还回来！

既然，你真的要做恐怖分子了，那我就让你见识见识，世界一流特警的手段！”

纯儿的眼中忽然精光爆射，一时间，她仿佛又回到了现代，回到了反恐战场上，那里才是属于她的世界，那种战争，才是真正能让她热血沸腾的战争！

“端昊，感谢你，给了我一场真正的战争！”

端昊离开了回鹘军的大营，回到了他隐匿驻军的那个山谷之后，就又开始忙碌了起来。其实，在回来的路上，他就已经把眼前的局势，又完完整整地想了一遍，把需要做的事情，按照轻重缓急做了一个排列，最终，他发现，排在最首位的是——丝丽苔！

端昊率军移师，自然也没有放严冰和丝丽苔自由。他需要严冰，因为如果严丞相在京中实在是做得太过分了，他至少可以杀了严冰泄愤。他也需要丝丽苔，因为，丝丽苔在他最需要得到外援的时候，向他提供了波斯拜火教，这一宝贵的线索！

端昊回到山谷中，简单地问了一下武陵各方面的情形，听完了武陵的汇报之后，天色就已经不早了，端昊也顾不上休息，直接命令道：

“把严四夫人请来。”

“现在?!”武陵有些吃惊——天都这么晚了，召见臣子的妻子，这太不合礼节了吧?

可端昊现在根本就不在乎这些。说实话，这么多年，他一直严格地要求着自己，所作所为要完全符合一个帝王的身份，甚至走一步路，喝一口水，都要有规可循，都能成为典范。但这只是因为皇帝的身份在约束着他，是做给别人看的。其实，在端昊心中，是没有任何原则和准则的，一切，都是以他自己的需要为中心。可以说，从这一点来说，他还真的很有成为恐怖组织首领的天赋。

听了武陵的话，端昊冷冷一笑：

“万事都可以权宜，现在这种情形之下，就不用考虑那么多了。不过，”端昊略一沉吟，“不要叫她过来了，我到她那里去好了。”

啊！这一下，武陵心中的惶恐更甚了——陛下要到一个臣子的妻子的住处去，这简直就是史书上的昏君才会做出来的事情。

但是，武陵是不敢对端昊的任何行为提出异议的，他也从来没有想到过，要去反对端昊的行为。所以，只是问道：

“那，我陪陛下一起去吗？”

“不用，我自己去就行。你去做我刚才交代给你的事情吧。”

端昊说完就径直走了出去。

端昊突然决定去见丝丽苔，并不是一时兴起。在这么长的时间里，为了掩人耳目，他和丝丽苔一直是通过那两个水晶球进行联络的。而在水晶球中，丝丽苔所显示出来的影像，总是那样一副高高在上，不可一世的样子，似乎在她的手中攥着全天下人的生杀大权一样。

过去，端昊还是对丝丽苔的能力深信不疑的，但是，现在随着局势的变化，端昊越来越对她产生怀疑了。

当初丝丽苔说得很清楚，她和自己合作，就是因为自己是西蜀国的皇帝，可是现在，自己的国家和皇位都丢了，她还这么委曲求全地随着自己迁移到这荒山僻壤之中，这就不得不让端昊生疑了。因为凭着丝丽苔过去显露的本事，她要想走，自己是根本拦不住她的。

所以，端昊决定突袭一下丝丽苔，好探一探她的虚实。

丝丽苔正和严冰一起待在房间里。自从她和严冰一夕欢好之后，丝丽苔就迷恋上了这种感觉，尤其在这段被幽禁着的苦闷日子里，和严冰日日逐欢，更成了她唯一的寄托。而丝丽苔现也在不知不觉之间越来越依赖严冰了。

今晚严冰睡着后不久，端昊就来了。当丝丽苔听到了女仆的禀报，匆忙穿戴齐了衣服，走出来的时候，端昊已经坐在了她卧室的外间屋了。

看见端昊，丝丽苔做的第一件事，就是马上转回屋，确定了一下，严冰是否睡熟了。还好,严冰睡得很沉。

丝丽苔这才放心,又转身走了出来。

“你怎么突然来了,有什么事不能通过水晶球找我?”丝丽苔有些气急败坏地低吼道。

端昊淡淡一笑:

“我想来看看,你究竟有什么事情瞒着我?”

丝丽苔马上就觉察出了端昊话中不善,她心思一动,就换上一副柔媚的笑脸,媚笑道:

“怎么了,是不是最近我没去找你,你吃醋了?”说着话,丝丽苔那柔软的腰肢,已经朝着端昊贴了过来。

端昊的嘴角扬起了一丝略带讽刺的笑容:

“是啊,谁知道你这个小妖精,现在又找到哪个男人了,都把我抛到九霄云外了。”

说着话,端昊顺势就搂住了丝丽苔,而丝丽苔则自然而然地瘫倒在了端昊的怀里,故意让自己的身体,很方便端昊上下其手。

端昊的手也着实没闲着,一下子就摸遍了丝丽苔的全身,而随着端昊手中的动作,端昊的脸却变得阴沉了,他的手缓缓上移,一下子就扣住了丝丽苔的脖颈后面的死穴,沉声问道:

“说,到底发生什么事情了?”

丝丽苔眼见死穴被制住,不敢强动,只好勉强撒着娇说道:

“你说什么嘛?什么发生什么事情了,你先放开我,你弄疼我了。”

端昊不为所动:

“你的身体里是虚空的,这是怎么回事?”

丝丽苔的目光一跳,但是立刻掩口娇笑了起来:

“原来你还真是吃醋了,看我的身体现在软了没力气,就不高兴!没关系啊,你正好来给我填实啊。”

端昊冷哼了一声,手中微一用力:

“别跟我废话,你现在体内根本全无内力,这到底是怎么回事,过去你不是这样的!说,说实话,你要是敢骗我,我现在就杀死你!你应该明白,你现在已经是一个普通人了,我只要在你的死穴上稍一用力,就会要了你的命,比捏死一只蚂蚁容易多了！”

端昊冷森森的话音未落，五指如钩又一用力。丝丽苔吃痛，不禁低声惨叫了一声，脸也变成了青白色，同时脸上浸出了一层细密的汗珠。

“你先放开我，你想问什么，我都告诉你。”丝丽苔虚弱地说道。

“放开你?!”端昊冷笑了一声，“我要是现在放了你，恐怕你立刻就会编出无数的谎话来骗我。”端昊的手指又一用力，“我不相信女人，尤其是信不过你这个女人！所以，我更愿意保持着这种姿势，等你把所有的真相都告诉了我，我再考虑要不要放过你！”

丝丽苔终究不是一个普通的女人，虽然现在她已经被端昊逼到了死地，但是仍旧不肯乖乖地束手。

她咳嗽了一声，有些艰难地说道：

“一日夫妻百日恩，我们曾经有过那么多次恩爱的时刻，所以比起别的女人来，你总应该更相信一些……”

丝丽苔话音未落，就招来了端昊一阵放肆的大笑声：

“你要是存着这个心思，那就大错特错了。我宠幸过的女人无数，但是没有哪一个，让我特别地对待过，在我眼中，女人都是一样的，所以，你不要试图用女人的身份打动我。没、有、用！”

丝丽苔一计不成又生一计：

“你现在和我这样待在一起，外人不明白真相，还以为你我在做苟且之事，如果万一被严冰撞见，传扬出去，你的名声可就毁了！”

听丝丽苔提到严冰，端昊的眼中杀机顿现：

“怎么，严冰在这里!?”

一看端昊的神情，丝丽苔马上就明白了，如果她告诉端昊，严冰现在就睡在里间屋的话，那端昊立刻就会去杀了严冰！所以，丝丽苔赶紧说道：

“没有，不经我允许，他不敢到我的房间来！”慌乱间，丝丽苔也没有想自己为什么要为严冰说谎。

端昊冷哼了一声：

“哼，我就知道，要是严冰在这里，你也不敢这么放肆！”

丝丽苔顾不上理会端昊话语中那深深的嘲讽，只是觉得深深松了一口气——万幸，端昊没有怀疑，这样，他就不会发现卧室中的严冰了。

端昊又冰冷地说道：

“更何况，严丞相现在在京中翻云覆雨，虽然表面上，西蜀国中都是皇族在叛乱，但我知道，在他们背后，一定是严丞相在操纵着一切，我了解他的手段。所以，严冰现在已经是罪臣了，我杀他也是理所应当。”

“你要杀他！”丝丽苔又惊慌了起来。

“不，我暂时不会杀他。大乱之际，这一刻的仇人，就有可能是下一刻的盟友，更何况是严丞相这样一个精于世故，老奸巨猾之人。所以，严冰的命运还难以确定。”端昊停顿了一下，忽然又问道：

“怎么，你好像很关心严冰。我一直以为你不过是在利用严冰而已，难道，是我想错了？”

“你当然没有想错，”丝丽苔赶紧说道，“我本来就是为了利用他。像严冰那样的人，一点儿脑子都没有，蠢得像猪一样，也就只配让我利用！”

丝丽苔急不可耐地撇清着自己和严冰的关系，甚至忘记了自己眼前的危险处境。她只想到了，现在千万不能让端昊认为严冰和自己关系密切，否则，很可能给严冰引来杀身之祸。可她却一点儿都没有去想，自己为什么要这么急于保护严冰，竟然超过了保护自己。

端昊显然没有心情再管严冰了，就又把话题拽了回来：

“好了，别跟我说那么多废话，我已经没什么耐心了，你知道我想听什么，要说就快说，如果实在不想说，你现在就可以死了！”

说着话，端昊想都不想，就直接掌中用力，看样子他真的是失去耐心了，只想着赶紧把丝丽苔杀死了事。

丝丽苔看到了端昊的目光，心中霎时冰冷——端昊的眼睛中毫不犹豫地显示出了杀伐无情，丝丽苔突然发现，自己活了这么久，终于第一次感受到了什么叫胆怯。也终于相信了，端昊是自己生平仅见的狠毒人物！

“你想知道什么，我都告诉你。”丝丽苔真的胆怯了，不敢再和端昊对抗了，只想着如何从端昊手里活命。

“你到底是什么人？跟拜火教到底是什么关系？跟完颜臻华到底有什么仇恨？先诱惑利用严冰，然后又诱惑我，到底是什么目的？！而你现在突然失去了法力，又是怎么回事？”

端昊那犹如恶魔般的神情，再加上这一连串的问题，让丝丽苔彻底乱了方寸，再

也没有了往日的心机手段和那些撒娇弄痴的本事,只剩下了对端昊的言听计从:

“我的确是叫丝丽苔,当初的确曾经是拜火教中的首领,只是后来,拜火教内部出现争斗,我被逐出了拜火教。臻华是在波斯长大的,我们两个自幼就相识,我一直就爱他,可是他却始终对我都无动于衷。后来,在我被逐出拜火教之后,我通过水晶球知道了,臻华已经成为了大梁国的王位继承人,所以,我想通过臻华来重新得到我在拜火教中失去的东西。同时,我还知道臻华当时正在和严冰的妹妹在一起……”

“纯儿?”端昊问道。

“对,就是她。我才想方设法地接近严冰,并且用迷药迷住了他的心智,让他对我死心塌地,好利用他达到我的目的。”

“后来呢?”

“后来,我通过严冰又见到了臻华,但是臻华始终都不肯接纳我,无奈,我才找到了你。”

“这就是你对我说的,你和完颜臻华有仇,想要和我结盟,除掉他!”

“对。这一点你一定要相信我,我恨他,我是真的想帮你除掉他。”

“好,这一点我暂且信你,但是,既然你这么恨他,为什么当初作法的时候,不直接杀掉他?”

丝丽苔低头不语,端昊看到她这种神情,心中了然,不禁不屑地冷哼了一声:

“你不用说我也知道,你一定是还心存幻想,想得到完颜臻华,哼,愚蠢的女人!”

丝丽苔猛地抬起头来,为自己辩解道:

“是,当初给臻华作法的时候,我的确是存了私心,可是除了这件事以外,我所做的每一件事都是和你的利益完全一致的,杀拓跋,灭大梁,这些事我都是不遗余力去做的。”

“要不是看在你在灭掉大梁国这件事上,跟我的目的一致,我早就杀了你了。接着说,你现在功力尽失又是怎么回事?”

丝丽苔的神情有些暗淡:

“应该是大梁国也请来了高手,在一次斗法中,我们两个势均力敌,都重创了对方。”忽然丝丽苔又急切地表白道,“你放心,我的功力很快就会恢复的,等我恢复了之后,我对你还有很大的用处!”

丝丽苔这番话说得又快又急,好像生怕端昊不给她说话的机会似的,她需要马上告诉端昊,她还是一个对他有用的人,好让端昊留她一条性命。

端昊的心中也在盘算着，接下来该怎么处置丝丽苔——至少眼下丝丽苔就像个废人一样，没有任何用处，但是，正像丝丽苔所说的那样，内力总是可以恢复的。不过，她能恢复到什么程度呢？是完全复原？或者需要个十年八年才能有所起色？要知道，对于练武的人来说，这是很正常的事情。如果真是那样的话，丝丽苔就实在没什么用了。尤其是，听丝丽苔说出她和拜火教的真正关系之后，端昊更是气恼了，本来他还对拜火教心存希望呢，现在看起来，拜火教很可能是指望不上了。

端昊盯着眼前的丝丽苔，就像是一只吃饱了的猫，在百无聊赖地望着一只老鼠——也不想吃它，可留着还得看着它，不如咬死丢开省事。

看着端昊的神情，丝丽苔的心中愈加慌乱，而她的慌乱，正是端昊现在最想要的。端昊已经决定了，暂时留下丝丽苔的性命，因为现在正是用人之际，难免就会用到谁。不过，心中越是这么想，端昊就越要显出对丝丽苔不感兴趣的样子来，只有这样，才能让丝丽苔知道，自己这个活命的机会是多么的来之不易，才会更加的诚惶诚恐，对端昊更加的感激。

丝丽苔被端昊盯得发毛了，说话都有些带哭腔了：

“别杀我，我真的对你还有用。”

“哦？”端昊一侧的眉毛微微向上一扬。

丝丽苔赶紧说道：

“拜火教中，还有我的朋友，我仍旧可以为你奔走，为你们牵线搭桥。”

“我一直就对拜火教没什么兴趣。”端昊语调平板地说道。

丝丽苔绝望了！忽然，只见她的眼球中，有火花一闪，就好像一个濒临死亡的人，要做最后的一搏：

“好，我把什么都告诉你，这是我最后一个秘密了，我可以操纵回鹘国的皇后——唐婉云！”

端昊心中一动，因为他看得很清楚，丝丽苔在说出这句话时那种决绝的神态，端昊知道，一个人在这种神情之下说的话，肯定是真的。但是，能够控制和操纵回鹘国的皇后又不是什么可怕的事情，丝丽苔为什么会这么一副破釜沉舟的架势呢？

尽管心中疑惑，但是端昊仍旧显出一副漫不经心的样子来，就好像丝丽苔的话，他根本就没有听进心里去。不过，他也没有阻止丝丽苔，所以丝丽苔赶紧接着说下去：

“是这样，唐婉云很受无影的信任，在回鹘国中也有很高的威信，而我通过水晶球知道了她一个很大的秘密,只要我让唐婉云知道,我掌握着她的秘密,我就一定可以控制住她,让她杀了无影,执掌回鹘国,到时候,她就必须得帮助我们了。”

“哦?什么秘密能有这么重要,竟然都能让唐婉云先杀夫然后帮你?”端昊的语调中充满了不信。

丝丽苔犹豫了一下,似乎很不想说出这件事,端昊立刻说道:

“你不愿意说也没关系,我本来没什么兴趣听。”

“不,”丝丽苔赶紧说道,“我说。”丝丽苔咽了口口水,说道,“是这样,我通过水晶球知道了,唐婉云曾经亲手杀死了她的父亲。”

“真的?”这一次,端昊都不禁有些动容了,因为不管在哪个国家,也不管是在哪种文化背景之下,弑父,都是一个人神共愤的罪名。

“千真万确,而且她的母亲亲眼目睹了这一切,现在,她母亲还活着,我知道她母亲在哪里,可唐婉云还不知道,她以为她母亲早就已经死了。”

端昊的眼神变得很深很深了,他的心慢慢地激荡了起来,仿佛一座已经熄灭太久的火山,重新又感受到了岩浆的热量——“真是天不亡我!”端昊的心中狂喝了一声,这个消息太宝贵了,唐婉云纵然有一千一万个不愿意,可是凭着这个秘密,也足以让她完全听命于自己。

端昊眼中精光爆射,回鹘的百万铁骑,马上就要归自己使用了!

端昊稍事平稳了一下激动的心情,又想起了另外一个疑点:

“为什么你在提到这件事的时候,神情那么古怪呢,是不是你还有什么事情在瞒着我?”

丝丽苔有些为难地张了张嘴,但是又闭上了,良久才说道:

“这件事,你别问了行吗?”

端昊都没搭理她,只是直接手上用力,而且这一次,他的另一只手还伸向了腰下挂着的匕首。

丝丽苔赶紧说道:

“不是我不想说,主要是你理解不了我将要说的话。”

端昊冷哼了一声:

“你还没说呢,怎么就知道我理解不了呢?”

丝丽苔无奈地叹息了一声:

“好吧,我说!是这样,我师傅曾经对我说过,我们这一种功法,最讲究的是要提前洞察一个人的生命力,如果一个人的生命力太强,就不要和她(他)作对,因为那样的话,会伤害到自己。而我从水晶球中看,唐婉云的生命力就非常强大,所以……”

丝丽苔还没有说完,端昊就哈哈大笑了起来:

“丝丽苔啊,我真不知道说你什么好了。你认识我以前究竟害过哪些人,我不知道。单说你认识我之后吧,你一手策划了让我杀死拓跋傲疆,又亲手害了完颜臻华,我想问一问,这两个人哪一个是生命力弱的?我虽然不懂你们的功法,但是,我也知道,他们两个肯定是生命力非常强大的人,唐婉云难道会比他们更强大吗?丝丽苔,你害了那么多人,现在却突然跟我讲起报应来,这可真是好笑!”

面对着端昊的冷嘲热讽,丝丽苔无话可说,因为端昊说的确实是实情。可是有一点,丝丽苔却无法对端昊明言——过去,她的确是不相信师傅说的这些话,所以,才会那么百无禁忌地杀人害命。可是,自从她功力尽失以后,她开始相信师傅说的话了。她真的在担心,自己如果再去违背师傅教导的话,接下来等待自己的,恐怕会是更加悲惨的命运。

但是现实,却容不得丝丽苔想那么多了。她惨笑了一声:

“好,我马上就去见唐婉云。”先保住眼前的性命吧,至于未来将要发生的事情,再说吧。

“你就这么走?自己去?”

“怎么,你不放心?怕我逃走?”

“当然,你为什么不逃呢?”

“你可以用严冰的性命威胁着我,只要我不回来,你就杀死他。”丝丽苔脱口而出——如果端昊答应了她这个条件,那么严冰就暂时安全了。

可是丝丽苔的话却换来了端昊的一阵大笑:

“你是巴不得我用严冰的性命威胁你,这样你远走高飞了,我也把严冰杀了,你倒乐得轻松。”

丝丽苔被端昊误会,但又难以辩解,只好忍着不说话。

端昊冷冷一笑:

“我今天先放过你,至于你说的事情,让我想一想,我会再找你的。”

说完话,端昊一松手,推开了丝丽苔,扬长而去。

直到端昊出了门以后,丝丽苔才重重地跌倒在了地上——刚才无异于到鬼门关上走了一遭,把她全身的力气都耗尽了。

丝丽苔虚弱地瘫倒在地上，靠着椅子，沉重地喘息。丝毫都没发觉，不知何时，里间卧室里的严冰已经醒来了。

这两间屋子是这座山谷上原来仅有的几间建筑之一，是拓跋当初派人建造，供胡杨女她们居住的，所以搭建得并不太结实。两间屋子不是用砖石隔开的，只是隔了一座木雕的花楞墙，上面绷着描画的厚纱。

也正因为如此，刚才端昊和丝丽苔的交谈，已经尽收严冰的耳中！

没人知道，严冰醒了多久了，他仍旧仰躺在床上，只是脸色已经变成了一种接近于死人的灰白色！而他那圆睁着的眼睛，更是发出了一种犹如厉鬼般的诡异光芒！

谁体会过什么叫做真正刻骨的痛？的确每个人都觉得自己曾经被欺骗过，都觉得自己很有理由去恨一个人，或者是去恨很多人。但是，恐怕没有几个人，能够像现在的严冰这样，心中痛苦到了如此的程度！

其实严冰并没有睡熟，他只是觉得自己心情烦躁，又怕丝丽苔看透了他的心思，为他担忧，所以，干脆躺在床上假寐。可他没想到，竟然让他在无意之间，撞破了这天大的秘密。

丝丽苔和端昊的对话，一字不漏地都钻进了严冰的耳朵里，每一个字，都像是一支毒箭一样，在灼烧刺痛着他的心。最初，他惊怒于丝丽苔和端昊的私情，紧跟着，他震惊于丝丽苔对自己的欺骗。到后来，当严冰知道了，原来暗害臻华，害死拓跋的竟然都是丝丽苔的时候，严冰彻底地疯狂了！

他现在已经来不及再恨丝丽苔了，他现在最恨的是自己！他恨自己怎么这么糊涂，竟然会信任这样一个心如蛇蝎的女人，不但害死了像拓跋将军那样的好人，还害了臻华——自己最好的兄弟，纯儿的丈夫！而现在，她竟然又要去害无影，去害另一个好人，一个好皇帝！

严冰现在都恨不得狠狠地扎自己几刀，最好，能让自己当下就死掉，好赎回自己的罪孽！

有一段时间，严冰都在感觉到，生命正在一点一滴地离自己而去。

“死吧，人必须得为自己犯下的错负责，而现在自己所犯的滔天大罪，只有一死才能算做是适当的惩罚！”

就在严冰真的马上就要因为绝望和愤怒还有自责而死的时候，一道火花忽然在他的脑海中闪过！

“不，我不能就这么白白地死了！我至少应该为拓跋将军和臻华报仇，对，我一定

要为他们报仇！’

这一刻，那个被丝丽苔用迷药迷惑的严冰死了，而那个曾经纵横商路、名震西域的严四公子又活了过来！

严冰仍旧一动不动地躺在床上，他听见了端昊离去，也听见了丝丽苔跌倒在了地上。过了一小会儿，丝丽苔的脚步声传来，看来，丝丽苔是要走进来了。严冰赶紧闭上了眼睛，继续装睡。他希望自己可以尽量装得像一些。

丝丽苔看到严冰紧闭着的眼睛，也没有怀疑，她只是静静地坐在了床边上，温柔地望着严冰的脸庞，在经过了和端昊那一场殊死较量之后，她越发感受到严冰的善良和儒雅是何等的宝贵。

望着望着，丝丽苔情不自禁地伸出手指，想要轻柔地去抚摸严冰的面颊，这一下，严冰可真受不了。现在对他而言，丝丽苔的手指简直就是世界上最让他厌恶的东西，所以，当丝丽苔的指尖刚一碰到他的脸，严冰的身体就像触了电一样一下子就弹开了，同时睁开了眼睛。

严冰这突如其来的动作吓了丝丽苔一跳，她赶紧俯下身去，问道：

“冰，你怎么了？”

严冰现在存了报仇的心，所以也不想让丝丽苔看出自己的异样，于是假作惺忪地翻了个身，背朝着丝丽苔，把脸遮蔽了起来，口中含混地说道：

“没什么，我刚才梦见我娘了。”

因为丝丽苔一直都认为严冰太单纯，太好摆布了，所以，一点儿也没有怀疑，只是柔声安慰道：

“我知道，你是惦记家里了，放心吧，你爹那么大本事，不会出什么事情的。等过一段时间，我们想办法离开这里，一起回家去看一看。”

丝丽苔说的是真心话，她真是在打算，找个机会，和严冰一起远走高飞。可是这话在严冰听来，只不过是丝丽苔所说的那无数句谎话中的一句，所以根本没往心里去，只是把脸埋在枕头里，又假装睡着了，好不用再面对丝丽苔。

丝丽苔还想再说点儿什么，忽然门外传来了女仆的声音：

“夫人。”

“什么事？”

“武陵将军想要见您和四公子。”

丝丽苔心中一动，说道：

“知道了。”就径直走了出去。

当丝丽苔走出去之后，屋内的严冰冷笑了一声：

“肯定是端昊又要找丝丽苔有事情，怕被自己撞破，所以才假托是要找我们两个人！”

丝丽苔走出房门，果然见武陵站在门口：

“武将军，有什么事情吗？”

武陵很有礼貌地垂下了眼帘，不正视丝丽苔的脸，说道：

“陛下说，让我把这个交给夫人，请夫人和四公子吃了它。”

丝丽苔低头一瞧，只见武陵的手中捧着一个小盒子，盒盖打开着，里面放着两颗乌溜溜的药丸。

“这是什么东西？”丝丽苔冰冷地问道。

“是预防瘟疫的药丸。军医说，最近军中有瘟疫爆发的迹象，要提前做准备。”

“预防瘟疫？”丝丽苔冷哼了一声，“应该是什么毒药吧？喝下去，多长时间之内，如果不喝解药，就会死亡的那种。”

武陵没想到丝丽苔还挺有见识，这的确是那种毒药，也是他们大内密探控制别人时常用的东西。刚才端昊把武陵叫过去，让他不管用什么手段，都必须让丝丽苔和严冰“吃”下这颗药丸。武陵虽然心中不解，但是一想到严丞相已经背叛了端昊，端昊这么做，也不算没有理由，所以，也就没有多问。本来，他只想骗着他们吃下去就算完事了，可没想到，丝丽苔竟然这么难缠。武陵记着端昊的命令，刚想用武力强迫丝丽苔吃下去，可丝丽苔竟然开口了：

“其实你又何苦骗我，你直接告诉我，是毒药不就行了。”说完后，丝丽苔接过毒丸，毫不犹豫地就吞进了嘴里。

丝丽苔这一作为，倒着实地震惊了武陵一下，武陵真没想到，这个看似柔弱的女人，竟然如此刚烈决绝。

可是武陵又哪里知道，在丝丽苔吞下毒丸的那一瞬间，她的心中是何等的凄凉，想当初，在她执掌拜火教的时候，她曾经逼数不清的人吞下过这种毒丸。没想到，今天，她竟然成了被逼服毒的那一个。难道果真是天理循环、报应不爽。还是就像师傅所说的那样，作恶太多，终究是要受到厄运的。

不过，现在丝丽苔没有心思去想这些，她有更重要的事情要做——如何不让严冰服下毒丸！

"武将军，我已经把毒丸吃了，还有什么事吗？"

"还有这一颗，得交给严四公子。"

"好吧，你交给我，我让他吃了就行了。"

"不行，"武陵赶紧说道，"陛下吩咐，我一定要亲眼看到你们服下毒丸。"

丝丽苔不屑地冷笑了一声：

"我都这么痛快地吃了，你还怕四公子不吃吗？"丝丽苔希望自己在说话的时候，能够足够让人信服，"放心吧，四公子早就想到会有这一天了，所以我才会那么痛快地就吃了毒药。"

武陵想想也对——要不是严冰早就想到了自己的命运，而已经跟丝丽苔交代好了的话，丝丽苔一介女流，又怎么会有这份胆识呢？

看到武陵有些动摇，丝丽苔就又说道：

"再说了，四公子怎么也是当朝丞相的儿子，就算是死，你也应该给他留些体面吧。"

武陵决定放弃了，倒不是像丝丽苔所说的那样，给严冰留些体面，主要武陵回想起严冰往日的为人，也实在是不忍心亲自把毒丸交到他的手里，还要亲自监督他吃下去。

武陵终于下定了决心，把毒丸交到了丝丽苔的手里。

丝丽苔看到武陵走远之后，才转身回到屋里，而她回到屋子里的第一件事，就是把攥在手心中的毒丸捏得粉碎！

这时，严冰已经从床上坐起来了，看见丝丽苔走了进来，严冰不动声色地问道：

"武陵将军找我们有什么事？"

"哦，没什么事。就是说，最近军中好像有瘟疫流行，让我们自己小心一些。"丝丽苔搪塞道。

看着丝丽苔那刻意隐瞒的样子，严冰心中更加的气怒，他认定了是丝丽苔又要和端昊合伙做什么事情，而故意拿假话骗他。所以都懒得再质问丝丽苔，只是冷淡地说道：

"我累了，回房间去休息，晚饭不用叫我了。"

丝丽苔没有过多地关注严冰的神情，所以也就没有觉察出严冰的异样。因为她现在满心都在想着另外一件事情！

——端昊既然给她吃下了毒丸，那就说明，该让她去回鹘了！

果然，当丝丽苔再次和端昊在水晶球中见面的时候，端昊就非常直截了当地说道：

“你该去回鹘了吧？”

“可以，我马上就走。”

“毒药的期限是四十天。”端昊声音冰冷。

丝丽苔无声地叹息了一声：

“知道了。”

“那就好，该怎么做，你就自己看着办吧。”

“只有一件事，如果严冰问我，我要到哪里去，我该如何解释。”

“你不用解释。”

“为什么？”

“因为从今晚起，我就会宣布严冰的罪臣身份，然后把你们两个分别关押，这样，你就可以走了。”

“你要关起严冰来?！”丝丽苔惊问道。

“对。不过你放心，我不会杀他，他会一直活到四十天之后，毒发身亡。”

“你为什么非要关押起严冰来？”

“就为了不让他对你产生怀疑。如果你这次能够很好地完成任务的话，我们就还会有很多事情可以合作，到时候，严四夫人这个身份还是非常有用的。”

丝丽苔无奈，现在她等于是已经落入了端昊的手掌心里，一点儿主动权都没有了。

“好吧，就按你说的办吧。”

丝丽苔关上了装水晶球的箱子，丝毫也没有意识到，严冰刚才一直都俯身在她的窗外，凝神听着屋子中的一切。

现在的西蜀国和大梁国已经陷入到了混乱之中！

在西蜀国京城，青衣卫毫不费力地就诛灭了新皇帝的九族。噩耗传来，严丞相心中一片冰凉——自己当初没有看错，宇文皇族中没有一个人能够跟宇文端昊相抗衡。

“唉，”严丞相不禁长叹了一声，“宇文端昊的确是雄才伟略，只可惜生错了人家，没能成为宇文皇族的真正子孙。”

“现在，自己该怎么办呢？”严丞相毫不怀疑，他要是敢做这个皇帝，那青衣卫就会毫不犹豫地杀了他！端昊，绝对有这样狠辣的手段。

要是从现在起脱离叛军，重新去帮助宇文端昊呢？这个念头刚刚在严丞相的脑海中一出现，他就不禁苦笑了一声，就在眼下，就在他书房的外面，那两个粉团似的小姑娘，就端端正正地站在那里。天知道，这两个小姑娘到底是学的什么邪门的功夫，只要给她们看一眼，就让人头昏脑涨，她们要想杀谁，都不用动手，只要多看几眼就行了。

而这两个小丫头现在是寸步不离地跟着他，让严丞相苦恼不已。

严丞相也不是没想过要杀死她们，可是一来，他的手下没那么大本事。二来，就在丞相府中，一个独立的小院子里，还住着几十个拿着火器的黑衣人！

"唉，"严丞相又是一声长叹，"自己玩弄了一辈子心机手段，却没有想到，临到老来，会遇上这么倒霉的事情。不知道从哪里来了这么一批莫名其妙的怪人，就盯上了自己。"

其实严丞相也真不冤，因为他的对手是雪姬！想当初，在现代的时候，身为恐怖组织二号人物的雪姬，光是亲手操纵小国家的政变，就玩儿了好几次。现在，对付起这些毫无反恐经验的古人，那简直是太容易了。

不过，雪姬现在也正在怒火中烧，青衣卫竟然就在圣域门徒的层层护卫之下，诛灭了新皇帝的满门大小，这样的失败，雪姬两辈子都没有遇上过，她现在只恨不得把那些凶手一个个都抓住，然后再碎尸万段，才能消了她心头之恨！

可就在雪姬准备着大规模的报复的时候，纯儿的信来了。

信是胡杨女先拿到的，当时雪姬正好出去了。胡杨女拆开信一看，却是莫名其妙，纯儿的信写得不长，而且胡杨女确定，信上的每一个字，她都认识。可是奇怪的是，她却一点儿也看不明白信上说的是什么。正在胡杨女莫名其妙的时候，雪姬回来了。

雪姬接过信去，还没有看完就变了脸色，竟然破口大骂了起来：

"这个端昊简直就是垃圾，他曾经也是当过皇帝的人，竟然会想出这么卑鄙的手段来！我真恨不得现在就杀了他！"

"端昊又干什么了!？"胡杨女一下子就蹿了起来，她是恨端昊恨到骨头里去了，只要一听到端昊的名字，就恨不得冲上去活剥了他的皮。

"端昊在大梁国和西域商路上制造血腥事件，现在他的人已经在商路上劫杀了不少商队了。"

“什么?! ”胡杨女一听,真是又惊又怒,气得都快说不出话来了,“他,他,他竟然去做强盗了!? ”

雪姬冷哼了一声:

“比强盗可怕多了。”雪姬说的是实话,经过专门严格训练的杀人机器肯定比往常那些散兵游勇,要凶残多了。

“那纯儿采取什么措施了没有? ”

“当然采取了,现在她来信的目的,也是叫我们从西蜀国撤军,先回大梁。”

“什么?撤回去?为什么?”胡杨女急了,“我们好不容易才有了现在的局面,让我们全部放弃掉,那不是前功尽弃了吗?而且,端昊这么一逼,我们就让步,那不是更长了他的威风了?! 纯儿是不是急糊涂了。”

雪姬微微一笑:

“你别着急,具体怎么做,纯儿都写清楚了,你听我慢慢给你说。”

雪姬细细地把纯儿的安排都说了出来,胡杨女终于听明白了:

“哦,不错,果然是个好办法。那咱们马上就开始吧。”

“好。我们分头行事。”雪姬说着话,起身就走。

可她刚走到门口,胡杨女忽然叫住了她:

“雪姬。”

“怎么了? ”雪姬一回头,就见胡杨女的神情有些古怪,“有事吗? ”

“也没什么大事,” 胡杨女锁着眉头说道,“你刚才说的那些都是纯儿信上写的吗? ”

“对啊。”

“可是,我怎么看不懂那封信呢? ”

雪姬一愣,旋即就大笑了起来:

“那是因为纯儿用的是一种密语。她可能是怕信在路上被劫,所以,没敢用正常的表达方式。”

说着话,雪姬忽然呆住了,而且是一种受到严重震撼的目瞪口呆。她这突如其来的样子,把胡杨女吓了一跳:

“雪姬,你怎么了? ”

“我怎么了?”雪姬现在根本连声音都发不出来了,因为被胡杨女这么一提,她才意识到,纯儿信中所用的密语,竟然就是现代的时候,雪姬他们恐怖组织中的密码编

码方式，而且是最隐秘的一种，属于最高机密，只限于他们几个高级首领之间使用！可是现在，纯儿竟然如此娴熟地运用了出来！

想明白了这一点，雪姬不禁心中感慨：

“方子纯，你够厉害。我现在相信了，在现代的时候，如果不是主人身负异能的话，恐怕我们的组织早就被你剿灭了。”

“雪姬，你到底怎么了？”胡杨女见她老不说话，就又问道。

雪姬苦笑了一声：

“没什么，我是在想，端昊竟然想跟纯儿玩儿恐怖战争，那真是自寻死路。”

雪姬又一次出现在了严丞相的面前，现在严丞相看见雪姬，再没有一点风花雪月的念头了，有的只是头疼。

“我来是跟你说一声，我该走了。”

“你走？去哪里？”严丞相很意外。

“撤军！从哪里来的，回哪里去。”

“那我呢？”

“你当然还要留下来，好好做你的丞相、国丈啊。”

“别开玩笑了！我是认真的。”

“我也是认真的。”雪姬很真诚地说道，“我们走了，宇文端昊肯定很快就会回来。到时候，他还是现成的皇帝，你当然也就是现成的丞相喽。”

“哼！”严丞相现在无比愤怒，“你们把我害惨了，却要一走了之。我已经帮过你们了，端昊如果真的回来了，肯定第一个要杀的就是我。”

“放心吧，他不会的。而且，反正我们肯定是要走了，马上就走，如果你实在害怕端昊杀你的话，你可以在他回来之前先自杀嘛。”雪姬漫不经心地说着。

严丞相怒火中烧，都说不出话来了。看着严丞相那副青筋暴露的样子，雪姬笑了：

“好了，我不跟你开玩笑了，你就放心地留下来吧，我保证你会没事的，我留下无喜和无忧保护你。”

“她们不和你一起走！？”严丞相惊叫了出来，天知道，他有多么想摆脱那两个凶神恶煞！

雪姬又笑了，笑得意味深长：

“她们其实是两个很可爱的女孩子，而且对你还很有用处。好了，我走了，最后再送一件功劳给你——你可以调动军队，把我们驱逐出去，这样，你就又成为宇文端昊的功臣了。必要的时候,你还可以派人去接你们的皇帝回来……”

雪姬走了。这就是纯儿的计划中的一步——现在端昊在暗处,防不胜防。所以,就把西蜀国给他空出来,让端昊回到明处。反正无喜和无忧控制着严丞相,而且万名圣域门徒,又再次潜伏了下来,只要宇文端昊回来,那么彻底消灭他,就易如反掌了!

雪姬和胡杨女回到了大梁国,直接就来见纯儿,大家顾不上寒暄,开始马上研究下一步的行动。

“我着急调动圣域军回来,一来是为了引诱端昊上钩,二是因为现在大梁国中更需要他们。”纯儿说道。

原来,现在大梁国中的恶性袭击事件在源源不断地发生。可能是因为对大臣们的保护工作做得太完备了,青衣卫无法下手,所以,青衣卫们就把矛头指向了平民,他们经常利用深夜的时候,入户杀人,一户一户地屠杀干净,还在商路上肆意地劫杀客商。而且,在这些受过专训的杀人机器面前,大梁国的正规军,简直就像是木偶遇到了人一样,根本就是束手无策。所以,纯儿要把圣域门徒都派下去,让他们起到防卫治安的作用。

雪姬听完了纯儿的话,眉头紧锁:

“让圣域门徒去对付那些恐怖分子,当然是可以的,但是,我总觉得这么做不是长久之计。纯儿,你我都知道,在现代反恐中,人和各种高精武器是起着同样重要的作用的。如果,没有了那些高精武器,只有人的话,人对人的反恐,恐怕是寸步难行!”

纯儿知道,雪姬说得很对。恐怖组织都是培养出了那些狂热分子当做炮灰的。而反恐战士是有理性的人,如果让有理性的人去对抗狂热的疯子,那本身就差了一筹!

“这个我也想到了,所以,让圣域门徒负责防护,只能是权宜之计。我们需要另外调动一批圣域军,找到端昊现在藏身的老巢,对他进行迎头痛击,逼他赶紧回到西蜀国!”

“对,一定要让他回到西蜀国。这里没有现代化的监控设备和鉴定设备,想在万军丛中,准确地杀死或捕获一个人,简直是比登天还难。而端昊一旦回到了西蜀国皇宫,那么,我们攻击的目标就明确了。像端昊这种人,是必须杀死,绝不能手软的。留着他就是祸害!”雪姬目露凶光。

“无喜和无忧那边都布置好了吗?”纯儿又想起了另一个问题。

“放心吧。她们那里都安排好了,这两个丫头从小就是被主人当成工具养大的,只会服从命令,而且执行命令的能力极强。她们现在已经接受了我的领导,所以,只要活着，就会一直按照我的布置去做的。”

纯儿心头沉重：

“如果，端昊也培养出了这样的死士，那真是太可怕了。所以，对端昊，一定要速战速决！绝不能留给他发展壮大的机会！”

纯儿目光闪动：

“现在，我们把一切都布置好了，接下来，就该做最后一件事了。”

“什么事？”

“约端昊面谈！”

“什么？”纯儿此言一出，雪姬和胡杨女相顾变色，不禁同时说道：

“谁去谈？”

“为什么？”

纯儿神情沉静：

“我去谈，目的是为了拖住他，让他暂缓杀戮。大梁国的无辜百姓已经死得太多了。”

“这太危险了，纯儿，你这是在与虎谋皮！”

“对，如果端昊趁机提出什么过分的要求来怎么办？”

雪姬和胡杨女本能地就想阻拦这件事。

纯儿淡淡一笑：

“我一个人危险，总好过整个大梁国都陷入恐怖攻击的阴影之中。他们是臻华的子民，而我是臻华的妻子，保护他们，是我的职责所在。”

“是去他的老巢吗？”

纯儿冷笑了一声：

“他才不会让我知道他的老巢在哪里。他得到我的消息之后，如果同意见我的话，一定会另约地点。”

“可我们现在连他在哪都不知道，你怎么把想要谈判的消息传递给他呢？”

纯儿的脑海中又想起了无影对她说过的话：“我问端昊，如果纯儿想见你，该怎么找你。端昊说，你自己知道。”

纯儿又是一声冷笑：

“没错，端昊，我的确知道该如何找你。我们两个的确是相互非常地了解，只是没想到，我们曾经的知己知彼，会在今天用到这场不是你死，就是我亡的战争之中！”

第四章　人　质

严冰被羁押起来了，当他听到内侍宣读旨意，说要把他和丝丽苔分别关押的时候，严冰的脸上没有任何表情，心中充满了不屑。因为，他已经偷听到了丝丽苔和端昊的计划，知道丝丽苔又要去害人了。

自从严冰知道了真相之后，他第一时间想到的就是逃走，因为他有很多事情需要做，他应该去大梁国找纯儿，告诉纯儿端昊的所有计划，他还应该去找无影，让无影早做防备，免得被唐婉云和丝丽苔所害，他还应该回西蜀国去，告诉父亲端昊已经动了杀心，让他做好准备。

但是，在严冰开始收拾自己的短刀和匕首的时候，他才发现，自己走不了了。因为他突然发觉，自己体内的力量和骨骼就像都被人掏出来，换成了棉絮一样，一丝一毫的内力都没有了。当初，商路上的严四公子，也是可以手刃强盗的人物，可是现在，很显然，严冰已经连一点内力都没有，连一个普通人都杀不死了。

严冰知道，自己这样的体质，是无论如何也逃不出这重重山峦的。

牢房中，严冰颓然地坐倒在地上，他知道，这是丝丽苔毒害他的结果，丝丽苔用极霸道的春药，迷惑了他的神志，困住了他的内力，消磨了他的力量，使得他现在已经变成了一个废人！

“丝丽苔，你好狠毒！”

严冰心中气恨交加！

“不，我绝不能就这样束手待毙！”严冰的眼中忽然射出了两道炙热发狂的光芒，“我不能放弃，我要活下去，我要恢复我的力量，我要报仇！为我，为我的那些朋友，那些英雄们报仇！至少我要杀死丝丽苔，不让她再贻害人间！”

严冰的心在燃烧，一种从未有过的气势在他的心中澎湃，让他就像一张鼓满了风的帆一样，急不可耐地就要朝着风浪冲去！

严冰的脑子现在也活络了起来，他想起，过去在波斯经商的时候，听到过一种传说。说是在波斯有一种非常邪恶的迷药，这种迷药中隐藏了魔鬼的灵魂，而魔鬼的灵魂在进入了人体之后，就会隐藏在天柱穴、大陵穴、劳宫穴、大钟穴四个穴位，只有让这四个穴位血流成河，才能把魔鬼驱逐出去。

现在严冰的心已经陷入了绝境之中，所以不管是什么方法，他都要试一试了。牢房中肯定没有刀之类的东西。严冰一回头，看见了桌子上摆着的，那个喝水用的粗陶碗。严冰的嘴角显出了一丝狞笑，他一把抓起了陶碗，摔在了地上。然后捡起一块略微锋利一些的陶片，毫不犹豫地朝着左腕上的大陵穴割去。

陶片很钝，一阵阵剧痛传递到了严冰的神经中，但是严冰浑然不觉——现在，还有什么痛，会超过他的心痛呢？严冰割着割着，竟然发出了古怪的残笑声。就在严冰几乎都要绝望了的时候，陶片终于把他的皮肉割开了，一滴深黑色的血滴了出来！严冰感到一阵眩晕——成功了！

“太好了，这样的话，我即使是放完血马上就死，也心甘情愿了，因为，那样我毕竟是干干净净的死的，身上没有带着那些恶毒的印记！”想到这里，严冰昏了过去。

丝丽苔离开了端昊的营寨，在一队军士的“护卫”下一路翻山越岭，她几乎没带什么行李，只带着她的水晶球，水晶球会把她带到目的地的。

丝丽苔非常信任她的水晶球，所以只管按照水晶球的指示一直朝西走，她并不知道，水晶球是在带着她朝着圣域的旧地而去。

昔日充满了神秘之光的圣域，现在已经渐渐荒芜了，慢慢变得和周围的那些荒山野岭没有了什么区别。也许世事的变迁就是这么残酷，上一刻的辉煌，这一刻的凄凉，下一刻，不知道命运终究会如何。世界是这样，山水是这样，人更是这样。

丝丽苔在群山中绕来绕去，绕得她自己都要怀疑，水晶球是不是受到什么干扰了的时候，一个美丽的小山谷出现在了她的眼前。

这个山谷非常的小，几间茅屋，几亩薄田，几只鸡鸭，就占满了它，放眼所及，山谷中到处都是一片安详。这里，正是无喜和无忧曾经存身的那个小山谷！

一个饱经沧桑的老妈妈，正弓着腰，在田间操作着。

她似乎没有感觉到丝丽苔的到来，始终都深深地弯着腰，拔着田间的荒草。直到丝丽苔绕到了她的面前，她才抬起了那双浑浊的眼睛，望了丝丽苔一眼，然后，又毫无表情地重新弯下了腰去。

“没想到，这个老婆子还真是个人物，竟然这么沉得住气！”丝丽苔心念急转，一瞬间，无数个念头在她的脑海中闪过，“该怎么对付她呢？威胁？利诱？强迫？欺骗？”丝丽苔知道，自己只有一次机会，像这样的老妇人，你一旦用错了方法，就再也没有机会了！

终于，丝丽苔下定了决心：

“我什么都不问你，我只告诉你一件事。方巴族的女继承人唐婉云，嫁给了当初的回鹘王位继承人——日下无影，已经成为了回鹘国的皇后。可是她不甘心只做一位皇后，她还要利用无影对她的信任，一点点地毒杀无影，然后成为回鹘真正的女皇！”

丝丽苔话音落处，老妇人“腾”的一下抬起了头，浑浊的眼睛中竟然射出了两道寒光！

想要逼一个人就范，就要找到命门死穴！但每一个人的命门死穴都不相同，就像眼前这个老妇人，作为方巴族当年的掌印夫人、唐婉云的亲生母亲，她也许已经什么都不在乎了，富贵生死都不会再放在心上了，但是，她却不能不牵挂她的部族，她的回鹘。

老妇人慢慢地直起了腰，和丝丽苔四目相对。这两个女人，虽然在外形上天差地别，但是，此刻她们的眼神竟然是那样的相似，都是那么的坚硬，那么的至刚至强。她们虽然一个姣美如花，一个老态龙钟，但是，每个人都会相信，她们随时都可以提刀上马，去纵横沙场，随时都可以去手刃仇敌！

“丫头生得好伶俐，可惜你的心没有用在正处！”老妇人竟然会说话，而且她的声音虽然苍老沙哑，但是话一出口，就带着隐隐的风雷之声。

丝丽苔也算是见过世面的人，可却不知怎的，被老妇人这么一看，竟然心里翻了个跟斗，她强作镇定，故意做出傲慢的样子来，冷哼了一声：

“怎么？就因为我说出了你的身份，你就说我心术不正？”

老妇人对于丝丽苔的傲慢根本就是不屑一顾：

“丫头，我是死过几回的人了，别在我眼前玩儿手段！我当年不仅仅是方巴族的第一女武士，我还是第一女军师！我说你心术不正，不是说你看破了我的身份，而是说你已经有太多年没有干过好事了，这样下去，很快你就会遭到报应的！”

丝丽苔最不爱听的就是这种话，她又烦又怒：

“好了，我的事不用你来管！你要真想管事，就去管管你的亲闺女吧！”

丝丽苔的腔调恶毒至极，丝毫也不在乎自己的话会不会伤害到眼前这位老妇人，或者，她就是想要伤害她，因为她刚才的话伤害了自己。

没想到，听了丝丽苔的话，老妇人竟然不为所动，一点儿反应都没有：

“没教养的野猫子，就因为我说了一句实话，你就这么恶毒，真是个要不得的坏丫头。不过丫头你错了，我比你想象中的，要坚强得多！否则，我活不到现在。好了，死丫头，别那么多废话了，说正经事吧。”

丝丽苔是气撞顶门，自打出道以来，她什么时候受过这种气，被人这么痛骂，却连还嘴的机会都没有：

“老妖婆，你等着，等我用完了你，马上就剐了你出气！”

但是现在，丝丽苔可不敢随便发脾气，还是先办正事要紧。所以，她干脆地说道：

“唐婉云要害回鹘国的皇帝，但是现在皇帝还很信任她，我和皇帝是朋友，不能看到他枉死在唐婉云的手中，所以，我要带你出去，让你去证明唐婉云的为人，好让她的阴谋不能得逞，也好让回鹘皇帝不受伤害。”丝丽苔自认这一番话说得还算得体。

“现在我们回鹘的皇帝，是先皇帝的儿子吗？”

“正是。”

“死丫头，满口谎话，如果是先皇帝的儿子，那一定也是一个正直的汉子，怎么会和你这种下贱的野猫子是朋友！”

“你——”丝丽苔的脸都绿了，反手就把刀拽了出来。

可是老妇人却像没这么回事一样：

“别动不动就拿刀子吓人！你现在敢杀死我吗？野猫子，现在我请你杀，你也不会杀我的，因为我还有用，等你用完了我，我就算求你，你也不会放过我的。”

丝丽苔发现，自己在这个老妇人面前压根儿就没有还手之力。

“你让我去救我们回鹘的皇帝，也没安着什么好心，要不是你和唐婉云有仇，就是你要用这件事胁迫她。”老妇人漫不经心地说着。

丝丽苔的脸现在都成了变色龙了，她实在是不知道，这个老妇人究竟是人还是个老妖怪。忽然，老妇人话锋一转：

“不过不管你是什么用心，我都会跟你去的，因为只要我还有一口气在，就要保护我们回鹘的皇帝。即使是我的亲闺女，也不能做这种大逆不道的事情，更何况还是这样的一个闺女！”

老妇人的话语中终于流露出了一抹深深的伤痛，她的声音变得低沉了：

“唐婉云，作为女儿她弑父，作为方巴族的子孙，她杀害部落首领，作为回鹘的臣民，她暗害回鹘的皇帝，这样的人，天都不能容她！如果不是因为我自己离不开这个山谷，我早就去回鹘了。”

“你离不开山谷，为什么？”

“我有伤。”

“那你怎么跟我走？”丝丽苔有点儿急。

“废话，当然是你去做乘轿子抬着我了！这么笨的野猫子，还学人家出来张牙舞爪！”

丝丽苔差点儿没给噎死，但是也没办法，只得命令跟随她来的人去做轿子……

唐婉云独自留在回鹘国的王城内，每天除了处理国事，就是思念无影。这没日没夜的相思折磨着她，让她寝食难安，坐卧不宁。现在，回鹘国中的大臣们都非常爱戴他们这位又聪明又明事理的皇后，眼看着皇后因为想念陛下而形容憔悴，大家都心中不忍。于是，大臣们特意嘱咐自己的妻子，经常进宫里来陪伴皇后。唐婉云从中也感受到了大家对她的关爱，心中温暖。长了这么大，她第一次体会到，被人所爱的快乐和幸福。现在，唐婉云已经把那些想要当女皇的念头抛到九霄云外去了，只想一心一意地做无影的好皇后。如果有可能的话，就跟无影做一对真夫妻，给他生很多很多个孩子……

丝丽苔一行人终于来到了回鹘王城的附近，他们先找了一个较为僻静的地方住了下来，然后丝丽苔独自进城去找唐婉云。这一路上，丝丽苔满耳朵听到的都是回鹘人对他们的唐皇后的赞扬。这样的局面，不禁让丝丽苔又妒又羡——方子纯做了大梁国的皇后，做得风生水起。唐婉云做了回鹘国的皇后，也做得有声有色。看来，做皇后是件很容易的事情，只要能当上皇后，就一定能够得到人们的信任和拥戴。

自己比她们两个都聪明多了，如果自己来当皇后的话，一定会比她们要成功得多，但是这样的机会，却落不到自己的头上！

丝丽苔的心中充满了怀才不遇的愤怒。

黄昏时分，唐婉云正坐在自己的房间里发呆，忽然听到宫女禀报，说是一位叫丝丽苔的姑娘要见皇后娘娘！

唐婉云一下子都没想起丝丽苔是谁来，她愣了一会儿，才反应过来丝丽苔是谁。而当她反应过来以后，唐婉云觉得自己就像是被一条毒蛇缠上了一样，全身又黏又冷，还得去面对那条让人恶心的猩红色的芯子！

“不见！”这是唐婉云脑海中涌出的第一个念头，但是，她马上就又改变了主意，“丝丽苔不是好人，她突然来回鹘，肯定是有什么不轨企图，还是应该见一见她，看看她到底是想干什么，也免得她做出什么伤害回鹘国的事情来。”

“让她进来吧。”唐婉云重新发布了命令。

丝丽苔走进了唐婉云所在的宫殿，脸上仍旧带着她那招牌式的笑容。可唐婉云只是冷眼看着她，无动于衷。丝丽苔发现，唐婉云的眼睛，还真像那个老妇人的眼睛。

“皇后娘娘，不会已经忘了我了吧？”丝丽苔娇笑着说道。

“我倒是很想忘了你。说吧，你来这里干什么？”唐婉云冷冷地问道。

“好大的架子，好吧，那我也就不跟你废话了。你这里说话安全吗？”

“安全，想说什么，你放心说吧。”

“你最好再确定一下，我这可是为你好，因为我一会儿说的话，如果被别人听到了，对你可没什么好处。”

“你就说吧。”

“其实也没什么大事，就是你当初小的时候，不是亲手把你父亲给杀死了吗？其实当时，你母亲就在旁边看着呢，现在你母亲在我手里，你还用我接着说吗？”

丝丽苔语调轻佻，就像是女孩子在谈论胭脂水粉似的那么漫不经心，可是她的话听在唐婉云的耳朵中，却是串串惊雷！

丝丽苔看着唐婉云的脸一点点地变得惨白，她的心中暗自得意。她等着唐婉云继续问自己，可是唐婉云却一直都没有再开口。

唐婉云是何等的聪明伶俐，一听丝丽苔的话，就已经把她的心思看了个八九不离十。所以，她已经什么都不用问了，她甚至都没有再去想丝丽苔刚才所说的话，莫名地，她的心中出现了一个已经消逝久远了的声音：

“唐婉云，你记住，你千万不能作恶，千万不能！如果你作了恶，面临的就会是我这样的下场。总有一天，你会爱上一个好男人的，而好男人，是不会接受一个罪恶累累的女人的……”

这是谁在说话？是柯韵琪，没错，就是她，那时，她刚刚被毒虫咬损了容貌，满脸的血肉模糊，唐婉云连看都不敢看。也正因为如此，她才假装疯癫了那么多年。可没想到，到头来，厄运，还是降临到了自己的头上。

“你想让我干什么？”

“呦，你挺聪明啊，一下子就想到了我有事情找你。”

“说！”唐婉云忽然大喊了一声，把丝丽苔吓了一跳。

“出兵帮助西蜀国打败大梁国，如果无影不同意，你就毒死他！”丝丽苔恶狠狠地说道。停了一下，她又加了一句，“你如果不同意的话，我就把你的罪行公之于天下，让全回鹘，让无影，都知道你是一个什么样的人！”

唐婉云“刷”地抬起头，紧紧地盯着丝丽苔，盯着盯着，忽然一扬手，一个耳光就抽到了丝丽苔的脸上，在丝丽苔的脸颊上，立刻就出现了五个鲜红的指印。丝丽苔被打懵了，连还手都忘了，大喊道：

“你别想杀了我灭口，你娘现在在我们的手里，我死了，别人自然也会做这件事情。”

“你滚！”

“唐婉云你到底什么意思？”

唐婉云紧紧地咬着嘴唇，把嘴唇都咬出了血来，半天才一个字一个字地说道：

“明天这个时候，你再来找我！”

丝丽苔的脸上又露出了得意的笑容，因为她知道，自己的目的达到了。

丝丽苔走了，唐婉云的泪水也挡不住地流了下来。

她不明白，命运为什么要这么作弄她。为什么非要在她刚刚找到幸福，决定要做一个好人的时候，这么折磨她。

是，她杀死了自己的父亲，她犯了天大的罪过，她愿意用死来赎罪，但是，她真的不想在这个时候把这个秘密揭开。因为她不敢想，如果无影，还有回鹘的那些大臣们，那些首领们，夫人们，甚至宫女们，知道了这件事会怎么想?!他们如果知道了，自己所爱戴的皇后娘娘，竟然是这样一个人的话，那他们会多么的伤心，多么的愤怒，多么的失望啊。现在，唐婉云就算是死，也不愿意失去无影的信任和自己族人的爱。

“苍天啊，你为什么要这么惩罚我？”唐婉云抹了一把泪水，下定了决心：

“对，自己去死，自己死了，那些关爱自己的人就不会受到伤害，方巴族就不会因为自己而蒙受耻辱，回鹘皇族也不会因为自己而蒙羞，死吧。自己得到了回鹘人那么多的爱，就让自己用死去回报吧……”

商路上，一支驼队在风沙中艰难地前行着，他们刚刚从大梁国走了出来，因为风沙太大了，每一个人都用风帽蒙住了脸，每一匹骆驼都被吹得摇晃了起来。

这漫天风沙中，正是强盗出没的最好时机。果然，商队走了没多久，就有四五个黑衣人似乎是凭空地出现了一样，挡住了商队的去路。可是，就在这几个黑衣人刚刚现身的那一刻，那些已经被风沙折磨得半死了的商人们，却突然间都像复活了一样，他们竟然都凭空跃起，身形比黑衣人还要快，等他们再落下的时候，每个人的手中，都多了一根黑色的枪管！

青衣卫知道遇到了麻烦，抽身就要走，同时，他们几个都不约而同地咬住了嘴里的毒丸！宁死不当活口，这是他们的准则！

可是他们快，有人比他们还快，四道黑色的身影像离弦的箭一样飞到了其中四个青衣卫的面前，鬼魅一般，就抓住了青衣卫，然后握住了他们的脸颊，一个清脆的声音响起：

"我知道你们不怕死，我不是第一次跟你们青衣卫打交道了，也杀死过青衣卫，所以我不在乎多杀几个，只不过你现在还不能死，我家皇后娘娘还有事要你们去做。"说话的竟然是个女人，来的正是笙管笛箫四人。

这四个青衣卫现在已经被她们四个牢牢地控制住，想死都死不了了。

就只见一个高大的"商人"走了过来，手中拿着一封书信：

"这是我们皇后娘娘，给宇文端昊的亲笔信，你去把信送回去，我们娘娘说了，宇文端昊正等着这封信呢，所以，你尽管大胆地往回送，他不会治你的罪的。而且，你不用为了怕我们跟踪而故意绕圈子，因为我们娘娘还等着回信呢，可没有耐心，让你们那么浪费时间。"

那个控制着青衣卫的女子说道：

"你要听明白了，就点点头，我就放了你，你就拿着信走，要是没明白，我就杀了你，再去别处找聪明一些的青衣卫去，反正，现在大梁国中有的是你们的同伙。"

这次，是杀人机器碰上杀人机器，新的恐怖分子遇上老牌的恐怖分子，青衣卫想不服也不行了。那个青衣卫只得点了点头，同时心中也感到奇怪，因为每个青衣卫都确实是得到了命令，如果大梁国的皇后让他们送信的话，必须马上把信送回来。一边当杀手，一边当信使，青衣卫实在是想不明白，自家的皇帝跟人家的皇后，究竟唱的是哪一出。

看到青衣卫点头了，那个高大的男人，就把信塞到了他的手里，然后说道：

"为了让你放心,相信我们没有跟踪,我们先走,省得你们这些西蜀国的小人们疑神疑鬼。"说完话,他的大手一挥,"杀!"

枪声响起,除了拿信的那个青衣卫,其他几个青衣卫,应声倒在了血泊之中!

那个拿信的青衣卫勃然大怒:

"你杀了他们——"

"当然,不杀他们,难道留着他们再去杀我们大梁国的人吗?其实我们也应该杀了你,只不过,我们现在需要你送信,所以,只好等下次了。"男人停了一下,接着说道,"你记住,我们娘娘的确是菩萨心肠,但是,再善良的羊,也不会放过狼!而你们这些屠杀平民的畜生,连狼都不如!"

说完话,男人又一挥手,笙管笛箫她们,就都凌空跃起,消失在了风沙之中。

他们走了很久之后,青衣卫仍旧在看那些血泊中的尸体,自从当上青衣卫以来,他从来都没有想到,青衣卫也会这么轻而易举地被人杀死!

"看来,陛下说得没错,要想在大梁国制造混乱,只能从平民入手!"

唉,果然是狼的思维方式。

虽然笙管笛箫她们再三表明了自己不会跟踪的态度,但是那个幸存的青衣卫,还是没敢直接回到营地去,仍旧是费尽心思地兜了几个圈子,才回到了端昊他们藏匿的山谷中。

端昊这段时间比较闲暇,正在山谷中集中精力地训练新的死士。不过,他虽然表面上不动声色,但是,心中一直在焦急等待着纯儿的消息。他相信,在大梁国中出现了那么多的变故之后,纯儿是不会无动于衷的。

可是,为什么纯儿的信迟迟不来呢?端昊越等就越觉得时光难挨:

"难道自己想错了?纯儿并不知道,该怎么来向自己传递消息?"

就在端昊再也等不下去,已经开始考虑再用一种什么新的方式,促使纯儿来找他的时候。纯儿的信到了。

乍一听说纯儿让人给他送来了亲笔信,端昊的心竟然狂跳了起来,那心情,真的就像是热恋中的少年终于得到了姑娘的首肯,所以心中雀跃不已。

端昊唯恐自己在人前失态,他拿着信回到了自己住的地方,然后捧着信封看了很久,才一点一点仔仔细细地拆开了信封,恐怕端昊这一辈子,脱女人的衣服都没这么动情过。

信纸展开了,上面果然是纯儿那端秀的字迹。

端昊先草草地看了一遍,信中只是约端昊尽快见面重新和谈,而且希望在和谈期间,两国都暂缓杀戮。端昊心中隐隐地有些失望,因为信中,丝毫也没有跟感情有关的字句。

不过端昊转念一想,也是,现在毕竟是两国交兵,信又是被别人送来的,也不能多说些什么,不过,纯儿肯约自己见面,就已经说明了一切。

端昊的心情激动,难以抑制,也许,纯儿当初嫁给完颜臻华,只是一时意气,也许纯儿有难以言说的苦衷,也许纯儿早就盼望着能够回到他的身边……也许,也许,这太多的也许,只有等到和纯儿见面之后,才会迎刃而解,给自己一个满意的答复。

"不过,"端昊的嘴角升起了一丝玩味的笑意,"自己当然不能这么轻而易举地就答应了她!"

端昊转身回到书案前,笔走龙蛇几下就写出了回信,端昊在回信中的态度,就和纯儿的来信一样疏离,一样的公事公办。信上写明,和谈可以,但是要等到六十天之后!

丝丽苔已经走了一段时间了,再有二十多天,她就能够带着回鹘的援军回来,到时候端昊就可以和回鹘联手夹击大梁国。所以他要在六十天之后再和谈。端昊永远也无法忘记,自己在大梁国的炮口下被逼和谈的耻辱!所以,他要以其人之道还治其人之身,他要让大梁国也尝尝被敌军兵临城下,逼迫和谈的滋味。而且,到时候把大梁国逼到了绝地,纯儿,就更会完全听命于自己了!

大梁国的都城中,皇宫门前,一个一身黑衣的人,径直就朝着守卫宫门的侍卫走去。

侍卫一看这个人是一身西蜀国人的打扮,就已经提高了警觉:

"站住,你是什么人?宫门重地,再往前走,格杀勿论!"

"我是西蜀国皇帝陛下驾前御用侍卫青衣卫,专门来给你们的皇后娘娘送回信的。快去禀报。"

这个青衣卫也真是个人物,孤身陷入敌国,还这么八面威风,凛然不惧。

宫门侍卫一时摸不清他到底是什么来头,不过看他这副架势,倒也真不敢小瞧了他,所以,赶紧派了一个人进去送信。不大工夫,雅鲁就走了出来。他望了青衣卫一眼,问道:

"你是来送信?"

"对。"

“信在哪里？”

“就在我怀中。”

“好的，你交给我，我去转交皇后娘娘。”

“你能保证送到吗？”青衣卫问道。

雅鲁大声笑道：

“我现在是娘娘的贴身侍卫，当初我家娘娘的信，就是我亲手交给青衣卫的。”

青衣卫的眼神忽然变得模糊了，他打量了雅鲁良久：

“哦，原来，他所说的那个心狠手辣，眨眼间就杀死了四个青衣卫的人就是你。”

雅鲁不屑地冷哼了一声：

“哼，就是我，怎么，你要为他们报仇吗？你要想报仇的话，就记住我的样子，随时来找我就可以了。”

青衣卫的脸色一直都是那么苍白，他似乎是自言自语地说道：

“不，我不报仇，至少我这辈子报不了仇了！下辈子吧，下辈子，我再来找你。”

雅鲁一时没明白他在说什么，刚要说话，就见青衣卫的嘴角，忽然淌下了一道紫黑色的血迹，他的身体也重重地倒在了地上，在他倒下的那一瞬间，所做的最后一件事，就是从怀里掏出了一封密封好的书信。

雅鲁非常吃惊，他也知道，每个青衣卫的嘴里都藏着毒丸，如果局势不对，就会立刻自杀，可是他不明白，这个青衣卫为什么要自杀？自己刚才没说什么啊？

雅鲁困惑地挠了挠头，只好命人把尸体也一起抬着，朝着宫中走去。

纯儿正在和大臣们商量事情，她听雅鲁说完了事情的经过，又看了看青衣卫的尸体，脸上显出了一抹重重的悲哀：

“你不知道他为什么要自杀是吗？”

“属下愚钝，真的不明白。”

纯儿轻叹了一声：

“这是宇文端昊给他的命令，信一送到，就必须在第一时间自杀。”

“为什么？”

“因为怕咱们抓住他，拷问他宇文端昊的藏身之处，到时候，他求生不得，求死不能，万一不慎，泄露出一些秘密，不就会对宇文端昊造成伤害了吗？”纯儿压着心中的怒火解释道。

“可是，两国相争还不斩来使呢，我们怎么会做那样的事情呢？”雅鲁仍旧是无法理解。

雪姬开口了：

“雅鲁将军，你是堂堂正正的君子，而宇文端昊是个不折不扣的小人，他以小人之心度君子之腹，这种思想，你是无法理解的。”停了一下，雪姬又说了一句人们都听不懂的话，“这个宇文端昊要是生在现代的话，恐怕恐怖组织就没我们什么事了。”

就在雪姬和雅鲁交谈的时候，纯儿已经看完了端昊的回信。就见纯儿脸色骤变，拍案而起，口中喝道：

“欺人太甚！”

众人都吃了一惊，纷纷望向了纯儿。纯儿解释道：

“宇文端昊提出来，六十天之后再和谈。”

“那这六十天之内呢？”

“当然是一切照旧！”

众人一听也都愤怒了：

“怎么？他还要这样在大梁国内持续杀戮六十天！”

大殿中一片压抑的沉默，因为人们都无法想象，像这种防不胜防的屠杀平民的行为，如果再持续六十天的话，那对于大梁国的百姓商贾会是何等的伤害。

而且，大梁国经济的一个主要支撑，就是靠各地的商人在这里周转经营，而青衣卫屠杀的一个主要对象，也是那些大商人。所以，这种屠杀如果再继续下去的话，那恐怕要不了多久，各地的商人就会纷纷撤离，而且短期内不会回来了。如此一来，必然会对大梁国的经济形成一个沉重的打击！

雅鲁是最受不了这个的，他大声地说道：

“宇文端昊太坏了，我们干脆也像他一样，先把他那六十万人杀掉，然后我们也派人去西蜀国中杀人放火，看他怎么办？”

宰相大人微微地摇了摇头：

“这样不行，先不说皇后娘娘心肠慈悲，不愿伤及无辜。就说宇文端昊，凭他的人品，你以为他会像我们那样，那么在乎那些无辜军士和平民的生命吗？他一定不会，他如果在乎的话，就不会这样一次次为了自己的野心，而挑起战争了！”

雅鲁知道宰相说的是实话，但是仍旧心中狂怒：

“那我们怎么办？难道就真的再等六十天，还要听任他这么为非作歹？”

纯儿已经沉默很久了，此时，才缓缓地说道：

"雪姬,马上联络无喜和无忧,告诉她们,让她们……"

纯儿详详细细地说着自己的安排,说得很慢,很细致。但是,现在群臣们都已经很了解纯儿了,他们都知道,皇后娘娘越是这样的时候,就越说明她的心中,已经在聚集着惊人的风暴了!

唐婉云已经下定自杀的决心了,因为她宁可一死,也不愿意去面对未来那可怕的情形——无影还有回鹘国中的每一个人,都会像看毒蛇猛兽一样看待她。

生平第一次,唐婉云懂得了,世界上原来还有比死更可怕的事情,可惜,太迟了。

唐婉云轻轻地打开那个装着紫色妖花的小盒子,只要把这些紫色妖花都吞下去,那自己马上就死了,不会有任何痛苦,除了她的心一直在剧痛之外。

唐婉云慢慢地把小盒子送到了唇边:

"无影,如果我这么死了,你至少还会一直当我是知己,是好朋友对吗?"

唐婉云的眼中落下了一串泪珠。忽然,一个声音在她的脑海中响起:

"无影!自己如果就这么死了,那无影怎么办?自己光是想到自己的感受,想着逃避,想着一死了之,自己怎么就不想想其他人呢?无影远在大梁国,还不知道宇文端昊已经把主意打到了他的头上,而回鹘国刚刚开始兴盛,丝毫都没有准备一个远在中原的国家,会来惊扰他们的平静。不,自己不能死,自己还有很多事要去做!既然犯过的罪已经不能扭转,那就让自己再多为无影为回鹘做些事情吧。这样,也许还能减轻一些自己的罪孽。哪怕,到最后,自己会被无影,被回鹘处死,那也是无所谓的。"

唐婉云打定了主意,立刻眼中精华毕露:

"来人!"

"在。"侍卫应声而入。

"现在,你亲自挑选那些武功最高强的侍卫,换成便衣,开始在王城中及王城附近搜索,只要有行迹可疑的陌生人一律先监视起来。"

"是。"

"切记不要打草惊蛇!"

"明白。"

"另外,调驻军,在城外百里设下重兵,从现在起,任何人都不得走出这个范围,直到我亲自撤销警戒。"

"是。"

侍卫走了,唐婉云心中懊恼,她后悔自己怎么刚才没有想到这些,如果想到了,她就应该直接叫人监视着丝丽苔,看看她究竟去了哪里!

其实,唐婉云也不用懊恼,丝丽苔也不是省油的灯,她一早就想到了唐婉云会跟踪她,所以,她出了回鹘的皇宫之后,专拣着那些僻静小路走,只要看到身后有可疑的人,就直接杀掉、掩埋。所以这一路上,竟然被她杀掉了五六个见色起意的登徒子,也算是对回鹘的治安做了一些贡献。

丝丽苔已经走出城外了,不知怎的,当快走到他们藏身的地方的时候,丝丽苔竟突然觉得头疼起来,因为她知道,她马上就又要见到那个老妇人了,那个丝丽苔命中注定的克星!

唐婉云的母亲正仰躺在一张土炕上,她已经生命垂危了。连日来的奔波,已经耗干了她所剩不多的生命力。

老妇人微阖着双眼,用心地感受着。从他们一准备离开圣域,丝丽苔就用药物蒙住了老妇人的眼、耳、口,所以现在,老妇人看不到,也听不到,也发不出任何声音。但是,当她们一进入回鹘国界的时候,老妇人当下就感受到了,她到家了!漂泊了二十多年了,她终于又回来了。

老妇人不会忘记,当年回鹘大乱,她和丈夫率领方巴武士且战且退,最终和皇帝失散,然后,他们又重组军队想着打败叛乱者,但是他们又失败了,战乱中,他们夫妻都身受重伤,女儿也失踪了。后来,他们几经辗转找到了女儿。

还记得,当初丈夫一看到女儿,就恨不得马上出去相认,是自己阻止住了他:

"不要去,她的眼神中有很多东西,这些东西是不应该存在的。"自己这样说。

但是,丈夫在忍了几天之后,还是去了,而自己则隐藏在了一旁,因为她始终都觉得,女儿身上多了一股邪气。结果,自己猜对了,自己竟然亲眼目睹了,女儿杀死了她父亲的全部经过!

现在自己终于回来了,自己当然不会就这样被人利用,只要自己还有一口气在,那些妄图危害到回鹘的人,就都会不得好死!老妇人心中也已经为丝丽苔挖下了陷阱!

老妇人直挺挺地躺在床上,看上去就像是一具已经僵硬了的干尸,可是她的思想,却像是秋天的松鼠那么活跃。

"没错,唐婉云的确应该受到严厉的惩罚,因为她犯了罪,回鹘人是必须为自己的罪行负责的。作为她的母亲,作为方巴族的首领夫人,作为回鹘先皇帝亲自册封过的国夫人,我都有权利也有义务去按照回鹘的律条处罚她。

但那是我们回鹘内部的事情，无论如何，也轮不着那个野猫子来占便宜。哼，野猫子，你既然敢把我带回来，你就离死不远了！

刚刚把我放到这里，野猫子就出去了，肯定是去找唐婉云了。不过，我的丫头我知道，唐婉云不管心肠有多坏，但她肯定不会是个废物，她不会轻而易举地就被野猫子给治住的。所以，我得再快一些了！”

丝丽苔回来了，半边脸还是又红又肿，而那些西蜀国的侍卫们，陪着丝丽苔走了一路，早就怕了这个喜怒无常的女人了——丝丽苔对于她不想勾引的男人，从来都是刻薄之极的——所以，谁也不敢问，都装着没看见。

丝丽苔“腾、腾、腾”地大步走进屋里，对着老妇人就大叫了起来，她叫了几声之后，才想起老妇人已经被封住了耳朵，根本听不见自己说话！这一下，丝丽苔心中怒火更盛，她解开了老妇人所有器官上的药物，现在丝丽苔什么都顾不上了，先把心中这口恶气出出来再说。最让丝丽苔狂怒的是，唐婉云打了她一记耳光之后，她竟然连还手都忘了，就这么着回来了，这可是生平从未有过的奇耻大辱！

老妇人一睁眼，就看见了丝丽苔那红肿的脸，她当下就给笑了出来：

“怎么，被唐婉云打了？”老妇人的声音中充满了嘲弄。

丝丽苔怒火中烧，扬手就狠狠地抽了老妇人一个嘴巴：

“老妖婆，这一巴掌是你女儿欠我的，你就得替她还给我！”

老妇人已经是油尽灯枯之人了，被这一巴掌打得差点昏死过去，但是，她的脸上仍旧带着笑容——唐婉云果然还不是个废物：

“野猫子，别光顾着瞎叫唤，想想你现在该干什么吧？”

干什么，当然是马上远走高飞了。她才不会傻到明天再去找一趟唐婉云呢，谁知道那个疯丫头又会干出什么事情来。回来的路上丝丽苔已经想过了，唐婉云的态度远远出乎了她的意料，所以这次合作的难度比她预计的要难多了。既然如此，干脆把这个老妇人直接送到端昊那里去，让他再想办法去和唐婉云谈判，这样，自己也算是立了一件功劳，否则，再在回鹘消磨下去，弄不好，自己的命都会丢在这里。

不知道为什么，丝丽苔越来越对这个已经濒临死亡的老妇人感到畏惧，连带着，对唐婉云也不敢小觑了。只想着，赶快摆脱这母女两人。

丝丽苔也不迟疑，重新封好了老妇人的眼鼻口，就又带着人匆匆离开了回鹘。

而当回鹘的军队围住了京城之后，丝丽苔他们已经逃出了警戒范围。唐婉云这一次，终究是棋差了一着。

"什么？任何可疑的人都没有发现?！"听到了这个结果，唐婉云又惊又怒——丝丽苔果然狡猾。

紧跟着唐婉云就又发出了下一道命令：

"城内城外，挨家挨户地问，昨天和今天有没有住过陌生人！"

圣域培养出来的人，是根本就不懂放弃的。

这一次，终于找到线索了，唐婉云立刻就带人来到了丝丽苔他们刚刚离去的那座隐秘的小院中。

人去屋空，没有遗留下一丝一毫可以作为说明或者提示的东西。但是，看到丝丽苔他们的人都说，的确有一位老妇人和他们在一起。

唐婉云的心中狂跳不已——是母亲！

"母亲，女儿无能，竟然让丝丽苔逃走了。我发誓，我一定会把您从丝丽苔的手中救出来，然后，让您亲手惩罚我，偿还我的罪孽！母亲，我相信，只要您来过这里，您就一定会留下些什么的。方巴族的族人们直到现在还传颂着您的智慧，我相信，你一定有办法留下线索。"

唐婉云再一次来到了这处小院，而这次和她同来的，还有几位回鹘及方巴族的重臣。

"我怀疑曾经有一位方巴族的人，在这里被囚禁过，但是我找不到线索，所以，想请各位大人帮忙找一找。也许，你们能知道一些部落中我还不熟悉的东西。"

唐婉云的话说得不清不楚的，但是，这些大臣们都已经非常信任唐婉云了，也就不多做询问，立刻就开始寻找了起来。

看着大臣们一点点地搜索着整个院子，唐婉云的心越来越慌，紧紧攥着的手掌中也布满了冷汗。她希望母亲留下了印记，好去救母亲，但是，她又真的很害怕，母亲留下了证据，证明她的罪恶！

忽然，一位方巴族的长老激动地大喊了一声：

"你们看这是什么？"

众人听到了他的喊声，都围聚了过去，就见他正趴在一个土炕上，专心地看着什么，鼻尖都贴到床面上了，这里，正是老妇人躺过的地方。而长老用心看的，正是床面上一片痕迹很浅很浅的简单线条，弯弯曲曲，毫无章法，看上去，就像是无意中用指甲划了一下一样。

可是，长老看着这些线条，却是异常的激动，全身都在颤抖。

“这到底是什么？”

“这是方巴符语。”

“什么？”这个词，唐婉云连听都没听说过。

长老努力控制自己的情绪，说道：

“也难怪皇后娘娘不知道。这是我们方巴族巫师，在做祭祀的时候才会用到的一种符号，一般只有巫师才能懂得。”

“那这上面说的是什么?”

长老似乎是想说什么，但是又显得很迟疑，好像是不知道该如何开口。

“有什么不妥吗？”唐婉云问道。

“不是，”长老的神情中充满了无法置信，“这里面，这段话，似乎是夫人留下的……”夫人，是方巴人对唐婉云的母亲的特定尊称。

“真的！”唐婉云的心也狂跳了起来，“你看准了吗？”

“看准了，上面说得很清楚，难道夫人当年没有遇难？”

“这里面都说什么了？”唐婉云声音颤抖着问道，她的膝盖已经软了，她就等着，当长老读出了她的罪行以后，直接跪下领罪！

“夫人说，”长老一边用心地看着，一边复述，“她被恶人劫持、胁迫，而恶人的目的，是为了控制皇后和陛下，替他们作恶。夫人还说，她现在被恶人封住了口鼻眼，但是，她已经吓住了恶人，估计恶人现在会想早些把她交给她的主子，好摆脱掉夫人。最后，夫人说，如果我们能够看到这些消息，那我们就可以去追踪他们了，一路上，她都会想办法留下印记，但是让我们只是远远地跟着，好直捣贼巢！夫人最后说了一句话——没有人，能够伤害回鹘！”

长老的话说完了，唐婉云腿一软，就跪倒在地上。母亲没有说出她的罪恶，但是，她却由衷地感受到了母亲的智慧和勇气！

“放心吧，母亲，我会记住你的话的，没有人能够伤害回鹘！我一定能做到的，哪怕这是我死前做的最后一件事情！”

“这件事必须严格保密。”片刻之后，唐婉云就又恢复了她皇后风范。

“是。”

“立刻从方巴族中挑选出一个精通各种联络方式的人，跟我一起去追踪他们。”

“您要亲自去？”大臣们都相顾失色。

唐婉云目光坚定：

对，必须得自己亲自去，如果想跟踪丝丽苔这样的人，恐怕整个回鹘国中，也只有她这个被圣域精心培养的门徒才做得到！

西蜀国中，无喜和无忧接到了雪姬的命令之后，马上行动了起来。雪姬在临走的时候，曾经反复叮咛她们：

“你们两个以后还需要长期留在西蜀国，所以，也要学着用正常的方式去解决问题，不要动不动就使摄魂术。”

雪姬的话，无喜无忧铭记在心。所以，接到雪姬的命令后，她们最先想到的是，像雪姬那样去说服严丞相。可是也奇怪了，不管她们俩怎么说，严丞相都像看怪物一样地看着她们两个，无喜无忧虽然对于世俗上的事情懂得不多，但是也看得出来，要不是因为忌惮她们两个一身功夫，严丞相早就直接把她们给轰出去了。

无喜和无忧也不知道问题出在哪里了，在她们看来，她们说话的语言态度，声调神情，都是在不折不扣地模仿雪姬，可就是起不到作用。

后来实在是烦了，无喜和无忧干脆就结结实实地给严丞相用了一次摄魂术，这一下，严丞相马上就按她们的吩咐乖乖地去做事了，很见效果。

严丞相浑浑噩噩地跟着无喜无忧做了一连串的事情，而三天之后，他们所做的这些事情，就已经化成书信，传到了大梁国。

纯儿看着雪姬交给自己的信，不禁失笑：

“这两个丫头年纪虽然小，可办起事情来，还真是挺可靠的，这么短的时间，就把这些事都办妥了。”

雪姬苦笑了一下：

“临走时，我千叮咛万嘱咐，尽量要学着用正常的方式去解决问题，结果，她们还是用的摄魂术。”

这一点纯儿倒是比较看得开：

“算了，将在外君命有所不受。她们深入敌营，只要能完成任务就好。”——不惜一切完成任务，是特警永远不变的至高法则。

纯儿忽然目光一冷：

“三天了，估计最多再有七天，端昊就也能够得到这些消息了，到时候，我看他还会不会那么沉得住气！”

端昊藏匿的山谷中，武陵匆匆地来见端昊：

“陛下，严丞相派来的信使，又在黄河口岸燃起了烽火。”

“哦？”端昊的眉峰一抬，“上次他们燃起烽火，你不是已经见过他们了吗？”

“是，上一次，严丞相命人送来了亲笔信，说是西蜀国内叛乱已平，请陛下回国主持大局。”

这的确是严丞相上一封信的内容，当然这封信也是在雪姬的授意下写的，但是，被端昊毫不犹豫地拒绝了。端昊也是一个多疑的人，在摸不清严丞相真实目的的情况下，他可不想轻易暴露自己，他还要再观察一段时间。而且，他也想着借到回鹘的援军之后，再把自己暴露在明处。

端昊冷哼了一声：

“这次，严丞相又有什么事情要说？”

“不知道，不过我已经派人去取信了。”

“取信的时候不会出问题吧？”

“陛下放心，都安排好了，绝不会被任何人跟踪到这里的。”

“那就好。”端昊沉吟了片刻，暗自思忖：

“现在距离和纯儿约定的见面日期还有五十天了。不管严丞相送来什么消息，我在这五十天里都不会露面的。在这五十天中，大梁国中的杀戮还会继续，随着这些杀戮，纯儿的心理防线就会一点点地彻底崩溃！”

可是，端昊的如意算盘，在看到严丞相的来信之后，彻底地被打乱了。

严丞相的信上，明明白白地写着，叛军中的一支残余力量，竟然凭借火器的优势，劫持了端昊的所有子女！而且，也劫持了严丞相家中所有未婚未嫁的子孙！还有另外一些皇亲贵族家的小孩子！这些劫匪的要求非常简单——要西蜀国皇帝亲笔签发一道赦免诏书！彻底免去他们叛乱的罪责。否则，他们就要一个个地把这些孩子都杀死！

“陛下，我们现在怎么办？”武陵看端昊看完信后久久沉默不语，不禁有些焦急地问道，是啊，那么多无辜的孩子都被悍匪抓为人质了，其中还有很多，是武陵认识或者知道的孩子，这的确是让人心焦。

而且，武陵觉得，端昊应该比他还着急，毕竟端昊全部的儿女都被劫持了，那是二十多个啊！

可是，端昊的神情竟然比武陵还要平静得多：

“武陵，你说这会不会又是大梁国耍的花招，目的就是逼我露面？如果是那样的话，我这一出去，不是正中了他们的圈套吗？”

"可是,如果您不回国的话,那些孩子们就危险了啊?"

"我想,这如果是方子纯下的圈套的话,那孩子们就不会有危险的。她是不会真的去伤害孩子的。"

"可万一不是呢?"武陵真的有些急了,"严丞相在信中不是也说了,匪徒们已经杀死一个孩子了。而且,我刚刚收到了西蜀国内密探的来信,他们也说了这件事,和严丞相说的,完全一致,可见这件事是真的。而且,他们真的会杀害孩子!"武陵又强调了一遍。

端昊仍旧沉默着,很久之后,才说道:

"你先下去吧,这件事,不要告诉任何人,看看它会怎么发展?"

武陵还想争辩,但犹豫了一下,还是没敢再说话,只得退了出去。

端昊独自站在房中,目光深沉:

"是啊,武陵说的没错,这件事万一不是纯儿干的,那这些孩子们就都危险了。可是,现在这种危急关头,我实在是顾不得那么多了。孩子们,别怪你们的父皇狠心,我这么做也是为了你们啊。如果我为了救你们,而丢了江山,那你们不也是什么都得不到了吗?你们是我的孩子,应该和我的想法是一样的——如果没有了权力和财富,那活着也没什么意思了!"

纯儿真没想到,把端昊所有的儿女都抓为了人质,也没能把他给逼出来!

"好!端昊,算你狠!虎毒不食子!你比我狠!"

纯儿一拳重重地砸在了桌子上,雪姬吓了一跳,赶紧走过来问道:

"纯儿,怎么了?"

纯儿用力地摇了摇头,似乎是要发泄出自己心中所有的愤怒:

"雪姬,你知道我现在最想要什么吗?"

"要端昊露面……"

"不!"纯儿的声音分外冰冷,"我想要卫星和导弹!"

雪姬无言:

"是啊,对于端昊这种人,直接卫星定位炸平了他,也许的确是最好的选择。"

唐婉云一直带着那名巫师在追踪丝丽苔。这么长时间的养尊处优,并没有让唐婉云的身手有丝毫退步,而且,为了能够完成母亲的交代——找到恶人的老巢,她更是使出了全部手段。漫漫山野之中,她就像一头机敏的猎豹一样,追踪着目标。

万幸的是,他们这一路上,总是能够见到母亲留下的标记。标记各不相同,有时是泥地上的几道线条,有时是被扯碎的几根草根,有时候是几只被捏死的蚱蜢尸体凑在一起,总之,不管是什么东西,都能暗合上方巴族的密语!

看着这些标记,唐婉云被母亲的才智和坚强折服了,她竟然能够在完全被治住的情况下,还能留下这么多宝贵的印记:

“母亲真聪明。”她感叹道。

“那当然,”祭祀的态度是骄傲而理所当然的,“夫人,本来就是整个回鹘最聪明的女人,这些恶人想要打夫人的主意,他们简直就是自己找死!”

祭祀的话,冲击着唐婉云的耳鼓,听到族人如此真挚地赞扬母亲,她发自内心地感到骄傲。可是联想到自己,又不禁让她感到阵阵哀伤。

本来唐婉云一直都认为自己是世界上最聪明的女人。可是现在她才明白,她虽然聪明,但是她永远也比不上母亲,因为母亲把她的全部聪明才智,都用在了保护回鹘上,所以,母亲才是方巴族,乃至整个回鹘族人心目中那个最聪明的,最值得崇敬的女人。

“可是自己永远都不会成为这样一个女人了,”唐婉云哀伤地想道,“当一切大白于天下的时候,自己就只会是方巴族和回鹘国的罪人!所以,现在自己应该努力地将功赎罪,在自己生命的最后阶段,努力地为母亲,为回鹘国做些事情!”

有了这些信念做支撑,唐婉云就更加努力地进行着她艰难的追踪。

大梁国的皇宫中,一片萧杀,人们的神情都很沉重。因为西蜀国的那些死士们仍旧在大梁国中肆意杀戮。虽然,圣域门徒和大梁国的军士们也在努力防范,但是,这毕竟是一个地域辽阔的国家,而且地广人稀,要想把所有的平民都保护起来,那根本是不可能的。而那些西蜀国的死士们又一点儿都没有道义之心,专门挑着那些手无寸铁的老弱病残下手,屠戮!

即使大梁国是一头凶狠的猛虎,总是被这样,这里剜一刀,那里扎一下,也是连心的疼!

大梁国愤怒了,可是愤怒却又无计可施,因为,他们找不到元凶!

无影正在自己军中处理军务,忽然内侍来报:

“陛下,方巴族的祭祀大人求见。”

“什么?”无影很是吃惊,“他怎么来了?请他进来。”

侍卫似乎想说什么,但是欲言又止,停了一下才说道:

“恐怕得请陛下自己过去,他受了重伤。”

"受伤，谁伤了他!?"无影变了脸色，他当然也知道方巴族祭祀的实力，即使遇到什么危险，他也足以做到全身而退，是什么样的攻击，竟然会让他受了重伤呢?而且，从这里到回鹘，基本都是西域七十二城邦的辖制范围，谁又敢伤害回鹘的祭祀呢?

无影快步走到了一顶军帐前，刚一走到门口，一阵浓烈的草药味就扑面而来，无影立刻就辨别出，这些都是治疗外伤的草药，再向帐内看，只见方巴族的祭祀已经面目全非！他身上的衣服基本已经被脱光了，身上，脸上，手上，都布满了深浅不一，五花八门的伤痕，这些伤痕有的已经结痂了，有的还在淌血，有的一看就是被毒草毒虫之类的东西所伤，还有些地方已经溃烂得十分严重了。

无影大吃一惊，他原本以为祭祀只是被刀或弓箭伤到了，没想到，竟然会是这样一副情景，无影急急地走了过去，口中问道：

"大人，你这是怎么了？到底出什么事了？"

祭祀看到了无影，眼中竟然涌出了泪水，颤声说道：

"陛下，快些发兵，去救皇后娘娘……"

"婉云！她不是在王城吗？到底出什么事情了？"

"陛下，是这样的，"祭祀深深地吸了一口气，开始慢慢地叙述起了事情的始末，"……，后来我们一路追踪那些恶人，我们不能让那些恶人发现，所以，就总是潜伏在那些毒虫毒草丛生的地方，我这一身伤就是这么来的，皇后娘娘比我也好不到哪里去。后来，我们终于找到了那些恶人的老巢，皇后娘娘就让我来给陛下送信，让陛下从速发兵，她仍旧留在那里监视他们……"

"婉云为什么不回来！"听说唐婉云陷入到了那么危险的境地，无影不禁心中急躁。

"娘娘说，她的功法好歹比我高些，留在那里更能起到作用。而且，很多事情她也能够做主。对了，娘娘还让我给您捎来了一封信。"

所谓的信，是写在一片扯下来的衣服布料上的，看字迹的颜色，应该是唐婉云用发簪蘸着草汁写的。

在信上，唐婉云只说丝丽苔用她母亲的性命来威胁她，让她发兵相助端昊。然后，唐婉云说出了自己的看法：从这件事可以看出，宇文端昊野心勃勃，而且为达目的不择手段，这样的人如果兴盛起来，那将是对回鹘乃至整个天下的危害，所以，为了回鹘未来的稳定安宁，现在应该和大梁国联手，共同剿灭宇文端昊！

无影回到自己的帐中，把这封"信"反复看了好几遍，眼睛慢慢地湿润了。信里通篇没有一个关于情爱的字眼，可是，无影再愚钝，也能看出来，唐婉云为了他为了回鹘而百死不辞的决心！

无影仿佛看见了，唐婉云的娇俏的容颜，也已经和祭祀一样，被折磨得不成人形……

无影用力地甩了甩头，不让自己再继续想下去，只是大声地发出命令：

"出兵！"

唐婉云一直都埋伏在端昊他们藏匿的山谷附近。为了不暴露行踪，她不敢点火煮食，饿了就用野果充饥，附近的野果吃完了，就忍着。每天除了监视着对面的山谷，就是在心中一遍又一遍地思念无影。

"无影，我在给你的信中，再次隐瞒了自己的罪孽。对不起，我不是故意要骗你的，我真的不敢告诉你。我不敢想，你知道了那件事之后，会是怎样失望和痛心的样子。我情愿在战场中死去，然后，再由别人来告诉你这一切，那样，是不是我的血就可以为我洗刷掉一些污迹了……"

丝丽苔回来了，除了端昊和武陵，没人知道她还带回了一位老妇人。老妇人被妥善地藏在了一个山洞中。

"你这次去回鹘成果如何？"端昊对着丝丽苔冷冷地问道。

"唐婉云已经初步答应帮助我们了。"丝丽苔没敢说实话。

"那她准备什么时候发兵？"

"她……"丝丽苔有些词穷了，迟疑了一下说道，"她说要先跟无影商量，我、我跟她说了，如果商量不通，就直接杀死无影了事，省得无影从中作梗。"

丝丽苔这一犹豫，丝毫也没有瞒过端昊，端昊的目光一下子就变得锐利了起来：

"真的？"

"当然是真的，"丝丽苔故作坦然地说道，"当然，也不能不防备唐婉云会出尔反尔。"

"那她如果出尔反尔了呢？"端昊步步紧逼。

"应该不会的，她自己也知道，要是让无影知道了她弑父的罪行，那她就是死路一条，所以，我想回鹘一定会发兵帮助我们的。"

端昊沉吟了一下，说道：

"好吧，武陵已经给你准备好了解药，你去吧。"

"那，严冰呢？"丝丽苔犹豫了很久，但还是问了出来。

端昊冷哼了一声：

"既然你回来了,严冰当然也就可以放出来了。"

丝丽苔走了,端昊马上就把武陵唤了过来:

"你马上派人去严密监视回鹘军的动向!尤其是要想尽一切办法弄清楚回鹘大营中真正发生的事情。"

"是要看回鹘到底会不会出兵帮助我们吗?"武陵问道。

"不,"端昊的面容阴沉,"最重要的是,要看无影是不是已经死了!"

武陵一时有些茫然:

"这……"

端昊的声音分外的冷硬:

"我了解无影,他绝对不是一个女人就可以左右得了的,所以,我根本不相信唐婉云能说服无影,除非,唐婉云杀死无影,自己掌控了兵权,那么回鹘军才有可能来帮助我们。"

"所以,无影如果不死的话,那么即使回鹘军出兵,恐怕也会有诈!"武陵接着说道。

"没错,万一无影玩弄心机,假意说要帮助我们,而事实上去帮助大梁国,那我们就太危险了!当然,凭无影的为人,他是不会玩弄这种卑劣心机的,可以这么说——无影活着,就不会帮助我们,如果无影死了,我们才能得到回鹘的帮助。所以你要马上安排人去弄清楚回鹘军内部的情况。"

"是。"武陵应声走了出去。

严冰竟然没有死!他第一次为自己放血晕过去之后,竟然又奇迹般地苏醒了过来,而他苏醒后的第一件事,就是再次放血。

如此周而复始,随着那些污血伴着鲜血一起流出严冰的身体,严冰的身体就越来越虚弱,神志却越来越清明。

而他的神志越清明,他就越能明明白白地看出,从他和丝丽苔相遇一开始,丝丽苔就一次次布下的圈套。严冰懊悔至极——那些明显的圈套,自己竟然都没有看出来,还心甘情愿地成为了帮凶!虽然,明知道,这是因为迷药的原因,可是严冰仍旧无法原谅自己!

他要不惜一切代价,来挽回自己所犯下的错误,而正是这个信念支撑着他,让他在流了那么多血之后,还好好地活着……

丝丽苔匆匆吃下解药,就迫不及待地去找严冰。不知道为什么,她就是很想看见严冰,想知道严冰这些日子过得怎么样,想紧紧地贴进严冰的怀中。

丝丽苔并没有认真去想自己这种情绪究竟是从何而来,或者,她心中是有绝对的把握,认定了严冰一定会加倍地思念着她!

当丝丽苔回到严冰住处的时候,严冰已经先一步从牢里回来了,并且在仆人的帮助下换上了干净的衣服,也梳整齐了头发,整个人看上去精神多了,不再像在牢中的时候那么邋遢了。但是尽管如此,丝丽苔在第一眼看见严冰的时候,还是被吓了一大跳!

严冰变了!

他明显地消瘦了, 平日里那件很合体的白袍子现在就像是挂在他的身上一样,晃晃当当的,更显出严冰的宽肩削背。而严冰的脸色更是苍白得吓人,嘴唇上没有一丝一毫的血色,这根本就不像是一张人的脸。最让丝丽苔吃惊的,还是严冰的眼睛!严冰的双眼直直地望着丝丽苔,毫不躲闪,目光清冽,如刀似剑。

丝丽苔被严冰看得浑身不自在,她勉强笑了一下:

"冰,你怎么了?怎么这么瘦了,是不是在牢里太受苦了。"丝丽苔说着话,就朝严冰的身边偎了过来,她觉得,只要能让她依偎进严冰的怀里,那就一切都解决了。

可是,丝丽苔的身子刚刚一碰到了严冰的衣角,严冰就"刷"的一下向后退去!这一下,丝丽苔更吃惊了,严冰竟然会躲避自己的拥抱,这可是从来没有过的事情。

"冰,你到底怎么了? 是不是你有了别的女人,忘了我了? "丝丽苔委委屈屈地说道,同时,还眨了眨眼睛,眼中霎时就蓄满了泪水。

往常,只要丝丽苔一摆出这副泫然欲泣的样子,严冰就像是被摘了心一样,疼得受不了,就会赶紧把丝丽苔抱进怀里,费尽心思地抚慰,直到丝丽苔破涕为笑了为止。

可是今天,让丝丽苔失望了——严冰始终就那么冷冷地看着她,毫不掩盖眼中深深的厌恶。在这种目光的注视下,丝丽苔竟然有些说不出话来了,也忘记了自己本来要做的那些娇态和手段,不知所措。严冰看了丝丽苔半晌,终于长叹了一声:

"看来我终究还是无能啊! "

严冰的这一声感叹,弄得丝丽苔一头雾水:

"冰,你说什么呢? 什么无能? 到底怎么了嘛? "

严冰不再看丝丽苔,而是径直背转过身去,背负着双手,面对着窗外,像是自语,又像是在对丝丽苔说话似的:

"我本来是打定了主意的，当我再见到你的时候，至少表面上要做出和过去一样的样子来，好不引起你的怀疑，然后，想方设法让你去做一些事情。但是，当我真正看到你，我才发现，我根本做不到，我现在看到你，只有仇恨和厌恶，所以，让我跟你惺惺作态，那真是比杀了我还难。所以，我还是跟你实话实说吧，就算我说出实话后，会被你告密，然后让宇文端昊杀死我，我也不在乎了，我现在明白了，比起来，我宁可死，也不愿意再多跟你纠缠片刻的时间。"

严冰这直白的表达，让丝丽苔一下子就蒙了：

"冰，我不明白你的意思，一点儿也不明白，你……"

还没等丝丽苔说完，严冰就又转过身来，然后直面着丝丽苔，缓缓地抬起了一对手掌，双臂平举，掌心向外，而那苍白的手上，各有两块黑色的血痂，深深地刻在手心和手腕上，触目惊心！

丝丽苔呆住了，她的嘴唇翕动着，却说不出话来。她当然明白这几处伤痕意味着什么，丝丽苔的眼睛中射出了两道凶光。

"是谁！"她几近咆哮地吼道，"是谁给你开穴放血了？"

"是我自己。"和丝丽苔比起来，严冰反倒是显得分外的平淡，甚至态度中还有几分乏味。

"不可能！"丝丽苔不能置信地摇着头，"绝对不可能，你做不到，没有人能做到，那种痛苦你承受不了，那种恐惧你也承受不了……"在波斯的时候，丝丽苔也曾经听说过这种用开穴放血的方式来解毒的事情。但是，那一般都是把中毒的人紧紧地绑起来，然后几个人一起动手，在最短的时间里开穴放血，而且，还要昼夜地看管着这个人，以保证他不会逃走，或者自杀。因为开穴放血的过程非常的痛苦和恐惧，很多人都会为了逃避这种痛苦而选择死亡，而现在，严冰竟然说，他是自己开穴放血的，这也就难怪丝丽苔难以相信了。

严冰又是轻叹了一声，他根本就懒得辩解，因为他现在根本就是懒得跟丝丽苔说话：

"当我清醒以后，我首先想到的，就是找到你，让你血债血偿！本来，我是想先跟你假意周旋，但现在我知道了，我做不到。既然做不到那就不做了，想我严冰虽然只是一个商人，不是什么英雄豪杰，但是，直接面对你这种恶人的胆量我还有。"说着话，严冰忽然朝着丝丽苔逼近了一步，目光咄咄逼人，"我已经知道了，你现在功法尽失，我随时可以杀了你，但是，我不想杀你……"

“冰，我知道，你不会杀我的……”丝丽苔赶紧说道。

“你别误会，我不杀你，只是因为还想让你去救臻华！而你这个人，我早晚都要杀！拓跋将军不能枉死，臻华不能枉自遇害，还有那些无辜的大梁国百姓。这些债，你都要还！我现在唯一的遗憾，就是你只能死一次，而你犯下的罪孽，是百死难赎的。”

丝丽苔能够看出来，现在的严冰对自己充满了不屑和鄙夷，可是不知道为什么，认识严冰这么久，丝丽苔却从来没有像现在这样对严冰动心过，看着严冰那倨傲的神态，丝丽苔发现自己终于找到了一个梦寐以求的男人，所以，她竟然情不自禁地喃喃道：

“冰，我爱你……”这是她第一次真心实意地对着严冰表白！

“住口！”严冰忽然大喝了一声，打断了丝丽苔，“你要是再敢这么侮辱我，我现在就杀死你！”说话的同时，严冰一反手，手中就多了一把雪亮的匕首，而匕首直直地就刺向了丝丽苔的咽喉。

这一刺，疾如风，快如电，丝丽苔大吃一惊，她还真不知道，严冰竟然还深藏着这样的身手。一迟疑间，再加上内力不足，丝丽苔躲闪不及，刀尖就已经逼到了她的脖颈上，严冰神情语调都分外的冷酷：

“丝丽苔，不要逼我现在就杀了你。还有，你随时可以去跟宇文端昊告密，告诉他我已经摆脱了药物的控制，让他杀了我，但是，我保证，在他杀我之前，我一定有足够的时间先杀死你！”

也许严冰只是这么一说，但是在此时此刻，面对着这样的严冰，丝丽苔却一点儿也不会怀疑，严冰这句话的真实性。

丝丽苔软弱地说道：

“我不会去告密的，我不会让任何人伤害到你，真的，你可以不信我，但是，我真的不会那么做的。但是，我还是要嘱咐你一句，端昊心狠手辣，你千万不能让他知道，你已经恢复了神志这件事情，否则他一定会杀害你。其他的，不管你让我做什么，我都答应你。”

“我让你救臻华。”

“我答应你，我会救他，但是我现在做不到，你也知道，我受重伤，功法尽失了。”

“不能恢复吗？”

“能，但是我还需要一段时间。”

“无影那里呢？”

“那件事，其实是我骗了端昊，我见到唐婉云了，她似乎并不想杀害无影。所以，无影应该暂时没有危险。”

“那唐婉云的母亲呢？”

“还在我的控制之中。”

“那好，你找借口再出去一趟，这一次，你直接把唐婉云的母亲送到无影那里，让无影明白事情的真相和唐婉云的为人，免得无影被唐婉云所蒙蔽，身边有这样一个女人，太危险了。”

“好，我答应你。”丝丽苔毫不犹豫地说道。

严冰的这一番安排，绝对是出于对无影的一片好心，可是，他并没有想到在唐婉云的身上，现在已经发生了天翻地覆的变化。

“那我现在就去见端昊，对他说我要再去找一趟唐婉云，然后去见无影。”丝丽苔说道。

“可以。”严冰收回了匕首，“你走吧。”说完话就转过了身去，连一眼都不想再多看丝丽苔。

丝丽苔含悲而去。丝丽苔刚刚一走，严冰就又忙碌了起来，他已经下定决心，要留在端昊的军营中，瞅准机会，帮助纯儿和臻华了，所以，他还有很多重要的事情要做。

丝丽苔虽然答应了严冰，要去告诉无影真相，但是她也知道，自己刚刚回来，如果马上又提出这样的要求，没准会引起端昊的怀疑。所以，丝丽苔辗转了一夜，终于想到了一个方法。

第二天一早，丝丽苔避开众人，独自来到了关押老妇人的那个山谷中。现在老妇人的口鼻耳仍旧被封闭着，只靠到时间的时候，那些看守她的卫兵来给她喂点食物和饮水，但是，尽管如此，老妇人却依旧在顽强地活着。

丝丽苔遣开那些侍卫，解开了老妇人的口鼻耳，低声说道：

“我现在来，是想跟你商量一件事情。”

“小野猫子，你又想要什么花招？”老妇人已经很虚弱了，但是，骂起丝丽苔来，却一点儿也不含糊。

“我现在，如果解开你的耳鼻口，再调开这些侍卫，让你逃出去，你自己能够活下去吗？”

“我什么时候都能活下去！”

"可这里毕竟都是荒山。"

这一次老妇人根本都不屑于再理她了。

"好,我也相信你的本事,"丝丽苔说道,"等我把侍卫撤走,你就往后山走,找个隐蔽的山洞躲起来,等我找到机会,再来找你,带你去见你们回鹘的皇帝。"

"野猫子,你为什么要这么做?"

"因为现在关押你的这个地方,很多人都知道,我怕别人会来打你的主意,所以让你去别的地方躲一躲。我有水晶球,不管你走到哪里,我都能够找到你的,但是你也不要走得太远,因为我很快就要带你出去。"

"废话,我也走不远。"老妇人说的是实话,她的身体已经很差了,不可能走远。

"好,我不能久留,我现在就出去,我走后过一会儿,侍卫们就会自动地晕倒,但是时间会很短,你要马上走。"

"知道了。"

丝丽苔起身朝外走去。

"野猫子,等等。"

"你还有什么事?"

"我为什么看你这次说话像个好人了?发生什么事情了?"

丝丽苔不得不佩服老人的敏锐,脱口而出:

"我答应我爱的男人了,以后只做好事,赎罪。"

本来,丝丽苔转移老妇人只是以防万一的举措,因为她答应了严冰,一心要把老妇人带到无影那里去,所以她不能让老妇人出什么闪失。而万一端昊又提出什么对老妇人不利的要求,那她就没法完成严冰交给她的任务了。

可是,她真没想到,她这件事还真做对了。当丝丽苔一回到军营中,迎面就遇到了一个侍卫:

"严夫人,陛下在找您,说是有急事。"

"什么事?"

"陛下没说,不过脸色不太好看。"

丝丽苔心中一惊,不知道又发生了什么事情。

端昊的帐中,只有端昊和武陵两个人。看见丝丽苔进来,武陵就垂下了头,直到现在,他还是不习惯,一位臣子的妻子,如此毫不避嫌地出入皇帝的居处。

"丝丽苔,你到底做了什么?"端昊开门见山地问道,丝毫也不掩盖自己的愤怒。

丝丽苔吓了一跳：

“自己刚刚才放走老妇人，端昊怎么就知道了？”

丝丽苔虽然心中紧张，但是表面上却不动声色：

“我不知道陛下在说什么，我做什么了？我不过是早上起来去散了散步而已。”

端昊大怒：

“我没问你今天早上的事！”

丝丽苔松了一口气：不问早上的事就好。

“那你是问什么事情？”

“你竟然敢把回鹘军引到我这里来！你是不是活够了！？”端昊咆哮了出来。

丝丽苔大吃一惊：

“你说什么？回鹘军来了，那不可能！”

端昊在说完话之后，一直在紧紧地盯着丝丽苔的脸，而他也看出，丝丽苔对于这个消息非常的震惊，不像是作假的样子。

“这么说，你不知道？”

“我真的不知道，我也没有把回鹘军引来。我和严冰的命都在你手里，我不会干那种傻事的。我把回鹘军引来对我又有什么好处？”丝丽苔反问道。

“可是不管怎样，无影亲自率领回鹘大军，已经朝着这个方向来了，这，你又怎么解释，他总不会是来向我投降的吧？”

无影当然不是来投降的，这一点，在场的每个人心里都清楚。丝丽苔的口气也软了，她就是这样一个人，当她发现自己目前的实力不如端昊的时候，就会不由自主地向端昊屈从。于是，丝丽苔有些虚弱地问道：

“我才刚刚进来，很多情况还不是很清楚，能详细跟我说说吗？到底是怎么回事，让我也想想问题究竟是出在哪里了。”

在丝丽苔说话的时候，端昊一直就在冷冷地盯着她，端昊也看出来了，现在丝丽苔虽然胆怯，但是并不心虚慌张——看来，她的确是没有和无影联合起来，算计自己。这样说来，无影现在并不是很了解自己军中的情况，这样还好一些。

端昊想到这里，就用目光示意了一下武陵，武陵会意，就简单地叙述了起来。原来，武陵按照端昊的安排，把自己最能干的探子派到了回鹘军驻扎的附近，希望可以在第一时间获得无影遇害的消息。开始的几天，回鹘军中一切正常，毫无动静，可是就在一天清晨，回鹘军忽然在天还没有亮的时候拔营起寨了。而且，一路就朝着他们藏匿的山谷而来。

末了,武陵解释道:

“从回鹘军的驻地一直到这里,一路上罕有人烟,所以,回鹘军的目标只能是我们!”

丝丽苔不能置信地摇着头:

“怎么会是这样?难道,唐婉云去向无影坦白了,而无影已经原谅了她的罪行……”

“不可能,”端昊断然否定,“无影的为人我了解,他是一个道德水准极高的人,不可能会宽容这种罪行的。而且,即使唐婉云用什么手段,迫使无影出兵的话,那无影也不应该知道我们藏身的真正方位啊。除非……”端昊的目光忽然跳了一下,“你被跟踪了!”

丝丽苔的身体重重地一震,脱口说道:

“不可能,绝不可能,我现在虽然功力还没有完全恢复,但是,想要跟踪我,恐怕还没人能够做到!”

丝丽苔说的也是实话,但是她在情急之中,却说出了一句不想说的话,慌乱间,丝丽苔自己并没有意识到。但是显然,端昊意识到了,他深深地望了丝丽苔一眼,没有再说话。

过了好一会儿,端昊才又问道:

“唐婉云的母亲呢,把她看管好,也许到了时候,她还有用!”

丝丽苔假作不知:

“我把她关在一个山洞里了,二十多个人看管着她,肯定不会出问题的。”

可是她的话音还没有落,门外就传来侍卫的呼唤声:

“陛下!”

“什么事?”端昊的眉头先皱了起来,因为一听侍卫的声音,就是又发生了什么突发性的状况!现在端昊就觉得,自己整天都遇不上一件好事。

侍卫神色怯怯地走了进来:

“回陛下,刚才有人来报,后山被看管的那个老妇人不见了。”

“不见了!?”端昊惊怒之极大喝了出来,“一个手无缚鸡之力的老妇人,在二十多个身强力壮的侍卫看管下,就不见了?!”

“是。”侍卫哆嗦着回答道。

"到底是怎么回事？"

侍卫伸出了手，手中托着一棵不起眼的小草：

"就是这种草。侍卫们都晕过去了，等他们醒来的时候，他们的身上，头上，都有这种草，刚才，我已经让军医辨认过了，军医说这种野草的确有让人暂时昏迷的作用，看来，老妇人是用这种野草把这些侍卫迷晕，然后逃走的。"

端昊愣了半晌，终于狞笑了一声：

"人老成精！这个老妖精还真是有两下子。"

端昊这边气恨交集，可是那边的丝丽苔却蒙了：

"怎么又出来野草了，分明是自己交给她的迷药啊？"丝丽苔毕竟也是聪明至极的女人，念头转动间，就明白了老妇人的用心——老妇人一定是怕牵累到丝丽苔，所以，在自己用迷药迷昏了那些侍卫之后，又去采来了野草，故布疑阵，好让人们都认为她是自己逃走的，与丝丽苔无关！

丝丽苔猜对了，老妇人的确就是这么想的，而她这么做的目的，当然不是为了保护丝丽苔，她是担心，如果端昊很容易追查到她的逃走和丝丽苔有关的话，会逼丝丽苔再把她找回来！自己当然不怕再被抓住，可是在这个山谷之中，自己还有些事情要做，所以，不能这么着就被抓回去。

端昊让丝丽苔暂时退下，开始和武陵密议了起来：

"武陵将军，你对这件事有什么打算？"

"打算？"武陵沉吟了一下，"自古兵来将挡，水来土掩。回鹘军既然杀过来了，我们不如就和他们打上一场。"

"哦？"端昊颇感兴趣地一扬眉毛，"你的建议很出乎我的意料，我还以为在现在局势之下，你会建议我们再次逃走。可是，你竟然说要和无影对敌一阵，说说你的理由。"

"是。"武陵转身走到了地图前，"陛下请看。这里是我们的山谷，可以说，是四面环山，易守难攻，而且，还有我们在山后面建的那条通道，外人很难发现，我们随时都可以撤退。而回鹘军远道而来，兵马疲惫，粮草也不会带很多，我们正好可以以逸待劳，和他们慢慢地打下去。我们不会受到什么损失，反倒可以用不多的兵力，把无影的大军牵制在这里。让他无暇去管大梁国中的那些袭击。而且，我们还可以继续培养死士，送到回鹘国中去！"武陵的声音忽然一寒："前次我去回鹘送信的时候，曾经在那里盘桓了一段时间，了解了回鹘很多历史。当初，圣域就是在击溃了回鹘的统治之后，才走向兴盛的。回鹘国，管辖着西域七十二城邦，这些城邦分散、弱小却富饶。我们把回鹘大军牵制在这里，正好可以去那些城邦中劫掠大量的财物，以供军用。”

武陵这一番分析，深得端昊之心：

“好，我们就这么办！你马上就去安排部署，迎敌！”

唐婉云的母亲，那个老妇人，在群山中艰难地跋涉着，每一步都好像要耗空了她最后的那一丝生命，但是，她仍旧没有停下来休息一下的打算。她似乎是在急切地寻找着什么东西。

终于，老妇人那双浑浊疲倦的眼睛中，闪过了一丝兴奋的火花：

“找到了。”老妇人的心中一喜。

她现在隐身在一处山坡的荒草丛中，而就在山坡的对面，有一队全副武装的士兵，正神情严肃地站在一面山壁前，这面山壁看上去就像是一条死路，只是树木比其他的地方格外的多些。

老妇人望着这处山壁，心中暗暗地思忖：

“我就知道，他们屯兵在这处四面环山的山谷中，不可能不留一条退路，很显然，这里就是他们的退路。我要牢牢地记住这个地方，等有朝一日，我们回鹘大军来攻打他们的时候，一定要首先截断他们的退路！”

老妇人不愧是智慧过人，名震回鹘。即使在这种时候，都能够如此清晰地参看出这场战争的格局。

唐婉云潜伏在山谷的对面，自从祭祀走了之后，她就一直在这里等，每天不论白天还是黑夜，都紧紧地盯着端昊屯兵的山谷，一下也不肯放松！

与此同时，她还尽自己所能，把山谷中所有能看到的地貌和军营的陈设，都记在了脑海里，只等着无影一来，就把它们都绘制出来，这样，就可以为回鹘军的作战，提供最翔实的第一手资料了。

端昊一辈子都看不起女人，不知道，他如果想到了，在他的山前山后，此刻，正有这样两个女人，在做着这样的事情，他的心中会作何感想！

丝丽苔从端昊那里出来之后，就匆匆回到了严冰的住处，此刻，严冰正在房中认真地擦拭着他的那把匕首。他擦得那么认真，仿佛，这把匕首才是他真正的情人。

“冰。”丝丽苔直接就闯了进来。

“什么事?”严冰头也不回地问道。

严冰那毫不动容的态度，一下子就把丝丽苔的满腹热情化做了冰冷，丝丽苔强

忍了一下涌上来的泪水,说道:

"无影已经率领回鹘大军来进攻了!"

"真的?!"严冰终于回过了头,而且眼睛中还出现了兴奋的光芒,"那可太好了。"

"冰,我们不如现在就收拾好东西,等到仗一打起来,我们就趁乱逃走……"

丝丽苔急切地说道,因为她认为,这将是一个千载难逢的机会。可是她没想到,她的话还没有说完,就被严冰的一阵大笑声打断了。而且谁都能听出来,严冰的笑声中,其实是没有丝毫的笑意的,他的笑只是为了嘲讽!

"怎么了,冰?我说错什么了吗?"

"哼,"严冰冷哼了一声,"你和端昊鬼混了那么久,怎么还一点儿都不了解他的为人呢?"

"冰,你误会了,我和他不是像你想象的那样……"

"你住口,我不想听你们那些肮脏的事情!"严冰断喝一声,打断了丝丽苔。

丝丽苔心中委屈却又说不出来。她想告诉严冰,其实自己并没有真正和端昊做过什么,只是在梦中和他有过苟且之事。但是,她自己也知道,这些话听起来太匪夷所思了,别说严冰,恐怕任何人都无法相信。丝丽苔真的觉得很冤枉,因为她实实在在的,在现实中,只有过严冰一个男人,可是这件事,严冰却一点儿也不相信。

丝丽苔吸了口气,决定先不谈这个话题,转而问道:

"你为什么说我们现在不能逃走呢?"

"不是不能,是端昊根本就不会让你或者我逃走。他这个人,越是危急的时刻,思维就越清醒,而且永远意志坚定,心存希望!所以,他一定会把每一个对他有用的人,都妥善地'保管'起来的。"

"真的会这样吗?"丝丽苔有些气馁地问道。

可是严冰却已经懒得再搭理她了,他仍旧转过身,继续擦拭着匕首,同时说道:

"你出去吧,我不想再看见你了。"

冰冷的语调,让丝丽苔连拒绝都不敢,只好诺诺地退了出去。

连丝丽苔自己都不明白,她现在怎么会这么怕严冰。其实,也没什么可不明白的,因为她在爱。当女人深爱着一个男人,想要和他白头到老,而又做了错事,无法得到男人原谅的时候,她在面对那个男人的时候,就只剩下了胆怯和惧怕……

严冰还真说对了,几乎就在他和丝丽苔谈话的同一时间,端昊就向武陵发出了命令:

“把严冰再次拘禁起来，防止他趁乱逃走。他毕竟是严丞相的儿子，对我们还有用！”

“是。那……，严夫人呢？”

“她——”端昊的目光变得深远了，“她当然也应该严加看管，尤其是，她现在还有更重要的用处……”

就在纯儿和大梁国群臣都愁眉不展的时候，无影的一封来信，却为他们送来了无限的曙光。

纯儿看完信之后，竟然兴奋地站了起来：

“无影陛下已经找到了西蜀国残部藏匿的地方，现在，正在举兵前往！”

“真的！”

一听到了纯儿的话，大梁国的群臣们真的可以用群情激奋来形容了。现在，国民不断地遭受杀害所聚集起的仇恨，已经涨满了每一个大梁国人的心，他们现在就等着端昊一旦出现，立刻提刀上马，冲到阵前，去杀个痛快，为那些死难的人报仇。

“现在，回鹘国既然大举用兵，那么端昊一定也听到了风声，他是不是会再次逃走呢？”宰相大人问道。

“不会，”纯儿刚要说话，雪姬却抢先开口了，“他一定会利用地形优势，把回鹘军拖在那里，然后趁势去攻打西域七十二城邦，因为现在端昊最缺的就是钱！”

听雪姬这样毫不犹豫地就说出了观点，纯儿不禁莞尔。而纯儿这一笑，倒让雪姬觉得不好意思了，因为雪姬这才惊觉，原来自己刚才在不知不觉之间，把恐怖组织的思想给带出来了。

看到雪姬不自在，纯儿就又笑了：

“还真是术业有专攻，我是做反恐的，而你却是做恐怖的，比我还要内行，说起恐怖战争来，真是头头是道。现在，端昊一心想要打恐怖战争，却碰上了你这样的此道高手，也真是不幸了。”

听着纯儿的话，雪姬也笑了。纯儿忽然又开口道：

“既然，你是行家，那我倒要再请教一件事情。”

“什么事？”

“如果现在我想帮一帮回鹘和无影陛下，该如何下手？”

“对，”宰相大人说道，“回鹘终究是为了我们大梁国才和西蜀国对抗的，我们在这个时候的确不应该袖手旁观。”

雪姬的神情深沉了起来：

“我刚才也想过了，我们如果想帮助回鹘，最好的办法，其实就是再组建圣域军，把火器加入到战争中。现在，端昊占了地利，如果双方硬拼冷兵器的话，回鹘军很难取胜，而如果有火器协助，那就不一样了。”

当然不一样，在座的每一个人都明白，如果能用火器去攻打端昊，那一定就能长驱直入，迅速取胜了。

“这个主意很好，不过，也有一个问题。”宰相大人眉头紧皱着说道，“我们现在仍旧不能使用库存的火器，而现在圣域军和圣域的火器，基本都用在了保护大梁国平民和往来的商队上。如果把他们都抽走的话，那大梁国就又会伤亡惨重了。”

众人一时沉默，纯儿发现，她此时遇到了一个在现代从来没有遇到过的问题——反恐正规军的数量比恐怖分子要少得多！这可不是一个好消息。

纯儿沉吟了一会儿，忽然，展颜一笑：

“有了！”纯儿接着说道：

“现在，端昊是占据了地利的优势，才能和回鹘军势均力敌，如果我们把西蜀军从山谷中逼出来，那他的优势就不存在了。”

“对！可是怎么逼呢？端昊太狡猾了，我们用了那么多办法，都没能让他从山谷中出来。”

“用圣域军和火器逼！”纯儿毫不犹豫地说道。

“可是……”

“我知道，我们已经没有多余的圣域军和火器了，可是，我们没有真的，却可以造出假的。”

“假的？”

“对。我们只要用一支部队，化装成圣域军的模样，假装带着火器，去支援回鹘军。然后再造出很大的声势，让人们都相信这就是圣域军。正如刚才所说的，端昊很狡猾，可狡猾的人，也有他的缺点，就是太聪明了，容易草木皆兵！我们正好利用他这个特点，逼他放弃山谷！”

“我明白了，”雪姬到底是恐怖分子出身，最能跟得上纯儿的思路，“我们的目的还是要逼端昊露面，彻底扭转现在以明对暗的格局！”

“没错！”

自古兵不厌诈！纯儿就是要用这一手虚张声势，来逼迫端昊现身！

两天之内，一支有两万人组成的队伍，就从大梁国都城誓师出发了。这些军士们脱去大梁国的盔甲，穿上了黑色的斗篷和长袍，黑色的风帽，黑巾遮面，全套圣域门徒的打扮。他们的斗篷下面，还都故意装上了长杆的武器，让人误以为是火器。

看着军队出发了，雪姬朝着纯儿笑道：

“真有你的，就算是我，一眼看过去，都觉得是真正的圣域军到了，别说是端昊了。”

纯儿却沉吟着：

“我在想还有一个问题。”

“什么问题？”

“端昊下一步会怎么做？”

“下一步？”雪姬愣了一下，但是立刻就又开朗了起来，“管他呢，任凭他有千条妙计，也逃不出我们的算计。不管他到时候再耍什么花招，我们总有办法对付他。”

纯儿也点了点头，不再继续谈这个话题了。她没有对雪姬说，这两天，她的心中总有一种不祥的预感，这种预感，不是她做特警多年培养出来的，而是在她和端昊对敌的过程中锻炼出来的，多次的交手，已经让纯儿相信了一件事——端昊，在面对危机的时候，总是能从别人都意想不到的地方，做出有力的反击！这一次，端昊反击的方向，会是哪里呢？

端昊坐在帐中，武陵站在他的面前。

“严冰和严夫人现在怎么样了？”

“回陛下，严冰已经被关押起来了。跟过去比起来，我总觉得他现在有些过于安静了。”

“哦？你认为是什么原因呢？”端昊不动声色地问道。

武陵迟疑了一下：

“怎么说呢？从表面上来看，严冰现在的状态就好像是一个人所有的希望都破灭了之后，所表现出来的那种绝望。可是，我觉得严冰不会——严冰虽然外表温文尔雅，但实际上，他应该是一个意志非常顽强的人。”

端昊一边听一边点头：

“说得没错，就凭他是严丞相的儿子这一点，他就不会是一个轻易绝望的人。严家的人，姑且不论善恶好坏，都是很顽强的人。”

“是啊，”武陵继续说道，“所以，我觉得，严冰此刻的这种安静，也许是一种等待。”

“等待？”

“对，等待一次猛烈的爆发！”

“嗯，很有道理。武陵将军，你现在做事是越来越用心了。”端昊赞许道，“既然你是这样想的，那我现在就给你一道密旨，”端昊的声音忽然变得威严沉重了，“如果回鹘军攻来，一旦局势变得对我们不利的时候，你可以马上杀死严冰，先斩后奏！”

武陵一愣，他没想到，端昊真的会对严冰下杀手，说起来，严冰还是端昊的亲戚啊。而端昊则接着说道：

“乱军之中，我绝不允许在我的背后，还有人虎视眈眈！”

“是。”武陵深深地躬下了身去。

“丝丽苔最近怎么样了？”

“她一直在自己的房间里，有专人看管着，倒还安分。”

“恩，她应该是已经被收服了。女人，总是好对付一些。趁我现在有些时间，你把丝丽苔给我带来，我要跟她说点事情。”

“是。”

丝丽苔来了，她的形容憔悴，妆容也不似往日那么艳丽。严冰再次被羁押，彻底地打垮了她的精神，她不知道自己现在该做些什么，该怎么做。直到现在，丝丽苔才真正懂得了，原来，当女人真正爱上一个男人以后，会是这样的六神无主。

端昊看见丝丽苔的样子，有些意外，他不禁嗤笑了一下：

“四夫人这是怎么了？别跟我说，你是在为严冰担心，这样的谎话你还是拿去骗严冰那种傻瓜吧！”

丝丽苔心中苦涩，又无从解释，她真的为自己感到悲哀，没想到，自己竟然沦落到今天这个地步——谁都不相信她的心中也会有爱！

丝丽苔现在根本没有心思跟端昊说话，只是没精打采地问道：

“你找我到底有什么事情？”

“你是真的爱上严冰了吗？”端昊望着丝丽苔的神情，忽然若有所思地问道。

“你找我来就是问这个？”

“不是，我找你是有别的事，只不过我现在突然想问你这件事而已。”

丝丽苔沉默不语，良久才说道：

“我不想谈他。”

“为什么？”

“因为你可以随便侮辱我，但是我不想让你侮辱他！”

端昊忽然意味深长地笑了：

“呵，你竟然真的爱上严冰了，这我可是没想到。”与此同时，端昊心中也在转着念头：“愚蠢的女人，你既然真的爱上他了，那你就更得被我所控制了！”

端昊的话题一转：

“听说你的功力已经恢复了一部分，是吗？”端昊问得漫不经心，可是丝丽苔听了这句话之后，却浑身剧烈地一颤，脱口而出：

“你怎么知道的？”

她说完之后，才意识到，自己这句话，无异于承认了这个事实。可是话已出口，再想往回收，也来不及了。

端昊冷冷一笑：

“昨天你亲口告诉我的啊。你说，你的功力虽然还没有完全恢复，但是却如何如何。你还真是狡猾，功力都恢复了，还要故意瞒着我。”

丝丽苔这才知道，原来是自己一时失言，被端昊抓住了把柄。本来她还想等自己再恢复些功力，然后好逃走呢，但是现在既然端昊已经知道了，那自己想要逃走就更难了。想到这些，丝丽苔不禁叹息了一声：

“你太聪明了，我不是你的对手。的确我的功力是正在恢复，但是，还什么事情都做不了……”

“你先不要忙着否认，你还不知道我要你做什么呢？”

“你要我做什么？”

“我要你再像对完颜臻华那样，再作一次法……”

“不行！”丝丽苔不等端昊说完，就直接拒绝道，“我现在恢复的功力还不足以作法。”

“那，我就没办法了。”

“什么意思？”

“很简单，你按照我的吩咐，再作一次法，我就放了严冰，任你们两个远走高飞，否则，我现在就去杀了他！”

丝丽苔猛地抬起头：

“你真的会放了我们？”

“当然。”端昊平淡地说道，“其实严冰并无大恶，我根本没有必要杀他，我杀他，只不过是因为你。你如果肯跟我合作，我又怎么会杀他呢？”看端昊现在那副理所当然的样子，谁也想不到，他其实已经下定了杀严冰的决心了。现在，不过是用这种手段骗丝丽苔而已。

丝丽苔果然上当了，飞快地说道：

“好，我答应你。”

在这一刻，丝丽苔根本就没有想到端昊让她去害谁，因为在她看来，让她害死谁，她都不在乎，只要能保住严冰的命就行了。

丝丽苔想了想，又加了一句：

“不过我现在的功力的确有限，太艰难的法术，我还作不了。”

“你先听听我要你做什么。再过一段时间，我要和方子纯举行和谈，到时候，我会想办法把方子纯叫到军中来，你就近距离地作法。我不用你杀死她，我只要你彻底改变她的记忆——我记得你以前说过，你可以做到的。让她完全忘记了大梁国中的事，心中只剩下我一个人！然后永远留在我的身边！你现在能做到吗？”

“原来是这样，那自己究竟是做还是不做呢？”丝丽苔心中在激烈地抉择，“如果不干，严冰就会死，如果干了，自己就可以和严冰远远地逃走，去过幸福的生活！那就干，反正，端昊是真心喜欢方子纯的，方子纯留在端昊身边，也不会受苦。”丝丽苔这样安慰着自己。同时对着端昊大声地说道：

“好，我答应你！但是你要保证，等我把方子纯给你留下来之后，你必须得放我们走！”

“我答应你！”端昊毫不犹豫地说道。而同时，端昊心中想的却是：

“当你做完这件事之后，你就可以死了。像你这样，动不动就能用水晶球杀人的人，我可不敢留你活在世上……”

就在端昊和丝丽苔达成了交易的当天晚上，武陵匆匆地闯进了端昊的住处，带来了那个惊人的消息：

“陛下，刚才探子来报，大梁国派出了一支两万人的军队，携带火器，来支援回鹘军！”

“什么？！”端昊大惊，“大梁国竟然敢动用火器！？”

“来的不是大梁国的军队，好像就是从西蜀国撤回来的圣域军。”

“圣域军？”端昊目光闪动，“大梁国手中掌握着多少圣域军？”

“这个不清楚。我们现在该怎么办呢？”武陵问道，“如果真的圣域军带着火器来了，那我们是根本守不住这个山谷的了。”

“我知道。”端昊此时心中也是乱成了一团，但是他强迫自己镇定下来。越是这种时候，他越不能在属下面前乱了方寸：

“你先下去吧，继续观察回鹘和大梁两支军队的动向，有事情随时向我报告。”

“是。”

武陵走了，端昊的心，变得比外面的夜色还要黑还要沉：

“纯儿，你真的会这么狠心吗？我一直以为你不会这么狠毒地逼迫我啊。你为什么要这样做呢？你知道吗，就在今天白天的时候，我还在费尽心思地为了我们两个的未来，在做安排啊……现在，我该怎么办呢？”

武陵刚刚回到自己的住处，内侍紧跟着就进来了：

“将军，陛下有请。”

武陵很吃惊：

“又要找自己，难道陛下这么快就想出办法来了？”

当武陵再次回到端昊面前的时候，端昊仍旧是那样一副静若止水的样子：

“我们如果从山后的密道撤离，然后绕道到黄河口岸，需要几天的时间。”

“大概有十天就可以了。”

“那条山路隐秘吗？”

“非常隐秘。”

“我现在如果想给大梁国皇后，还有西蜀国中的严丞相各送一封信，用你的秘密途径，最快需要多长时间？”

“大梁国一天之内就能送到，西蜀国严丞相那里，三天也就可以了。”

“很好。我这里有两封信，你马上送出去。”

“是。”武陵接过信转身要走。

“等等，还有一件事。”

“陛下请吩咐。”

“你把信送出去之后，就不用再回我这里了，咱们立刻起兵从密道撤离，向黄河口岸进发！”

“现在！”

“对！我就是要让回鹘和大梁的军队都扑一个空，我就是要趁他们的军队来不及

回撤的时候，逼方子纯就范！”

武陵虽然没有弄明白端昊的意思，但是他也知道，陛下不想说的，就是自己不该问的，所以，武陵也不多话，只是说道：

“明白了，我这就去布置。”

“还有，丝丽苔和严冰一定要严加看管，这两个人我还有大用！”

“是！”

端昊的军队，就这样神不知鬼不觉地从山后撤离了，沿着一条早已被废弃的古道，向着黄河口岸狂奔而去。

一天之后，纯儿就又收到了一封死人送来的信。

“这样也不错，”雅鲁口中喋喋地咒骂着，“要是西蜀国多来送几封信的话，他们的那些青衣卫就都死绝了，倒也省得我去一个个地收拾了。”

大殿中的纯儿看完信之后，久久无言，群臣们相互望了望，都想赶紧知道信中究竟写了些什么。可是，纯儿不说话，别人也不敢随便问。

过了好一会儿，纯儿忽然站了起来，说道：

“今天不早了，就到这里吧，我有些累了，先休息了。有什么事情，明天再说吧。”

纯儿说完，也不等群臣说话，径直就走了出去。留下了一群大臣面面相觑，不知所措。

纯儿直接就回到了臻华的身边。本来这些天纯儿的心情非常好，因为天象师告诉他，臻华很快就可以苏醒了。当时听到这个消息以后，纯儿喜不自胜——她终于可以真正地和臻华在一起了。可是现在……

“请问大师，陛下什么时候才能苏醒过来？”纯儿问道。

“还有十天左右……”

“十天……”纯儿的神情黯然了。

“娘娘，有什么事情吗？”

“啊，没有，我没什么事要问了，让我自己待一会儿。”

“是。”天象师退了出去。

纯儿来到了臻华的身旁，把脸偎向了臻华的脸颊，每天，她都会这样，然后，再靠近臻华的怀里，倾听他的心跳，感受他的体温。纯儿觉得，这样一个简单的动作，就可以让她重新获得很多很多的力量。现在也不例外。

“臻华，”纯儿依偎在臻华的胸前，轻声呼唤着，“端昊来信了，最后的决战已经到了。我的预感没有错，他到底也不肯跟我们明刀明枪地决一死战！他要我在十天之后，到黄河南岸去，他不是要和我和谈，或者谈什么条件。他在信中明确地提出来，让我做他的人质，一路护送他回西蜀国。在他回到西蜀国顺利登基以后，就放我回来。他说他这么做，是因为担心叛军这次让出西蜀国，是故意想要骗他回去，好彻底杀死他，斩草除根。他已经想到了，叛军和我有关。如果我不做这个人质的话，他就绝不冒险回西蜀国。现在，他的四十万大军已经从密道撤离了山谷。如果我不答应他的要求，他就不再朝黄河口岸来，而是折道向西，从上游渡河，去侵扰大漠和西域！面对一支四十万的匪徒大军，西域七十二城邦，将难逃厄难……”

第五章　又别离

纯儿把端昊的来信，简略地向沉睡中的臻华复述了一遍，虽然臻华不会做出任何反应，但是当纯儿说完了之后，却感到了一种由衷的轻松和解脱。因为她也和每一个普通女子一样，把丈夫当成是心中的依靠，现在，既然已经把摆在自己面前的难题交给丈夫了，那么，她当然就可以轻松了。当神经放松下来以后，一阵深深的倦意就向纯儿袭来，纯儿就这样依偎在臻华的胸前睡着了。

的确，这就是端昊的打算。而且，这个计划是由来已久的！

这么长时间以来，端昊的心中只有两件事，一件是如何夺回已经失去的皇位，而另一件，就是如何让纯儿回到自己的身边。

本来，在他上次逼纯儿出面和谈的时候，就下定了决心，不管怎么样，也要把纯儿扣留住。

可是现在，情形突变，端昊已经失去了和纯儿和谈、威逼纯儿的资本，他唯一可以利用的，就是纯儿的善良了。他知道，以纯儿的善良，是无论如何也不会眼看着回鹘或者是西域七十二城邦惨遭荼毒的，所以，她一定会答应做人质的，只要纯儿肯来到他的军中，他就直接让丝丽苔施法！

到时候，有纯儿倾心相助，他就可以再一次去逐鹿天下了。

东方泛白，纯儿慢慢地转醒了过来，她揉了揉眼睛，第一眼，就是透过薄薄的晨曦中，看见臻华那俊美的脸庞。

纯儿痴痴地望着臻华，目光中充满了柔情和眷恋：

“臻华，昨夜你睡得好吗？我睡得很好，好像刚刚才闭上眼睛，天就亮了。只要有你在我身边，不管有什么样的危险和困难，我好像就都不会放在心上了。臻华，你等我，我先去梳洗，等我回来后，我还有话要对你说，很要紧的话……”纯儿说着话，忽然鼻子一酸，不敢再看臻华那安详的容颜，转身离去了。

不大工夫，纯儿就又回来了，这次她换上了一件银白色的缎子衣服，衣服仍旧是大梁国的款式，合体的腰身衬托着纯儿那象牙般的肌肤和明亮的双眸，整个人清新得就像是一株在晨光中绽放的百合。

纯儿又坐到了臻华的身边：

“臻华，昨天晚上，我跟你说了端昊来信的事，你想好要怎样做了吗？”纯儿静静地望着臻华，就像是真的在等待着臻华的回答一样，过了一会儿，纯儿忽然展颜一笑，笑容动人之极：

“臻华，你不说我也知道，你一定会不同意我去，对不对？”纯儿的笑容更加迷人了，“我知道，你会连想都不想就把那封信撕成两半，然后丢到一边。但是臻华，”纯儿脸上的笑容忽然隐去了，“我现在却非去不可！因为我了解端昊，他太多疑了，任凭我在西蜀国中把网做得再精致，他也不会上钩的，要想彻底铲除他，为大梁和回鹘永绝后患，我们必须得有所牺牲才行。”

纯儿继续说道：

“回鹘是大梁的朋友，无影大哥为了我们已经做了很多了，所以我们就更不能把西域七十二城邦拖入到战火之中！臻华，你常年行走西域，我们又在孔雀城生活了那么长的时间，应该比任何人都清楚，西域七十二城邦的军事实力。他们绝不是端昊那四十万大军的对手，端昊如果想占领它们，真的就会像探囊取物一样容易。而且，现在端昊甚至都不想再发动真正的战争，只想做强盗，抢劫杀戮，来去自由，我们就更对他没有办法了。你我都明白，这里不是现代，在这样的古代，大梁国也好，回鹘国也好，对强盗都没有办法！所以，我要答应端昊的条件，去做这个人质。”

纯儿忽然又笑了一下，笑容有些冰冷：

“其实我知道，端昊这次让我去，肯定不只是让我做人质，护送他回西蜀国那么简单，他一定另存心机。虽然，我现在还不知道，等我到了他的军中之后，等待我的究竟会是什么，但是，我知道，那一定是我两世生命中，都没有遇到过的险恶。不过臻华，你一定要相信我，我会谨记着，我是你的妻子，是大梁国的皇后！所以，不管我面对怎么样的危险和困境，我都不会做一丝一毫辱没你的事情，更不会做辱没大梁国的事情。”

此时纯儿神情分外的庄严，因为这是一个妻子对丈夫所许下的至高的诺言。

"还有,臻华,我有一件事,要请求你谅解,我知道,宰相和各位大人,如果知道了端昊要我去做人质的话,是绝不会同意我去的。所以,我将对他们隐瞒这件事的真实情况,只是对他们说,和谈提前了。臻华,请你原谅我,我不是要刻意欺瞒他们的,我这么做,只是为了不让大梁和西域的那些无辜百姓再受伤害!"

纯儿深深地吸了一口气:

"好了,臻华,我要说的话都说完了,现在,我就要开始安排部署了,臻华,你一定要支持我,给我力量!"忽然,纯儿回转头,面对着门口,扬声唤道:

"请雪姬姑娘到我这里来!"

雪姬匆匆而来,纯儿一般没这么早找过她,所以她第一想到的就是,是不是臻华出什么事情了。

雪姬走到臻华寝宫的门口, 并没有再向前走——这里毕竟是皇上的寝室了,她现在无名无分,和臻华没有了任何纠葛,是无论如何也不该走进去的:

"皇后娘娘,有什么吩咐?"因为有外人在场,雪姬按照规矩请安。

"雪姬姑娘,请进来吧。"宫内传来了纯儿的声音。

雪姬犹豫了一下,迈步走了进去。进去之后,她才发现,原来宫中空无一人,只有纯儿静静地坐在臻华的床边。

这么久了,雪姬都没有见过臻华,因为自从她下定决心要把对臻华的情感全部都隐藏起来之后,她就强迫自己不许再去关注和臻华有关的任何事情,只把一腔情思都化作了对纯儿和对大梁国的忠诚。

但是,尽管她这么要求自己,可是当她毫无准备地看到了臻华之后,还是情不自禁地朝着昏迷中的臻华望了一眼,而她全部的情感,都在这一眼中泄露无遗。这一切,当然也没有逃过纯儿的眼睛。

"雪姬姐姐,这里没有别人,你坦率地告诉我,你其实还是爱臻华的,对吗?"

雪姬没想到纯儿会如此直白地问出这样的问题来,一时乱了方寸,脸一下子就红透了:

"纯儿,你别,别再提这些了,都过去了,我,已经把什么都忘了。"

"你真的忘了吗?"纯儿不理会雪姬的难堪,只是紧盯着她的脸问道,目光炯炯。

"我……真的忘了。"雪姬避开了纯儿那逼人的目光。

"不,你没有忘,我知道,你还在深爱着他,恐怕这一辈子,你都忘不了。也许,能让你再活一次的话,你仍旧忘不了,你真的很爱他!"纯儿一字字地认真说道。

雪姬被纯儿逼得有些急了：

“好！纯儿，我承认，我没有忘，但是我不想再提这些了。我们都是现代人，现代女人在感情上遇到挫折是常见的事情，这没什么。”

“雪姬姐姐，能听你这么说，我真的很高兴！你说得没错，我们两个都是现代女人，现代女人一定是可以处理好自己的感情问题的。”

雪姬越听越糊涂了：

“纯儿，到底出什么事了，你为什么一大早把我找来说这些？”

纯儿轻叹了一声：

“雪姬姐姐，我不是不信任你，但是，我接下来要跟你说的事情，事关重大，所以，我想请你发誓，当你知道了事情的全部始末之后，不管心中多么地不赞同我的做法，都不要把这件事告诉别人。”

雪姬犹豫了一下：

“好吧，我发誓。”

纯儿轻轻一笑，含笑摇头：

“不行，你得拿臻华发誓。”

“你疯了！?”雪姬勃然变色，因为她刚才答应发誓，只是敷衍之词，却没想到纯儿会提出这样的要求来。作为雪姬而言，她不在乎拿自己的生命去发誓，可是却无论如何也不能拿臻华随便发誓的。

“雪姬姐姐，我知道，你不在乎发誓的，想当年叱咤全球的影子，如果会被一个誓言锁住，那岂不是笑话。所以，你必须得用臻华发誓。姐姐，请你相信我，我要做的事，一定是对大梁国有好处的事。”

“这我肯定相信，但是……”

“姐姐，没有那么多但是了，我们没时间了。”

雪姬无奈：

“好吧，我答应你。现在你该说了吧，究竟是什么事？”

纯儿点了点头，却没有说话，只是把端昊的信递给了雪姬。

雪姬只草草看了一遍，就勃然大怒：

“卑鄙无耻！”

比起来，纯儿倒是显得很平静：

“也许，端昊只是怕西蜀国中有什么陷阱，所以才想让我做人质。他不也说了吗，当他顺利登基之后,就放我回来。”

“他的话能信吗?”雪姬怒喝道,“纯儿,在端昊的事情上,你必须得听我的,因为端昊虽然是个古代人,但是在骨子里,他和我和主人,我们是一种人——我们都是野心勃勃,为达目的不择手段,视他人生命如草芥的人!你相信我,我不会看错的!他要你去做人质,目的绝对没有那么简单!”雪姬已经急得有些语无伦次了:“纯儿,所以你不能去!我不答应,臻华也不会答应,宰相大人他们也不会答应!”

“所以,我才让你发誓不告诉任何人真相!”

雪姬终于明白了,她盯着纯儿,一字字地问道:

“原来你已经下定了决心,一定要去了?”

“对。”

“为什么?”

“为了臻华。”纯儿这个非常简单的回答,却让雪姬沉默了。

“雪姬姐姐,我肯定是要去的,我找你来,就是想和你商量我去了之后的事情。”

“你有什么打算?”

“国不可一日无君,所以,我要册立你为大梁国的贵妃,在我不在的这段时间里,暂理朝政。”

“不行!”雪姬本能地断然拒绝。

“为什么?”

“我说过,我已经不想再提和臻华的感情这回事了。”

“这次册封,不是为了感情,而是为了责任和义务。我去端昊军中,后方需要有人能够完善地执行我的计划,否则,我真的就白去了。”

“那你可以册封我官职!”

“雪姬姐姐,你也明白,这里是古代,很多时候,官职的作用远不如一个末流的皇族或者妃子说的话!”

雪姬无语了,她知道,纯儿说的是事实。过了一会儿,雪姬才沉声问道:

“纯儿,你跟我说实话,你是不是没打算活着回来?”

纯儿一笑:

“我当然想活着。”

“不对,你要不是做了必死的准备,你就不会做这样的安排。”

纯儿抬起了眼睑,注视着雪姬,目光纯净如玉:

“特警在去执行极其危险的任务之前,都会留下遗嘱的。这并不是我们对胜利没有信心,而是以防万一,要给亲人一个交代。现在,臻华昏迷,前途未卜,我万一出了意外,大梁国就乱了,所以,我才要封你为妃,让你在关键时刻,掌控住大梁国的局势。这是臻华的国家,我们都是深爱着臻华的女人,所以,我们有义务照管好他的国家。”

“好吧,”雪姬深深地吸了一口气,“我答应你。但是,纯儿,你也得答应我,我做妃子这只是暂时的,等你回来之后,必须降旨,免去我的贵妃册封。”

纯儿明白,这是雪姬的骄傲,作为一个现代女人,她可以为爱牺牲,也可以终生都被相思所苦,但她却绝不允许自己乘人之危去得到一个名分,她会把这当做是一种侮辱。

“好,我答应你。”纯儿说道。

得到了纯儿的保证,雪姬稍稍平静了一些:

“那好,你接着说吧。”

“如果我肯做这个人质,端昊就会取道西蜀国——他最想的,一定还是做西蜀国的皇帝。在他回兵西蜀京城的时候,应该会分兵两路,我已经把地图都画好了。到时候,你指挥圣域军,把两路西蜀军都直接消灭掉!”纯儿的眼中杀气毕现,“绝不能再给他们机会,让他们成为第二个圣域!”

“我消灭他们!那你呢?”雪姬又急了,“他要人质的目的,就是为了让大梁国投鼠忌器!我们如果攻打他,那你在他军中不是太危险了吗!简直就是死路一条!”

“雪姬姐姐,你是知道我的本事的,我应该能逃出来。”

“纯儿,你别骗我,你逃不出来的。端昊不傻,他也知道,掌握着你,就等于掌握住了活命的机会!”

“所以,我们不能给他逃命的机会。雪姬姐姐,你必须明白,我舍命去西蜀国做这个人质,不是为了要让他有机会逃走,而是为了要做饵,把他引出来。”

“那你万一逃不出来呢?”

纯儿淡然一笑:

“为了不让大梁的平民再遭杀戮,为了西域七十二城邦,不再重陷新的圣域魔爪,我死得其所!”

“不行,纯儿,我不答应!不能这么干,太危险了,一定还会有其他的办法的,我们再想想,一定会有的……”雪姬喃喃道。

雪姬紧紧地抓着纯儿的手，她抓得那么用力，生怕稍一松开，纯儿就会一下子消失不见，飞到端昊军中去。已经把纯儿的手腕都掐得红紫了，可是雪姬仍旧浑然不觉，只是一个劲儿地反复说着：

“我们一定能想出其他法子的，纯儿，你别做傻事，我比你年纪大，我必须得管着你，我看你是累糊涂了，都不知道究竟在说什么……”

看着雪姬焦急而又惊慌失措的样子，纯儿心中感动，她反手挽住了雪姬的肩膀：“姐姐，你听我说……”

“不行，你先听我说，”雪姬根本不给纯儿说话的机会，“你这么做，想过臻华没有！如果臻华醒着，绝不会允许你这么胡来的！对了，臻华！”雪姬仿佛一下子看见了救星一样，“天象师不是说，再有大概十来天，臻华就能苏醒了吗？你先别急，我们先等一等，等臻华醒了，我们一定有办法的……”

“姐姐，我们真的不能等了。就像你刚才所说的，端昊的天性就有做恐怖分子的基因。我们两个应该是最明白什么是恐怖分子的。所谓的恐怖分子，虽然把别人的生命看得轻如草芥，但却异常珍惜自己的生命，端昊也是如此。如果得不到我的承诺，见不到我的人，他真的会放弃回西蜀国，掉头西去的，他绝不会冒险。雪姬姐姐，你也是熟悉西域的，你想想，那茫茫万里的戈壁沙漠，一旦端昊率军进入那里，真的就会如同龙归大海，虎入山林一般，再想把他逼入绝境就太难了。所以，这一次，也许是我们最后的机会了。”

雪姬沉默了，她知道纯儿说得都对，她也承认，纯儿想出的这个计策，的确是非常好非常有效的方法，但是，她就是不想让纯儿去冒这个险。可是一时间，又想不出什么更好的方法。

所以，她就只是一个劲儿地握着纯儿的手不肯松开，可是又什么话都说不出来。

纯儿理解雪姬的心情，她也不再说话了，只是并肩和雪姬坐在一起，过了很久，才声音低柔地说道：

“姐姐，你知道吗？我好开心，在臻华昏睡的这段日子里，能有你在我身边帮助我、陪着我。上辈子，我们曾经是仇人，这辈子，也许你也曾经恨过我，讨厌过我，但是现在，你却真的把我当成了亲人，谢谢你。”

“这有什么好谢的，能让我真的喜欢上你，也正说明你的确是个好姑娘啊。”

“姐姐，因为臻华，我伤了你的心，其实我一直都很愧疚，对不起。”纯儿郑重地说道。

"纯儿,别说傻话,感情的事,是没有对错的。我爱臻华,臻华爱你,你我又彼此相知信任,这都是我们各自心甘情愿的,都是上天赐给我们的缘分,我们都要珍惜。"

"所以,对我来说,能让我有机会去拯救大梁国和回鹘国,还有西域的无数百姓,能让我去为臻华的国家做些事情,这也是上天赐给我的缘分。雪姬姐姐,你一定也知道臻华的愿望,就是做一个为国为民的好皇帝,如果当他醒来之后,发现是由于自己当初的一时轻信,对火器的事轻易作出了承诺,导致大梁国和整个西域都被拖入了恐怖战争的泥沼,他会是何等的自责和懊悔啊。而我是他的妻子,为他分忧是我的责任,我不仅仅要替他生儿育女,更要替他去完成他的心愿和责任,所以,姐姐,我必须去。"

雪姬终于被说服了,她重重地点了点头:

"好!纯儿,我答应你,你去吧。但是,你也要答应我,必须要活着回来!因为没有人比我更清楚臻华对你的爱。我都不敢想,当他醒来,知道你身陷端昊军中的时候,会是怎样的状态。所以,纯儿,你一定要答应我,必须活着回来!不管到什么时候,你都要记住,爱一个男人,不仅仅是要为了他去死,更是要为了他而好好活着。"

"嗯,"纯儿郑重地应承道,"放心吧,姐姐,我都记住了。"

"那好,纯儿,你说吧,你走之后需要我做什么?"

"我刚才已经说过了,册封你为贵妃,暂理国政。主持圣域军,围剿端昊的残余军队。"

"好的,这些事我能做到,指挥几万人的战争,我还不成问题。"

"还有,"纯儿接着说道,"如果我万一回不来了,你就给臻华做真正的妻子吧。大梁国总需要有一个皇后,需要皇位继承人……"

纯儿话音未落,雪姬就制止住了她:

"纯儿,先不说我如何,单是你这句话,就辜负了臻华。你以为如果没有了你,臻华就会去找别的女人吗?你记住,他不会的!两辈子了,他如果肯找早就找了,我阅人无数,却从未见过比他更痴情的男人,所以,你不用想,臻华如果醒过来,你却回不来了,事情该怎么办。我相信,只要臻华醒着,不论天涯海角,他也能把你找回来,你重新活了一回,都没能逃过他的情网,这一次,你仍旧逃不掉的。"

"姐姐,事有万一,我是怕我万一回不来了……"

"我明白,即使你真的回不来了,只要臻华苏醒过来,自然就由他来做主安排一切。所以,你只要告诉我,如果万一你回不来,臻华也醒不过来,我该怎么办!"一旦闯出了感情的羁绊,雪姬身上自有一股指挥若定的从容态度。

"好，这就是我要说的第三件事。姐姐，你知道胡杨女姐姐已经有了身孕了吗？"

"知道啊！总算是老天厚爱，给拓跋将军留下了后代。"

"对，天象师已经测过了，胡杨女姐姐怀的是男胎，而且命格很贵重。所以，万一老天不肯睁眼，臻华再也醒不过来了，就委屈姐姐替我们管理着大梁国，然后把这个孩子，作为我和臻华的孩子，将来让他继承大梁国的皇位吧。"

雪姬忽然鼻子一酸，因为纯儿这无异于是在安排后事了，可是雪姬转念一想，正如纯儿所说的那样，这也许只是出征前以防万一的安排而已，纯儿和臻华吉人天相，一定不会出事的。

"还有，姐姐！一会儿我就要去向群臣宣布这件事情，我会对他们说，我只是去和谈，你明白吗？"

"明白！"雪姬重重地叹息了一声，"纯儿，你准备带哪些人去？"

"我基本不带什么人。"

"什么？"雪姬又急了。

纯儿淡淡一笑：

"姐姐，你应该明白，当我进入端昊军中之后，在那样的环境之下，谁也帮不了我，还不如我一个人更加来去自由。"

雪姬还想说什么，但是却没有说出来，因为她不得不承认，纯儿说得对。除非她能再给纯儿找出一队特警来，否则，别的人跟着纯儿，不仅帮不上忙，还只会是乱军中的累赘。

"好，我都听你的！"雪姬重重地攥了一下纯儿的手，"只是你必须回来！"

说服了雪姬之后，纯儿就再也不肯耽搁了，她写好了一封书信，让雅鲁去想办法找个青衣卫把信送回去——唉，青衣卫也是倒霉，这做信使的活还没完了。

然后，纯儿召集群臣，说明了西蜀国来信的内容，当然，对于信的内容，她做了必要的修改，只说是西蜀国答应和谈了，地点仍旧在黄河口岸。同时，纯儿还宣布了对雪姬的册封。纯儿这一系列的安排部署让大臣们看得眼花缭乱，终于，当纯儿回到了自己的宫室之后，宰相大人随后就跟了过来：

"皇后娘娘，恕老臣直言，您是不是有什么事情瞒着我们呢？"

纯儿心里一惊：

"宰相大人还真是目光狠辣。"她犹豫着该如何答复。

而宰相看到纯儿沉吟，以为她误会了自己的意思，于是赶紧解释道：

“我们不是信不过娘娘，只是担心娘娘会为了大梁国而做出什么危险的决定来。宇文端昊已经用和谈的手段骗了陛下一次了，而这次娘娘又孤身赴约，我是怕他会对娘娘不利。”

宰相大人这一解释，正好给了纯儿思考的时间，纯儿脑子一转就有了主意：

“宰相大人，您说得没错，我的确是另有计划，只是事关重大，为了保密起见，才没有全盘托出。我已经把整个战术部署都交代给雪姬贵妃了，她不会耽误的——在我和谈完，离开端昊军中的时候，她也就该指挥圣域军发动总攻了。到时候，她会和您商量的，看我们大梁国的军队如何跟她进行配合。”

“原来是这样，也就是说，娘娘和谈是假，而想确定端昊军队的真实位置，好把他们一网打尽，才是真？”

“对，也可以这么说。”

宰相点了点头：

“那我就放心了。”

送走了宰相大人，纯儿开始处理另外一件事情，一件非常重要的事情。她遣退了所有的宫人，把玉环单独叫到了面前。

“小姐，您找我有什么事？”玉环不解地问道。小姐要出门，她正在忙着准备衣物，却突然被叫了过来。

“玉环，这些东西给你。”纯儿把一个小箱子推到了玉环的跟前。

玉环打开一看，箱子里竟然装着满满的一箱珠宝。玉环望着珠宝，怔怔地愣了一会儿，忽然“扑通”一下跪在了纯儿的面前，脸上泪水交流，口中还不停地说着：

“小姐，我要是真的有哪里做错了，您尽管打骂我就是了，千万不要这么对我啊。”

“啊？”纯儿彻底被玉环给搞懵了——这就是古人看到珠宝的态度吗？别人也不这样啊？这个玉环怎么总能有本事把人搞得晕头转向呢？

“玉环，你说什么呢？”

“我说请小姐责罚啊。”

“我干吗要责罚你啊？”纯儿不解地问道。

可是她这句话一出口，却更是闯了大祸了，玉环忽然“哇”的一声就痛哭了起来。这一下，纯儿更傻了，要知道，玉环虽然是个丫头，可也是自小在宰相府里受教育长大的，所以言行很有分寸。纯儿认识她这么久，还真没见她这么失态地痛哭过。

“你干什么哭得这么伤心啊？”纯儿用力让自己的声音盖过了玉环的哭声问道。

“因为您都不肯责罚我了。”

“啊？”这是痛哭的理由吗？

幸好接下来，玉环继续给出了解释：

“一定是我犯的罪过太严重了，所以小姐都不肯责罚了，要直接赶我走。”

“赶你走？谁说的？”

“您啊？”

“我什么时候说要赶你走了？”

“您如果不是要赶我走，为什么要突然送我这么多东西呢？”

纯儿一口气没倒上来，差点儿晕过去，她真是服了玉环了！

“好了好了，你先站起来，别哭了，先听我把话说清楚。我不是要赶你走，这些东西是送给你做嫁妆的。”

“嫁妆？”

“是啊，你不是跟人家雅鲁将军说了吗，不得到我的允许，你不能私自嫁人。现在我允许了，你就好好嫁人去吧。”纯儿又好气又好笑地说道。

这下玉环也不好意思了，脸涨得通红，看着纯儿，不知如何是好。纯儿笑了：

“我已经跟雅鲁将军说过了，等大梁国的事情了了，你们就回回鹘成亲，我要是……”纯儿停顿了一下，改口说道，“我要是有时间，就亲自过去送你出嫁，要是没有时间，你就自己嫁人。反正你记住，这是我的命令就行了。”

玉环的脸更红了：

“小姐的衣服还没收拾完呢，我接着去收拾。”说完转身就要走。

纯儿看着她那难为情的样子，觉得好笑，可是刚一绽出笑容，心中却又不禁一阵酸楚：

“等一等。”

“小姐，还有什么事？”玉环转回身问道。

纯儿没有说话，而是走上前，轻轻地拥住了玉环，纯儿俯在玉环的肩头，泪水流了下来。

“小姐，你怎么了？”玉环觉察出了纯儿的异样。

“我没什么。”纯儿用力忍住了悲声，“就是有些累了，你去忙吧，我没事。”

“小姐，要不我再陪你一会儿吧。”

“不用,我想去看看臻华。”

“哦,那好吧。”玉环走了出去。

是啊,该去看臻华了,这是她最后一件事情——和臻华告别!

纯儿再一次亲手为臻华料理好了一切,只不过这一次,她做完这些事之后,没有像往常那样躺在臻华的身边入睡,而是在灯下,痴痴地看着臻华的容颜,也许,这是他们两个相守的最后一晚了,所以纯儿舍不得睡,她要把每一分每一秒的时间都用来看着臻华,她要把臻华的样子牢牢地刻在脑子里。自此,不论天涯海角,她就都不会孤单了,因为有心中的臻华在陪伴着她。

“臻华,明早我就走了,去黄河口岸。我不怕死,特警是不怕死的,但是我有一个最大的遗憾,就是没能早些看懂自己的心,没有来得及向你表白。臻华,我现在要把我心中的话都说出来,你要好好听着——臻华,我爱你,我真的爱你,如果度过这次劫难,我们两个还有未来的话,我会天天都对你说这三个字,用一辈子来回报你对我两世的相思。

臻华,我想我一定早就爱上你了,否则我不会在第一次和你见面的时候,就把特警徽章送给你,而当时我竟然做得那么自然,就是觉得,这个徽章能够帮助你找到我。

臻华,似乎注定了我要欠你的。从我们上辈子第一次相遇,就是你救了我的命,然后,你就一直在为我付出。这次,也算是上天给了我一个机会,让我回报你这一番深情厚爱。

臻华,你知道吗?当我向雪姬姐姐交代以后的事情的时候,虽然我心里明知道,这些事非做不可,可是我还是禁不住阵阵的心酸,我真的在嫉妒啊!即使是想到我死了之后,你会有别的女人我都嫉妒得要死。不过臻华,我就是这么说说,如果我真的回不来了,我还是希望你能有一个好妻子,希望你不要再为了我,而终日悲伤蹉跎。

答应我,臻华,当你醒来之后,不管我已经魂归何处,你都要好好的,好好地生活,好好地过完这一生。这样,我才会欣慰,才会快乐。

臻华,你记住,如果我能活着回来,我就绝不会再给你去爱上别的女人的机会,我会一辈子对你好,让你无暇去关注其他的女人,让你一生一世都和我恩恩爱爱!

臻华,天快亮了,我该走了!”

纯儿说完,突然埋下头,重重地吻在了臻华的双唇之上,辗转良久之后,她毅然起身,走出了宫外!

第六章　咫尺天涯

端昊如愿以偿地接到了纯儿的回信，一丝笑容浮现在他的眼底。这么长时间了，这是端昊第一次情不自禁地流露出真正的笑容，纯儿，他的纯儿，在不久的将来，就可以重归自己的怀抱了。

是啊，当纯儿回到他的身边之后，他们就可以制造出属于自己的火器，然后重新去称霸天下，到那个时候，他要让所有曾经轻视过，还有曾经试图消灭他的人，都加倍地偿还回来！

在纯儿接到端昊的信之后不久，严丞相也接到了端昊写来的信。端昊在信中表示了对严丞相的忠心的认可和赞许，然后，他非常诚恳地说，马上就要挥师南下，重新接掌西蜀国的皇位，所以，请严丞相为他提前做好接掌皇位的一切准备。

这些准备工作端昊写得很详细，礼仪国政无一不备，而在这长达上百项的准备工作中，端昊貌似漫不经心地提到了一件事——让京城中的守卫禁军出城来，负责端昊回京沿途的警戒！其实在那么多的要求中，只有这一项才是端昊真正想要的！他要让禁军分散到外面来，好让京城成为一座空城，这样，当他的大军进入京城之后，就可以直接接手京城的治安防范工作了，到时候，不管严丞相还有那些皇族们，再想要什么花招，也没有用了，西蜀国就能真正地回到端昊的掌控之中了！

无影的军队在端昊曾经驻扎的山谷外面和唐婉云会合了。这段日子，唐婉云真是吃透了苦头，她已经很多天没有喝过一口热水，吃过一口熟食了。那个丰腴圆润，宛如唐代仕女的娇弱佳人，此刻已经被折磨得完全失去了往日的风采——她的两腮都深陷了下去，更显得高鼻深目，腰身也明显细了很多，两只手上和半截胳膊上全是被草叶枯枝割破的血痕，皮肤也不再是那么粉白细腻了，一头青丝也枯涩地失去了光泽。

唐婉云看见无影的时候，简直是窘迫之极，真想找个地缝钻进去——她是宁可死也不愿意让无影看到自己这副丑陋的样子的。

可是，面对着那么多将领军士，她又不能失仪，只能强作镇定地坐在无影的身旁。还好，将士们在看向她的时候，目光中都是充满了崇敬的，因为他们看到自己的皇后为了回鹘，这样地不顾个人安危，他们的心中都非常感动。这还让唐婉云感到了些许安慰。唐婉云也想知道无影此时的心思，所以不断地偷偷打量无影，但是无影依旧是那样的平静，让人看不出他究竟在想什么。

终于，大家议事完毕了，众人都退了出去，帐中只剩下了无影和唐婉云两个人了。无影才转回身，深深地注视着唐婉云，漆黑的双眸好似大漠的夜空那么深沉。

唐婉云被无影看得有些无措了，她的脸微微一红低下了头去，低声说道：

“我，先去收拾一下。”说完话，她就要走。

可是唐婉云刚一转身，无影忽然抓住了她的手。唐婉云吓了一跳，她一抬头，刚好遇见了无影那专注的双眸，唐婉云更慌乱了。她避开了无影的眼神，手下意识地一用力，想着挣脱无影，而她轻轻一挣，竟然就挣开了，这不禁又让唐婉云感到了深深的失望。

无影放开了唐婉云的手，真挚地说道：

“婉云，你现在看上去真美，这样的你，更像咱们回鹘的女子了。谢谢你，婉云！为回鹘做了这么多事情。你放心，我一定会把你母亲救出来的，她一生为回鹘立下了无数的功勋，到现在，她仍旧在保护着我们回鹘。”

本来，当唐婉云听到无影夸赞自己美丽的时候，心中简直就像是点燃了喜悦的焰火，无数缤纷幸福的色彩，在她的心海中绽放。可是，当无影再提到她母亲的时候，那所有的焰火就在一瞬间都熄灭了，取而代之的是无限的冰冷和黑暗。因为她突然间想起来，自己的身上还背负着那样的滔天大罪！唐婉云的眼中不禁浮现出了一层泪光。

无影看唐婉云突然哭了，以为她是在为母亲担心，赶紧安慰道：

“你放心吧，你母亲不会有事的，我们一定能够把她救出来的。”

唐婉云没有解释，事实上，她也不敢解释。当她独自在荒山上的时候，曾经下定了决心，见到无影之后，马上就向他坦白自己的罪行，然后自杀。可是，当她真正见到了无影，却没有勇气说了。她不是怕死，她是怕看到无影对她失望的样子，一想到无影会厌恶她，她就感到由衷的恐惧，对她来说，那是世界上最可怕的事情了。

“算了，不说了，能拖一天就拖一天吧，即使无影不爱自己，能够多和他做一天知己也好吧。”唐婉云这样想道。

“婉云，你觉得你母亲现在会在什么地方？”无影问道。

“一定在端昊的军中。”唐婉云毫不犹豫地说道，“端昊肯定会把母亲当成一个重要的筹码，所以，他一定会把母亲妥善地关押在自己身边，以备有朝一日继续威胁我们！”

“你说得没错，他一定会这样做的。”无影点头认可。只是两个人都没有想到，由于丝丽苔的临时倒戈，老妇人已经逃出了牢笼，现在正孤身一人，身陷在那群山之中。

“现在端昊既然已经现身了，大梁国的军队肯定不会放过他们，我们不如趁势率领军队沿黄河东下，和大梁国的军队会合，一举彻底歼灭端昊，永绝后患！”唐婉云说道。

“嗯，”无影点了点头，“你说得也有道理。”

正在这时，侍卫忽然走了进来：

“陛下、皇后娘娘，大梁国皇后有信送到。”

“哦？”一听纯儿有信来，无影的眼中闪过一丝兴奋的火花，只是这轻微火花一闪，也没有逃过唐婉云的眼睛，唐婉云心中涌起了无限的酸涩：

“不管怎样，在无影的心中，自己都是无法和方子纯抗衡的。”不过唐婉云转念一想，心中倒也释然，“这样也好，因为无影是那样的正直，如果无影真的爱上了自己，那么当他听到自己曾经犯下的罪孽的时候，该多么痛苦啊。现在自己忍受痛苦，总好过让无影痛苦吧。”

就在唐婉云胡思乱想的时候，无影已经看完了纯儿的信，当下就变了脸色。

“又出什么事了？”唐婉云失声问道。

无影并没有说话，只是把信交给了唐婉云。唐婉云看完信之后，也大惊失色。原来，纯儿在信中写明了端昊对她的威胁，并说明了自己已经答应去做这个人质。并且在最后写道，她已经做好了一切部署，准备在黄河口岸一举歼灭端昊的军队。

“但是，”纯儿在信中写道，“虽然这次的部署可以说万无一失，但是我相信，端昊一定也已经做好了相应的准备。所以不能排除，他能够逃出重围的可能。而据我分析，端昊一旦再次逃脱，他的目标肯定会是西域七十二城邦，所以，你现在务必马上率军回国，早做安排，以防万一！”

“端昊竟然要打西域七十二城邦的主意！”唐婉云恨声喝道。

“而纯儿为了西域七十二城邦，竟然真的去做了人质！”无影的声音沉重而苦涩。

“无影，你觉得，方子纯说的情况有可能出现吗？”

“很有可能，我了解端昊，再密的网，恐怕也网不住他！”

“那我们现在怎么办？”唐婉云焦虑地问道。

“就像纯儿说的那样办。婉云，你收拾一下，马上率军回国，并且沿途通知七十二城邦，兵力足的地方，帮他们做好警戒，兵力不足的地方，就用你手中的部队补充上去。”

“没问题，我明白了。”唐婉云飞快地答道，可是说完之后，她又想起了一个问题，“我率军回去？那你呢？你不回去吗？”

无影的目光投向了窗外：

“婉云，这次只能辛苦你了，你得自己带兵去应对这件事情了。我暂时回不去，因为我要去做件事情。”

“你要做什么？”唐婉云有些紧张地问道，因为她已经隐隐猜到，无影究竟要干什么了。

“我要去救纯儿！”

“带着军队？”

“不，就我自己。”

“那不行，太危险了！”唐婉云本能地反对。

无影却不为所动：

“纯儿，不是比我更危险吗？”

唐婉云还想反对，但是她张了张嘴又闭上了，然后深深地吸了一口气，放缓了声音说道：

“无影，我知道你记挂着纯儿，我也知道，纯儿是为了我们回鹘才去冒险的，我们的确应该救她。但是，你不能鲁莽行事啊。你先冷静下来，我们好好想想，想出一个万全之策来。”

无影微微地摇了摇头：

“婉云，你听我说，我现在并不是在鲁莽行事或者是意气用事，我是经过深思熟虑的。现在，在对付端昊的时候，大梁国并不缺兵将，可是不管多少兵将，都只能是把端昊打败，而不能做到在乱军丛中把纯儿救出来。恐怕纯儿什么人都不带，孤身前往，也是想到了这一点。”

“方子纯也是艺高人胆大，”唐婉云说道，“我曾经见识过她的本事，你别不信，她还真有在万马军中来去自如的本事。”唐婉云说道。

“我信，我也见过她的本事，但是，我更了解端昊身边那些侍卫的实力。别看那些侍卫平日里毫不起眼，可是如果他们真的动起手来，排出阵法，纯儿是插翅难逃的。”

“那你去又有什么用？你不也是一个人吗？如果说方子纯是双拳难敌四手，那么多你一个人，恐怕也用处不大。”

“婉云，你忘了，我不仅仅是回鹘国的皇帝，我还曾经是西蜀国的第一高手。西蜀国人在我的剑锋面前，总是要退避几步的。”无影说话的时候，豪情勃发。

这一次，唐婉云无话可说了，过了一会儿，无影忽然放柔了声音，说道：

“婉云，其实你也明白，知道纯儿有难，我肯定是一定要去救她不可的，别说她是陷在了西蜀国军中，而我又是西蜀国第一高手。就算她是陷在一个我全然陌生的地方，就算我明知道去了只是送死，我也会去的，婉云，我……”

“别说了！”唐婉云忽然声音粗哑地打断了无影，她知道无影说的都是事实，但是，她却真的没有勇气再去听这些真情的告白，“我都明白，你去吧，回鹘国的事我会料理好的。”

“婉云，对不起。”看着唐婉云那受伤的样子，无影也觉得愧疚，但是却又无可奈何。因为他知道，唐婉云想要的，正是他给予不了的。

唐婉云摇了摇头：

“不用说对不起，你只要把自己照顾好，平安归来就行了。”

无影犹豫了很久，才又说道：

“婉云，虽然我觉得我一定能把纯儿救出来，并且带着她平安归来，但是毕竟刀枪无眼，万一我出了什么意外，你就替我好好地执掌着回鹘国吧。然后，找一个你爱的人，你们的孩子，就是回鹘国未来的继承人。”

无影这遗嘱般的一番话，彻底地打碎了唐婉云那强装出来的平静，她忽然一下子扑到了无影的怀中，放声大哭了起来：

“我不让你走，这太危险了，我不能让你去，我谁也不爱，我只想做你的皇后，只想要我们两个的孩子。无影答应我，我求求你，一定回来，一定好好地回来，没有你，我真的活不下去，真的活不下去……”

唐婉云那撕心裂肺的哭声，让无影也动容了。他轻轻地拥住唐婉云，很久很久才仿佛下定了很大的决心似的说道：

“好，婉云，我答应你，我一定好好地回来，一定好好地回来……”其实无影是想告诉唐婉云，他答应唐婉云，让她做自己的皇后，因为他必须得和一个血统纯正的回鹘女子生下继承人。可是这句话，他就是说不出口，因为他的心中还有纯儿，无影知道，只要纯儿还留在他的心里，他就无法去接纳其他的任何女人。

虽然得到了纯儿的承诺，但是端昊仍旧没有按照约定，直接来到黄河口岸，而是在距离黄河口岸很远的地方就驻扎了下来。

“陛下，我们为什么不再朝前走了？”武陵不解地问道。

“走？去哪里？”端昊不答反问。

“去黄河口岸啊！您不是已经和大梁国的皇后约好在我们西蜀国的旧日行辕见面，而且，也通知了严丞相，让他派禁卫军到黄河口岸的行辕来迎驾吗？”

端昊沉默不语，没错，这些都是他亲口说的，也是他亲自布置的，但是这些却不是他真心所想的。而他心中最真实的想法是——兵不厌诈！他就是要这么虚虚实实地让所有人都摸不透他真正的行踪，直到纯儿已经身在他的军中了，他才会真正踏上返回西蜀国的路途。

在这个世界上，端昊是信不过任何人的，他唯一信任的就是自己。除了自己之外，他也就是还比较信任纯儿了，但现在纯儿毕竟是在大梁国，他揣测不出来，目前纯儿所处的究竟是怎样一种境地。所以他也不敢相信纯儿的话——万一现在纯儿只是大梁国的傀儡，一举一动都是被迫的呢？端昊这样想道。

他当然也不会相信严丞相，他已经想到了，叛军也许已经收服了严丞相，或者控制住了严丞相。而他给严丞相的每一封信，都极有可能会落到叛军的手中，所以，他也不会给严丞相说实话。

正因为这些原因，端昊才一直让军队在岔路口上徘徊，如果，纯儿真的来了，他就继续挥兵南下，可是，纯儿如果没有来，或者是带着军队来了，那么，他就会立刻指挥军队一路向西北而去，闯入茫茫戈壁。

应该说，纯儿还是非常了解端昊的，端昊会采取的所有手段，纯儿都想到了，所以，她才力排众议，做出了孤身去做人质的决定。

纯儿该起程了，她不让任何人送她，只有雪姬一个人带着一支小小的队伍，把她送到了黄河边。一路上，两个人谁都没有说话，只是默默地并驾而行。

纯儿坚持要骑马，因为她要再好好看看大梁国的风光，她知道，在出城的路上，她还能看到那座高高的塔楼，那铭证着她和臻华爱情的地方。

在她们的后面，是浩浩荡荡的人马和銮驾。虽然纯儿一心想着带尽量少的人去西蜀军中，但是纯儿也知道，这些銮驾是必需的，因为她是大梁国的皇后，她所代表的是一个国家的尊严！

"是啊，我是大梁国的皇后，臻华，我生，是你的皇后，死，是你的妻子，这永远都不会改变，你放心吧。"

在纯儿马头的斜上方，一只猎鹰在忽远忽近地飞翔着，这正是臻华的那只猎鹰。鹰儿一直都留在臻华的身边，跟着他到大梁，去回鹘，做皇帝……直到臻华昏睡不醒了，鹰儿仍旧每天在大梁皇宫的上空盘旋着，鸣叫着，想要唤醒它的主人。

后来，纯儿来了。看见纯儿，猎鹰高兴坏了，臻华是它的主人，而纯儿，则是它的朋友，它唯一的人类朋友。作为一只鹰，它当然不能理解在主人身上发生了什么事情，但是，它现在看到纯儿来了，就感到踏实了——有纯儿，有主人，这日子就没有变。从那天开始，鹰儿就在臻华的寝宫外面筑巢住了下来。每天除了飞出去玩儿，就是回到巢里，看着纯儿忙碌，或者飞进臻华的寝宫里，亲眼看一看主人。

而今天早上，这只极通灵性的鹰，像是感觉到了什么似的，就这么一直跟着纯儿，还不时地飞回来，落到纯儿马鞍上，不安地看上她一眼。

"这只鹰真有意思。"雪姬打破了沉默。

"是啊。"纯儿望着猎鹰那矫健的身影，轻叹了一声，"我在古代刚刚遇到臻华的时候，就遇到了它，那时，我们在商路上，我和鹰儿整天一起玩儿。"想起当日的情景，纯儿不禁莞尔。

唉，当初在商路时那无忧无虑的快乐时光，现在想起来，就恍若隔世一般。那时，臻华只是一个游历天下的贵公子，而自己，只想着成为一个浪迹天涯的侠女。曾几何时，大梁国这沉重的责任就莫名地压到了他们的肩头，让他们两个不得不为之拼搏奋斗。也许，这就是人生吧，人活着，总是要承担属于自己的一份责任的。

"雪姬姐姐，我还想拜托你一些事情。"

"什么事？"

"一个是胡杨女姐姐，她对师兄用情太深，当初是一心想要殉情而死的，不过，她现在有了身孕，倒是平静了很多了，我昨天跟她谈了很久，她总是懒懒的，不想多说话，所以以后，还请你多多关照她。”

“我明白，你放心吧。女人家有了孩子，想法就会变的，她会为了孩子好好地活下去的。而且，我肯定会让她一直住在宫中，有什么事情，我都会关照她的。”

“那就好，还有，就是玉环，”纯儿继续说道，“我已经做主把玉环嫁给雅鲁了，雅鲁是个好人，但是未来毕竟是一辈子的时间，谁也不知道究竟会发生什么事情。而玉环又是一个孤女，在这个世界上再也没有任何亲人了，所以我想，如果，她以后遇到什么不测，就让她把你这里当成娘家吧。”

“这没问题，我知道你和玉环的情分，我会照顾好她的。”说着话，雪姬忽然笑了，“其实，你真的不用为玉环担忧，真要是遇到什么危险，这个丫头恐怕比你命还大呢。”

“哦？怎么说？”纯儿有些好奇。

雪姬的目光变得有些深远，似乎是回忆起了什么遥远的事情：

“纯儿，你还记得吗，过去在西蜀国皇宫的时候，玉环曾经替你挨过一次打。”

“记得啊，当时把我吓坏了，她的伤那么重，我都以为她活不过来了呢。”

“其实，她当时等于已经死了。”雪姬淡淡地说道。

“啊？你说什么？”

“是这样，当时我送玉环入宫，就是为了让她能够保护你，帮助你，所以，我给她吃下去了一种药。那种药物是圣域的宝物之一，人吃下去之后，除非被人断头摘心，否则无论如何也死不了。当初，我要去西蜀国，主人就把这圣药送给了我，但是我自恃一身功夫，手边还有枪，就没有吃，其实主要还是因为舍不得……”

“这么宝贵的东西，你就给玉环吃了？”纯儿不敢置信地望着雪姬。

“是啊。本来我是想给你吃的，后来我又想，这毕竟是主人给我的药，谁知道吃了之后，会不会也像别的药那样，对人的神志有所影响，让人会不由自主地就忠心于主人。所以，我犹豫了很久，还是没敢给你吃，正好玉环入宫，我就给她吃了。”说到后来，雪姬有些不好意思，笑了笑说道，“这是你最不喜欢我们这些人的地方了对吗？总是会轻视别人的生命，眼中只有自己的目的。”

雪姬这样自嘲，可是纯儿却像是没听见一样，她的神情忽然变得凝重了，过了很久才低声说道：

“姐姐，谢谢你，一直都在暗中帮助我。”

雪姬洒脱一笑：

“其实这也没什么好谢的,因为我当初做这些事情,也不是为了你,而是为了臻华。要谢你就谢臻华吧,是他的真情感动了我。所以,纯儿,”雪姬忽然颜色一正,“我知道,你刚才嘱咐我的这所有的事情,都是在为你死后做准备,而我之所以答应下来,只是为了能让你宽心,能让你了无牵挂地上战场。但是,你记住!你必须得活着回来,你只有活着,才能有机会回报臻华对你的这两世深情!你听懂了吗?纯儿!”

雪姬的声音忽然变得严厉了,而正是这份严厉,更显出了她对纯儿的殷殷关切之情。

纯儿心中感动:

“放心吧,姐姐,我都记住了,我会回来,会尽自己最大的努力回来的。”忽然,纯儿展颜一笑,“姐姐,已经到河边了,你回去吧。我,这就上船了。”

说完话,纯儿呼啸一声,正在云霄中飞翔的鹰儿听到了呼啸,一下子就俯冲了下来,落在了纯儿的马鞍上。纯儿轻轻抚过猎鹰翅膀根处的翎羽,认真地说道:

“鹰儿,我要去办些事情,你不用跟着我去了,你还是到臻华那里去吧。替我陪着他,他就快要醒了,等他醒了之后,就又可以带你去打猎了。”

猎鹰听懂了纯儿的话,却没有要离开的意思,仍旧一动不动的。

“好了,我没有骗你,我会很快回来的,难道你以为,我会舍得离开你,离开臻华吗?”

雪姬一直站在旁边,听到纯儿的这句话,鼻子一酸,差点儿落下泪来,她匆忙把头别向了一边。

“去吧。”纯儿也有些伤感,所以不再多说,双手捧起猎鹰,高高地向上一送,猎鹰也就顺势振翅飞了起来。

“好了姐姐,我上船了。”说完话,纯儿头也不回地踏上了大船!

从西域进入大梁国的官道上,一骑快马正飞驰而来,马蹄扬起的黄沙,几乎把骑马的人包裹住了,这正是无影。他把一切都和唐婉云交代完了,正准备赶去西蜀国军中的时候,大梁国忽然又送来了一封信,从而改变了无影的全部计划。这封信是天象师送来的。

原来,天象师已经找到了救臻华的法门,而且要在一个特定的时间施法。但是,要想破解臻华身上的巫术,仅靠天象师一个人的功夫是不够的。他需要借力,而他要借的力太强大了,放眼大梁和回鹘两国,只有他们的皇帝,日下无影,才有这份功力!天象师也知道无影陛下跟大梁国皇帝的交情,所以,就把这件事告诉了无影,请无影定夺。

“那你准备怎么做？”唐婉云看完信之后，问无影。

无影算了算时间：

“我先去救臻华。天象师不是说了吗，救臻华的外界限制太多，如果错过了这个时间，就不知道还要等多久，才能再碰到这样一个适合的时间。”

唐婉云心中有一线微弱的希望的火花闪过：

“也许，在无影的心中，方子纯的性命是不如臻华的性命重要的？”

可是，还没等唐婉云心中的那一线希望完全闪烁出来，就被无影接下来所说的话彻底地打碎了：

“等我救了臻华，再去救纯儿，时间来得及的，我了解端昊的风格。”

唐婉云苦笑了一声，暗自想道：

“原来，你还是没有忘记救方子纯。”

想到这里，唐婉云再也忍不住了，问道：

“无影，你明知道纯儿爱臻华，而且她已经是臻华的妻子了，你还要这么舍命地去救她，甚至还要全力以赴地帮助她的丈夫，我真的看不懂你，不知道你心中究竟在想什么。”

唐婉云如此尖锐的问题，让无影有些为难，因为他并不是一个善于表达出自己感情的人。看到无影的这副样子，唐婉云也有些后悔了：“唉，明知道他是什么样的人，何苦还要逼他。”

于是唐婉云说道：

“好了，不说这些了，我去为你准备些东西，你就该上路了吧？”说着话，唐婉云就转身朝外走去，可是她走到门口的时候，无影却叫住了她：

“婉云。”

“什么事？”

“我想，我有些话，还是对你说出来的好。”

“什么话？”

“就是你刚才问的那些，”无影沉吟着说道，“我的确是爱纯儿，真的爱她。在遇到她之前，我曾经以为自己会终生不娶的，因为我认为我找不到自己心目中的女子，可是第一眼看到纯儿，我就知道，我找到了，我终于找到了我心目中的那个女人。可是，造化弄人，先有端昊，后有臻华，我一步步都错过了。其实真正让我放弃纯儿的，还不是她爱上了别的男人，因为我早就已经下定了决心了，即使她爱上了别的男人，我也会默默地留在她的身边，守候她，保护她。可以说，我的心从来就没有放弃过她，只是作为回鹘皇帝的责任让我失去了继续去爱她的资格！我必须得和一个回鹘女子生下继承人，在这种情况下，即使纯儿愿意嫁给我，我都会拒绝的，因为我如果那么做的话，无异于是亵渎了她。

但是，不管我是否还有机会去爱纯儿，今生，让纯儿永远幸福，都是我最大的心愿。我很庆幸，她爱的是臻华，而臻华，是一个能够带给她幸福的好男人。所以，即使臻华不是我的兄弟，我也会为了纯儿去救他！牺牲一切在所不惜。因为，我已经不能带给纯儿幸福了，所以我会觉得，牺牲了我，换取一个能够带给纯儿幸福的人活下去，是我最应该做的事，是我最大的幸福。"

自从唐婉云和无影认识起，从来没有听无影一下子说过这么多话。一个平素都是沉默寡言的人竟然说出如此深情的话来，更是让人动容，更让深爱着他的女人心碎。

"为什么对我说这些？"唐婉云有些苦涩地问道。

"因为，我担心我这次去，会出什么意外，所以，想把这些告诉你，让你明白我的心。"

唐婉云辛酸地一笑：

"你的心我早就明白了，好了，不说这些了！反正，你记着回来就行了，在回鹘你还有责任未了。"

"我知道。"

无影又恢复了往日的语言简练。

纯儿的木舟行到了黄河对岸，就看见对面岸上只有几处旌旗飘展，一看就不是有大队人马驻扎的样子。纯儿暗自冷笑了一声：还真是让我猜对了。

"来人。"

"在。"一个侍卫应声来到了纯儿的身边。

"到岸上去，告诉西蜀国的人，大梁国皇后驾到。"

"是。"侍卫应了一声，闪身跃到了对面岸上，很快就消失了，纯儿对对岸的情景非常熟悉，她知道，现在，侍卫已经进入了拓跋的旧日行辕。

行辕被简单地收拾过了，门口也站立上了卫兵，而在行辕中居中而坐的，正是端昊的亲信——武陵。

侍卫见到武陵，恭恭敬敬地行了一个礼，然后不卑不亢地问道：

“我们大梁国的皇后已经驾到了，你们的皇帝在哪里？”

武陵扫了一眼眼前的侍卫，冷冷地说道：

“我们皇帝陛下就在不远处等待贵国皇后的大驾，现在既然皇后已经驾到了，就请跟我走吧。”

侍卫冷笑了一声：

“将军是在开玩笑吧？我们是来跟西蜀国的皇帝陛下和谈的，现在看不到皇帝，却让我们跟你走，谁又知道你是真是假呢？万一，你并不是西蜀国的将军，而是个强盗，蓄意在这里想着劫持我们皇后呢？”

侍卫这一番伶牙俐齿，不禁让武陵动怒：

“大胆，你敢说我堂堂西蜀国的大将军是强盗？”

“我们大梁国人，只知道西蜀国的大将军复姓拓跋。”侍卫寸步不让。

“你！”武陵真的愤怒了。

而侍卫看到武陵发怒，也不胆怯，而是又恭敬地行了一个礼：

“将军也不用这么大发脾气，您如果真有什么话想要对我家皇后娘娘说，也该自己去面见我家皇后娘娘……”

武陵的目光忽然变得很深了：明明是自己要诱敌深入，怎么却变成了对方要诱自己深入，这个大梁国皇后厉害啊……

武陵紧紧地盯着眼前这个貌不惊人的大梁国侍卫，脑子像是高速运转着——现在该怎么办？

端昊交代得很清楚，让武陵见到大梁国皇后之后，把她带到自己的军中来。可是现在，大梁国的皇后已经近在咫尺了，武陵却感到非常无能为力。

直到这个时候，武陵才意识到，自己前半生所从事的工作，一直就是隐秘的充满了阴谋的，所以此刻大梁国的侍卫所采用的这种直来直去的方式，让他难以应对。

是啊，人家不信任他这个大将军的身份，所以，不会让皇后贸然而来，这似乎也很有道理。可是，如果为了证明心底无私，自己真的跟着他去了大梁国皇后的船上，那，自己会不会反而变成大梁国的人质呢？武陵第一次感到，自己的智商应付起眼前的这个突发状况，有些困难。

想到这里，武陵就又情不自禁地打量着眼前的这个侍卫：

“这个制敌于无形的人，真的只是一个小小的侍卫吗？”

看到武陵这么踌躇不决，侍卫又笑了：

"将军，您得快点儿了，估计从这里到您家皇帝那里还有很远一段路，如果再耽搁时间，恐怕今天，我们就到不了你们军中了。再说了，如果您真是西蜀国的大将军的话，到了我们皇后娘娘那里，就是西蜀国的使臣了，两国相争，不伤使节，这是最起码的礼仪，这一点您不用担心。不过，如果您另有什么隐情实在不愿意去的话，那我也肯定不会勉强您，我这就回去复命了，我出来的时间太长了，我家皇后娘娘会担心的，还以为我遇上什么意外了。"

侍卫这一番话说得是软中带硬，总之一句话，"你要真是大将军你就跟我走，我包你没事；你要是冒牌的大将军，而其实只是个强盗之流，那你就赶紧滚开，我还忙着呢！"

侍卫的这一招，彻底把武陵逼到了死路上，武陵实在是没有办法了，一咬牙，硬着头皮说道：

"好吧，我跟你走。"

纯儿的木舟仍旧稳稳地靠在黄河岸边，随着河中的波涛微微起伏着，不知道是真的，还是武陵心中已经有了先入为主的思想，反正当他看到这只木舟的时候，本能地就感到了一种王者的威严风范。

本来，武陵还以为当他来到河边的时候，会有一群大梁国的侍卫蜂拥而上，把他围到中间，然后七手八脚地把他拿下，五花大绑着扔到船上去。然而让他意外的是，当他和侍卫一起到了河岸的时候，侍卫却止住了脚步：

"大将军，烦您在这里等一下，我先回去禀报我家皇后娘娘，看她如何吩咐。"说着话，侍卫竟然头也不回地就走了。

这一次武陵又感到吃惊了，因为一直以来，西蜀国人都自诩他们才是真正的上国，是礼仪之邦，可是现在看来，这些一向被西蜀国人所看不起的大梁国人，竟然也自有一番凛然大气的傲然风范。

然而，更让武陵吃惊的事情还在后面。

过了不大工夫，那个侍卫就回来了，他走到武陵的跟前，又行了一个礼，才非常恭敬地说道：

"我家皇后娘娘说了，请大将军到船上一叙。"

"可是……"武陵刚想说话，就又被侍卫打断了。

"我家皇后娘娘还说了，请将军尽管放心，我们不会做对将军不敬的事情！因为，你就算真的是西蜀国的大将军,你的命也不足以逼迫宇文端昊就范。事实上,在现在这个时候,恐怕除了他自己的命,其他任何人他都不会在乎了。”

诚然,侍卫说的是实话,这一点武陵很清楚,可是,并不是所有的事实都可以拿出来讨论!反正武陵在听完侍卫的话之后,只觉得是血往上涌,他也说不清自己这么冲动,究竟是在为自己难堪,还是在为端昊难堪,抑或是为了大梁国人的这份赤裸裸的直率而愤怒。

武陵已经顾不上分析那么多了,他一甩袍袖径直朝着木舟走去——自己家的皇帝已经被对手看得一无是处了,要是自己再显得犹犹豫豫,那西蜀国的名声就算是彻底地完了! 这就是武陵心中最直接的念头。

木舟不是很大,但是非常的静雅豪华,纯儿正端坐在木舟的第二层上,武陵一进船舱,第一眼就看到了已经久闻大名的大梁国皇后。而这一看之下,武陵不禁呆住了。

他惊异,倒还不是因为纯儿的花容月貌,事实上,武陵是一个对美色比较没有感觉的人,什么样的女人落到他的眼里,都不过是一具皮囊。他之所以吃惊,是因为,眼前的这位大梁国皇后竟然身上穿着一身重孝!不仅如此,侍立在两旁的宫女和侍卫,也都是一身素白的孝衣!

“他们这是在为谁穿孝?”武陵的心中一片茫然。

“是武陵将军?”纯儿俯视着武陵开口问道,声音深沉婉转,母仪天下的风范隐然而现。

在纯儿的这种风范面前,武陵情不自禁地折下腰去:

“正是武陵,见过皇后陛下。”

“平身。”

“谢陛下。”

从武陵踏上木舟那一刻起,脑子就在飞快地转着,苦苦思索着对策——当大梁国皇后问起端昊的行踪来,他该如何回答才算得体。可是让他意外的是,纯儿竟然什么都没有问。她只是淡淡地叹息了一声,说道:

“武将军,您认识拓跋将军吗?”

武陵一愣,赶紧说道:

“认识。”

纯儿微微点了点头:

“不知道你听说过没有，拓跋将军是我的师兄，这次，我既然来到了他遇难的地方，总要凭吊一下。”

武陵这才明白，原来大梁国上下竟然是为了拓跋在穿孝！过去，他只听说过大梁国的这位皇后是当初西蜀国送去和亲的鸿雁公主，还真没想到，她和拓跋之间还有这么深的纠葛。

而且看这位皇后的意思，她和拓跋的感情还极深厚，这么算起来，她和端昊陛下之间的仇怨就应该非常重了，那她和陛下两个人还一直书信往来，这里面，到底是怎样一笔糊涂账？

纯儿又开口了：

“武将军，其实我在来之前，就已经想到了，端昊皇帝不会在这里等我，但是我还是来了。因为我来，是为了西域和大梁两国的苍生百姓。所以你尽管放心，我不会让你为难，你现在带我去师兄遇难的地方，我有些话要跟师兄说，说完之后，我自然会跟你走。”

武陵真的是无语了——大梁国中，不论是侍卫还是皇后，这份坦白和直率，都足以让人汗颜，让人无地自容。

“是！皇后陛下请跟我来。”武陵也只有这一句话可说了。

拓跋遇难的地方，就是当初关押他和胡杨女的那间牢房，纯儿把胡杨女带走之后，拓跋就在这里自尽身亡了。

在距离牢房还有很远的时候，纯儿就命所有的人都停住了：

“你们在这里等我，我想单独跟师兄待一会儿。”

纯儿一步步走到了牢房的门外，双膝跪倒，十指紧紧地扣进了土地里，泪如雨下：

“师兄，我来向你告别了，我马上就要去端昊的军中做人质了，而大梁国上下已经全部做好了准备，将在端昊回朝的路上伏击他，把他一举歼灭。我知道，这一次，我能够脱身的希望是微乎其微了。师兄，你是我回到古代之后的第一个朋友，你传授我武艺，给了我一个真正的家。谢谢你，师兄。我知道，像你这样一位光明磊落的英雄，是一定会英魂长存的，那就请你多多保佑胡杨女姐姐和你们的孩子吧。我都已经安排好了，你的儿子一定会成长为一位和你一样顶天立地的英雄的。”

良久，纯儿等脸上的泪痕彻底地干了，才站起身来，当她一站起来才发现，不知何时，武陵手下的军士们已经把她和她的那些随从团团围到了中央。

纯儿的眼中显出了一丝淡淡的讽刺：

“武将军，你这是要做什么？”

武陵故意不去看纯儿的眼睛：

“我是接受我家皇帝陛下的命令来护送皇后陛下的，沿途不能出现任何意外，所以还请皇后娘娘体谅。”

武陵话中的意思很清楚——我是无论如何也要把你带回去。现在，你已经凭吊完你的师兄了，谁知道你会不会突然又不想去做人质了，所以，我还是把你看押起来比较保险！

纯儿听了武陵的话，冷冷一笑，喃喃自语道：

“师兄，我终于明白你为什么要选择死亡了，因为你不能背叛你的国家，可是你的国家由于找了一个阴险小人做皇帝，所以现在已经是小人当道了。像你这样光明磊落的英雄，反倒没有了生存的机会。”

纯儿说得没有错，正所谓人以群分，武陵思考问题的方式，的确更贴近宇文端昊。纯儿说话的声音极轻，武陵没有听见她说的是什么，不禁问道：

“你说什么？”

“我说不知道将军的功夫如何！”纯儿脱口而出。武陵一愣，还没等他明白过来这话是什么意思，纯儿就已经拔地而起，与此同时，她的手中已经多了一条猩红色的长鞭。

就在纯儿凌空跃起的那一瞬间，她同时喝道：

“你们都退下。”

那些看到纯儿突然发动攻击，也开始纷纷拔出兵器的侍卫们，听到了纯儿的命令之后，立刻就毫不犹豫地又退回了原地。

就只见跃到半空中的纯儿犹如一只展翅高飞的白鹤，身形婀娜，却席卷着风雷之声。

尤其是那条红色的鞭影，就仿佛是一道闪电从云中射出，直直地就朝着围困住他们的那些西蜀国军士抽去。鞭花被舞得密不透风，西蜀国的军士们应接不暇。

武陵刚想拔刀加入战团，纯儿却比他更快了一步——手一抬，落蕊神针射出！武陵并没有看到纯儿射出了什么暗器，但是从纯儿的动作中，他也猜到会发生什么，所以当下收回刀式抵挡飞到身边的暗器。武陵的刀光闪动把自己围在了中央，打掉了银针，可是还没等他透过气来，纯儿的第二轮暗器就已经又到了，这一次是一连十八颗银弹子，榛子大小的银弹子连成了一道弧线，从袖弩中射出。这一次武陵看见了，只得跃身躲过，可是他只顾了眼前的银弹子，却忘记了背后，一时间背后空门大开！

纯儿一招得手，步步紧逼，人已经到了武陵的头顶，手起鞭落，猩红色的玲珑鞭狠狠地抽到了武陵的脊背之上，鞭梢处那一截钢刃深深地刺进了武陵的肌肤之中。

武陵当下真气走空坠落到了地上。

这一次攻击，纯儿是轻描淡写一气呵成，干净利落得让武陵都不得不深深佩服。

他从黄土地上站起身来，不顾背后已经血肉模糊，勉强地站直了身子，说道：

"皇后娘娘不愧是拓跋将军的同门师妹，功夫高强，武陵只有佩服。败给皇后娘娘，我心服口服，请皇后娘娘发落吧。"现在的武陵已经是万念俱灰了——这样一位皇后，自己就算是生出三头六臂来，也没办法把她押到军中去做人质了。

武陵受伤后所表现出来的这份坚强的架势，倒是让纯儿有些动容，纯儿在武陵的身前站定，叹息了一声说道：

"武陵将军，其实我本来无意冒犯。我毕竟是大梁国的皇后，这次来做这个人质，是我心甘情愿的，而不是因为做了你们的阶下囚才不得不去，也许你觉得这里面区别不大，但是对我来说，却事关重大，这关系到了我们大梁国还有我夫君的尊严，所以，还请将军理解。"

纯儿一番话说得武陵哑口无言，面对着这样一位透彻高傲却又武功极强的皇后，他实在是无话可说了。半晌，武陵才勉强说道：

"刚才是我鲁莽了，既然如此，就请皇后娘娘上路吧，时间不早了。"

纯儿点头，坐进了随行而来的銮驾，一行人跟随着武陵又踏上了路途。

正在半路上安营扎寨的端昊此时坐卧不安。他并不想让旁人看出自己此时的混乱情绪，所以遣开了所有的人，只把自己一个人独自关在帐篷里。已经很久了，端昊几乎就没有坐下来过，他不时地走到窗边去看天色。虽然他也知道，武陵见到了纯儿，再把纯儿带到这里来，怎么也需要一整天的时间，这还得是不出现任何变故的情况下，如果再有些变故，就更说不定了。可是端昊仍旧按捺不住自己激越的心情。明知道这个时间纯儿肯定不会出现，仍旧不停地朝着前面的大路眺望着。

现在，与其说他是在等待着敌国的人质，还不如说是一个初解情事的少年在心慌意乱地等待着他心爱的姑娘出现。

终于，黄昏时分，端昊等来了武陵命人快马送来的急报。端昊接过急报，两下就撕掉了信封，然后背转过身去，因为他感觉到，自己的手已经在不由自主地有些发颤了，虽然很轻微，但也足以让端昊觉得羞惭了。

因为是在行进的途中，所以武陵的信写得非常的简单，只是说明，已经接到了大梁国的皇后，而因为对方执意要乘坐大梁国皇后的銮驾，所以，路上会走得慢一些，估计要等到午夜时分才能走到军中。

“坚持要坐大梁国皇后的銮驾！”这句话，让端昊醋意顿生，“大梁国皇后的銮驾有什么好坐的，用不了多久，你就是我西蜀国的皇后了，我西蜀国的銮驾才是你真正应该乘坐的。”

不过，总算是确定了纯儿很快就会到来了，这还算是让端昊的心中感到了些许慰藉。

“来人。”

“在！”

“供大梁国人居住的帐篷都收拾好了没有？”

“早就收拾好了，今天上午的时候，陛下不是还亲自过去看过吗？”

“对，我是看过！不过你们还是再收拾一遍，免得今天又落下了灰尘。”

听了端昊的命令，随从不禁暗暗叫苦，行军途中的军帐，不可能有那么多的讲究，都是一切从简的。在这荒郊野外的，竟然说不能落进灰尘，这不是玩笑吗？不过虽然是这么想，但这些话，随从是不敢说出来的，只得领命出去，再去收拾一遍帐篷。

好不容易熬到了午夜时分，武陵带着人马准时归来了，听到了内侍的禀报，端昊反倒沉着了下来，或者说他是勉强自己沉着下来，他和纯儿已经分别得太久了，现在重逢就在眼前了，他却有些不知道该如何去面对她了，而且，他也不愿意让纯儿看出来，自己此时那焦灼的期盼和等待。

端昊强迫自己在帐中稳稳地坐着，外面营门那里已经有嘈杂声传来了，端昊想努力地去关注其他的事情，以便能让自己忽略外面那些声响，可是他做不到，外面传来的每一点一滴细微的声音，都在敲打着他的耳鼓，让他难以自持！

也许是因为现在这个时间，四周都太安静了，所以才会显得外面的喧嚣声那么明显，端昊这样想着。但是，在他的内心之中，却又不得不承认，这只是个借口，最真实的原因就是他的心已经飞到了营门处，飞到了纯儿那里。

终于，一阵急匆匆的脚步声响起，端昊的心也随着那脚步声高高地提了起来。武陵进来了：

“见过陛下。”

“回来了,一路辛苦了。”端昊希望自己的声音听起来是正常的。

“谢陛下关心。”武陵嗫嚅着,面有难色。似乎有什么话难以启齿一样。

看着武陵这副样子,端昊的心一沉:

“出什么事了?大梁国——”端昊最先想到的,就是路上出了什么变故,纯儿没有来!

武陵赶紧说道:

“不是的,陛下请放心,我已经把大梁国皇后带来了,只是……”

武陵吞吞吐吐的样子让端昊心生气恼:

“到底怎么了? 快说!”

“是!”武陵有些费劲地说道,“是这样,大梁国的人不肯住我们准备好的帐篷。”

“什么? 那他们住在哪里? 露宿吗?”端昊有些奇怪。

“不是,”武陵似乎在想该怎么表达,“他们要自己搭一座帐篷。”

端昊愣了一下:

“自己搭一座帐篷?”

“是。开始我不同意,说在这里也不过是一两天的事情,不用这么大费周章。可是大梁国的侍卫说,必须要搭,即使只住一个时辰也得搭,因为他们的皇后只能住在大梁国的房舍之内。”

听到这里,端昊不禁嗤笑了一声:

“他们的皇后?!现在纯儿到了我这里,就再也不会是他们的皇后了,很快他们就会明白这一点的。”于是端昊说道:

“他们愿意搭就搭吧,这也不是什么大事。”

“臣明白。尤其是在路上的时候,臣就已经……已经知道,这些大梁国人都很难缠,所以我想,不在这些小事上再生枝节了,就答应了他们的要求,给他们指定了一块地方,让他们搭建帐篷。就是我们营中的那块空地。”

端昊点了点头,表示自己知道武陵说的那块空地,同时也是对武陵这样安排的赞许。因为那块空地是被西蜀国军队团团围住的,住在那里,就算是纯儿有通天的本事也逃不走。

“你这不都安排好了吗?还有什么事情?”端昊把整个事情听了一遍,仍旧是不明白武陵那种古怪的神色所为何来。

“是这样,本来我是想等他们把帐篷搭好,都住进去以后,再来见陛下,可是现在，他们的帐篷快搭完了，我，我想，还是先来跟陛下说一声的好。”

“说什么？”端昊不解。

武陵犹豫了一下说道：

“还是请陛下自己看一看吧。”武陵说着话，用手向上一指，他们现在所处的这间帐篷的顶是双层的，上面的一层可以起到瞭望整个军营的作用。端昊会意，武陵是让他去上面瞧瞧，虽然他不知道武陵为什么要这么做，但还是转身走了上去。

当端昊走到瞭望口前向外一看，不禁愣住了。就只见在军营中间那片不大的空地之上，竟然凭空矗立起了一座华丽的宫殿。

眼前的宫殿有三层军帐那么高，拱形的殿顶，拱形的门和窗宽大通透，上面绣幔飞扬。宫殿整体是浑白色的底色，上面镌刻着金色的龙凤花纹还有各种象征着吉祥如意的图案。大殿中灯火辉煌，在宫殿的第一层，有一个宽敞的宫门，门前延伸出了几级台阶，宫内的华丽地毯沿着台阶伸展出来，一直铺到了外面的土地上。在宫殿大门的两侧，还各有一个高高的桅杆，桅杆上各挂着一串璀璨的琉璃灯，在夜色中分外的触目。在宫殿的正中央，竖着一根高高的旗杆，大梁国的旗帜在旗杆顶端迎风飞扬。

“他们这是……”端昊一时都不知道该说什么好了。如果不是他很清楚地确信，就在不久之前这里还是一块空地的话，那他一定会认为这座宫殿一直就是矗立在这里的。可是现在，他实在是无法想象，怎么就会凭空地多出这样一座宫殿来。

武陵明白端昊的意思，苦笑了一声说道：

“这就是大梁国人所说的帐篷，我刚才实地看过了，他们的宫殿虽然离远了看很豪华，但是，的确就是用做帐篷的材料搭建起来的。”

“帐篷!”端昊的脸上忽然浮现出了一丝莫名的笑容，笑容中带着深深的自嘲。是啊，自己怎么忘了，方子纯一直就是做帐篷的高手，这一点，在洪泽湖边他就已经领教过了。只是没想到，纯儿的本事越来越登峰造极了。

端昊久久地站在瞭望台上，看着对面的宫殿，心中五味杂陈，说实话，看着纯儿就这么堂而皇之地把大梁国的旗帜带到他的军中来，让他心中不禁一阵阵地泛酸。

在纯儿到来之前，端昊就已经打定主意了，和纯儿见面后的第一件事，就是让她抛弃身上所有和大梁国有关的一切，然后从内到外都换上西蜀国的服饰。因为他实在是不能容忍他的纯儿穿戴着大梁国的衣裳饰物——那就意味着纯儿身上还有另一个男人的标志——这是男人所最不能够容忍的。

而另一方面，作为一个深陷情海的男人，端昊又情不自禁地为纯儿的这一行为喝彩和感到骄傲。将心比心，如果，是他的皇后深入敌营时做到了如此的傲岸和尊严，那将是一个男人的荣耀，更是一个国家的荣耀。因为这份傲岸清晰地证明了这个女人的勇气和胆量。而做过流亡皇帝的端昊，现在恐怕比任何人都更能理解这份勇气的重要！

"是啊，她的确是具有无与伦比的勇气和胆量。"端昊情不自禁地自语了出来。

"陛下，您说什么？"武陵没听清楚。

端昊望着不远处的宫殿，眼睛中闪烁着激赏的火花：

"不是什么人都敢于在敌营中如此捍卫自己国家尊严的，很多男人可能都做不到，更何况是一个女人。"端昊感叹道，"所以我说，这个女人的勇气和胆量是无与伦比的。"

这一点，武陵也深深地认同，因为他现在背上的伤口还在剧痛。

"她呢？现在在哪里？"

武陵愣了一下，才明白陛下口中的这个"她"指的是谁。于是赶紧说道：

"宫殿刚刚搭建起一小部分的时候，大梁国皇后就进去了，而且是用銮驾直接送进去的，根本就没有露面。"

看见端昊若有所思，武陵赶紧补充道：

"虽然我没有看见她，但是我跟她说了几句话，所以，我能够确定那的确是大梁国皇后。"武陵以为端昊担心大梁国会玩儿偷梁换柱的手段，所以赶紧解释。

端昊听了他的话，轻轻叹了一声：

"不，我一点儿都没有担心她会半路跑掉。我了解她，她只要是答应了，哪怕前面是龙潭虎穴，也绝不会退后半步的。"

这一次，连武陵都听出了，端昊语气中那深深的赞赏。武陵心中不禁一动——难道，陛下和大梁国的皇后真的会有什么纠葛吗？

端昊又朝着那座白色宫殿出起神来。也许，是因为在他的心中，深深的爱恋正在沸腾燃烧的原因吧，虽然纯儿所做的这件事，有些折损了端昊和西蜀国的颜面，但是，端昊此时更多的感受，还是对纯儿更深的爱慕和赞赏。

"纯儿，你一次次地让我惊服于你的胆识和智慧，像你这样的女子，就应该是属于我的。以前，也许你对我有过误会，对我失望过，所以，才会给完颜臻华机会。但是我保证，从现在起，我会让你重新认识我，重新了解我，让你相信，在这个世界上，只有我才是真正能配得上你的男人！”

端昊暗下决心，开口命令道：

“武陵将军。”

“在。”

“你现在就到对面去，告诉大梁国的人，他们远道而来辛苦了，今晚就不再劳动他们和我见面了。等他们休息好了，想要见我的时候，随时叫人送信过来就行了。”

端昊这一番话说得虽然平淡，但是听到武陵的耳朵里，却并不简单——因为端昊的这一让步，就意味着西蜀国在向大梁国让步。这和陛下往日的作风太不相符了。

想归想，武陵还是毫不耽搁地就去纯儿那里送信了。

而纯儿此时正稳稳地坐在那座豪华的临时宫殿中，等待着武陵的到来，她知道，自己搭建宫殿并且竖起大梁国旗帜这件事，已经是在挑战端昊的威严了。她相信以端昊的为人，是绝不会允许这种事情发生的，但是，纯儿却非要这样做不可，因为她现在所代表的不仅仅是自己，还有她的丈夫和大梁国。

武陵来了，带来的消息却远远地出乎了纯儿的意料：

“端昊竟然会如此的容让？为什么？难道这段时间的失败挫折，也在潜移默化中改变着端昊，让他也开始变得不那么唯我独尊了，也开始学着去尊重别人的感受和意愿了？”纯儿暗自揣测。

夜静更深，端昊仍然了无睡意，他屏退了所有的人，独自一人站在瞭望台上，痴痴地望着对面那座灯火辉煌的宫殿：

在那灯火璀璨处，他的纯儿究竟是在哪一扇窗下呢？她又在干什么呢？纯儿一定已经知道自己就在这座帐中了，她是否也会和自己一样，站在一个幽暗的角落中，悄悄地眺望着这个方向呢？

“纯儿，别跟我说你已经忘记了过去，我知道那是谎言，我知道，你和我一样，永远都不会忘记我们的情感……”

纯儿的确还没有入梦。外表看，她的这座白色宫殿流光溢彩、富丽堂皇，可实际上，在宫殿之中，每一个侍卫和宫女都睁大着双眼，刀剑出鞘，随时戒备着身边可能出现的一切异动。因为他们现在毕竟是深陷在了敌营之中，稍有不慎，也许就会赔上所有人的性命。

而纯儿则在深深思念着臻华：

“臻华，按照天象师测算出的日期，再有几天，就到了唤醒你的时候了。臻华，你一定会醒来的，对吗？不知道，我还能不能有机会再和你见上一面……”

现在纯儿最大的心愿，就是能和臻华再有一次四目相对的机会，哪怕只有一秒钟也行，只要够她给臻华说出一句“我爱你”就足够了。

“臻华，我爱你……”纯儿情不自禁地喃喃自语了出来。

第七章　金风玉露再相逢

第二天一大早，武陵就来面见端昊：

“陛下，大梁国皇后驾前侍卫求见。”

“哦？这么早？”端昊的心突地一跳，“他有什么事吗？”

“他想问一问我们什么时候起程。”

“起程？”端昊这次真的吃惊了，“他们竟然着急起程？他们这么大费周章地搭起一座宫殿来，难道就为了住半宿吗？”

武陵无语，因为来找他的这个侍卫，就是昨天和他打过交道的那一个，论口才，武陵实在不是他的对手。

“这样，你叫他进来吧，我看看他到底想干什么？”

“是。”

不大工夫，那个侍卫就跟着武陵走了进来，他来到端昊的面前恭恭敬敬地行了一个礼：

“见过西蜀国皇帝。”

“你是问起程的事情？”

“对，天亮了，我们是不是也该起程回西蜀国了？”

“看你们搭起那么复杂的帐篷，我还以为你们要多住几天呢？”

“帐篷的事没关系，今晚如果宿营的话，我们还会再搭一次的。”

端昊气结，停了一会儿，又问道：

“你们的皇后准备什么时候和我见面？”

“我们的皇后娘娘没有准备和您见面。”侍卫坦然地说道。

“什么？”端昊勃然变色，“为什么？”

端昊的怒火丝毫也没有吓住侍卫，他仍旧不疾不徐地说道：

“是这样，如果我们是来和谈的，那当然会和您见面，然后反复进行各种协商。但是现在，我们是来做人质的，而人质的概念，就是我们跟着您走，受您的辖制，等您的目的达到了，我们就走，就完了。所以，我们就不用和您见面了。”

侍卫这一番话，就好似把一勺热油泼到了火炉里，然后马上又盖上了盖子，点燃了端昊满腔怒火，却又让他无法宣泄出来。

端昊深深地吸了几口气，用力控制住了心中的怒火，沉声问道：

“所以，你们就着急要起程，因为你们想着让我快些回到西蜀国，你们也就可以回大梁了，对吗？”

“正是如此。”侍卫非常诚恳地回答。

“那好，我现在告诉你，我暂时不会起程的。”

“那还请皇帝陛下告诉我原因，我好回去禀报我们皇后娘娘。”

端昊深深地望着侍卫，而侍卫则毫不畏惧地迎着端昊的目光，良久，端昊忽然问道：

“你真的只是一个侍卫吗？”

“是。”

“那你有资格参与国家大事吗？我将要说的话，事关重大。”

“我有。”

“好，”端昊咬着牙说道，“那我就告诉你，我为什么不肯起程。你听清楚了，因为我担心你们大梁国的军队会在我返回西蜀国的路上偷袭我，所以，我现在不会走。”

听了端昊的话，武陵不禁大吃一惊——这是端昊和他私下里商量的事情，可以说是高度的秘密，甚至连所有的西蜀国将领，都不知道端昊心中还有这样一层担忧。他们都以为，当大梁国的皇后到达之后，他们就可以回西蜀国了。武陵是真没想到，端昊竟然会把这么隐秘的事情，毫不保留地告诉了这个小小的侍卫！

再看那个侍卫，在听完了端昊的话之后，竟然面不改色，依旧是那么平静：

“那皇帝陛下准备什么时候走呢？您不会就打算一直住在这里了吧？”侍卫淡淡地问道。

武陵现在真是对端昊佩服得五体投地了：

“陛下没有看错，这个人果然不是一个简单的侍卫。”

“当然不是，”端昊答道，“我最终的目的是返回西蜀国，但是我要安全地回去，所以，我要和你们的皇后就一些问题好好谈谈，等双方达成了共识之后，我们再起程。”

端昊的确是这么想的，他想到了半路上会有伏兵，就目前而言最安全的办法，就是说服纯儿，让纯儿重新站到自己的身边来，端昊相信，纯儿绝对有能力为他化解掉眼前这场灾难！

侍卫听完了端昊的话，长长地吁了一口气：

“既然如此，那就请皇帝陛下跟我走吧。”

“跟你走？去哪里？”

“去见我们皇后娘娘啊。”

“我直接就去，你不用先回去禀报一声吗？”

侍卫淡淡一笑：

“不用了，您直接过来就行了。”

端昊的目光闪动，刚要说话，武陵忽然抢先一步说道：

“即使要谈，也得请你们皇后娘娘过来！”

武陵的一句话，立刻让帐内的气氛冷到了极点。是啊，你们家皇后让我们皇帝过去，我们皇帝还让她过来呢！这件事看起来不大，两处地方离得也不远，可是从面上说，是事关两国国体威严的。而且，从私下里说，还关系到了两位至尊王者的人身安全——尤其是大梁国的那座临时宫殿，天知道里面埋伏着什么样的伏兵，也许端昊一走进去，立刻就会被人乱刃分尸了呢。战争期间，一切事情都有可能发生。

端昊沉吟了一下，又转身看向了侍卫：

“看你的意思，你们皇后是已经做好了要见我的准备了。”

“是，”侍卫微微一躬身，“虽然我家皇后娘娘让我来问问什么时候上路，但是娘娘也想到了，您也许会非要见她不可。所以，她也做好了和您见面的准备。”

“你们皇后已经做好了和我见面的准备？那很好。但是正如武陵将军所言，还确实得请你们皇后到我这里来。”

侍卫又是微微一躬身：

“那您容我回去恭请我家皇后陛下。”

“哦？”侍卫的态度让端昊有些吃惊，“你是说不用再回去商量，只要告诉她，我让她到这里来，你们皇后娘娘就会过来？”

“对，”侍卫点头道，“因为我来的时候，我家皇后娘娘亲口交代——现在人为刀俎，我为鱼肉，很多事情，恐怕难以周全。”

侍卫的坦率，纯儿的评语，都不禁让端昊面孔发热：

“人为刀俎，我为鱼肉！纯儿，你真的是这样想我的吗？那你真的错了啊，不管到什么时候，我也不会伤害你啊。”

端昊心头黯然，对侍卫说道：

“那就有劳你去请你家皇后吧。”

侍卫躬身退了出去。

端昊又扬声命令道：

“来人！更衣，升帐！”

纵然此时心中有万千思念，可毕竟是当着全军的军士和将领，端昊还得把表面功夫做足，不能太过于率性。

端昊紧好战袍，又认真地从上到下审视了自己一遍，说心里话，他对自己的样子不太满意，这么长时间的流亡奔波，已经让他的容颜有些憔悴了，他更希望能让纯儿看到自己高高在上，精神焕发时的样子，但现在，也顾不得这么多了。

端昊在大帐中坐定，将领们已经列立两厢。在端昊的一侧，摆设着一张椅子，是为纯儿预备的。端昊深深地望了那把椅子一眼，心中暗道：

“纯儿，希望很快就可以把这把椅子，摆到我的身边来。”

西蜀国这边刚刚筹备停当，就见对面大梁国的那座临时宫殿，忽然中门大开，两个身穿紧身衣的侍从，弯着腰从里面小跑了出来，西蜀国的人都感到这两个人姿势怪异，所以用心探看，原来，这两个人竟然一个怀抱着一卷大红的地毯，一路小跑着铺开，而另一个则把地毯铺平，这条地毯就这样一路从那座临时宫殿一直铺到了端昊的大帐门口。不难看出，这条地毯极其名贵，而更主要的，是大梁国所表现出来的这种气势。

“没错，气势。”武陵暗暗心惊，从昨天清晨，他第一眼看到那个侍卫开始，他所感受到的，就是气势。大梁国中每一个人，所做的每一件事，都带着凛然的气魄！王后臣子尚且如此，那他们的皇帝，该是怎样的一位英雄人物！而这样的一个国家，更没有一丝一毫将要亡国的征兆！

纯儿的第一个目的达到了——她已经在潜移默化之中，瓦解了西蜀国人的信心！

临时宫殿中，终于走出了一队仪仗，在仪仗的引导下，四个侍卫抬着一顶华丽的轿子，沿着红毯走到了西蜀国的帐前，落轿后，纯儿终于从轿中走了出来。

分别经年，端昊终于又看见了自己朝思暮想的人儿，不知是不是因为心中的思念太甚了，在一看到纯儿的脸庞的时候，端昊竟然感到了一阵眩晕。他本能地闭上了眼睛，等他再睁开眼睛的时候，纯儿已经来到了大帐之中。

只见纯儿一身大梁国的传统装束。一头青丝高高绾在头顶，青丝之上，戴着一顶华丽的凤冠。凤冠是由两只振翅飞翔的凤凰围聚而成，两只凤头在纯儿的头顶正前方相遇，凤嘴中各自衔着一根钻石链子，两根链子悬到了纯儿的额头，用一块光华璀璨的硕大钻石连接了起来，钻石刚好垂到纯儿的眉心，光亮夺目让人不敢仰视。

纯金打制的凤身和凤尾上，镶嵌满了各色珠宝，宝色流转熠熠生辉。凤冠上垂下来的一绺绺用各种珠宝串成的璎珞，一直披到了纯儿的肩膀和后背，异彩纷呈。

纯儿的身上，穿着一件金碧辉煌的礼服，礼服仍旧是大梁国的传统款式，收腰收袖，礼服是金色的底色，上面用各种丝线绣出了凤凰的图案，这些丝线都是和金丝纺在一起的，所以随着纯儿的每一步走动，全身上下不停地有光晕在旋转，看上去，纯儿就像是站在了太阳的中心一样。

虽然，纯儿身上的礼服让人眼花缭乱，但是端昊还是看出来了，在她的礼服上一共绣了十八只凤凰。当端昊看到这十八只凤凰的时候，简直就像是突然被人灌了一大口醋一样——因为他想起来，有一次梁妃曾经对他说过，大梁国皇后的礼服是有严格规矩的，一般人身上的礼服只能绣上两只凤凰，而随着皇后年纪的增长，才会允许她根据自己所生的儿子的数量，来增加礼服上凤凰的数量。在大梁国的历史中，只有一位对大梁国做出过突出贡献的皇后，拥有了在礼服上绣上十二只凤凰的资格。

对于大梁国来说，十八只凤凰，那是女神的象征！而今天，纯儿竟然穿着绣有十八只凤凰的礼服出现在了他的面前，这无疑就是宣告了，现在大梁国人对于这位皇后的爱戴，已经犹如女神了。

端昊的嫉妒也正在于此，他当然知道纯儿肯定是有资格穿上这种象征着最高荣誉的礼服，但是，他不希望别人也知道这一点，他希望纯儿的一切美好都是只属于他一个人的，别人连看都没有机会看到。

是啊，纯儿就应该是属于他的，她的美貌，她的聪慧，她的才智，只应该属于他——宇文端昊！

端昊的目光终于落到了纯儿的脸上，这一看，不禁让端昊的心头一阵窒息——纯儿更美了！

如果说将军府中的纯儿、长江上的纯儿、洪泽湖畔的纯儿就宛如天上的仙子那么美丽轻灵，那么现在的纯儿，就是九天玄女降到了凡尘。如果说，奉先殿中，那个一身大红嫁衣，一脸悲戚的纯儿，是端昊心中永远的怜爱和痛楚，那么，此时的纯儿，就如同一道滚滚的岩浆，扑面而来，让端昊无力阻挡，心甘情愿地就被焚毁在纯儿的眼波之中。

纯儿变了，真的变了。大漠的风沙，临危受命的皇后的重任，彻底地磨砺去了曾经属于严纯儿的那份娇弱和天真，取而代之的，是女特警方子纯那驰骋笑傲的飒爽英姿！

端昊一直都知道自己是爱着纯儿的，正是因为爱，他才想方设法地要得到她。可是，就在这一刻，端昊突然发现，自己的心竟然改变了。变得那么诚惶诚恐，现在，在他对纯儿的爱中，还加入了深深的敬。这种感觉是端昊从来没有过的，他从来没对哪一个女人有过这种发自内心的敬重，所以，他觉得这种情绪很陌生，但是它却又那么自然而然地就充满了他的心。

现在端昊相信，如果纯儿能够回到自己的身边，他一定不会再去宠幸其他任何女人了。因为那将是一种亵渎，不仅仅是亵渎了纯儿，也是亵渎了他们之间的爱情。在这一刻，端昊忽然明白了，当初洪泽湖畔纯儿说过的话：

“我赌你一生一世只有我一个女人……”

是啊，自己当然会一生一世只要纯儿一个女人啊。纯儿就是美玉，而其他的女人则是顽石。自己已经拥有美玉了，为什么还要去留恋那些顽石呢？这毫无道理啊？

人可能总是这样，会在一个很不合适的时间和地点，突然想明白一件很重要的事情，就像现在的端昊一样。

就仿佛佛家所说的顿悟一样，端昊忽然之间就明白了纯儿的重要，也明白了男女之间专一的重要，但是，现在却绝对不是他想这些事的时候！

端昊也意识到了这一点——现在帐中全是将领，自己绝对不能在现在这个时候和纯儿谈情说爱。本来，端昊摆出这副阵势，还是想着震一震纯儿，以便于收服她，可是现在，端昊连想也不想这些了，他只想着怎样才能让纯儿明白自己的心意，明白自己的真诚。

端昊犹豫了一下，脱口而出：

“鸿雁公主！”

端昊的这一个称呼，让包括纯儿在内的所有的人都愣住了，不管是西蜀国人还是大梁国人都没想到端昊会喊出这样一个名字来。

其实端昊也是突然之间才想到这样称呼纯儿的。他当然不能当众喊纯儿,按照礼仪,他应该喊皇后陛下,但是当端昊亲眼见到了纯儿之后,才发现,自己是宁死也不愿用皇后来称呼纯儿的,因为这个称呼,就意味着纯儿是别人的妻子,这是端昊无法容忍的。

端昊不理会众人的错愕,继续说道:

"当日,我被大梁国所逼,不得已才让你去大梁国和亲,让你受苦了。"端昊的话语中带着深深的痛惜和懊悔。而他也的确是痛惜和懊悔——要不是当初让纯儿去和亲,那纯儿现在还好好地在他的后宫之中做他的妻子呢,怎么会成为别人的皇后?!

纯儿此时也恢复了镇定,她淡淡一笑:

"鸿雁公主的事情就不要再提了,我本来也只是一个江湖上的孤女,只是偶然被选中作为和亲公主的,这也不是什么光彩的事情。"

纯儿一语双关,端昊当然也听懂了,他叹息了一声:

"的确是!当初梨太后和梨皇后,为了梨氏的野心,偷梁换柱欺瞒朕,才造成了今天这样的大错。其实,朕一直都在后悔。"

端昊现在无异于已经是在表白了,纯儿深吸了一口气,幽幽地说道:

"也没有什么可后悔的,当日在黄河口岸,我从青衣卫刀下死里逃生,一切就都已经结束了。就西蜀国而言,鸿雁公主已经死在了黄河口岸,而就大梁国而言,那次和亲也已经宣告失败,无人再提了,所以,这些事就都过去了。"

纯儿轻轻淡淡的一句青衣卫,彻底摧毁了端昊心中最后的坚持,他什么都顾不上了,忽然断喝了一句:

"退下!"

所有的人都面面相觑,谁都没敢动。因为他们不知道端昊这句话是在说谁。端昊也知道将领们的困惑,但是他也不解释——主要是他无法解释,只是又喝了一声:

"西蜀国众将领退下!"

将领们有些懵,一时不知该如何是好,而此时端昊也恢复了一些理性,就又补充了一句:

"我和公主有家事要谈,你们退下。"

这次大臣们听明白了,皇帝果然是让他们都退下去。退就退吧,自己拿的是皇家俸禄,当然得听皇帝的话。可是人们又觉得有些不对劲——如果他们都退出去了,那不就等于，把皇帝一个人和一群大梁国人放到一起了吗？这不行啊。

纯儿忽然深深地叹息了一声，从她决定来做这个人质开始，或者说从她决定要和端昊和谈开始，就已经下定决心，只以大梁国皇后的身份和端昊谈判，决不私下里交谈一句话。但是现在看来，这个目的是很难实现了。既然如此，那索性就单独谈吧。纯儿一咬牙，扬声说道：

"大梁国众侍卫退下！"

大梁国的侍卫们似乎比西蜀国的将领更训练有素一些，接到了命令之后，什么都没想，齐刷刷地站起来，转身就走了出去。

这一下，西蜀国的将领们更懵了，皇上和大梁国的皇后这是要干什么啊？是真有什么私密要谈，还是要单独决斗？不过现在人家大梁国的人都退出去了，自己这边如果老赖着不走，也不像话啊。

西蜀国将领纷纷朝帐外走去。最后，只有武陵还留在帐门口，因为他忘不了，这位皇后娘娘的一身高超武功。他很怀疑，如果真动起手来的话，自己的陛下是不是人家皇后的对手。

"武陵将军，你还有什么事？"端昊问道。

"臣……护驾。"武陵硬着头皮说道。

听了武陵的话，端昊竟然桀桀一笑：

"不用护驾，退下。"

武陵无话可说了，只好走了出去。

忽然之间，帐中就只剩下端昊和纯儿两个人了，一阵让人心颤的寂静。

过了好一会儿，端昊才轻声说道：

"纯儿，坐下吧。这里只有你我两个人了，现在，我不当你是什么皇后，你也别当我是皇帝，我们好好待一会儿，好好谈谈，行吗？"

纯儿没有看端昊，但还是坐了下来，端昊也坐到了椅子上。

"纯儿，为什么要说自己是江湖孤女？你是堂堂正正的宰相府千金小姐啊。"

纯儿声音平淡：

"我在黄河口遇难之后，宰相府已经昭告天下，宣布严纯儿的死讯了，世上已经没有严纯儿这个人了。"

"你还是在为青衣卫的事情恨我？"

"没有，"纯儿仍旧是那么平淡，"只是我现在的身份不适于再和宰相府有什么瓜葛了，对人对己都没什么好处。而且事实上，我和严家的关系也不大，所以，还是不提那一层的好。”

纯儿这种淡然的态度，让端昊感到失望，他希望纯儿能怨、能恨、能流泪，哪怕是现在就拔出刀来扎他两刀都行。因为那样至少能说明，纯儿的心中还在记挂着他，还在为他痛苦。可是现在，纯儿却显出一副对什么都无所谓的样子，这种无所谓是端昊现在最恐惧的。

“纯儿，别这样，好吗？”端昊放缓了声音。

事情全乱了，就在纯儿的仪仗走出临时宫殿的时候，端昊的心中还在转着千百个念头，还在算计着该如何软硬兼施，让纯儿重回自己的怀抱。可是现在，他的那些计划都被抛到了脑后，他只想温言软语地，唤纯儿回头。

“纯儿，我知道我做错过很多事情，犯下的错我无力更改，但是，让我们从头再来一回好吗？我保证……”

端昊的话还没有说完，纯儿就打断了他：

“我已经成亲了。”

纯儿的这句话就像是一座坚实的石壁，把端昊那似水柔情一下子就断绝得干干净净。本来，依着端昊过去的脾气，如果有女人敢这么跟他作对，他早就勃然大怒了，可是现在，端昊却一点儿脾气都没有了，因为他心里也清楚，男人的脾气是给那些在乎自己的女人用的，而面对一个一点儿都不在乎自己的女人，发脾气只会显得可笑而已。

端昊的眼中闪过了一层深深的受伤的神情：

“纯儿，你知道吗？你说出这句话，还不如直接在我心上扎几刀！”

端昊的声音中充满了显而易见的痛楚。再怎么说，宇文端昊也是一代堂堂的帝王、英雄。现在，这位英雄人物，就这样在向一个女人祈求着肉体上的伤害，只是为了抵御致命的情伤。这样的情景，恐怕铁石心肠的人也会动容！

纯儿不语，因为她实在是不想再继续这个话题了，可是，端昊就这么直直地望着她，不容她回避。等待着她的回答。

过了很久，纯儿才无奈地说道：

“端昊，我知道，这么多年来，从来没有女人主动离开过你，我是第一个，所以，你可能有些无法接受，但是……”

“纯儿！”纯儿还没有说完，端昊忽然惊呼了一声，打断了她。

纯儿被他吓了一跳，脱口问道：

“怎么了？”

端昊的眼中闪动着激动而喜悦的火花：

“纯儿，你刚才叫了我的名字了……”

纯儿有些茫然，不知道自己叫了他的名字有什么问题。自从纯儿离开了西蜀国之后，她在和别人谈起端昊的时候，都是直呼其名的。可是很显然，端昊并不这么想，他久久地望着纯儿，深切而温柔地说道：

“纯儿，你还记得吗？我们初相识的时候，我为了隐瞒身份，并没有把真实的名字告诉你，所以，我们在一起的那几个月，你一直都是用我的假名来称呼我的。纯儿你知道吗？当你不在的这些日子里，我总是会想起我们在一起的日子，虽然只有短短的几个月的时间，但那却是我一生中最幸福的时光。而在这段幸福的时光中，我唯一的遗憾，就是没有亲耳听到你喊我的名字。今天，我终于听到了，纯儿，你能明白吗？我好高兴。”

平心而论，端昊的告白是动人的，可是纯儿却几乎没有听见他后面说的那些话，因为她的思维停滞在了另一个环节——他们在一起的那几个月！

是啊，那段时间并不长，几个月，对于漫长的人生来说，不过就是弹指一挥间，可是它却可以留给人很多很多难以磨灭的痕迹！就像现在，同一段时光，留给端昊的是幸福，而留给纯儿的，却是端昊带给她的那些伤害——刻骨铭心！

那些伤害！这个念头毫无预警地就出现在了纯儿的脑海里，纯儿的心也就在这一刹那间冷硬了起来。没错，眼前这个男人，不仅仅是伤害过自己，他还伤害了那么多无辜的人！纯儿的目光在一下子就变得雪亮了。

端昊对于纯儿身上所发生的这些变化还浑然不觉。因为他一直就没敢正视纯儿，面对着纯儿，他感到一种莫名的慌乱，刚才的表白还只是一个开头，端昊的心头还聚集着千言万语，想要对纯儿说出来，可是，他却有些犹豫了。因为接下来的话，他有些羞于启齿，也因为他怕唐突佳人。

两个人就这样僵持着，各怀心事，大帐中一片寂静。

过了很久，端昊终于鼓起勇气打破了沉默，他打算还是慢慢来，先说些别的，然后再一点一点地把自己的感情全部都说出来：

“纯儿，这些日子你过得好吗？”端昊柔声问道。

“很好。”纯儿的态度和端昊的温柔比起来，简直就是绝崖峭壁遇上了温婉的山溪，温柔的流水会因为绝壁的突然出现，而飞散成凌空散落的水花。

纯儿的态度变化得太快了，也变化太大了，这让端昊莫名，也让他紧张，他匆匆回忆了一遍，想知道自己刚才究竟说错了什么。想了一遍，端昊终究是不知道问题所在，于是端昊又问道：

"能跟我说具体点儿吗？我真的很想知道你离开西蜀国之后的情况，我一直都在惦记着你，我……"

纯儿忽然打断了端昊：

"也没什么具体的，我离开西蜀国之后的事情很简单，就是在黄河口岸被青衣卫诛杀，眼看我就要死了的时候，臻华的弟子救了我，后来，我就一直和他在一起。"

纯儿也看出来了，端昊是一心想提起往日的旖旎情爱，所以干脆把臻华搬了出来。

果然，一听臻华两个字，端昊当下就变了脸色，尤其是听说纯儿在离开西蜀国之后，竟然一直和臻华在一起，更让端昊妒火中烧。他忽然冷笑了一声：

"原来是他带走了你！哼，这个卑鄙的小人，我看他是一直就心怀叵测，暗中窥视着你的行踪，否则，怎么会有这么巧的事情！"

听到端昊诋毁臻华，纯儿心中愤怒，冷淡地说道：

"也幸亏他心怀叵测，否则，我早就已经成为青衣卫的刀下之鬼了，又怎么会有机会坐在这里呢？"

端昊自知理亏，但是仍旧不愿意承认臻华做对了：

"即使没有他，你也不会有危险的，我当时已经带着拓跋和无影赶到了黄河口岸，如果不是他蓄意破坏，我一早就把你又带回到西蜀国了，你我怎么会分别这么久？"

纯儿已经懒得再去和端昊争辩了，只是说道：

"这些事情都过去了，我也不想再提了。我只想说，当时我就在那里，所以，你和师兄和无影大哥是不是赶得及救我，我自己心里最清楚。再说，"纯儿忽然一顿，语气变得有些沉重了，"青衣卫的诛杀命令，是你签发的，就算你又把我救了，我好像也没有什么可感激你的。因为如果没有你，我根本就不会被追杀。所以，不管我有没有真的被杀死，那凶手无疑都是你。"

纯儿说话的声音很轻，可是这句话听在端昊的耳中，却是最让他无法容忍的指责，他急躁了起来：

“纯儿,你怎么可以这么说?我怎么会是凶手?我怎么会真的想杀死你!我……”端昊忽然觉得有些词穷了,因为他心里也清楚,纯儿说的都是事实,所以,端昊的声音也就软了下去,几乎是带着些哀求似的说道:

“纯儿,你也为我想想,当时,眼睁睁地看着你就要嫁给别的男人了,我真是嫉妒得要发疯了,我,我承认,我当时做得过分,可是我那会儿什么都顾不上了,心里只想着要阻止住你出嫁。是,我是动过要处死你的念头,但是命令发出之后,我就后悔了。我立刻就把所有的事情都抛下,亲自去追回这道命令。纯儿,我知道,我错了!但是,我那真的是因为嫉妒,纯儿,你嫉妒过吗?你知道吗?当一个人的心中充满了嫉妒的时候,他的心简直就像是被人撕成了碎片一样——”

端昊的声音充满了痛楚,因为他清晰地记起了,当他亲眼看着纯儿坐着大梁国的迎亲车驾离去时的情景:

“纯儿,你只知道青衣卫诛杀你时,你的绝望和痛苦,你知道我在传下那道密旨时的绝望和痛苦吗?”

“我知道。”

端昊见到纯儿竟然回应自己,深感意外,因为他本来只是要说明自己当时的感受,并没有想要纯儿回答自己。而且,端昊也的确觉得,在纯儿和亲的时候,是自己受的伤害更大,因为他永远不会忘记,当他要求纯儿留下来的时候,纯儿置若罔闻!

纯儿仍旧是面对着端昊,但是她并没有看他,她的眼神透过了端昊的身体,不知是投向了未知的将来,还是充满了痛苦记忆的过去:

“我知道什么是嫉妒,我也知道那种绝望和痛苦。你可能并不知道,当我们回到京城,你和我分手的当天晚上,我就在梨宫月的宫中见到了你!”

“啊!”端昊想了一会儿,才弄明白纯儿在说什么,说实话,他并不记得和纯儿分别后自己究竟去了哪里,但是他知道,按照惯例,自己回宫后第一夜,应该是去宠幸皇后的,于是他脱口问道:

“当时你在哪里?我怎么没看到你?”

“我在屋顶上。”纯儿的眼中升起了一层雾霭,她用力地咬了咬嘴唇,把涌上来的泪水又逼了回去——自己已经决定了,今生今世,都不会再为了这个男人而哭泣。“我在屋顶上待了将近一夜的时间,一直在看着一个刚刚和我海誓山盟的男人,如何去宠爱临幸另外一个女人!”

端昊呆住了,他终于明白了,为什么当初纯儿会那样决绝。

两个人又陷入到了无边的沉默之中。就仿佛两个在大漠中跋涉的旅人，因为脚下的路太难走了，所以谁都没有力气讲话，都把全副精力放到了行路上。现在他们两个人也是如此，表面上，他们都沉静如仪，而事实上，他们的心灵都在进行着一场艰难的跋涉。只不过他们要穿越的不是艰险的沙漠，而是他们自己心中的那段悲伤的记忆。

终于，端昊再次打破了沉默，他长长地叹息了一声：

“纯儿，我现在都明白了。也许是命运作弄吧，让我们之间平白地多了那么多的痛苦。纯儿，你听我说一句话，我们让这些痛苦都过去好吗？我们重新开始。就像你刚才所说的那样，那些事情都过去了，我们就不要再提了，我发誓！未来，一定不会再发生这样的事情了，我会对你好，绝不会再伤害你，真的，我向你保证！”

端昊言辞恳切，可是纯儿却已经站了起来：

“我们两个现在的身份，实在不适于再这么单独共处一室了，传扬出去，对你我两国国体都是损伤。我先回宫了。”

端昊猛地扬起头来，错愕地望着纯儿，他真没想到，在这种时候，纯儿竟然会提出来要走！随着纯儿那个“走”字一说出口，端昊就觉得刚刚还是满帐的明媚春光，一下子就消失得无影无踪！取而代之的，是满眼的萧杀。

“纯儿，别走……”端昊本能地阻止道。

可纯儿此时已经走到了帐门口，帐外，就是两国的侍卫了，所以现在端昊就算是想大声唤住纯儿也不敢了，正如纯儿所说的那样，他不能不顾及西蜀国的国体尊严。

端昊就只能眼睁睁地看着纯儿又沿着那条华丽的红毯，飘逸而去了。

端昊一直注视着纯儿的背影，直到她完完全全地消失在了那座临时宫殿之内，才颓然地倒在了椅子上。他仔仔细细地回忆着刚才和纯儿相见的每一个细节，心中一时不知是酸还是甜。抑或苦辣酸甜，兼而有之。

通过这一场相见，端昊清楚地看明白了两件事，一是自己对纯儿的情感，二是纯儿对自己的疏离！

看清了自己对纯儿的情感，让端昊下定了决心，绝不放手。可是，纯儿的疏离又让他感到无所适从。

在纯儿到来之前，端昊也是想得到纯儿的，但是那时他的心中更多的是希望能够得到纯儿的帮助。而现在，他的心中充满了对纯儿的爱，一种端昊从未体会过的爱——男人对女人真正的爱。

端昊自己也想不明白，他怎么就会突然对纯儿迸发出如此强烈的情感，这种情感甚至都与欲望无关，就是非常单纯的，对一个人的依赖和爱恋。

“纯儿，你今天虽然努力地对我冷淡，但是我能看出来，在你的心中，并不是把我当成仇人的。所以，我还有机会，对吗？”

纯儿回到了自己的临时宫殿，第一件事就是让宫女为自己卸下身上那累累的钗环珠佩。因为她觉得自己好累，这些沉重的礼服压得她快要透不过气来了。

可是当纯儿迫不及待地摆脱掉那些沉重的束缚之后，她却发现，自己身上的重量似乎一点儿都没有减轻，喉咙仍旧是像被一只大手紧紧地钳着一样，让她窒息。这时，纯儿才明白，原来，压力是来自于自己的心里。

在来这里之前，纯儿也是对局势做了充分估计的，她把有可能发生的各种情况都想到了，却独独没有想到，端昊会这样真情流露。

很早以前，纯儿就已经看透了，像端昊这样的人，心中是不会有什么真情真爱的。而今天，端昊这突如其来的一次次表白，让纯儿震惊，也让纯儿无力招架。

刚才，纯儿觉得自己简直就是在端昊的凌厉攻势之下落荒而逃，这让纯儿觉得无法原谅自己。可是自己当时不逃走又能如何呢？总不能像那些愚夫愚妇那样，就在大帐中争执吵闹起来吧？

纯儿越想越懊恼，因为她并不认为端昊的那些表白是出于真心——她根本就不相信端昊心中会有什么真情。她认为，端昊之所以这么做，背后一定是有什么不可告人的目的。而自己无疑已经在刚才的交锋中败掉了一局。

“不行，自己太不善于这种形式的对垒交锋，所以，目前最有效的方法，就是从现在起，绝不再和端昊见面！”纯儿暗下决心。

而就在纯儿刚刚才下定决心的时候，门外忽然传来了侍卫的声音：

“回禀娘娘，西蜀国的皇帝派人传话过来，说要来看望娘娘！”

“不见。告诉来人，就说我身体不适，休息了。”纯儿毫不犹豫地拒绝了。

不大工夫，侍卫就又走了进来：

“娘娘，西蜀国的内侍又来了。”

“他们又要干什么？”纯儿真的有些急了。

“他们说，他们皇帝说了，有一件东西，想请娘娘辨认一下。”

“辨认？什么东西？”

“不知道，只见他们捧着一个锦盒。”

纯儿心中狐疑,她抬眼看向了那个侍卫,而侍卫也正在若有所思地凝视着纯儿。

“你的意见呢?”纯儿问道。

“娘娘慎重,恐怕有圈套!”

侍卫的态度分外凝重,尤其是他此刻深深凝望着纯儿的眼神,不像是一个随从,倒是更像一个长者。

更奇怪的是,纯儿被侍卫这样注视着,却丝毫没有责怪侍卫的无礼,只是轻轻地叹息了一声,压低了声音说道:

“明知山有虎,偏向虎山行。既然来了,不管他们使出什么招数,我们都只有应对这一条路了。”

侍卫有些无奈地点了点头:

“明白,我这就去叫那个西蜀国的内侍。”

“等一等,”纯儿忽然伸手摁住了侍卫的胳膊。侍卫吃了一惊,回头一看,就见纯儿的眼睛中闪动着一种奇异的光彩。

“娘娘,怎么了?”

纯儿声音低缓却态度深沉地问道:

“大人,您还记得临行之时,您对我说过的话吗?”她竟然把这个侍卫称呼做了大人!

而“侍卫”也不显得意外,只是微微一躬身,也用极低的声音说道:

“深陷敌营,娘娘不用这么客气,还是仍旧用刚才的称谓称呼在下就行了。”

他这一个“在下”就等于又把自己的身份降低成了侍卫。纯儿点了点头,说道:

“我明白,我这倒不是客气,但是,现在也许真的到了要让您出手的时候了。”

纯儿这句话一出口,“侍卫”当下就变了脸色,脱口道:

“娘娘——”

纯儿挥手打断了他,问道:

“您还记得我们临来时谈过的话吗?”

“侍卫”的脸上露出了高深莫测的神情:

“记得!”原来,他果然不是一个普普通通的“侍卫”,而是当初去西蜀国和亲的使节,后来完颜洪烈亲自选定的护国重臣之一!这就难怪他在应对武陵和端昊的时候,能够那样洒脱淡定,从容不迫了。

“侍卫”陷入了沉默,纯儿也沉默了,此时,他们都不约而同地回忆起了当初两人在大梁国皇宫中密谈时的情形。

那是纯儿宣布了要去西蜀国军营中和谈的当天，入夜时分，使臣大人独自一人来到深宫，面见纯儿。

“娘娘，臣有些事情，想单独与娘娘商议。”

“大人请讲。”纯儿说道。

“娘娘，请容我慢慢地从头说。”

“好！”

“娘娘，当初我去西蜀国迎娶娘娘回国的时候，第一次见到了宇文端昊，那时我就知道，他不是一个英雄，而是一个枭雄。所谓的枭雄，其实和英雄之间只有一个区别——英雄是光明磊落的，而枭雄是不择手段的。现在正是宇文端昊走投无路的时候，所以他什么手段都能使出来。”

使臣大人继续说道：

“从臻华陛下那时开始，直到现在，我们在和西蜀国的战争中，总是不能占据上风，就是因为我们是君子，而端昊是小人，他的所作所为总是会超出我们的预期范围。

可以说，正因为我去过西蜀国，和宇文端昊近距离地接触过，所以我比大梁国中的所有人，都更了解宇文端昊！

娘娘您虽然骗过了大梁国中所有的人，让人们都相信您是去和谈的，但是我却知道，您肯定不是去和谈。因为像宇文端昊这样的人，是不可能会真正公平地去跟人谈判的，以他的为人，只要有一线机会，就要玩弄心机和手段！”

使臣大人说话的态度非常淡然，但是听到纯儿的耳中，却是心头巨震，因为，如果使臣大人看透了事情的真相，那很有可能就意味着，自己不能再按照原来的计划行事了，所以，纯儿赶紧说道：

“大人，既然您已经勘破了这件事里面的机关，那我也不瞒你了——的确，我这次去并不是和谈，而是去做人质，但是我希望你不要告诉任何人，包括宰相大人也不要告诉他。因为，我们现在没有其他的办法，不入虎穴，焉得虎子，为了能够永除后患，我们只能选择冒险。只有这样，才能为大梁国和西域的百姓换来平安！”纯儿言辞恳切，脑子里飞快地转着，想着怎样才能说服使臣大人。可是出乎纯儿意料的是，使臣大人竟然一点儿也没有要阻止她的意思：

“好吧，如果娘娘觉得确实应该这么做的话，那就做吧。”使臣大人很平静地说道。

"啊?"使臣大人的态度远远地出乎了纯儿的意料。还没等纯儿说话,使臣大人就继续说道:

"我答应您,按照您的计划去做,但是,我有一个要求。"

"什么要求?"

"我陪您一起去。"大人说道。

"不行!"纯儿断然拒绝,"我刚才不是说过了吗?任何人都不能跟我去,我们没有必要增加额外的伤亡。"

"我一定要去,因为有一件非常重要的任务,非由我来完成不可。"使臣大人平静地说道。

"什么任务?"

"在必要的时候,处死皇后娘娘您。"

"什么?"纯儿一下子没听明白。

使臣大人仍旧是分外平静地解释道:

"娘娘您想,宇文端昊是让您去做人质的,所以他肯定不会轻易杀死您。但是,我们不能排除他会用迷药或者是其他的下流手段,来迷惑娘娘的心智。万一到时候,出现这种情况,就需要有一个人来当机立断处死娘娘,以免娘娘受辱!"

纯儿愣了一会儿,才弄明白使臣大人在说什么。面对着这种匪夷所思的提议,纯儿实在是无话可说,过了好一会儿,纯儿才问道:

"大人,请您告诉我真心话,您要跟着我去,并不是专门为了在需要的时候处死我,而是为了能够帮助我,对吗?"

使臣大人避开了纯儿那双明亮的眼睛,良久才说道:

"是!我是为了帮助娘娘,我深受鸿烈陛下和臻华陛下两世皇恩,而且,娘娘还是我从西蜀国接到大梁国来的,所以,我理应为大梁国,为娘娘多尽些力量。而且,我刚才所说的,在必要的时候要处死娘娘的话,也不全是借口。我是陛下亲命的护国重臣,手中有这个权力,如果娘娘在敌营之中,真的遇到什么不测的话,您也是宁死都不希望受辱的吧?"

纯儿沉默了,她虽然知道,使臣大人这些话是站在一个古人的立场上说的,在现代人看来,这些思想难免有些不好接受。但是纯儿也在扪心自问,如果真像使臣大人说的那样,自己被迷药或者什么妖法所控制了,那么,自己会希望如何呢?当这个问

题刚刚一出现在纯儿的脑海，答案立刻就蹦了出来——当然是宁死也不受辱，宁死也不做伤害臻华的事情！

看到了自己心中的这个答案，纯儿的脸上不禁浮现出了一丝美丽的笑容：是啊，古代如何，现代又如何，无论如何，自己都不会做一丝一毫伤害臻华的事情。

"好，大人，我答应您，您和我一起去西蜀军营！"

就这样，使臣大人易容改装成侍卫，和纯儿一起来到了这里。

"娘娘为什么又提起了这些。"侍卫深深地望着纯儿。

纯儿微微一笑：

"因为我想，今晚也许就到了需要您行使权力的时候了。"

侍卫的心一沉，虽然，当初他用这个借口说服了纯儿，让纯儿答应带他一起来西蜀国军营，但他心中并不真想处死纯儿。他更希望永远也不要发生这样的事情：

"娘娘，您不是真的以为……"

"我们深陷敌营，什么事都有可能发生。刚才，您提醒我要小心，我就想到这里了——也许他们让我看的东西，也是什么妖法呢？"

"那我们就不看！"侍卫断然说道。

纯儿微微摇了摇头：

"见机行事吧。总之，您一定要记住您曾经答应我的事情，不要让我和臻华受辱！"纯儿重重地叮咛道。

"是。"侍卫深深地躬下了身去。

纯儿来到了临时宫殿的正殿之中，大殿的正面垂下了厚厚的纱幕，纯儿就坐在了纱幕的后面。而西蜀国的内侍已经站立在大殿中很久了。

就见内侍的手上捧着一个木盘，盘子上丝绒衬底，上面覆盖着一层黄色的缎子。

侍卫走到了内侍的身旁，伸手就要接过盘子，可是内侍却向后退了半步。

侍卫的眉毛一扬：

"你不是要让我们皇后娘娘看东西吗？你不给我，我们娘娘怎么看呢？"

内侍皮笑肉不笑地说道：

"我们陛下说了，这是我们西蜀国的镇国之宝，是西蜀国最珍贵的宝物，所以，只能拿在我的手上，请娘娘观赏。"

侍卫冷笑了一声：

"你拿着让我们娘娘看？真是笑话。我们娘娘万金贵体，哪能容你靠近?! 算了！

我们不看了。”说完话,侍卫就做出了一个送客的动作,说实话,他也是真不想看了,谁知道端昊又会玩儿出什么花招。

听侍卫这么说,内侍也不生气,说道:

“也好,那就劳烦侍卫大人给娘娘送进去。但是我们陛下说了,因为这件东西太宝贵,所以务必请娘娘亲口答应,看完后,得还回来才行。”

侍卫心头火起:

“放肆!难道我们还会贪图你们的东西不成!”

就在这时,纱幕后面,忽然传出了纯儿的声音:

“好!我答应你就是了,把东西给我送进来吧。”

一听说纯儿答应了,侍卫暗暗心焦。因为他的想法是,不管托盘里到底装的什么,肯定都不是好东西,索性不看比什么都干净。所以他一心想把这件事搅和了。

可是纯儿也有自己的想法,她比“侍卫”更了解端昊,所以她知道,端昊是一个极有耐力的人,对付他,躲不是办法,最好的方式,就是直接迎上去!见鬼杀鬼,见神杀神!

现在纯儿开口了,“侍卫”也就不好再说什么了,只得伸手接过托盘,穿过纱幕,走到了纯儿的面前。

进入纱幕,“侍卫”并没有走到纯儿的身边,而是在距离纯儿还很远的地方,就一把掀开了盘子上面盖着的黄绸,“侍卫”已经打定了主意,如果真是什么危险的东西,就自己先挡了,无论如何也不能伤害到纯儿。

可是“侍卫”一看之下,不禁愣住了,喃喃自语道:

“这是什么?”

纯儿探身一看,却霎时变了脸色!那一瞬间,就仿佛有一种莫名的力量,把纯儿全身的血液都抽干了一样,连她的嘴唇都变成了白色。原来,在托盘中央稳稳放着的,竟然是纯儿当初亲手制作的那块琥珀!

只见那块琥珀的颜色愈加的润泽了,一看就是经常在掌中摩挲。而那条樱桃红色的丝带已经明显变得陈旧了,失去了往日的鲜艳。难道,他真的一直把这块琥珀戴在身边?

纯儿缓缓地站了起来,一步步走到侍卫身旁,轻轻地拿起了琥珀。琥珀中的夜美人,依旧是像刚刚采摘下来时那样颜色清丽、姿容曼妙。

这美丽的琥珀就像是一把钥匙,一下子就打开了纯儿记忆的闸门,洪泽湖畔的点点滴滴，像倾泻而下的湖水一样，淹没了纯儿的全部思想。

侍卫觉察出了纯儿的异样，也顾不上君臣礼节了，一把握住了纯儿的胳膊，另一只手就要夺走纯儿手中的琥珀——眼看着皇后娘娘突然就变得面无人色，一定是这个古怪东西在作祟！侍卫这样想道。

纯儿的手却轻轻一抬，避过了侍卫，低声说道：

“大人不用担心，我没事的。”

“娘娘，您真没事？”侍卫望着纯儿，将信将疑。

纯儿向后退了两步，坐在了椅子上，重重地闭上了眼睛，手中仍旧握着那块琥珀。过了很久，才重新睁开眼睛。而当纯儿再次睁开眼睛的时候，侍卫不禁长长地呼出一口气来，因为他看到纯儿的眼神已经恢复了刚才的明亮与清澈。

只听纯儿声音清晰地说道：

“好了，我已经看过了，把这个给他们送回去吧。”说完话，纯儿就把琥珀放回了托盘中，面色平静如常。

看到纯儿这样，侍卫也就放心了。他点了点头，托着托盘走出了纱幕：

“还好，是虚惊一场，总算是西蜀国没送来什么邪恶的东西。”侍卫一边向外走，一边想道。

可是他又哪里知道，宇文端昊送来的这件“宝物”，虽然不是什么迷药法器，但却是动摇纯儿内心的最有力武器。就在刚才，纯儿的心中犹如掀起了惊天的巨浪一般，和端昊旧日交往的一幕幕情景犹如洪水般铺天盖地而来，只可惜，臻华已经在纯儿的心中筑起了坚不可摧的高高堤防，所以，洪水虽然凶猛，但终究没能打动纯儿的心。

内侍把琥珀带走了，侍卫还没来得及松口气，门外的守卫就又来禀报了：

“西蜀国皇帝派人给皇后陛下送东西来了。”

侍卫心头火起：

“西蜀国皇帝这是要干什么？怎么没完没了了？”

“叫他进来！”侍卫断喝一声。

这次进来的是另一个西蜀国内侍，他的手中捧着一个不大的锦盒。

“你有什么事情？”侍卫毫不客气地问道。

内侍也不生气，而是很有礼貌地说道：

“我们陛下说贵国皇后娘娘远道而来，特意备下厚礼，送给皇后娘娘，以表敬意。”

“给我吧,我来转交我们皇后娘娘。”

“好。”内侍毫不犹豫地就把锦盒递给了侍卫,然后竟然转身就走了出去。

这次连侍卫都觉得奇怪了:

“他的态度怎么这么好?难道,他们这一次真是来送礼的?”

侍卫突然感到,面对着端昊,自己就像是在跟一团迷雾打交道。他能够看出来,端昊所做的这每一件事,都是别有用心的。可是,他又实在是看不出来,端昊究竟要干什么。

锦盒又被送到了纯儿的面前,这一次仍旧是侍卫先打开的,而且为了以防万一,在打开的时候,侍卫是背对着纯儿的。

纯儿看不见侍卫的动作,不禁问道:

“里面是什么?”

“没什么,一块玉佩,看起来没什么玄机,也许真的是送礼吧。”

“玉佩!”纯儿脱口而出。

“玉佩,玉佩!当然是玉佩,琥珀已经现身,接下来,当然就该玉佩登场了。”纯儿的心中苦辣酸甜咸五味杂陈,在这一刻,她突然非常恨端昊——既然知道,纯儿已经把过去的感情都放下了,他又何苦要这么一步步地去揭开往日的伤疤?难道就像他所说的那样,他爱纯儿,想和纯儿在一起。可是这么苦苦相逼,能算是爱吗?

纯儿又想起了臻华,想起臻华为了尊重她的意愿,而忍受的那些委屈和折磨。想到这些,纯儿不禁长叹了一声:

“比起来,端昊仍旧是不懂得什么才是爱啊。”

“对,是一块玉佩,”侍卫答道,“娘娘要看看吗?”

“是一块九龙夺珠的玉佩吗?”

“正是。”

“那我就不用看了。给他们还回去吧,我不要。”纯儿直截了当地说道。

“这……”

“怎么了?”

“两国相遇,对方如果按照礼仪送来了礼物,我们直接还回去的话,于礼不合。”侍卫尽量客观地说道。

经侍卫这么一提醒,纯儿也觉出来自己刚才的决定过于冲动了:

"是啊,端昊做这些事情的目的,就是要逼得自己失态,让自己重新跟他提起往日的情事,如果自己这么意气用事,反倒是着了端昊的心意。"

想到此,纯儿不禁冷冷一笑:

"也好,你有千般变化,我有一定之规,我倒要看看,你今天还能使出什么伎俩来。"

"大人说得有理,先把这个东西存起来吧。"

有时候,置若罔闻,比针锋相对,更有杀伤力!

玉佩被收起来了,侍卫看了看纯儿,说道:

"今天也折腾一天了,娘娘早些休息吧。"

纯儿还没来得及说话,殿外就又响起了守卫的禀报声:

"启禀娘娘,西蜀国内侍求见。"

"他们又有什么事情!?"侍卫已经觉得无法忍受了,一直都知道中原人做事,不像大梁国人那么直来直去,可是也不能迂回阴柔到这种程度啊?他们有什么东西一下子都扔出来不行吗?为什么非要这么一趟趟地折腾呢?

看出了侍卫的困惑和不解,纯儿冷冷一笑——她当然明白端昊的企图,他就是要一点一点地,逐步递进地攻破纯儿的心理防线。而在这场没有刀光剑影的战役中,爱,就是端昊的武器,他就是要这样轻轻柔柔地唤醒纯儿心中那已经熄灭了的爱情!

爱情真的可以用这种方式被重新唤醒吗?纯儿不知道,琥珀用过了,玉佩也用过了,接下来,端昊还能用什么呢?

纯儿的心中忽然升起了一种奇怪的感觉,她觉得自己现在就像是一个置身于事外的人,而真正在对垒的,是端昊和臻华!端昊在用他所谓的爱情去夺回纯儿,而臻华,却用他那两世的深情,把纯儿护在了一座坚固的城池之中,任凭敌人的攻势如何的猛烈,城池都自是巍然不动!

"这次又是什么?"纯儿见侍卫在研究手中的锦盒,就问道。

"这次,是一封信。"侍卫捧着信,正在犹豫着该不该先打开看一看。

"信?"纯儿看了看侍卫手上的信封,上面赫然写着——鸿雁公主亲启,宇文端昊敬上的字样。那果然是端昊的字体,这么说,这封信是端昊写给自己的了。那自己要不要看呢?纯儿在犹豫。当然,现在最好的办法,就是由侍卫拆开信看看,然后把里面的内容告诉她。这也是最正常的法子。可是现在纯儿却不太愿意这么做,因为她不知道端昊会在信中说些什么,毕竟,自己现在是臻华的妻子,自己的一举一动,都要想到不能让臻华难堪。

如果，万一让臻华的臣子们看到，敌国的君主在向自己示爱，那无疑是对臻华的不敬。

“那就不看了，直接烧掉！”可是纯儿转念一想，就又打消了这个念头，正所谓知己知彼才能百战不殆，现在这个时候，她正需要全方位了解端昊的所有动向，而这封信，也是端昊动向的一部分，所以，她还是应该看看这封信的。

“那就看，怕什么！只要自己心底无私，不管端昊会在信中写什么内容，也影响不了自己。”

纯儿接过了信，“刷”的一下就撕开了信封，一下子，纯儿差点儿惊呼了出来……

只见信封中装着的厚厚的一叠，不是信纸，而是一卷薄绢，薄绢上惟妙惟肖，都是纯儿的肖像！

“这些肖像是谁画的？”纯儿心中狐疑。

她犹豫了一下，说道：

“大人，请您稍候，我认真看一看这些东西。”

侍卫应声退出，留下纯儿一个人对着摇曳的烛光，慢慢地展开了薄绢。

这些绢质地极薄，所以虽然只有不大的一卷，但是也有百十幅之多。纯儿只看了其中一两幅，心中就明了了——这些画，都是端昊画的。因为画中的纯儿，基本都是当初在长江和洪泽湖时的样子，纯真、轻灵。那时的纯儿，就像明净的山溪水一样，不管是欢乐还是忧伤，都是那么一眼见底。

这些肖像都不是那种极细腻的工笔画，而是用简单的线条勾勒出来的。虽然简单，却惟妙惟肖，寥寥数笔就让纯儿那活泼洒脱的神态跃然于纸上。

纯儿就这样一幅一幅地看着，不觉就看出了神：

“难道，当初端昊真的曾经这么认真细致地看过自己吗？那时端昊对自己的态度，永远都是那么克制，永远都维护着一份让人无法靠近的尊严和骄傲。难道，那些都只是他作为一个皇帝的表象，其实他的内心之中，是非常在意自己的吗？”

这些画中，不仅有静态的纯儿，更有纯儿在江水中奋战、在湖边对敌、在大道上驰骋的样子，和那些安静的纯儿的画像比起来，这类画，显得更加的浓墨重彩，不难看出，作画之人，对于纯儿的飒爽英姿更加激赏！

会这样吗？纯儿感到有些迷惑了，她一直都认为，端昊更欣赏的是后宫中的那些婉约佳人。

画翻到了最后一幅，画上清清楚楚的，赫然就是纯儿刚刚和端昊见面时的样子。虽然，端昊并没有画出纯儿身上那复杂奢华的衣饰，但是他却准确地画出了纯儿的神态——那种犹如女神临凡般的高绝之态！如果说，大梁国人，用他们最华丽的礼服，宣告了人民对他们皇后的无限崇敬，那么，端昊就是用手中的画笔，尽情倾泻出了自己心中对纯儿的顶礼膜拜！

恐怕任何人，看到纯儿的这幅画像，都会毫不犹豫地得出结论——这个画画的人，是深爱着画中女子的，那已经不是一般的男人对女人的爱，而是一种愿意把自己的生命都投入进去尽情燃烧的爱。不管是古代，还是现代，每一个人，只要他爱过，他都能看出来——端昊完了，他已经真真正正地陷入到了对一个女人的爱情之中。当男人的感情走到这个地步的时候，那么这个女人就算是在他的心里生了根！以后这一辈子，如果男人执著一点儿，他就会非她不娶，即使由于其他什么原因，男人不得不娶了别的女人，他也视自己的妻子为行尸走肉，而在心中，为自己朝思暮想的真爱，搭起一座圣洁不可侵犯的神龛。如果他真的三生有幸，能够娶了这个女子为妻的话，那么，他一定会一辈子都把这个女人奉若珍宝！

这就是端昊，看完这最后一幅画像之后，即使是最厌恶端昊的人，都必须承认，端昊终于懂得了什么是爱情。

纯儿感到了一种深深的疲惫，面对着这些画像，她不知道自己该如何是好。尤其是在最后一幅画像的底下，还压着一封书信！

纯儿望着书信，犹豫良久。这些画，对她当然也会有触动，正因为受到了触动，纯儿才在犹豫，自己还要不要再去看这封书信。

最后，纯儿还是展开了信纸——是啊，其实是没有什么可逃避的，面对，才是解决问题的唯一途径。

纯儿原以为信上会是长篇大论，就像这些画像一样，竭尽煽情之能事。可是，让纯儿意外的是，信上竟然只有两句话：

“纯儿，在洪泽湖的时候，我没有听懂你的话，现在我终于懂了，爱是单一的，爱一个人就是要一生一世，一心一意！纯儿，我知道错了，再给我一次机会！我爱你！”

这就是信上的全部内容，百幅画像加上这封短信，纸短情长，凝成了一句话：

“纯儿，再给我一次机会，我爱你！”

纯儿沉默了。

不知过了多久，忽然，侍卫又走了过来，脸上带着一种古怪的神情：

“娘娘。”

“啊！”纯儿一愣，才被侍卫唤回了神来，她一眼就看出侍卫的神情不对，赶紧问道，“又出什么事了？”

侍卫踌躇了片刻，说道：

“宇文端昊来了。”

“什么？现在？”纯儿深感吃惊，“他干什么来了？”

“说是有事要面见娘娘。”

“不行，这于礼不合。”纯儿本能地就表示反对。

“我已经对他说过了，但是他说，事关西蜀、大梁、回鹘三国百姓的性命，所以，还是希望能够见娘娘一面。而且他还说，现在娘娘是代表大梁国而来，理应放弃那些男女之防。”

纯儿不禁苦笑了一声：

“这就是端昊的本事，只要他愿意，他随时可以把那些世俗的礼节，按照他的需要加以调节变更！”

“依大人的意思呢？”

“宇文端昊现在已经在殿外了，不见恐怕是不合适了。而且，正如娘娘所说的，我们也得看一看他到底要干什么！”

“我不用看他要干什么了，他要干什么我已经很清楚了。”纯儿心中暗暗地想道。

不过纯儿转念一想，侍卫说的话也有道理，自己虽然很清楚端昊的目的，但是，谁知道当他的目的达不到的时候，他又会采取什么手段呢？

无奈，纯儿点头道：

“好吧，请他进来，但是，不能经过这道纱幕！”

侍卫点头赞许，皇后娘娘真是冰雪聪明，很多事情，一点就透。

端昊终于走进这座临时宫殿了。虽然，一路走来，端昊表面上一直不动声色，但他的心中，还是不禁为了这座宫殿而暗暗称奇。因为他进入宫殿之后就发现，这座大殿一点儿也看不出来是临时用帐篷搭建的。在大殿中，十八根高高矗立的盘龙柱，人字交叠的描金屋脊，高高的金阶，完全都和真正的宫殿一样，只是金阶前面，该铺金砖的地方，铺上了厚厚的地毯。

金阶之上，就应该是纯儿的宝座了吧？端昊举目一望，心中霎时就被失望填满了——金阶的尽头，垂着一幅厚厚的纱幕，阻隔住了后面的一切。

端昊真没想到，他屈尊而来，竟然连纯儿的面都见不到。

端昊勉强克制住心中那深深的失落，尝试着对着纱幕喊了一声：

“鸿雁公主。”

纱幕后传出了纯儿的声音：

“皇帝陛下突然到来，不知道有什么指教。”

总算是听到纯儿的声音了，这让端昊的心中多少感到了些慰藉。

虽然形式和端昊预计的有些不同，因为按照端昊的计划，纯儿在看到了琥珀，收下了玉佩，又看完了那些画像和书信之后，一定会深受触动才对，可是他没想到，纯儿的态度竟然和白天在他的军帐中的时候，没有什么差别。不过，端昊已经下定了决心，不管纯儿如何的冷淡，他都不会再放弃这次机会，千方百计，他也要唤纯儿回头：

“我确实是有事要和公主商量。为了机密，我不惜孤身前来，所以还请公主遣退所有随从。”端昊努力让自己的话听起来显得冠冕堂皇一些，因为他也知道，自己的这个要求是很过分的。

纯儿叹息了一声，她也看出来了，端昊是铁了心要说点儿什么了，这个时候，也的确是不应该再有其他的人在场。只得无奈地说道：

“你们都退下吧。在殿外三丈警戒。”

“是。”众人应承一声，就都退了出去。

听了纯儿的布置，端昊的心中一松——三丈外警戒，看来，纯儿也不愿意让别人听到他们两个的谈话，这就好办了。

当确定所有人都走远了之后，端昊才又开口了，这一次，他的声音中失去了刚才的平静，充满了清晰的痛苦：

“纯儿，难道，你真的都不愿再见我了吗？为什么还要挡起这道纱幕？”

纯儿淡淡地道：

“于公，现在你是西蜀国的皇帝，我是大梁国的皇后，于私，我是有夫之妇。所以，于公于私，我都不应该再和你面对面地共处一室了。”

纯儿的解释让端昊愤怒：

“于公，你是西蜀国的鸿雁公主，我是你的皇兄。于私，……”端昊的眼中忽然涌起了一层热浪，他强压住心中激荡的情感，用非常压抑的声音说道，“你是我的纯儿！”

“你是我的纯儿”这六个字虽然简短，但却像是六把尖锐的匕首，狠狠地插在端昊的心上，也牢牢地钉在了纯儿心中那坚固的堡垒之上！

纯儿深深地吸了一口气：

“我不想再提这些……”

可是端昊却根本不给她说话的机会：

“可是我要提！”

端昊背负双手，笔直地站在大殿中央，直视着那道厚厚的纱幕，他的目光是那样的炯炯逼人，充满了奔涌的情感，就仿佛他的眼睛已经透过纱幕，看到了里面的纯儿一样。没错，他的确是看到了纯儿，只是，他不是用眼睛看到的，他是用心看到的。今天，从琥珀到玉佩到画像，再到现在他突然夜闯深宫，端昊施展出这一环紧扣一环的计划，都是为了一个明确的目的——让纯儿重回自己的身边！现在，丝丽苔已经做好了所有的准备，只等着端昊一开口，她就可以作法涂抹去纯儿所有的记忆，让纯儿忘记过去的一切，和端昊好好开始新的生活。

但是，不到万不得已，端昊并不想使用丝丽苔这枚棋子，因为他毕竟是端昊，是一个高傲无匹的男人！他更希望，自己爱的女人，能够心甘情愿地回到自己的怀中来。所以，他要想尽一切办法来唤纯儿回头。

端昊很清楚，这种去改变人心意的事情，应该是如春风化雨一般，轻柔细腻才会有好的效果，但是现在留给他的时间已经不多了！因为按照端昊的想法，既然纯儿已经来了，那么大梁国的探子肯定随后就到！所以自己只有今天这一夜的时间了。这就是摆在端昊面前的任务——用几个时辰的工夫，去打动一个女人，一个已经对他失去了信心的女人！

这道纱幕设计得非常的精巧，外面虽然看不到里面，但是，里面的人看起外面的情景来，却是一清二楚，所以，虽然是隔着重重的纱幕，可是当纯儿的眼睛触及到了端昊那火热的目光的时候，仍旧感到有些不自在，很快地就避开了他的眼神。

端昊的眼睛就像是两枚烧红的钉子一样，紧紧地钉在了纱幕上，好像是要把纱幕烧出两个窟窿来。而他的声音也仿佛在被烈火灼烧着一样，炙热的语调都在微微地发颤：

“纯儿，别故意做出这种样子来，做出已经忘了我的样子，我不信！我一点儿都不信！我知道你是不可能忘记我的。”

“端昊，很多东西都是在改变的……”纯儿试图跟他把事情说明白，可是没用，端昊根本就不给她说话的机会：

"我承认,有些东西是会改变。但是,有些东西却是无论如何也改变不了的。你我的感情就变不了!"

"端昊……"

"纯儿,你一定不会忘记,在洪泽湖畔,你和我定下的赌约,你说过,你赌我一生一世都心甘情愿地只要你一个女人。现在,我正式告诉你,纯儿,你赢了,你真的赢了。我现在就只想要你一个女人,一辈子都只要你一个!没有别人,只有你!"

端昊停顿了一下,然后声音忽然就变得很沉很缓,就好像是奔涌的瀑布落入到了宽敞平坦的河床,虽然没有了刚才万马奔腾般的气势,但是却更能渗透进无边的旷野之中:

"纯儿,我说的都是真心话,真的,跟我回西蜀国吧,做我的皇后,我唯一的御妻,做我的孩子的母亲,我们的儿子,就是未来西蜀国的国君,我们的女儿……"

"端昊,你也知道,这根本不可能了。"

"为什么?"

"因为我已经嫁人了,我现在是臻华的妻子……"

"我不在乎!我知道,你和完颜臻华是假夫妻,而且你也不爱他……"

"我爱他……"

"这不可能,你爱的是我!"

"我说过了,很多事情,都会改变……"

"但是人的感情不会改变!"

"会的。端昊,人的感情其实每一天都在变。你没发现吗?你的感情也变了。你说,你要一生一世只和我一个人在一起。那么,梨宫月呢,严鹂儿呢,还有后宫中那么多曾经被你宠幸过的嫔妃,你曾经都是爱她们的,你现在不是也决定放弃她们了吗?"

"这不一样,纯儿!"端昊停了一下,似乎是在想该如何形容这件事情,"我的确是决定放弃她们了,但是纯儿你明白吗,我决定放弃她们的时候,和我当初被迫放弃你的时候并不一样,我放弃她们,并不觉得痛苦。所以我想,我一定是从来就没有真正爱过她们,而我真正爱的只有你。

而你对完颜臻华也是这样的,他在你孤苦无助的时候,乘虚而入,和你亲近了起来,但是你并不爱他,你爱的是我。"

"你错了,端昊,我爱臻华,我是真的爱他。"

纯儿不想再在这个问题上和端昊继续纠缠下去了：

“我们不要再说这些了，好吗？”纯儿的声音中带着深深的倦意，“端昊，我也能明白你的心情，可能在你的生命中，我是第一个主动离开你的女人，所以，你的骄傲和你的尊严，都觉得无法忍受，所以，你现在才会不惜一切代价地要把我夺回来。端昊，其实这真的没有什么意义，我只是一个普通的女人，我的放弃和离开说明不了什么。”

端昊再次扬起了头，透过纱幕，深深地注视着纯儿，很久很久都没有再说话，以至于纯儿都认为端昊是被自己说服了，可是端昊终于还是又开口了，而且他的声音竟然比纯儿还要疲惫还要苍凉：

“纯儿，原来你是这么想我的，你以为我来到这里，对你说这些话，只是因为我的尊严和骄傲？”端昊忽然惨笑了一声，“纯儿，你真是看错我了。如果是为了骄傲，那我根本就不会再多看你一眼，因为你伤害了我的骄傲，而我就会永远地把你抛到九霄云外去。说到尊严，”端昊的笑容中加进了深深的自嘲，“纯儿，现在，你和完颜臻华大婚天下皆知，你认为，在这种情形之下，我再娶你做皇后，还有什么尊严可言吗？我这根本就是在做一件非常疯狂的事情，根本就是在授天下人以柄，给他们一个嘲笑我的机会和借口！”端昊的声音中充满了压抑的愤怒，似乎已经看到了，当自己和纯儿成婚之后，人们那种讥讽的嘴脸。

纯儿沉默了，她知道端昊说的是实话，这里毕竟是古代，就算是一个普通的男人，都不会轻易去娶一个寡妇，哪怕是做妾都不行。他们动辄就可以娶一个名妓进门，但是却不能容纳一个寡妇。

而端昊现在竟然要堂而皇之地把敌国的皇后娶做自己的妻子！

“端昊，既然你也知道这件事会被所有的人不理解，又何苦非要这么做呢？”纯儿轻声说道。

“因为我爱你！”端昊毫不犹豫地就给出了答案！“真的，纯儿，我爱你！过去，我也以为自己是爱你的，可是直到今天，直到你真正重新出现在我面前的时候，我才突然感觉到了这种强烈的情感。纯儿，我跟你说实话吧。”端昊又向前跨了一步，现在，他和纯儿之间，就只隔着那一层纱幕了，不知是因为距离近了，不用再高声说话了，还是因为端昊此时的话，触到了自己心中的痛处，唯恐一用力，就会撕裂心中的伤口，反正端昊的声音是变得非常非常的轻了：

“纯儿，当初，你远嫁大梁国，我的确是降密旨要杀死你，因为我不能容忍我的女人成为别人的妻子。即使是这次你来做人质，我一早就决定千方百计地要把你留下来，因为我知道我需要你的帮助，你的火器，你的兵法，还有你那么多古古怪怪的知识，都将是我东山再起的牢固支持！”

好一招置之死地而后生！端昊知道纯儿太聪明，也太了解他了，所以对纯儿最好的办法，就是实话实说！果然，看到端昊竟然如此坦诚地说出了自己心中的隐秘，也让纯儿不禁有些动容！端昊继续说道：

“但是，当你真的又出现在我的面前的时候，我就一下子把什么都忘记了。突然之间，我就什么都明白了，我明白了为什么会有那么多的英雄豪杰，甘心情愿地为了一个女人而做出那么多事情。我承认，我现在仍旧想着去争霸天下，但是，我现在争霸天下的目的已经变了，过去，我只是为了成为天下的霸主，而现在，我做这一切的目的，都是为了你。纯儿，你听我说，我已经决定了，如果，你真的不喜欢我再兴兵打仗，我们就不打了，我们回西蜀国去，只好好地守住我们的西蜀国，好好地过我们自己的时光。我可以跟大梁国再次签署停战协议，真正的停战协议。好吗，纯儿？”

端昊把自己的心里话都说出来了，可是让他失望的是，这一切换来的，却是纯儿没完没了的沉默。端昊等了很久，终于等不下去了：

“纯儿，你还在吗？”他试探着轻声问了一句。

“在。”纯儿简短地回答。

“你为什么不说话？难道，你还不相信我吗？”

“不，我是不知道自己该说什么。”纯儿低声答道。

“说愿意，说把过去那些伤害都忘掉，说再给你我一次机会，说让我们重新开始，”端昊的声音分外清晰，“纯儿，你的慈悲心肠天下皆知，那些普通的军士和黎民，你都不忍心伤害，难道，你就忍心伤害我吗？忍心看我像现在这样，因为失去你，而永远在地狱中受折磨！”

面对端昊那一连串的话语，纯儿突然产生了一种非常奇特的感觉，她觉得端昊的那些话就仿佛是淬了剧毒的暗器一样，裹挟着逼人的凌厉，朝着自己扑面而来！

纯儿没有更多地去在意端昊到底在说些什么，而是把注意力放到了端昊此时的态度上。如果说今天端昊所有的作为，纯儿还都只是当做他在表白，那现在，纯儿终于看到了端昊的心！她终于理解了，端昊的心中想要得到自己的愿望究竟有多么的强烈！

这个认知，让纯儿觉得有些惶然——男人的狂热总是会让女人难以负荷的。无数的女人，不管她自己愿意还是不愿意，都在面对这种狂热的时候，因为无力承受而轰然倒塌，成就了男人的追逐，让男人终于达成了心愿！

这些想法让纯儿有些失神，一时间忽略了端昊的存在。而端昊现在再也不想忍受纯儿的忽略了，他觉得自从和纯儿重逢以后，自己已经被忽略得太久了。现在，他必须改变这种状态！端昊一扬手，就扯开了纱幕！

这突如其来的动作，终于惊醒了纯儿，当纯儿回过神来一抬头，端昊已经出现在了她的面前！端昊本来已经打定了主意，当他闯进纱幕以后，第一件事就是把纯儿紧紧地抱在怀中，然后狠狠地吻住她的红唇，直到她在自己的怀中窒息为止。

可是当端昊真正看到了纯儿之后，他的这些念头却都不由自主地停滞住了……

眼前的纯儿已经卸去了那些华丽的装饰，也洗尽了铅华，只穿着一件月白色的锦缎整身长衫，长衫裁剪得非常的合体，愈加显得纯儿的身段玲珑娟秀。纯儿那一头青丝尽数梳拢到脑后，绾成了一个沉甸甸的发髻，发髻上只交错插着几根纯金的凤钗，因为头发都被拢到了后面，所以更显得纯儿的脸颊犹如名贵的瓷器般细腻无瑕，再加上她那超然端庄的神态，在烛光的映衬下，真的像是观音降临到了人间。

而让端昊放弃了他那些攻击性计划的，还不是纯儿这端庄的容颜，而是她那双眼睛，望着纯儿的眼睛，端昊竟然有些莫名地慌张起来。本来，端昊以为纯儿的眼睛中会有泪水，会有愤恨，会有受伤后的疼痛，这些神情都不会让端昊惊慌的，甚至，他还在期待着纯儿会出现这样的眼神，因为，那至少说明，纯儿已经被他的话打动了。

可是，纯儿的眼睛却是那么的清澈、明净，就那么定定地望着端昊，目光中有些疲倦，有些伶仃，但就是没有端昊所期待的那种情动！尤其是纯儿眼中的那一抹伶仃，让端昊倍感心疼。望着纯儿的眼睛，端昊开始第一次认真想一个问题了。

“纯儿，”端昊试探着喊了一声，他的声音很轻，仿佛纯儿是一只刚刚飞出巢穴的小鸟，稍微大一点的声音，就都会惊吓到她一样，“纯儿，你怎么了，我是不是说错什么了，惹你生气了？”

端昊小心地问着。

纯儿抬起头，迎住了端昊的目光，眼前的端昊，虽然还是那么的高傲，气势还是那么的凛然，但是他的眼睛中却多了一抹让人心痛的柔情。这是纯儿从来都没有在端昊身上见过的。

看纯儿只是望着自己，并不说话，端昊心跳得更厉害了：

“纯儿，你说话啊。”

纯儿无话可说，她移开了眼神，却不经意地落在了桌子上的那些画像上：

"这些，都是你画的？"纯儿问。

"嗯，"端昊点了点头，他的眼睛也投到了那些画像上，"你走了之后，我每当想你的时候，就会到怡琴小筑去，那里，有你做的那些星星，我就望着那些星星，想我们在一起度过的那些时光。开始的时候，你的影子好像就留在了怡琴小筑，我不管看到哪个地方，都能看到你。可是后来，随着你离开的时间越来越久，你的身影就好像渐渐地变得模糊了，我被吓坏了，唯恐会彻底失去你的身影，所以，就开始为你画像，一幅幅地画，画我记忆中的你，然后，再从这些画中去寻觅你的一颦一笑，去思念你。"

"你画了这么多？"

"这还不是全部的，还有几幅，不在这里面。"

"那在哪里？"

"在这里。"端昊说着话，从怀中又掏出了几幅素绸，郑重其事地交给了纯儿，"这几幅画像的意义又有不同，所以，我想亲手交给你。"

纯儿接过了画像，画像只有三幅，第一幅上面，纯儿身穿一身大红的嫁衣，无疑，这是她远嫁那天，在金殿和端昊分别时的情景，无可否认，端昊画得很好，他把纯儿的眼睛中那种决绝和凄厉，描画得惟妙惟肖！

端昊的目光也和纯儿一起投到了画像上：

"直到现在，我都忘不了你远嫁时的那种神情。那时，你那么痛苦，却又那么倔犟，以至于我想把你拉到怀里来，都不知道该如何伸出手。有好多次，你的那种眼神，都出现在我的梦中，每一次，我都会从梦中疼醒。"

纯儿又掀开了第二幅画像，这次纯儿真的吃惊了，画像上竟然是纯儿和臻华大婚时的情景！当然，画像上没有臻华，因为那本来就是纯儿一个人的婚礼，再说了，端昊也只会去画纯儿自己。

"你怎么会看到那天的情景？"纯儿脱口而出。

"这件事我回头再跟你解释，好吗？"

听到端昊这么说，纯儿也就不再追问了，因为她知道，既然端昊不想说，自己即使再追问也没有用。

画像上的纯儿穿戴得金碧辉煌，仪态万方，举手投足间都尽显出了大国皇后的风范。奇怪的是，在这幅画像上，纯儿的眼神是模糊的，这一点太与众不同了，因为在所有的画像中，端昊好像最偏爱的就是纯儿的眼睛，总想通过她的眼睛来传达出纯儿所有的美丽。

似乎看出了纯儿的疑惑，端昊对着画像解释道：

"我是刻意地忽略了你的眼神，因为当时你的眼神，太让我陌生了，我无法接受，我的纯儿，会有这样一双眼睛。"端昊说话的声音不大，充满了痛楚。

纯儿愣了一下，旋即就明白了，自己和臻华大婚的那天，心中正燃烧着对西蜀国、对宇文端昊的无限仇恨，所以，自己当时的眼睛，一定是一双正在准备和敌人决一死战的王者的眼睛，而端昊一定是也想到了，纯儿心目中的仇人，就是他，所以，才不愿意去面对纯儿那时的目光。

纯儿不愿再继续这个话题，所以就又展开了第三幅，也就是最后一幅画像，这幅画像显然是刚刚才完成的，因为它上面所画的，正是纯儿白天和端昊相见时的情景。画像上的纯儿仍旧是美丽的，但是更重要的是，在她的美丽容貌的外面，还笼罩着一层圣洁的光辉，这当然不是说，端昊为她画上了一个光环，而是端昊通过自己手中的画笔，把心中全部的情感都倾注了出来，浓墨重彩地向世人展现出了一位犹如女神的女子，任何人看到这幅画像，即使他从来都没有见过纯儿和端昊，也一点儿都不懂得绘画，都能一眼看出来，这一定是一个男人，在用满腔的爱情去描绘自己最爱的女人。

第八章　一片真心托虎狼

这最后一幅画像，真的把纯儿震撼了，她望着画像，再次陷入到了一片空灵之中。四周的一切声响好像都在突然之间停止了，留给她的只有无边的寂静，在她心灵深处，回荡着的端昊那绝望的表白，成为了现在世界上唯一的声音。

纯儿觉得自己的喉咙仿佛被什么东西钳住了，她想要缓一口气却倍感艰难。如果说，刚才端昊的那些表白，纯儿还只是将信将疑，那么此刻，在看到了这幅画像之后，就再也容不得纯儿去怀疑端昊的心了。

本来，纯儿对端昊的不信任，就仿佛是在自己的心中筑起了一道坚固的堤防，端昊刚才说过的那些炙热的语句，就好像是洪水一样被挡在了堤防的外面。此刻，就在纯儿承认了端昊的真心的那一刹那，她心中的那道堤防轰然坍塌了。决堤的洪水一下子喧嚣着蔓延了过来，裹着滔天的巨浪掩埋了纯儿的心。

纯儿垂下了长长的睫毛，挡住了眼睛，深深地叹息了一声：

"端昊，你这又是何苦？"

"何苦？"端昊一笑，笑容凄凉却又夹杂着些莫名的幸福，"当初，你在洪泽湖畔真心助我，说愿意帮我渡过一切难关，那是何苦？目睹了我宠幸梨宫月，你万念俱灰，十天中以泪洗面，折下了一千颗星星，然后负痛远嫁是何苦。当初，我亲手颁下了处死你的密旨，却又不远万里要追回圣旨又是何苦？爱，是没有道理好讲的。"

端昊说最后一句话的时候，声音分外的低沉，也正因为如此，才更凸显出了这最后一句话的分量！

纯儿淡淡一笑，笑容就仿佛晚风中最淡的花香一样，转瞬即逝：

"你到底懂得了什么叫爱了，只可惜，这一天来得太迟了……"

“不迟！”不等纯儿把话说完，端昊就急切地打断了她，“只要真正懂得了，就永远也不会迟。纯儿，我们可以重新开始，我们还有一辈子的时间去完成我们的爱情。”

“可是端昊，就像你的爱情给了我一样，我的爱情已经给了臻华。”

“不会的……”端昊脱口而出，但话音未落，他就从纯儿的神情中看出来，纯儿说的是真心的，端昊的声音变得有些哀求了，“纯儿，再给我一次机会。”

纯儿又是一声长叹，幽幽地说道：

“端昊，就算是我真的再给你一次机会，你认为我们就能够重新开始吗？”

“能，一定能的。”端昊毫不犹豫地回答。

纯儿惨然地摇了摇头：

“端昊，刚才，你给我看了那么多的东西，现在，我也给你看一些东西。”

“什么东西？”

“你稍等我片刻。”纯儿说罢就飘然而去，只留下了端昊一个人惶惶不安地伫立在烛光之前。

还好，不大工夫纯儿就回来了。只见她的手中抱着一个小小的包裹，一看就是临时用一块锦缎包起了几件东西。

纯儿把包裹放在了桌子上，从里面拿出了第一件东西：一块青衣玦，一块明黄色的绫子，正是在圣域时，纯儿从青衣卫身上缴获来的第二道赐死纯儿的密旨！

端昊接过一看，霎时就被惊得目瞪口呆，半天都没说出话来。纯儿娓娓地说道：

“当日我陷落圣域，三名青衣卫携带处死我的密旨，追杀而至，要不是老天垂怜，让我逃出生天，我现在已经成了埋身西域的孤魂野鬼了。”

端昊的脸色都变成了青色，他反反复复地看着那道圣旨和那块青衣玦，千真万确，这些都是真的。但是，这怎么可能呢？自己肯定没有发出过这样一道圣旨啊？过了很久很久，端昊才叹息了一声，万分无奈地问道：

“纯儿，如果我跟你说，这件事我一点儿都不知道，你会相信吗？”

纯儿久久地望着端昊，端昊也直视着纯儿的眼睛，他希望纯儿能够从自己的眼睛中看出自己的真诚，因为他现在已经无话可说了，铁证如山，他自己也不知道该如何为自己辩解，现在似乎他唯一能做的，就是寄希望于纯儿能够透过他的眼睛看到他的心，当然，这点希望太渺茫了。

可是，出乎端昊意料的是，纯儿望了他半晌，竟然轻叹了一声：

“我相信。”

“什么?!”端昊真没想到,纯儿会说出这样的话来,他真不敢相信自己所听到的,端昊又试探着问了一句,“你说,你相信我?”

“对,我相信。”纯儿又重复了一遍。

这句话声音虽轻,可是听在端昊的耳中,却无异于天籁!一时间端昊都有些语不成声了,他的胸口剧烈地起伏着,声音激荡地说道:

“谢谢你纯儿,谢谢你这么信任我!你真好,我就知道,你心里是有我的,否则你一定不会这么信任我……”端昊说着话,再也按捺不住自己奔涌的情感,举步上前,就要把纯儿拥进怀中。

可是,他刚刚才一动,纯儿就同时向后退了一下,而且,纯儿脸上那清冷的神情,也有效地阻止住了端昊的热情。

端昊愣了一下,手僵在了半空,过了片刻,他才把手放下,小心地问道:

“纯儿,你怎么了?你不是说相信我了吗?”

“是,我的确是已经相信了,这件事不是你做的。”纯儿说的是真心话,刚才,在端昊向她表白的时候,她就一直在想青衣卫远赴西域刺杀自己这件事,当她把端昊的话和这件事结合在一起,从头到尾想了一遍之后,终于确定了,这件事中另有玄机!

“端昊,你有没有想过,这件事既然不是你做的,那究竟是谁做的?毕竟圣旨是真的,青衣卫是真的,除了你,西蜀国中还有谁能够操纵这一切?”

这个问题端昊还真没顾得上想,刚才他一门心思地想着如何向纯儿证明自己的清白。现在,听到纯儿的问话,他犹豫了一下,其实答案已经呼之欲出!

端昊的目光变得阴冷了——梨宫月!除了她再不可能有第二个人有能力做出这样的事情来。望着桌子上的假圣旨和青衣玦,端昊只觉得遍体生寒——梨宫月和梨太后两人,当初究竟掌握了多么大的权力?!当然,不管她们曾经掌控过什么,都已经随着她们的死灰飞烟灭了,但是一想到,曾经有人这么严重地威胁过他的政权,还是让端昊感到恐惧。

过了良久,端昊才叹息了一声:

“唉,都过去了。梨宫月已经死了,如果她不死,就凭她做的这一件事,我就会立刻处死她!不过总算,她最后的死也算是有功于我了。”说着话,端昊忽然话锋一转,“纯儿,你知道吗?也正因为如此,我才更加觉得你的宝贵,因为,从很早以前我就知道,只有你是单纯地为了爱才留在我的身边,而别人,看得更多的,是我背后的皇权。纯儿,跟我走吧,想想我的前三十年,母亲和妻子一起联起手来,为我编织了一张大网，恨不得紧紧地把我网住，让我成为他们的木偶傀儡！”端昊忽然惨笑了一声，“人前，我是风光无限的帝王，人后，我却连最起码的亲情都没有！”端昊的神情变得分外的黯然凄凉。

纯儿轻叹了一声：

“端昊，不是我不肯放过梨宫月，你知道当初在后宫之中，梨宫月还假借你赋予她的权力，杀害过多少人吗？不管她们对我做了什么，总算是没有伤害到我。可是别的那些人呢？那些柔弱无助的女子，她们只是因为怀了你的骨肉，或者是受到了你的青睐，就引来了杀身之祸！”

端昊默然了，面对着纯儿的指责，他无话可说。因为他不能对纯儿说，当初在梨宫月残害这些人的时候，他其实都是知道的，只不过，他需要这种残酷的斗争，来为他筛选出一位真正聪慧坚强的女人，来和梨宫月抗衡！良久，端昊长叹了一声：

“纯儿，后宫中的那些女人，我是从来都没有重视过她们的，在我的心中，哪怕是我曾经恩宠过的女人，也只不过是我手中的棋子而已。我知道她们之间的争斗，甚至默许这种事情存在，直到刚才，当我知道了梨宫月的权势和野心，差一点就威胁到了你生命的时候，我才意识到，我做的这件事，是多么的荒唐！我在想，这些年来，如果后宫中的那些女子，有一个能让我稍稍动心的话，也不会发生这样的事情。纯儿，我明白你的意思了，我知道我错了，由于我的自私，伤害了那么多无辜的女子。”端昊忽然深深地吸了一口气，脸色一正，说道，“纯儿，我向你保证，这种事情绝对不会发生了。以后，不管我们两个是隐居江湖，还是君临天下，你都是我唯一的妻子。现在西蜀国后宫中的那些女子，我会想办法给她们一个好的归宿，错已铸成，所以她们可能永远也得不到幸福了，但是，我至少能够做到，以后不会再有这样的事情发生，我的后宫之中，再也不会入选一名女子！”

端昊的誓言掷地有声，纯儿听了之后，不禁心中一松，她知道，现在，端昊终于是真正明白了，还没等纯儿说话，端昊就又沉声说道：

“纯儿，你知道吗？我突然觉得很悲哀。往日里，我前拥后簇风光无限，可是回过头来看一看，大臣们固然不用去说了。就说我这些所谓的妻子们，除了算计我的人，就是被我利用的人。”端昊的声音忽然变得很沉痛，“这种日子，我真的过够了，纯儿，跟我走吧，别让我再做孤家寡人了。”

男人的哀求是让人动容的，纯儿也流露出了几分凄然。她重重地拧了一下眉毛，说道：

“现在，我让你看第二件东西。”

端昊这才想起，那个锦缎中还有东西没有拿完。这一次，纯儿取出来的，是一根艳红色的长鞭。

“这，不是你的玲珑鞭吗？”端昊有些诧异地问道。

纯儿微微摇了摇头：

“这是玲珑鞭，但它本来并不是属于我的，它是属于胡杨女姐姐的，也就是当初为了梨太后的野心，而被狠心抛弃的那个苦命女孩儿，柯韵琪！”

端昊的心一沉，过了一会儿才低声说道：

“这件事我无话可说，也无从辩解，对于柯韵琪来说，我罪不可恕。而对于当时我所处的环境来说，我又别无选择。如果说错，我的错就在于，把皇权看得太重了，所以，现在我只能说，过去已经发生的事情，已无法逆转，而未来，我将不再做这样的事情，将不再为了达到自己的目的而不择手段！”

纯儿没有说话，只是低着头继续从锦缎包裹中取出东西来。而这一次，纯儿取出来的东西，端昊连问都不用问了，他的脸上呈现出了一种死灰色，他知道，最难挨的一关，终于到了，这也是他一直都在努力回避的事情。

纯儿取出来，摆放在桌子上的，赫然就是雕花小箭和落蕊神针！

端昊不说话，他这次是已经不敢再说话了。因为他知道，现在纯儿把它们拿出来，并不是把它们当成两件暗器，而是当做一种象征！它们象征着纯儿和拓跋傲疆之间，那深厚的兄妹之情。端昊很怕看见这两件东西，尤其是那雕花小箭，当年，和拓跋纵马驰骋切磋武艺的时候，他曾经无数次地为这件事跟拓跋开过玩笑，因为他总觉得那红的娇媚的雕花小箭，是女人才会用的武器，实在是和高大的拓跋不相匹配。当然，拓跋也给他讲过，关于这两件暗器之间的那个动人传说。

而现在，物是人非，自己当初的诤臣挚友，已经因为自己的私心惨变成了冤魂，自己挚爱着的女人，却要为他向自己讨回公道！

端昊的眼中忽然一热，这是自从拓跋死后，他第一次为拓跋险些落出泪来：

“纯儿，有些话我从来没有给任何人说过，你知道吗？拓跋死后，我是多么的后悔。其实，他不管犯了多么大的错，哪怕为了出兵大梁国的事，就是要和我对抗到底，我都不会真的杀了他，可是，当我知道他竟然和柯韵琪是恋人之后，我真的害怕了。我是一个名不正言不顺的假皇帝，我最怕的，就是宇文皇族会利用这一点来逼我让出皇位。纯儿，我知道我做错了，拓跋不仅仅是你的师兄，更是我的兄弟，我们从十几岁的时候就一起长大，他对我对西蜀国赤胆忠心！”端昊的手轻轻地抚过了雕花小箭，“纯儿，我知道，现在你即使是杀了我为拓跋报仇，或者你用任何方式来惩罚我，都是天经地义的事情。而我想说的是，这件事，即使你不惩罚我，我也会惩罚我自己。而且我已经在每时每刻都在惩罚自己了，白天我安排军务的时候会想到他，深夜，我苦思战局的时候会想到他，我想，恐怕一直到我死，我都没有办法再解开这个心结了——虽然多年来，我为了皇权不择手段，但是拓跋，的的确确是我枉杀的第一个忠臣！

在我还是太子的时候，我苦读史书，就立下志愿，要做一代圣明的君主！可是，我却因为一时的犹豫，干出了这种只有昏君才会做出的事情来。逼死好友，让我心痛，枉杀忠良，让我自责，只这两点就够折磨我一辈子的了。”

端昊现在的态度分外平静，很容易看出来，这是一种痛定思痛之后的平静。显然，端昊刚才所说的都是真的，他真的是已经为了拓跋的死而痛悔了很久了。即使纯儿不亲手为拓跋讨回公道，他的良心，也将惩罚他一辈子。

纯儿深深地望着桌子上的落蕊神针，泪水刷刷地流了下来。端昊看到纯儿流泪，想要上前安慰，可是伸了伸手，终究还是没敢唐突佳人：

“纯儿，等我回到西蜀之后，第一件事，就是厚葬拓跋，还他国家栋梁的名分。我要把他的英灵请回到西蜀国中，让他永远地看着我，看我如何去做一个真正的明君！”

看纯儿仍旧低头不语，端昊又上前了一步，改换了话题，重重地说道：

“纯儿，其实，我知道，大梁国这次并没有想放过我，这一次，他们如果放过我，无异于就是放虎归山，这是他们杀死我的最后的机会了。可是纯儿，你不忍心大梁国和西域的百姓惨遭屠戮，那你一定也不希望看到西蜀国百姓生灵涂炭吧。纯儿你想想，如果我死了，那西蜀国必将大乱，单单凭着一个严丞相，根本稳定不住西蜀国的局势。而宇文皇族中，又没有一个人的能力足以掌控危局，所以，现在，对于西蜀国百姓最好的方法，就是让我回去，重新振兴西蜀国。”

纯儿愣了一下，她一下子没明白，端昊怎么会把话题转到这上面。但纯儿心思一转，马上就明白了端昊的意思。

端昊之所以会这么说，还是怕纯儿会不顾一切地要为拓跋报仇，所以，赶紧向她申明利害。

纯儿在心中苦笑着摇头：

“端昊,你终究还是太聪明了。你始终都不明白,其实人与人之间最重要的,就是坦诚相对。即使有人要替师兄讨回公道,也不会是我的,因为那是胡杨女姐姐的权力,更何况,师兄还留下了骨肉。”当然,关于胡杨女已经怀有身孕这件事,纯儿是不会说出来的,她必须要牢牢保守住这个秘密,好保证那个苦命的孩子,能够平安地长大。

看纯儿沉默不语,端昊就又转换了话题,他的眼光投到了那个锦缎包裹上,看上去,那个包裹已经空了。

“纯儿,你还有什么东西要给我看吗?”

虽然端昊这样问,其实他的心里已经认定了包裹里没有东西了。可是纯儿的回答却出乎了端昊的意料,只听纯儿低声说道:

“有,还有最后一件。”

纯儿说着话,就轻轻地掀开了锦缎,端昊探身向前一望,锦缎下面空空如也!

“纯儿,你这是……?”端昊不解地问道。

“你看不到这里面的东西,对吗?”

端昊茫然地点了点头,他的确是什么都没有看到。

纯儿的嘴角微微扬了一下,同时用手轻柔地抚过了锦缎下面,说道:

“我想你也是看不到的,不过你看不到也没关系,我会告诉你,这究竟是什么的。”

“是什么?”

“我想,我还是写给你的好。”纯儿说道。

“写给我?怎么写给我?”

“就是给你写一封信吧。”

“写信?”端昊不明白,两个人明明就是面对面的,为什么还要写信?“难道,纯儿是想骗我离开这里?”这个念头突然就出现在了端昊的脑海里,于是端昊脱口而出:“那好,我在这里等你写。”

端昊的这个要求让纯儿有些讶然,她愣了一下,才明白了端昊的心思,不禁有些无奈:

“你在这里,我怎么写?你先回去吧,我很快就会让人把信给你送去的。”

“要多长时间?”端昊心里是一万个不愿意离开,但是,他又不敢太过于违背纯儿的心思。

纯儿看了一眼天色，想了想，说道：

“天亮的时候吧！我保证，天一亮，我马上就让人把信送过去。这一夜你也累了，正好回去休息一下。”

既然纯儿都这么说了，端昊也就没办法再继续呆下去了，他不情愿地朝外走去，临了又回过头来重重地加了一句：

“纯儿，我就在军帐中一直等着你的信。”

端昊走了，纯儿也陷入了深深的思索之中。

现在，她已经不再怀疑端昊对自己的感情了。自己可以说已经做好了一切准备，却独独没有想到，端昊竟然会对自己深情如斯。刚才端昊的表白纵然是铁石心肠的人，也会被打动的。

纯儿沉吟了良久，终于展开了信纸。

端昊回到了大帐中，他感到自己的身上又累又乏，因为刚才他在面对纯儿的时候，心情太紧张了。他总是怕自己哪句话说得不好，或者哪件事做得不好，会触怒了纯儿，让她再次拒自己于千里之外。现在，虽然已经回到了自己的帐中，但他的神经仍旧是紧紧地绷着的，因为，他还要等纯儿的信——现在他等信的心情，简直就像是一个死囚在等待最后的裁决。

“纯儿，天马上就要亮了，我的心是生还是死，就看你的决定了！”

纯儿刚刚铺陈好纸张，那个“侍卫”——也就是使臣大人就走了过来，他的脸上拢着一层淡淡的疲惫。也难怪，深陷敌营，全身纵然是多长出几双眼睛，再长出三头六臂来，也会觉得不够用，不过他的眼睛中却闪动着一丝兴奋的光彩：

“娘娘！”“侍卫”走到纯儿的身旁，弯下腰，压低声音唤了一声。

纯儿一愣，因为这里已经没有其他任何人了，“侍卫”还要如此地隐瞒，可见事关重大。

“出什么事了？”

“回禀娘娘，雪姬派的人到了……”

“啊？真的！”纯儿的目光突地一跳，心中不禁一阵兴奋，她丢下笔，站了起来，紧盯着“侍卫”：

“消息可靠吗？”

“绝对可靠。”

“他们现在人在哪里？”

“就在附近，不过，据他们说，他们要经常地更换地方，因为西蜀国的戒备太森严了，这一路上他们闯过了无数的关卡，险些就来不了了。”

“的确是，”纯儿点了点头，“在来的路上，我就发现了，从黄河口岸到这里，看似都是荒山野岭，但西蜀国却在这一路上布下了重重杀机。”

“的确是这样，据雪姬派来的人说，他们之所以走得这么慢，就是不想打草惊蛇。”

“没错，以端昊的小心谨慎，只要是发现我们的人已经跟踪而至，那他肯定就会马上转移。到时候，再想找到他，就更难了。”

原来，这也是纯儿在临来之时，和雪姬商量好了的计划。纯儿来做人质，而雪姬则精选圣域门徒中最善于跟踪之术的人尾随而至，目的，就是为了真正找出西蜀国残余人马的老巢。

纯儿这一路前来，亲眼看到了西蜀国的沿途警戒，所以基本上已经对圣域门徒能跟踪而来，不抱什么希望了，可是没想到，他们还真的来了。

“大人，您现在有什么想法？”纯儿问道。虽然自己贵为皇后，但是纯儿一直都非常敬重这几位监国大臣，因为他们的确都是老成谋国之人，处理国事的经验，远胜于自己。

“娘娘，我是这样想的，”“侍卫”也不谦让，直接就侃侃而谈，说出了自己心中的想法，只见侍卫走到了桌前，拿起笔就在纸上画了一个喇叭口的形状，“娘娘请看，现在，我们就在这里。”“侍卫”在“喇叭口”上最细的地方点了一个红点。“这一面，”侍卫指着喇叭口较细的那一端，“对着的是黄河口岸，而这里，”“侍卫”又指向了喇叭口宽的那一端，“对着的，则是辽阔的西域，从这里向西，闯出去，就是千里戈壁。”

“侍卫”放下笔，用手在纸上用力一划：

“现在，我们如果组织对西蜀国的进攻，就必须要从这里开始，”“侍卫”指了指喇叭口的最窄处，“而很显然，西蜀国的军队不会和我们硬碰硬地打，我们一进攻，他们马上就会向西域撤离。我们等于是从一条非常狭窄的关隘进入，而他们是从非常宽敞的戈壁撤退，所以，我们根本无法阻止住他们撤退的趋势。这样一来，我们就等于用一张大网，把无数的草原狼赶到西域去了，而我们这张网不仅抓不住狼，还会阻住我们自己的路，让我们无法前行去抓捕这些狼。”

“侍卫”停顿了一下继续说道：

“将心比心，如果我是端昊，也会随时防备着敌人的进攻，所以肯定已经做好了撤退的准备，就等着一遇到攻击，立刻化整为零，撤回西域。在茫茫戈壁上，想要抓住溃散的四十万大军，那简直就是痴人说梦！”

“侍卫”的话说完了，纯儿频频点头，他所分析的的确是非常精到和细致。

“大人说的很对，我一到这里就也发现了，西蜀国选择在这里驻军，的确是煞费苦心，而其目的，就是为了在必要的时候，向西撤退保存实力。现在我们这么费力地跟端昊周旋，就是为了约束住他的大军，不让他去为害西域。”

“对，所以，我们现在不能发动进攻。反正我们也已经掌握了西蜀国的行踪了，就不如等到宇文端昊彻底地放弃了怀疑，肯搬兵回国的时候，我们再在路上，迎头予以痛击。”

纯儿犹豫了一下，说道：

“大人，我有件事还想跟大人商量。”

“娘娘请讲。”

“是这样，刚才端昊来找我谈了很久。”纯儿坦率地说道。

听到纯儿说到这个话题，“侍卫”显得有些不自在，因为早在他去西蜀国迎娶纯儿的时候，就已经看出来宇文端昊和纯儿之间存在着某种极深的纠葛。而这次他们来到西蜀国军中，宇文端昊更是连续失态，这一切缘由，已经是洞若观火了。但是“侍卫”并不想理会这件事情，只想装作不知道，因为不管宇文端昊做什么，都不会影响他对纯儿的爱戴和信任。可是现在，纯儿竟然跟他讨论起这件事情来，这就难免让“侍卫”有些别扭了。于是，“侍卫”干咳了一声，说道：

“他，有什么事情吗？”

纯儿倒是很坦白：

“他说了一些事情，但是大部分是关于我的，那些我会处理。但是，在谈到拓跋师兄的死的时候，他跟我说了一个观点。”

“什么观点？”

“他说，如果他死了，那么西蜀国必将有一场长时间的动荡和混乱，因为，除他之外，宇文皇族就再没有人能够掌控这个局势了。”

“这很有可能，”“侍卫”点了点头，“梨太后苦心经营了五十年，这其中，端昊又做了将近二十年的皇帝，在这么长的岁月里，这母子二人，已经把宇文皇族中有可能威胁到他们的皇位的人，都消灭殆尽了。大梁国和西蜀对抗多年，这一点我非常清楚。”

“侍卫”的声音平淡，可是纯儿听了却是遍体生寒——围绕皇权展开的斗争永远都是这样的残酷吗？

“侍卫”又问道：

“端昊跟你说这些是什么意思？难道他已经觉察出了，我们会在路上伏击他？”

纯儿摇了摇头：

“没有涉及到伏击的事情，他只是怕我杀死他给师兄报仇，所以才这样跟我说的。他说，如果他能够活着，能够重掌西蜀国，他愿意跟大梁国真正签订一份停战协议，两国息兵止战，永远修好。否则，如果他死了，西蜀国内乱，遭殃的还是西蜀国的平民。”

“侍卫”冷笑了一声，然后才说道：

“端昊也真行，这种威胁的手段都用得出来。不过，他说的的确也是实话。其实我也想到了，当我们沿途伏击端昊，杀死他，并且剿灭了他那四十万大军之后，西蜀国中一定会动荡很久。正如端昊所说的那样，遭殃的还是万千百姓。而且，就算我们不去考虑那些慈悲心怀，不管西蜀国人的死活，那还会有一个很严重的问题。

西蜀国和大梁国只是一水之隔，西蜀国大乱，肯定就是军阀混战，强盗蜂起，而这些人的目标很容易就会转移到我们大梁国来。这也就是所说的，城门失火，殃及池鱼。不管我们大梁国治理得如何的好，隔壁住着无数的盗匪，那也无法安宁。”

纯儿点头，“侍卫”所说的，的确也是她心中所想的。

“侍卫”继续说道：

“所以，最理想的方式，就是能够约束住宇文端昊，如果他能够像他所说的那样，永不再……，至少是在他在位的时候，不再侵扰我们大梁国，那的确是最好的解决方法。但是，像端昊这样的人，得有什么样的力量，才能约束住他呢？”

纯儿的目光变得有些深：

“方法我再来想想吧，刚才跟大人商量，是我的确想听听大人的意见，如果大人同意再给他一次和谈的机会，那么接下来的事情，就由我去谈。”

“侍卫”望着纯儿，欲言又止，过了很久，“侍卫”才说道：

“娘娘如果真有办法，让宇文端昊信守承诺，从此不再兴兵作乱，大梁和西蜀两国，能够互不侵犯，各自兴盛，那将是最好的结局。毕竟，战争是没有真正的赢家的，正如我刚才所说的那样，如果我们全歼了西蜀国这四十万残余，杀死宇文端昊，那我们就必须做好准备，应对马上就要发生的更多的战乱。

过去，是因为宇文端昊一心要挑起战争，我们无奈只有应战，现在，既然他也有了和平共存之心,那是好事。”

“侍卫”退了出去,纯儿看了一眼外面的天色,才惊觉,天竟然已经亮了,刚才不知不觉间,她和“侍卫”聊了很长时间了。端昊还在等她的回信呢。

纯儿又把刚才“侍卫”的话整个回想了一遍,对目前的局势,有了一个具体的分析,然后,她就匆匆忙忙地铺开了信纸。

眼看着天已经亮了,可是纯儿的信还没有到,端昊不禁心急如焚,他再也等不了了,“腾”的一下就站了起来,朝着帐外走去,他要去面见纯儿。可是他刚刚走到帐门口,就见大梁国的“侍卫”远远地走来了,手中还捧着一个信封。

端昊遣退了所有的人,然后强压住心头的狂跳,慢慢地展开了信纸,当他接过信封的时候,就已经感觉到了,这封信很薄,但是端昊转念一想,纯儿也的确不用跟他说太多,只要告诉他一句话就可以了。

纯儿的来信一共是一张多纸,上面的内容根本就和感情无关,只是写到,纯儿已经和大梁国人协商过了,如果端昊肯真的和大梁国和谈,那么,大梁国人将保证让他平安地带领四十万大军回国!

这几句话虽然看起来平淡,但是在端昊心中所激起的波澜却是难以形容的!端昊激动难掩:

“纯儿,我的纯儿,你终于还是帮我的!”端昊又把信看了一遍:

“我已经说服大梁国……”

纯儿的这几句话,在端昊听来,无疑是天籁,纯儿竟然肯为了他,而去说服大梁国的人!

“和谈,可以,只要纯儿能够回到我的身边,那我就和大梁国和谈。反正现在自己精锐尽失,也需要养精蓄锐,积蓄力量,现在和大梁国和谈,对自己只有好处,来日方长,当自己重整旗鼓之后,一切就都由自己说了算了!”

接到了纯儿的来信,端昊喜不自禁,他终于感到踏实了,因为纯儿的心再一次被他攥到了手心中。

可就在端昊欣喜得意的时候,忽然内侍来报:

“陛下,大梁国皇后有书信送到。”

“什么?”端昊愣住了,他没想到,纯儿竟然会间隔这么短的时间,就又送来了一封书信。

“难道是纯儿又改变主意了?”端昊暗自沉吟,“不可能!”只是稍稍一想,端昊就断然否定了这个可能。他知道,纯儿虽然表面上看起来纤细柔弱,骨子里的行事作风却和男人一样爽朗,只要是说出口的事,轻易是不会改变的。

“那就是刚才信写得匆忙,结果漏掉了一些事情,所以再写一封书信补充一下,对,一定是这样。”

“把书信呈上来我看。”端昊对再次来送信的“侍卫”说道。

端昊虽然有意识地让自己的容颜端正起来,但是眼角眉梢仍旧是流露出掩盖不住的喜气,而且,对“侍卫”的态度也和善了很多。自从“侍卫”来到这里之后,端昊还是第一次对他这么和颜悦色。

面对着端昊情绪的变化,“侍卫”不以为意,真的是做到了宠辱不惊的大家风范。他微微一礼:

“这是我家皇后娘娘的亲笔信,请皇帝陛下御览。”说完之后,很合礼仪地把信递给了站在身边的内侍,然后目视着内侍把信交到端昊的手中,才又躬身示意、告退、转身,飒然退出了大帐。

端昊展开了信纸,这一次,他没有叫任何人回避,因为他已经猜到了信中的内容,所以,也就不用担心自己会在人前失态了。

纯儿的这封信仍旧没有客套,不出所料,信的一开头就写道:

“刚才因为时间匆忙,所以,在上一封信中,只是把最重要的事情写明了,还有一些事情,没有来得及说,所以就又写了一封信。”

端昊继续向下细读:

“端昊,我这封信可能会写很长,因为我想把心中所有的话,都在这里向你说清楚。刚才,你对我讲了那么多,我相信,你都是真心的,所以,我也想把我的真心话都告诉你……”

端昊嘴角微扬——原来纯儿是想向自己表述衷肠,难怪她执意要写信,一定是有些话她不好意思当着自己的面开口。

纯儿继续写道:

“话很多,我却不知道该从哪里开口。不如就从我让你看的最后一件东西开始说吧。我说包裹中还有一件东西,而你却什么都没有看到,这当然不是因为那件东西会隐身,而是因为那件东西本来就是无形的,因为它存在于我的心里,它就是我对臻华的感情……”

“对臻华的感情!!”端昊看到这句话,就仿佛被雷击了一样,额上霎时就冒出了一层冷汗：

“对臻华的感情?怎么会这样，纯儿怎么会对完颜臻华有感情呢?看错了，我一定是看错了！”端昊返回去，又匆忙看了一遍，没有错，纯儿的确是这么写的。

端昊镇定了一下心情，自己在心中劝慰自己：

“没关系，纯儿说的是对臻华的感情，只是感情而已，并不是别的。人相处久了，总会产生一些感情的，更何况纯儿是一个非常重情义的女孩子，这一点，从她对拓跋的态度上就能看出来。纯儿能够跟拓跋兄妹情深，那就很有可能，跟完颜臻华也是如此，所以，她才会这么帮助大梁国。”

尽管端昊心里这样想着，但他还是抬起头，命令所有的人都退出去。直到人们都走得远远的了，他才又开始重新读信。

“端昊，今天，你给我看了很多东西，每一件，都证明了你对我的情意，而我从包裹中拿出的每一件东西，却都说明了你我之间的距离。尤其是最后一件！

说真的，臻华还没有来得及给过我任何信物，就中邪术昏迷了，所以，我没有类似于琥珀、玉佩之类的东西，来向你证明我们的情感。他也没有来得及给我画像或者给我写一些动人的情书，甚至于在他昏迷之前，他都没有来得及向我表白，但是，这并不影响我们的感情。所以，最后，我用一片虚空，来代表我和臻华的感情。虽然，看在你眼中，那只是一片空白，但是在我的心里，这份真情，却是天高海深，生死不渝！”

端昊读着这些字句，拿信纸的手都有些要发抖了。

“端昊，今天，听你说的那些话，看了那些画像，我已经相信了你对我是真心的，而正因为我知道了你对我是真心的，所以我才更不能骗你，我必须得告诉你，我爱的，的确是臻华！”

端昊攥着信纸的手都已经充满冷汗了，他真的不想再看下去了，可是心中却又有另外一个声音在催促他，让他又迫不及待地想要知道下面还写了些什么。

“当初，我在看到你身边后妃如群的时候，我第一感到的就是受伤，是痛苦，然后想到的，就是远走高飞，再也不想见到你。虽然当时，你也曾经反复对我解释，说是你身为帝王，为了政权，为了延续皇家的血脉，不得不如此，但是，这些话，我却连听都没有听进去。当时我心中只有一个念头，你辜负了我，我就和你一刀两断，自此互不相关！

而当我决定留在臻华身边的时候，我在第一时间，就又遇到了这样的问题。我必须为臻华纳妃。其实，当时我可以拒绝，也可以一走了之，臻华已经为我安排好了回家的路。可是，我没有！我心甘情愿地，为臻华纳了四位王妃。而在我这么做的时候，我没有顾得上想自己的委屈，只想着，这样可以更好地帮助臻华！

而且，直到现在，我的心中已经作出了决定。当臻华苏醒之后，即使他不忍心抛弃那四位王妃，我也不会轻易放手，我会去争取臻华的爱，会想方设法地让臻华重新像过去那样，重视我，在乎我……

端昊，我想当我说到这里的时候，你一定也已经看明白了——在我的心中，对你和对臻华并不相同。曾经和你的那段感情，在我心中的重量，是远远不及我的骄傲和自尊的。而现在，我对臻华的感情，却让我心甘情愿地放弃了一切。我为了他的国家，可以百死不辞，我为了能够和他长相厮守，不惜和其他的女人去竞争！

在我的心中，已经幻想了很多遍臻华苏醒过来之后的情景，我都已经想好了，当他醒过来之后，如果还和过去一样爱我，我会和他白头偕老。如果，因为某种原因，他对我的爱情动摇了，那我会努力地重新去争取他的爱和他的心，努力成为他唯一的女人。如果，他真的不再爱我了，那我也不会恨他，我仍旧会一生一世都把他当做亲人、挚友，为他喜，为他忧。这一辈子，我可以永远不嫁给他，但是，当他需要我的时候，我仍旧会像现在这样，义无反顾地回到他的身旁。

端昊，我也知道，我这样决定，其实是没有什么道理。尤其是现在，我已经确定了你对我的一往情深，而臻华在苏醒之后，究竟会和我如何发展，还是未定之数。但是，没办法，爱情本来就是没有道理好讲的。

西蜀国后宫中，美人如云，各个都是人间绝色，你却独独爱我。而我，却注定了，今生要把所有的感情，都投入到臻华的身上。不管在未来，等着我的究竟会是什么，我无怨无悔。因为，我爱他！”

端昊的眼睛和他的心一样，都凝结成了一潭死水！而纯儿的信仍旧在继续：

“端昊，就像我在上一封信中所说的那样，为了西蜀和大梁两国的黎民苍生，大梁国和我都愿意放下曾经的一切仇怨，毕竟，师兄毕生的追求就是要国家强盛，天下太平。现在，如果我为了替他报仇，而把西蜀国重新拖入到战乱之中，那我相信，师兄天若有知，也不会快乐的。

所以，我是真心地愿意和你重新和谈，熄灭这场战火，从此后，西蜀、大梁互不侵犯，永结睦好。臻华的目标，是做一个好皇帝，我相信，这也是你的目标。毕竟男人的心中不仅仅是有女人，更多的，是将天下为己任……”

后面，纯儿还说了很多，但是端昊却没有再看下去。因为他的眼睛已经模糊了，很奇怪,他的眼中没有一点点泪水,但是,就是模糊了,信上的字迹模糊成了一团,他什么都看不出来了。一个声音在反复撞击着端昊的耳鼓:

“臻华的目标是做一个好皇帝……”

“臻华,臻华,为什么永远是臻华?!纯儿,你为什么就不能暂时忘了他,好好地看我一眼,仔仔细细地看看我的心,看看我的痛!看一看为了你我的未来,我付出了多少的努力,看一看,为了能够和你在一起,我牺牲了多少东西!

纯儿,刚才你在信中说,男人的心中不仅仅是有女人,更多的,是将天下为己任,这句话你说错了,但是也说对了。我说你错了,是因为现在在我的心中,你的分量已经超过了整座江山!而我说你说对了,则是因为,我的确是要以天下为己任!但我那么做是为了你!为了让你看到,我终究还是远远胜过完颜臻华的!我要让你彻底明白,我才是那个真正值得你去爱的人!纯儿,我曾经想过,放过完颜臻华,然后和你一起,好好地在西蜀国生活下去,但是现在,我改变主意了!完颜臻华,今生今世,他必须在我的面前臣服!”

“来人!”端昊喝了一声,“把丝丽苔给我带来。”现在丝丽苔已经是阶下囚了,所以端昊对她也就没有了那些虚伪客套的敬称。

“是。”

不大工夫,丝丽苔被带到了端昊的面前。

因为牢房中没有胭脂水粉,而且这段时间的心情又分外忧虑,所以,现在的丝丽苔再也没有了往日的娇艳和妩媚,苍白消瘦的脸颊,空洞黯涩的眼睛,身体也明显地清瘦了很多,全不似往日的摇曳风姿。

端昊冷冷地望着丝丽苔——这个在梦中曾经和他数度春风的女人,真是看在眼里厌在心上,尤其是想到自己还曾经和这个女人纵情销魂寻欢,就更让端昊情不自禁地一阵阵心中作呕。他真不明白,同样是女人,为什么纯儿不管什么时候看上去都那么让人心动、倾倒。而其他的女人,不管是丝丽苔,还是过去后宫中的那些女人,都是一旦卸妆,就惨不忍睹!

“丝丽苔,我叫你来,是想跟你商量一件事情。”

丝丽苔见端昊竟然跟自己用了商量这个词,不禁心中奇怪,口中说道:

“什么事?”

“你为我办一件事,办成了,我就放你和严冰自由。”

丝丽苔的眼睛一亮:

“你说的是真的？”

端昊冷笑了一声：

“你们两个人的命对我毫无价值，我为什么要骗你。”

“好，你说，什么事情？”

端昊沉吟了一下：

“直接说吧，你曾经作法让完颜臻华昏迷了，而且，直到现在完颜臻华还在昏迷不醒。我想问你，你能不能再作一次法，让完颜臻华彻底死掉。”端昊说话的语调很平淡，看他的样子，根本就不像是在谈论一个人的生死，而更像是在让人除掉一棵碍眼的杂草。

听了端昊的话，丝丽苔的心中一阵狂跳。说实话，现在虽然丝丽苔的功力并没有完全恢复，但是她师傅留存在水晶球中的力量，还有一些剩余，这些剩余的力量，足够丝丽苔要了臻华的命。但是，丝丽苔却不想这么做，因为她在顾及严冰的感受，本能地，丝丽苔就相信，严冰一定不会赞成她去杀死臻华。严冰那么善良，他不会主动去害任何人的，更何况，臻华还是他的兄弟、好友。

“但是，如果不答应端昊的要求，自己和严冰就很难逃出去了？”丝丽苔的心中反复抉择，“可是，如果用害死臻华的方式逃出去的话，严冰万一知道了，肯定不会原谅我，甚至连他自己都不会原谅的。如果，得不到严冰的谅解，还要眼睁睁地看着严冰痛苦，那还不如干脆死在这里的好！”

于是，电光火石之间，丝丽苔就做出了决定：

“我的功力没有恢复，无法杀死完颜臻华。”丝丽苔在说这句话的时候，已经做好了思想准备，她想，端昊在听到她的这个回答的时候，没准就会在失望和震怒之下直接杀了她。可是，丝丽苔还是这样说了。

出乎丝丽苔意料的是，端昊并没有多么生气，而是淡淡地说道：

“杀不死就杀不死吧，反正我现在也不想用这种方法杀死完颜臻华。因为我要亲眼看着他失败，然后再亲手杀死他！”

端昊的声音中充满了怨毒和阴冷，让丝丽苔都情不自禁地打了个寒战。

“我要你做的，是另外一件事情。”端昊继续说道。

“什么事？”

“作法！改变方子纯的记忆，让她忘记完颜臻华，我要她永远留在我身边。”端昊低沉的声音一个字一个字地说道。

丝丽苔犹豫了一下，然后迅速下定了决心：

“端昊是真爱方子纯的，所以，让方子纯回到端昊的身边，应该也不是什么大不了的事情的。方子纯跟着端昊也能得到幸福。而只要方子纯能得到幸福，那么严冰应该也不会怪我的。”

丝丽苔望着端昊，点了点头：

“没问题，这件事情，我可以马上就做。”

一听丝丽苔答应了自己的要求，端昊的眼中霎时射出了两道灼人的光芒，直直地钉在丝丽苔的脸上：

“你，听清楚我的要求了吗？”端昊一字字地问道。

“听清楚了，你让我抹去方子纯心中，关于臻华的记忆。”

“你真的能做到？”

“我能。”丝丽苔努力让自己的声音听起来真实一些，因为在这里她说了谎，其实她是没有把握抹去方子纯的部分记忆的，最容易的，是抹去方子纯全部的记忆。但是丝丽苔决定先答应下来，免得又招来什么灾祸。

“你什么时候动手？”端昊又问道。

丝丽苔想了想：

“三天之后，可以吗？”

“能再快一点儿吗？”端昊唯恐夜长梦多。既然决定了，那就说做就做！

丝丽苔又想了想：

“最快也得后日正午。”

端昊重重地一点头：

“好，那就后日中午。你有几成把握？”端昊突然声音一沉，问道。

丝丽苔吓了一哆嗦，以为端昊看出了自己心中的秘密，幸好，没等她说话，端昊就又开口了：

“我是说，在作法的过程中，不会伤及她吧。”

“原来如此，”丝丽苔这才松了一口气，“放心吧，不会伤及她的。”

“那就好。”端昊点点头，“那你现在就去做准备，有什么需要我为你准备的吗？”

丝丽苔想了想，说道：

“找一片空地，搭一个高台，让方子纯独自坐在或者站在阳光之下就可以了。”

端昊感到有些头疼：

“就可以了？丝丽苔说得倒是轻巧，自己却如何找个理由，让纯儿大中午的在阳光下站着呢？”

“非得这样不可吗？”端昊问道。

“对。”丝丽苔毫不迟疑地回答，“这是必需的。”

“可是给完颜臻华作法那会儿，就没有这样做？”

“想要达到的目的不同，采用的法术也就不同，所需要的配合也是各不相同的。”

这一下，端昊无话可说了：

“好吧，你先下去吧，其他的事情，我来想办法。”

丝丽苔退了出去，端昊陷入了沉思之中。

纯儿坐在临时宫殿中，沐着一身明亮的阳光。她最喜欢的就是戈壁滩上的阳光了，明净、透彻，光线直接而均匀地洒遍了世界每一个角落。在中原，或者在大梁国的都城中，都是感受不到这么爽利明快的阳光的。

这里虽然还不是真正的西域戈壁，但是阳光中也有了戈壁滩的风采。迎着窗外明媚的阳光，纯儿心已经飞回了大梁国。

“臻华，我已经离开你有一段时间了，真想你啊，你，还好吗？

臻华，我今天给端昊写了一封长信，我的心思都明明白白地告诉了他。我了解他，所以我知道，他看完我的这封信之后，很可能就又会对我起了杀心。但是我必须得这么做。因为端昊已经明确地向我表白了他的感情，到这个时候，我如果再不说明自己的态度，或者为了能够保护自己的安全，就和他虚与委蛇，我会觉得自己那是侮辱了你。

我是你的妻子，一个有了丈夫的女人，是不应该再跟别的男人周旋的，不管她有什么样的理由都不应该，反正，我是这么认为的。所以，我把我的真实思想都毫无保留地告诉了他。即使，这么做会给我自己带来危险，我也无悔，因为，我现在每做一件事情的时候，首先想到的，就是我是你的妻子。

臻华，按照天象师的推算，你应该快到了醒来的时候了。不知道，你会不会真的苏醒，不过我相信，你一定会醒过来的。吉人天相，你一定不会有事的。”

纯儿忽然感到心里一酸：

“只是我不知道，当你醒来的时候，我还在不在这个世上。臻华，我不怕死，从做特警的第一天起，我就做好了死的准备，对一名特警来说，死在战场上，就是他最好的归宿。但是，我现在真的不想死，因为我在和你成亲之后，还没有真正见你一面。我现在最大的心愿就是，在我死之前，能让我亲口对你说一句，我爱你！”

就在纯儿愁肠百转的时候，端昊终于想出了主意。

“侍卫”脚步轻缓地走到了纯儿的身边：

“娘娘。”

“什么事？”

纯儿没有马上转过身，而是把头对着阳光，让那已经变得有些炙热的阳光，吸干了自己眼中的泪水，然后才回过头来。

“是这样，娘娘，不知道西蜀国又要耍什么花招。”

“怎么了？”

“刚才西蜀国的内侍来找到我，转达了他们皇帝的口信，说是他已经和将军们商定了，后天就起兵返回西蜀国。”

“这是好事啊。”

“但是，”“侍卫”紧锁着眉头说道，“他们宇文皇帝却提出来，要在临出发前举行一个仪式。”

“仪式？什么仪式？”

“他们说要举行一场祭祀活动，诏告了天地诸神之后才可以上路。”

“西蜀国过去有这种规矩吗？”纯儿也是心思非常缜密的人，所以一听到这个消息，最先想到的就是，这会不会是端昊在故弄玄虚。

“侍卫”轻轻摇了摇头：

“说实话，我对西蜀国的了解不能说少，可是却的确没有听到过有这样的事情。”

纯儿的目光深沉：

“那就随他们去好了。怎么说做祭祀也是人家的家事，我们不掺和就行了。”

“不掺和恐怕不行……”

“为什么？”

“因为宇文端昊言明，必须请皇后娘娘和他一起做祭祀。”

“啊？为什么要我和他们一起？”

“侍卫”的神情中也充满了不解和怀疑：

“不仅如此，他们还提出来，要在后日正午举行祭祀，到时候，娘娘先做祭祀，娘娘做完之后，他们皇帝陛下再做祭祀。”

纯儿迎住了“侍卫”的目光，两个人四目相对，从彼此的眼神中，他们都看出了同一个意思——这件事情里，绝对有阴谋！

在西蜀国军营的一角，有几间被卫兵把守着的帐篷，严冰就被关押在这里。

自从严冰自己放血，解了身上的剧毒之后，他的精神很快就恢复了过来。虽然现在，他的身体还很虚弱，但他的眼睛却已经重新显出了往日的神采，目为人之神，一旦严冰的眼睛又亮了起来，那个昔日名震商路的严四公子，就又回来了。

端昊倒也没有太亏待严冰，一日三餐都安排得不差，只是牢房中戒备森严，绝不允许严冰和外界发生任何接触。但是，这可难不住严冰，严冰是地道的商人，那绝对是搞关系的老手。所以，他很快就和看守他的士兵交上了朋友。

开始的时候，士兵们还都很防备严冰，不愿意为这么个倒了霉的落魄公子惹祸上身。可是很快，他们就发现，这位严公子真的很够朋友，从来都不提让士兵们为难的要求，甚至都不打探外面的任何消息。他只是因为在牢房中闷得慌，想和士兵们聊聊天而已。而士兵们整天看着他，也闲得无聊，正好就一起聊了起来。严冰博通古今，肚子里更是装满了商路上的奇闻异事，所以，士兵们都非常愿意听他讲故事，愿意和他聊天。渐渐地，严冰和士兵们成了好朋友。严冰的第一步目的达到了。

接下来，严冰就开始给士兵们送礼物了。虽然，端昊在逮捕严冰的时候，只让他带进来了随身的衣物，可是严四公子身边，永远都不用担心找不到送人的礼物。想当初，纯儿选秀进宫的时候，严冰还专门送给了她一串纯金的罗汉，以备不时之需。

现在，如果有人不眨眼睛地盯严冰几天，就会发现，这位四公子的身上简直就是一个金矿！

纶巾上的玉饰，衣服上的金纽扣，丝绦中挽着做装饰用的小金元宝，靴腰上镶嵌着的包金黑水晶，不一而足。如果统计一下，严冰带到监狱里来的这些东西，足够一个平凡人家过上十几年了。严冰就用这些礼物一点点地收买了士兵。

而且严冰送礼也非常有经验，他不会很突兀地就送给别人东西，总是能选择定一个适当的时机，非常自然地就把礼物送过去，让对方能够毫无戒心地收下来。等收礼物的人过后明白过来之后，又不好意思把礼物退回来。只能更加地对严冰好一些，作为报答。

而严冰即使送出了这么多礼物，仍旧还是绝口不提任何不合理的要求，士兵们就更喜欢他了。

这样一来二去，士兵们就彻底地放弃了对严冰的戒备，总是会不自觉地就告诉他一些军营中发生的事情。而严冰对于这些消息，却总是显得漫不经心，与自己无关的样子。当然，严冰的心中是绝对不会漫不经心的，他只是故意做出这副样子来而已。

直到有一天，士兵给严冰带来了一个消息，严冰再也没有办法掩盖自己的心情了，他差一点就跳了起来。因为侍卫告诉他，大梁国的皇后来到了军营！

“纯儿，是你吗？”严冰在心中，默默说道，“如果是你的话，你知道我也被关押在这里吗？”

从那一刻起，严冰心中就只有一个念头——如何和纯儿取得联系。

这个看似简单的愿望，其实是比登天还难，士兵们可以对严冰好一些，可以告诉他一些消息，但是无论如何也不会为他去见大梁国皇后的。而且，他们也根本没有资格去面见大梁国皇后。

可以说，自从纯儿进入了西蜀国军营的那一刻起，严冰就陷入了苦思冥想之中。

大梁国中，无影正独自坐在专门为贵客准备的宫殿中。从小，无影就是一个孤独的人，多年来，他已经学会了一个人的孤独和冷清，甚至，他还很喜欢这种冷清。而此刻，无影却生平第一次感受到，孤独是这样地难以忍受。

他最爱的纯儿，已经深陷敌营；他的兄弟，犹自陷在昏迷之中，能不能被救醒过来，都是未知数。

白天的时候，雪姬来告诉他，大梁国派出的探子已经找到了端昊存身的地方，而无影一听那个地址，就情不自禁地苦笑了：

“端昊，实在是太聪明了。”无影之所以会发出这样的感慨，是因为，他也想到了纯儿他们曾经想到过的事情——这个地方，是无论如何也不能打的。一旦开战，就等于把西域七十二城邦送到了水深火热之中。

纯儿、臻华、远在回鹘的唐婉云，还有现在不知人在何处的唐婉云的母亲，这一个个人，都让无影心中纠结不休，因为，他虽然都在关心着这些人，可是，对于他们的命运，却一点儿办法都没有……

正当无影心思纷乱的时候，忽然殿外响起了一阵脚步声，紧跟着，一声轻呼就响了起来：

“陛下。”是天象师的声音！

无影的心头重重的一震——天象师深夜而至，难道，是臻华那里出了什么意外？

“进来，什么事？”

当无影看见天象师的样子的时候，不禁心中更沉了——天象师的脸色竟然是灰色的，而且额头上还浸出了一层细密的汗珠。自从无影认识天象师以来，他就从来没见过天象师如此惊慌过，所以无影的心也跟着紧张了起来：

“大师，出什么事了？”

天象师的喉结重重地滚动了一下，说道：

“陛下，天象有变。”

无影知道，天象师预测和施法的主要依据，就是天象，现在既然天象有变，那是不是……

无影的心也提起来了：

“是关于哪方面的天象出了变化？”

现在无影对于天象师的工作也有了一定程度的了解，所以他知道，按照天象师的学说，人间发生的每一件事，都是有一处天象在对应着的。

“是关于臻华陛下的。”

“臻华？你说具体点。”

“是这样，从昨夜起，我夜观天象，就发现了群星逆转的现象，所以，我们救臻华陛下的时间，必须要提前了。”

“提前？提前到什么时候？”

“今夜子时。”

无影的目光沉重：

“比你预计的时间，整整提前了六天，你做好准备了吗？”

天象师的神情也非常的凝重：

“准备是早就做好了，只是我的功力还略有欠缺。”

“那怎么办？”

天象师长叹了一声，缓缓地摇了摇头：

“事到如今，也没有其他的办法了，只能勉强为之了。”

“能行吗？”

“不行也得行，因为天象不等人，如果今夜不救的话，就怕以后都没有机会了。”

“那会不会适得其反，对臻华造成什么损害？”无影问道。

“说实话，我也说不好。但是我想，我可以做到，如果真的不能保全好臻华陛下的话，那么哪怕让他的身体受些伤害，也不让他的精神再受伤害。”

无影想了想，现在的确也是没有更好的办法了，只好说道：

“那好吧，你需要我做什么，我全力助你。”

天象师又和无影商量了几句之后，就匆匆离去了，从现在到子时，没多长时间了，他还有很多的事情要做。

雪姬接到了无影的口信，匆匆赶来，一听说今夜天象师就要作法救臻华，雪姬一下子也懵了。人就是这样，当事情没有解决的时候，人们总会焦急地等待着最后时刻的到来，可是，当这一刻真正到来了，人们又会情不自禁地紧张、慌乱，因为他们生怕这次作法会不成功，那样的话，他们就等于失去了最后的希望。

人们就这样，在紧张和焦虑不安中，等待着子时的到来。

宰相大人等几位监国重臣也都赶来了，毕竟人家回鹘国的人，救的是他们大梁国的皇帝，所以他们怎么也应该守在身边。

无影正在自己暂时居住的宫殿中，认真地擦拭着自己的宝剑。不知道为什么，无影就是觉得，今天晚上这件事，比他生平所遇到过的所有事情都要凶险。没有任何理由，这就是一种直觉。而无影是绝对相信自己的直觉的，因为他的直觉是从婴儿时起就接受护龙使者的培训得来的，更是他多年来屡屡遇险换来的。

所以，无影分外用心地擦拭着他的宝剑，因为在这种时候，他的宝剑，是最可靠的朋友。

无影已经很久没有用到过这把剑了，本来，他离开回鹘军营的时候，想的是凭着自己这把曾经纵横天下的长剑，独闯敌营，救出纯儿的。可是，半路却被叫到了这里，来救臻华。

“那就先救臻华吧。臻华是自己的兄弟，当然要救。他更是纯儿所深爱着的男人，就凭这一点更要救！”

这就是无影最真实的想法，他就是这样一个人，他爱纯儿，就千方百计地要让纯儿幸福，既然纯儿爱臻华，那么，他就一心一意地救臻华，帮助臻华，好让纯儿得到幸福！

“纯儿，放心吧，不管今夜我将遇上什么样的艰难险阻，我都会把臻华救醒！”

西蜀军营中，纯儿也是深夜未眠，她当然不知道在大梁国的皇宫中，已经发生了那么重大的变故，她现在正在和“侍卫”一起，研究另一个问题——怎么去对付已经近在眼前的祭祀。

"不要去，也不能去，这里面一定有阴谋！""侍卫"这样坚持道。

纯儿也认为这件事不像表面上看起来那么简单，但是她的态度却和"侍卫"截然相反，她认为自己非去不可：

"不管他有什么阴谋，总要去看一看，知己知彼，才能百战不殆。"

"可是那太危险了！"

纯儿的嘴角浮现出了一丝淡淡的笑容，不知道为什么，这一丝笑容不仅没有让她的容颜变得温和，反倒让她的神情看起来更加刚毅了：

"大人，刚才我已经把西蜀国要我做的这件事反复分析过了，想来想去，其实他们要我做的，就是在正午时分到他们指定的地点去。"

"对，""侍卫"点了点头，"也正是因为如此，我才觉得这件事太诡异了，怎么看怎么像是要作妖法的样子。尤其是，他们西蜀国本来就有作妖法的先例，臻华陛下就是被他们害的！"

提到臻华，纯儿的目光变得尖刻而锐利了：

"正是因为我想到了臻华，所以才更要去！我要亲自去试一试，看看他们西蜀国究竟是在耍什么花招！"

"侍卫"终于明白了，他深深地吸了一口气：

"原来娘娘是想引蛇出洞?！"

"至少是去蛇窝里走一遭！"

"是啊，去蛇窝里走一遭！既然那条不知名的毒蛇伤害了我的丈夫，我当然不能放过它！既然现在毒蛇有可能在我面前出现，我当然要仗剑而出，将妖孽碎尸万段！"

端昊可不知道，纯儿现在是在怀着这样的心思而跃跃欲试，他还在用心规划着后日祭祀之后的事情。

武陵站在他的面前：

"陛下，祭祀的事情都安排好了，等祭祀完了之后，我们什么时候起兵呢?"

"不急，祭祀之后，我还有很多事情要和大梁国皇后谈，等把这些事情都谈妥之后，我们再起兵。"端昊想了想，忽然话锋一转，"不过，你不要透露出这层意思来，相反，你要大张旗鼓地做准备，让所有的人都认为祭祀之后，我们就会马上上路！"

武陵愣了一下，马上就明白了，点头道：

"是，我明白了。请陛下放心。"

武陵走了，端昊背负着双手站在了夜色中——万事俱备，只等着后日午时，一切就都结束了！或者说，等到了后日午时，一切就又会是一个崭新的开始！所有的事情，都将在那一刻，从头再来！

丝丽苔因为要施法，已经被特准离开了牢房，她回到了自己过去的居处。看着这熟悉的地方，丝丽苔不禁又想起了严冰，不知道他在牢房里怎么样了。丝丽苔曾经向端昊提出来要去见一见严冰，但是当下就被端昊拒绝了：

“等你把这件事情做完之后，你们就可以在一起待一辈子了，何必要急在这一时呢。”端昊这样回答她。

丝丽苔当然知道这不过是端昊的借口，因为端昊这句话的潜台词就是：

“你要是做不好我交给你的事情，那就一辈子都不要想再见到严冰了！”

想到会有这种可能，丝丽苔不禁心中一酸，悲从中来：

“严冰，相信我，我做这些事情都是为了我们两个人，为了我们能够平平安安地离开这里，为了我们以后可以长相厮守着过一辈子。严冰，再忍耐几天，快了，我很快就可以带你一起走了。”

丝丽苔被放出来的当天，严冰就从看管他的那些“侍卫朋友们”的嘴里知道了这件事。

看管他的侍卫一大早就喜滋滋地来找严冰：

“恭喜四公子了。”

严冰呵呵一笑：

“我被关在这里，还有什么喜事可言？”

“四夫人已经被陛下放出来了，现在她又回到你们过去住的地方了，这不是大喜事吗？公子你想想，四夫人都被放出来了，您还不是很快就要出去了吗？”

严冰听了侍卫的话，心头剧震：

“丝丽苔被放出来了！为什么？难道是端昊和她又有了苟且之事？”

严冰略一思忖，就又推翻了这个念头：

“不可能，端昊不管多么的阴险狡诈，肯定不是一个愚蠢的人，所以，他即使贪恋丝丽苔的美色，也不会在这个时候，这么堂而皇之地和她勾搭在一起。这里是军营，即使身为皇帝，也没有任何私密可言，如果他真的敢这么做，那马上就会被人们发现。君辱臣妻，这是帝王的大忌，只有历史上那些昏聩到了极点的昏君才会做这件事情。那么，端昊放出丝丽苔又是为什么呢？”

严冰眉头紧锁：

“一定是又要让丝丽苔害人！”严冰忽然一跃而起，“没错，一定是这样！丝丽苔会邪术，已经害了臻华，那么现在，她要害的又会是谁呢？难道是纯儿？”

严冰也被自己的这个想法给吓住了，脸当下就变了颜色：

“没错，他们的目标一定是纯儿！纯儿现在已经来到了这里，近在咫尺，正好可以被他们下毒手！”

严冰在牢房中一步步地来回走着：

“我一定要把这件事情通知给纯儿，好让她有所准备。但是，我该怎样通知她呢？”

严冰的双唇紧抿，目光也变得明亮锐利了：

“如果实在到了不得已的时候，我就只好大开杀戒了！”严冰那俊朗的脸上，忽然浮现出了一丝残酷的冷笑，“纵横商路的严四公子，可是从来都不在乎手刃顽敌的……”

严冰已经做好了打算，就在今天深夜，闯出牢房，去见纯儿。他已经把一切准备都做好了，甚至他还写好了一封信，把事情的经过，详详细细地都向纯儿做了说明，这样的话，只要他能够闯到那座临时宫殿，就可以把信抛给大梁国的人，从而把信息传递给纯儿了！也就是说，严冰已经做好了必死的准备。

只可惜，严冰还是晚了一步，就在这天黄昏的时候，突然就来了一哨人马，把严冰的牢房团团地围了起来。开始的时候，严冰吃了一惊，还以为自己不慎暴露出了什么，可是他认真回想了一下，又觉得不可能，因为为了保持体力和思想的清晰，严冰今天这一整天的时间里，都没有再跟任何人讲过话。那这又是为什么呢？

严冰满腹狐疑，坐卧不宁。好不容易等到了晚饭的时候，严冰装作漫不经心的样子，对侍卫问道：

“外面那么多人马是干什么的？不是到了该给我行刑的时候了吧？”

听了严冰的话，侍卫“扑哧”一声笑了出来：

“哎呀，四公子这是想到哪里去了。怎么会是给您行刑呢？”

“那他们是干什么的？”

“其实没什么大事。只是听说要给营中各地加强警卫和戒备，因为过不了几天我们就该起兵了。”

“起兵，去哪里？”

“回西蜀国啊。”

“哦？”

“这下可好了，出来这么久，总算可以回家了……”

侍卫又叨叨了些什么，可是严冰一句也没听进去，他的脑子就像是打开了开关的齿轮一样飞快地运转着：

“丝丽苔被放出来，加强了对我的看守，很快就要回西蜀国了……不对，这绝对不对！”

严冰知道，肯定是端昊唯恐自己听到些什么风声，会做些什么事情来，所以才加强了对自己的看守。这也就是说，他和丝丽苔一定有阴谋，而且，这个阴谋还一定跟纯儿有关，否则不会这么严密地防范自己。而且，一定还是一件很大的事，因为端昊这么大肆地宣扬要回西蜀国，本身就显得欲盖弥彰！

严冰越想，心就越沉：

“看来我是没有机会去给纯儿送信了，也许，我应该想个什么办法，直接杀死丝丽苔……”

第九章　全线反击

天象师这时已经点燃了一盏非常古怪的小灯，他把小灯放到了一张小桌上，这张桌子已经预先摆到了臻华头的正前方，比床高出一截，灯光刚好完整地笼罩了臻华的脸，使得臻华的脸看上去像是散出了一层玉色的光晕。透过光晕，竟然觉得臻华的脸变得生动了起来，仿佛一个沉睡的人，马上就要苏醒了，脸上的神情会发生轻微的变化一样。

"一会儿，如果我能把这一簇烛光成功地送给臻华皇帝，那么他就可以苏醒了。"

无影不明白什么叫"成功地送给"，但是现在不是讨论这些事的时候，所以他也不多问，只是目不转睛地望着天象师。只见天象师逐一熄灭了寝宫中所有的灯火，霎时，寝宫就陷入到了无边的黑暗之中。

暗夜里，只有臻华头顶那一盏小灯散发着幽幽的光芒，寝宫中，现在能让人看清楚的，只有臻华的脸庞……

"子时已到！"天象师忽然低喝了一声，然后一转身就坐到了小灯的另一面，和臻华相对。无影一听子时已到，也就拔出了宝剑！

只见天象师忽然抬起双臂在黑暗中做了一连串非常复杂的手势，随着他手中的动作，天象师的眼睛越来越亮了，最后简直就成了两颗明晃晃的太阳。最后，天象师忽然双臂交错用力向前一推，只见那盏小灯上的火苗一下子就完整地离开了灯座。水滴形的小火苗就这么悬空飘浮着，没有任何底座和依托，就好像是闪烁的鬼火一样，让人看着不禁会胆寒心惊。

无影身经百战，当然不会被这么个小火苗吓住，他只是紧紧地盯着这一簇小火苗，看它会发生什么异动。

可是小火苗离开了灯座之后，竟然不动了，就静静地停在了半空中，天象师的脸色有些变化，他再次舞动起了复杂的手势，而这一次，小火苗只是稍稍地向前走了一点点，就又静止住了。天象师如此两次三番，但是都没能让小火苗再向前多走一点。

黑暗中，无影感觉到天象师的情绪在慢慢变得紧张了起来，于是问道：

“出什么事了？”

“这火有唤醒臻华陛下的力量，我需要把它送入臻华陛下的体内。可是现在它被挡住了。”

“被谁？”

“应该是被臻华陛下体内的邪力。”

“邪力？”

“对，其实我已经想到了，能让臻华陛下这么长时间都昏睡不醒，这绝对不是一次邪术可以做到的。应该是施展邪术的人，通过某种方式，把一种邪恶的力量送入到了臻华陛下体内，正是这股邪力困住了臻华陛下的精神和魂魄，让他昏睡不醒。”

天象师说得很对，丝丽苔的确是在作法的时候，把她师傅留存在水晶球中的力量，注入到了臻华的体内。今夜，如果无影他们两个不能战胜这股邪力的话，不仅臻华的性命难保，邪力还会在杀死臻华之后，重新自动回到水晶球中，这样丝丽苔的力量就会又重新变得强大起来。

天象师一边说话，手中也没停着，仍旧在不断地做着各种复杂的动作：

“本来我想，先用火逼出臻华陛下的体内的邪力，正因为我想到了这股邪力可能会非常的强大，所以才请您来护法。之所以之前没有向您说明，主要是因为这样的事情如果不能亲眼看到，而光凭着说，是很难说清楚的。”

无影想了想，的确也是如此，这些玄而又玄的东西，如果光凭着用语言来形容，确实是很难理解。

“那现在呢，火光无法靠近臻华，是失败了吗？”无影问道，这是他最关心的问题。

“没有，”天象师目光炯炯，“我选择今夜，就是因为今夜天象会帮助我们，这里又是大梁国的根基所在，外面，大梁国的重臣们都在全心全意地为他们的皇帝祈祷，所以我们等于占尽了天时、地利、人和！所以胜算还是很大的。”

“那这火光……”

无影紧紧地盯着火苗，可能是因为天象师刚才分神说话，所以手里的攻势有些变缓，那簇火苗竟然又趁机向着天象师这边飞来，眼看着就要回到灯座上面去了。

无影望着那簇火苗，越看越觉得，在这簇淡黄色的火苗后面，有一只看不见的大手，在通过火苗和天象师做着殊死的搏斗。

天象师显然也看出了火苗的变化，他双手用力，阻止住了火苗的倒退，然后说道：

“也是我太心急了。因为臻华皇帝是昏睡不醒，所以我断定他体内的邪力，一定是盘踞在他的头部或者是胸口心脉附近。所以，我想从臻华皇帝的头顶入手，一举击溃这股邪力，现在看来是不行了，那我们就换一个地方！”

天象师说着话，就站了起来，然后又挥动双臂，推动着火苗绕开了臻华的身体。这一次，火苗被推动了，徐徐绕开了御榻，缓缓地向前推进。天象师推动着火苗绕了一个很大的圈子，一步步地就走到了臻华的床尾处。火苗就在距离臻华双足一米远的地方停下了。

而天象师的动作也停下了，不知道他是想着休息一下，还是在聚集力量，黑暗的寝宫忽然就陷入了无边的寂静之中，静得仿佛时间都停滞了。不知是不是因为寝宫中太安静了，窗外的风声显得更加的清晰而猛烈了。

过了一会儿工夫，天象师忽然断喝了一声：

“请陛下小心！”

说着话，就见天象师的双手乍然一分，而火苗竟然应声变成了两簇，然后，就听天象师又是一声大喝，双掌用力一推，两簇火苗就分别贴近了臻华的足底。

无影在听到天象师让自己小心的时候，就已经集中起了全部的注意力，他目不转睛地盯着火苗。眼睁睁地看见，两簇小火苗在贴近了臻华的足底之后，瞬间就熄灭了。

无影差点儿惊呼了出来，而这时天象师又开口了：

“火已经进入了臻华皇帝的体内，备战！”

话音落处，天象师已经不知道从哪里抽出了两把短刀，刀背很宽，正是回鹘族惯用的兵器。无影心中惊骇，因为这还是他第一次看到天象师动兵器，一直以来，他竟然都认为天象师是个文人。

“陛下护住他的头和身体，我堵住这里，无论如何也不能让那股邪力再次回到臻华陛下的体内。”天象师极快地说道。

无影明白了，火苗进入了臻华的体内之后，邪力就会被逼离开臻华的身体，那么邪力究竟会以什么形式出现呢，是妖魔鬼怪？还是无色无形？

还没容无影多想，一股强大的力量突然就从臻华体内升起，然后照着他扑面而来！

无影什么都看不到，因为力量本身就是无色无形的，但是他能够清晰地感受出来，这股邪力中所蕴涵着的杀机，是他生平仅见的。

“阴柔，冰寒。这是女人的内力！”只一个照面，无影就准确地分析出了这股力量的特点。

听到无影这么说，天象师也感到欣慰，因为他知道，无影的功法本身就是至刚至阳至强的，正好是这种阴柔冰寒的内力的克星。

虽然心中欣慰，但是天象师手中的刀可没有放松，两把刀被他舞得密不透风。天象师就是要用刀光在臻华的脚下织成一张大网，好让那股邪力不会从这边逸走。

如果现在无影有时间，他一定会为天象师喝出彩来，因为天象师的刀术实在是太精湛了。可是无影现在实在是没空，他已经和那股邪力斗做了一团。

偏殿中，各位大臣和雪姬或站或立，紧张地倾听着寝宫中的声音。从开始的寂静，到现在传出了一声声舞刀弄剑的风声，都让他们的心绷得更紧了。他们每个人都尽力地显出镇定的样子来，好不影响别人的心情，但是，他们身上的冷汗却都已经浸透了衣衫。

本来他们还以为寝宫中打斗一会儿之后，就会安静下来，然后一会儿再打，可是，那些打斗声竟然已经延续了一个时辰了，还在继续着，而且听不到任何人声，也听不到兵器撞击的声音，只能听到兵器舞动时发出的风声，风声！这没完没了的风声，快把人都逼疯了！

天哪，谁能告诉他们，寝宫中现在究竟发生了什么？

那呼呼的风声一点点地啃啮着他们的神经，不安和惶恐慢慢地在人群中产生、散布。

宰相大人也意识到了这种情况，现在他可能是心最乱的人，因为他在为臻华担忧，为无影担忧，还在为眼前的这些大臣们担忧，他也身在其中，所以他知道现在人们的情绪有多么的紧张，他真怕会有哪个人由于情绪失控，而做出什么事情来，影响了天象师他们。

忽然，宰相大人计上心头，他一转身，就走到佛像前（这间偏殿，正是纯儿密会过无影的那间佛堂）。“扑通”一声就跪了下去，双掌合十，双目紧闭。大臣们一愣，但是马上就明白了，宰相大人这是在为陛下祈福。

“是啊，反正现在也做不了别的，能为陛下祈祷也好。”大臣们都纷纷跪在了佛前。宗教的力量在这一刻，起到了稳定人心的作用。

而寝宫中，无影两人和邪力的打斗已经到了白热化的程度。无影已经调集了全身的力量，屏息凝神，全力以赴地面对着眼前的邪力。刚才宰相大人真的是帮了无影的大忙，因为在这种时候，运功的人，最怕的就是突然的声响和打扰。

东方已经隐隐地有些灰白了。忽然，偏殿中的众人听到寝宫中传来了天象师一个长呼：

“成功了！”

众人一听，当时就都僵住了，连站起来都忘了：

“他说成功了，难道陛下真的被唤醒了？”

人们面面相觑，都不知道该做什么了。还是雪姬机灵，也是因为雪姬比别人更牵挂臻华，所以，她最先起身朝着寝宫飞奔而去。当雪姬冲到了寝宫门口的时候，却停住了，因为她不知道寝宫中会是一种什么情况，不知道自己的鲁莽会不会惊扰了别人。

所以，她放慢脚步，轻轻地走进了寝宫，可是当雪姬看清了御榻上的情形的时候，不禁呆住了，只见臻华仍旧是仰躺在床上，而昨晚盘膝坐在他身边的无影，现在整个上身都俯在了臻华的身上，看上去也像是昏迷了的样子，天象师则俯在了臻华的脚边，脸深深地埋住了。

雪姬的心狂跳着，都不敢往前走了。还是宰相大人比较镇定，他走到了床边，轻轻地喊了一声：

“陛下。”

可是别说臻华没有任何反应，连无影都没有反应，宰相大人的脸色当下就变了，刚要再喊，忽然，天象师缓缓地抬起了头来：

“没事了，他们就是太累了，让他们睡吧，睡一会儿就好了。”

“真的?!”宰相大人惊喜交加地问道。

“真的……”天象师话音落处，就也晕倒了。

宰相大人轻叹了一声：

“看来，天象师大人也被累坏了。回鹘国真是对我们情重如山啊。”

“那我们现在怎么办？”一位大臣问道。

“当然是在这里等，等他们醒来。”宰相大人毫不犹豫地说道。

这也正是雪姬的心声：

“是啊，臻华好不容易快醒了，自己当然要等在这里，要亲眼看着臻华醒来……”

西蜀国军营中，纯儿并不知道在刚刚过去的这个夜晚，大梁国发生了这么惊心动魄的事情。现在萦绕在她心头的，是明天正午的祭祀，是自己可否在死前见臻华一面。

严冰看到天亮了，知道自己的计划也该实施了，昨晚他一夜未眠，等的就是今天。

严冰静静地站在桌前，背对着门口，暗运气息，过了片刻，他忽然就发出了一声惨叫，紧跟着一口鲜血就喷了出来！

严冰的惨叫声惊动了门外的看守，他们进来一看，发现严冰已经摔倒在了地上，地上有一摊鲜血，而且严冰的前襟和嘴角上也都是鲜血。

看守吓坏了，赶紧过来把严冰扶到了床上：

“四公子，你这是怎么了？”

“我可能是旧伤复发了。”严冰虚弱地说道。

“那我现在就去禀报武陵将军，然后叫大夫来。”

严冰无力地点了点头：

“好的。还有，你能帮我一个忙吗？”

“什么忙？”

“通知我妻子一声。”

“四夫人？”

“对。”

看守有些犹豫了。

严冰继续说道：

“要是为难就算了，我也就是这么一说。”

看守终于下定了决心：

“不为难，我这就去送信。”人家病了，想见一见老婆，应该不是什么大事吧？再说了，现在四夫人也已经被放出来了，足以证明，他们夫妻没有什么大的过失啊。看守这样想道。

看到看守出去了，严冰的目光一跳——他精心安排的苦肉计终于产生效果了。

严冰旧病复发口吐鲜血的消息，很快就通过武陵转达到了端昊那里。

听完了武陵的汇报之后，端昊脸上露出一丝意味深长的笑容，心中暗自想道：

“我就说嘛，严丞相的儿子，怎么会这么的软弱无能呢，果然严冰要有所动作了。”

“马上派医官给严冰诊病、用药，但是，不要让他跟丝丽苔见面。”端昊冷冷地吩咐道。

“是。”武陵转身欲走，可是端昊却又喊住了他：

“等一等。”

“陛下还有什么吩咐？”

“还是让丝丽苔去看看他吧，不然，也显得太不近人情了。”

“是。”虽然武陵对端昊这种突然态度转变感到有些奇怪，但是他还是毫无疑义地就接受了命令。

“还有，”端昊继续说道，“你亲自带丝丽苔去见严冰，然后在他们见面的时候，你找个地方，用心看一看，看看严四公子究竟要干什么。”

端昊的声音一如既往的淡然平静，但是听见这些话，武陵的心却莫名地哆嗦了一下。

丝丽苔一听说严冰突然呕血，什么也顾不得了，扔下了手边的东西，跟着武陵直奔牢房而来。

严冰正躺在床上，被子盖到了他的胸口，而他在被子下面的手里，竟然握着一把小小的飞刀。这把飞刀极其的轻薄，只有一片大一些的柳叶大小。这把刀是严冰当初专门请人打造的，平日里被他暗藏在靴底里，不到万分危急的时候，是绝不会使用的。今天，他取出了这把飞刀，准备用它杀死丝丽苔。

曾经，自己对丝丽苔是那样的一往情深，可是今天，眼看着自己就要亲手杀死她了，严冰的心中却没有任何犹豫和留恋。他只是觉得有些遗憾，因为他知道，当他杀死了丝丽苔以后，也就到了自己的死期了，而现在在严冰看来，和丝丽苔一起死，简直是莫大的耻辱和最大的失败。

也许，人们所说的男人无情就是如此吧。但是，反过来想一想，如果男人对一个人付出了自己的全部，而得到的却是彻头彻尾的欺骗，那也的确是会让他变成铁石心肠！

门外传来了丝丽苔说话的声音！严冰的心中一紧——来了！

严冰的嘴唇抿成了一道直线，被子里的手也已经蓄积起了力量。

丝丽苔几乎是一路跑着就冲进了牢房，扑到了严冰的面前，半跪在床边，手胡乱地抚摸着严冰身上的棉被，口中混乱地说着：

“这是怎么了？冰，你到底怎么了？怎么会这样？到底是什么病？该如何救治？你快告诉我啊。”

说着话，丝丽苔的眼泪就掉了下来，但是，这一切看在严冰的眼里，却没有任何感觉了。他看着丝丽苔，就像是在看一个仇人，而且是一个都不值得他再动怒的仇人了，他就那么冷冷地看着丝丽苔，说道：

“你不是也会诊一些脉息吗？你看一看我的脉息就知道了。”

一听见严冰跟自己说话，丝丽苔赶紧抹了一把泪水：

“对，我真是没用，都急糊涂了，把这都忘了。”说着话，丝丽苔就把手伸向了严冰手的位置。而严冰也缓缓地伸出了右臂。只是他的右拳是紧攥着的，而且手背朝上。

丝丽苔没有多想，只是握住了严冰的右拳，然后想帮他伸展开手指，好为他诊脉。可是当她的手刚握住了严冰的右拳，严冰的右拳就突然转了一个灵动之极的弯儿，这个转动的角度太怪了，一下子就把丝丽苔的手困住了，丝丽苔还没有明白过来是怎么回事，就发现自己的右手已经力道全失。丝丽苔没有想到，严冰虽然没有正经练过什么高深的武功，可是却是小擒拿的高手。

他这一招精妙之极，就算是中原的武林高手在没有防备的情况下都不能轻易躲开，更别说丝丽苔这个波斯女子了。

严冰用单臂困住了丝丽苔的右手之后，也不犹豫，反手就亮出了飞刀，直取丝丽苔的手腕上的血管。

严冰也知道，自己这一招不够光明磊落，可是他现在可管不了那么多了，尤其是他面对的还是丝丽苔，在严冰看来，对丝丽苔是不管怎么做都算不得过分的。

丝丽苔傻了，她真没想到，严冰会对自己突下杀手，她呆呆地看着严冰手中的那柄小刀，划在了自己的皮肤上，连躲避都忘了。就那么眼睁睁地看着鲜血从自己的手腕上流了出来。

按说，一场暗杀进行到现在，就应该算是成功了，因为杀人的刀已经见到了鲜血，而被杀的人彻底忘记了反抗。可是，很意外地，却是严冰的脸色变了——他的脸一下子就变得比一块在风中侵蚀了一万年的岩石还要难看。

因为他发现，自己的刀割在丝丽苔的手腕上之后，却无法继续向前推进了，就仿佛丝丽苔的皮肤下面，长的不是肌肉，而是铁板！

在这一刻，严冰想到的不是自己的安危，而是感到了一种彻底的绝望——完了，杀不死丝丽苔，救不了纯儿了……

丝丽苔终于不再注视着严冰手中的刀和自己手腕上的伤口了，她缓缓地抬起了头，望着严冰，眼睛中充满了悲哀：

"冰，你真的这么恨我，恨不得想要杀死我吗？"

严冰不愿意和丝丽苔四目对视，而是把眼光转到了一旁，冷冷地说道：

"你杀了我吧。"是啊，计划已经败露，丝丽苔当然会杀死自己的，这样一个女魔头，是不会放过任何和她作对的人的。

丝丽苔看着严冰那决绝的样子，泪水又流了下来：

"冰，你真的对我误会太深了。我不会杀你的，我怎么会杀你呢？你是我最爱的人啊。"

严冰把头别向了一旁，不愿意再听到丝丽苔的这些话。

丝丽苔的泪水流得更凶了，她拿出一块手帕，包住了手腕上的伤口：

"冰，你告诉我，究竟我怎么做，我们才能回到过去那样呢？"

严冰没有回答她，因为他知道，不管丝丽苔做什么，他们都不可能再回到从前了。但是，过了一会儿，他还是说道：

"你不要害纯儿。"

丝丽苔一震，她没想到，严冰竟然知道了这件事情，她脱口问道：

"你是怎么知道的？"

"这不用你管，你只告诉我，你能不能不害纯儿？"

丝丽苔缓缓地摇了摇头：

"冰，你不明白，我这么做，真的是为了我们两个，真的。而且，我也没有害方子纯，真的，我发誓，我用我的生命发誓，我所做的事情，害不了她的。"丝丽苔说的是真心话，她始终都认为，自己不是在害纯儿——把一个女人送到一个深爱她的男人身边，怎么能算是害她呢？而且端昊也是一国的皇帝，又是难得的英雄，怎么说，也不算是辱没纯儿啊。

"冰，你听我说，今天的事情，我不会告诉任何人。但是，你千万不要再尝试像今天这样的冒险了，这样是会伤害到你自己的，你再忍耐一下，等我几天，就几天时间，一切就都结束了。我得走了，虽然端昊让我看望你，但是我知道，他还是在怀疑我，所以我不能待太长时间的。冰,相信我,很快,我就会来找你的。”说完话,丝丽苔又深深地望了严冰一眼之后,就转身离开了牢房。

而严冰则绝望地闭上了眼睛,因为他知道,自己是真的帮助不了纯儿了。

武陵虽然一直在门外关注着严冰和丝丽苔,但他还真是没有看出任何玄机,因为严冰的动作并不大,而丝丽苔更是有意隐瞒,所以,当他报告给端昊的时候,只说两个人的确只是见了一面,而丝丽苔哭了一场,其他的就没什么了。

而丝丽苔回到自己的房间之后,第一件事就是解开手绢,检查自己的伤口,她怕引起武陵的怀疑,所以故意把手缩进了衣袖里,现在伸出手来一看,虽然伤口不深,但是血仍旧是流了不少。

回想着严冰举刀刺向自己时的情景,丝丽苔不禁心中悲酸。幸好,她这几天因为在全力为明日的作法做准备,所以她的身体已经在水晶球的帮助下,蕴满了力量,这种力量是她们师门的绝学,可以让人的身体变得像钢铁一样坚硬,要不是这样,刚才严冰这一刀,真的就能要了她的命了。

尽管如此,丝丽苔对严冰仍旧是恨不起来:

“他只是对我有误会。等我们离开这里之后,彻底地断绝了这里的一切,我会慢慢地改变他的,我会用我的爱来温暖他。”丝丽苔这样想道。

可是现在摆在丝丽苔面前的,有一个非常严重的问题——她明日正午,没有办法作法了!

因为,在作法的时候,她的身体上,是不能有任何伤口的,必须得等到伤口完全愈合之后才行。可是这件事如何对端昊说呢?

如果让端昊看见了她的伤口,那他肯定就会想到是严冰做的,那严冰就太危险了。绝不能让严冰受到任何威胁,这是丝丽苔现在最大的愿望。那到底该想个什么办法呢?

武陵刚刚向端昊汇报完,丝丽苔就来了,丝丽苔的突然造访,是在端昊的意料之中的,因为端昊根本不信严冰只是想见一见丝丽苔那么简单。

所以,他一看到丝丽苔,就冰冷地问道:

“说吧,是不是明天作不了法了?”端昊是很擅长使用这种先发制人的方法的。

丝丽苔倒也不慌张,淡淡地说道:

“是。”

“理由呢?”

丝丽苔缓缓地伸出了手臂，她手腕上赫然出现了一道触目惊心的伤口，就连端昊这样的人，看见伤口之后，都不禁吸了一口冷气，原来丝丽苔手腕上被严冰割伤的那里，已经不是那条细细的血痕了，而变成了一道又粗又宽的锯齿状的伤口，一看就是用钝器一点点地磨出来的！

"这是怎么回事？是谁干的？"端昊脱口问道。

"当然是我自己。"丝丽苔冷冷地说道。

端昊想想也是，这样的伤口也只能是丝丽苔自己才能弄出来，要是别人弄的话，恐怕得先把丝丽苔麻醉了，然后再五花大绑上才行。

"你为什么要这么做？"端昊不解地问道，他可不希望丝丽苔在这个关键时刻疯掉。

"为了作法。"

"作法？"

"对。作法需要准备很多特定的东西，其中一样，就是我自己的鲜血，而且还不是简单的取血就可以了，还必须得用特定的工具，就是这个。"丝丽苔说着话，伸出了另外一只手，这一次，她拿出的是一件锉子一样的东西，只是这个锉子是锯齿形的。

看着这个锉子，再看看丝丽苔手腕上的伤口，端昊的心里突然涌起了一种极其不舒服的感觉。他把眼光移到了一旁，不再看丝丽苔了，然后才问道：

"你就用这种东西割开自己取血？"

"对。而且，不能一次取很多，必须反复取很多次。直到现在，我的血还没有取够，所以没有办法作法。"

端昊终于听明白了：

"那你还需要多久，才能够把血取够？"

"六天！"

"那么久?!"端昊又急了。

"没办法，如果血取得急了，就会没作用的。"反正这些法术上的事情，端昊也不懂，所以丝丽苔就开始肆无忌惮地胡说八道。

端昊想了好一会儿，才说道：

"六天之后，真的就可以作法了吗？会不会又像这次似的，还要推延？"

"绝对不会的。我也没有那么多血，可以不停地取出来。"

端昊望着丝丽苔，久久地反复沉吟着：

“丝丽苔应该没有说谎，因为她如果故意想拖延作法时间的话，大可以找个别的借口，而不会用这样的方法，就算是苦肉计，把自己的手腕割得那么七零八落的，也太痛苦了。”

“好，我就再信你一回，不过，我希望六天之后，不要再出任何变故了！”

“放心吧，绝对不会的！”

丝丽苔走出了端昊的大帐，感到了心底一阵轻松：

“是啊，一定不会的。自己手腕上的伤口，六天之后一定就会痊愈了。自己总算是瞒过了端昊，没有让他怀疑到严冰的身上。”

这就是丝丽苔苦思冥想出来的方法，置之死地而后生，要想骗过端昊这样的人，还真是得吃点儿苦头。

大梁国，臻华的寝宫中，晨曦已经透过窗户照了进来。众位监国重臣和雪姬，虽然都是一夜没睡，但是却没有丝毫的倦意，都在目不转睛地盯着御榻上的臻华。

臻华仍旧在昏睡着，和平日里没有任何的区别，而大臣们的希望，正在随着他那细微的呼吸，一点点地熄灭，因为他真的是没有出现一点点变化。

无影和天象师已经被安排在了其他的地方，也是昏睡不醒。经过一夜鏖战，昏睡的人数从一个变成了三个，这样的打击，真的是太大了。

晨曦消失了，取而代之的，是明亮的阳光，大臣们仍旧一动不动地站在床前，虔诚地等待着。

忽然，雪姬发出了一声细微的惊呼。

“怎么了？”宰相大人问道，现在他的神经也变得非常紧张了。雪姬却说不出话来，只是用颤抖的手指，指向了臻华——

臻华的眼睛慢慢地睁开了！

在那一瞬间，雪姬差点儿大哭了出来，她用一只手拼命地卡住了自己的喉咙，不让自己发出声音来，因为她唯恐会影响到臻华。

臻华的眼睛彻底睁开了，他四下里望了望，似乎在慢慢地回忆这究竟是哪里，然后，他的手臂缓缓地抬起，雪姬上前一步，紧紧地握住了臻华的手。

“我还在大梁国，对吗？”臻华虚弱地问道。

“对……”雪姬已经泣不成声。

“纯儿呢？她平安地回到现代了吗？”

雪姬已经泪如雨下：

“苍天啊，这就是臻华死而复生之后，说的第一句话！”

这个时候，雪姬已经分不清自己心中究竟是什么样的感觉了，因为她现在什么都顾不得了，只有一个念头：

“这下好了，臻华终于醒过来了……”

雪姬哽咽地说道：

“纯儿没有回现代，她留下来了，而且她已经和你成亲了，现在，她是你的妻子了。”

臻华的眼神迷惑了，也难怪，对于一个沉睡了太久的人来说，这些话的确有些难以理解。

“她，还好吗？”臻华又问道。在臻华的心中，纯儿是否是自己的妻子，还是第二重要的，第一重要的是，她，还好吗？

臻华这一句话，问住了在场的所有的人，因为他们谁都不知道纯儿的近况，再直接一点说，一个已经深陷敌营的人，又怎么会好呢？

看到众人的踌躇，臻华一下子就翻身坐了起来：

“纯儿到底出什么事了？告诉我！”

臻华看着众人的神情，再也抑制不住心中的惶恐，跃身而起，可他终究是昏迷的时间太长了，身体太虚弱了，所以人才刚刚一站起来，就感到了一阵眩晕，眼前一黑，差点儿摔倒。

而与此同时，宰相大人和雪姬已经一左一右扶住了臻华，一个口中喊：

“臻华！”

另一个则喊道：

“陛下小心！”

宰相大人这一个“陛下小心”，犹如为臻华迎头浇下了一瓢冷水，让臻华迅速地冷静了下来，他想起来了，自己已经是大梁国的皇帝了，而现在，朝中重臣都在自己的眼前。所以就算自己心中再牵挂纯儿，也不能如此失态。

想到了这些，臻华勉强压抑住心中的焦虑，脱开了宰相和雪姬的手，说道：

“宰相大人不用担心，我没事的。在我昏迷的这段时间，大梁国怎么样？是否一切平安？”

宰相大人是真不想在这个时候提纯儿，因为臻华刚刚苏醒，他怕臻华在听到关于纯儿的那些消息之后，会难以承受，再出什么变故。但是现在，臻华问到了大梁国，他不能不答，可是如果说大梁国，那就不可避免地要谈到纯儿。

犹豫了一下，宰相大人，才硬着头皮说道：

“在陛下昏睡的这段日子里，国内的确是发生了很多事情，但幸好有皇后娘娘主持大局，我们才得以渡过一个又一个难关……”

“皇后娘娘？”臻华不解。

“就是纯儿，”雪姬低声说道，“刚才我不是跟你说过了吗？纯儿已经嫁给你了，现在她是大梁国的皇后了。”

直到此时，臻华才对纯儿已经和他成亲这件事，有了一个比较形象的认识。想到纯儿已经是自己的妻子了，而且还受到大臣们如此高的评价，这不禁让臻华心中甜蜜。

臻华的嘴角也就不自觉地浮现出了一丝笑容：

“那，纯儿呢，她现在在哪里？”臻华的脸有些发热，他希望自己在说这句话的时候，能够尽可能自然一些，不要暴露出自己心中那急切的相思。

雪姬又和宰相大人相互望了一眼，还是宰相大人说道：

“陛下，你刚刚才苏醒过来，我看不如这样，让雪姬娘娘先服侍陛下沐浴更衣，然后吃些东西，我们再详细地向陛下禀报这段时间以来发生的所有事情，在陛下昏睡的这段时间里，我们大梁国的确是发生了很多事情……”

宰相大人的话还没有说完，臻华就已经变了脸色：

“雪姬娘娘？这又是怎么回事？”

臻华是真不知道这到底是什么状况，可是他的这句问话，却让雪姬的脸像是烧红的铁块似的那么红。她的心中对臻华仍旧是一往情深，而也正因为如此，她更分外的尴尬。

宰相大人并不太明白这几个青年男女之间的复杂情事，只是以为臻华不知道雪姬的事情，就解释道：

“是这样，在陛下昏睡的时候，皇后娘娘已经做主，册封雪姬姑娘为第一个皇贵妃了。”

“皇贵妃？谁的？”臻华脱口而出，而他这个问题却让雪姬窘得恨不得找个地缝钻进去。

“当然是陛下您的啊？”宰相大人不理解皇帝怎么会问出这样一个古怪的问题

来。在皇帝陛下寝宫中的妃子,那当然是陛下本人的啊。

可是,这个在宰相大人看来正常之极的问题,却让臻华大惊失色:

"纯儿给我纳妃?! 这不可能!"

臻华了解纯儿,他当然知道,纯儿对于一夫多妻是多么地痛恨和不接受,那纯儿为什么还要给自己纳妃呢?

"的确如此,皇后娘娘贤德无双,她一共为陛下纳了五位妃子……"

"五个!?"臻华觉得自己真的崩溃了。

"纯儿主动为自己纳那么多妃子,她究竟为什么这么做?!"忽然,臻华的心莫名地一沉,"难道说纯儿其实并不想嫁给自己,只是出于同情,才暂时做了自己的妻子,来帮助自己,而其实她的心中一直就想着,等自己苏醒之后就离开自己,所以才会这么做?"臻华满腹狐疑,种种不好的乃至伤害的思想,就像决堤的洪水一样倾泻而出:"也就是说纯儿一点儿都不爱我,也不在乎我,所以,她才会为我安排那么多女人……纯儿,你好狠心……"臻华想到这些,眼底一热,险些落下泪来。

臻华那如同惊涛骇浪般起伏不定的心思,一点儿都没有逃过雪姬的眼睛。就和以前每一次一样,一见到臻华遇到了麻烦,雪姬一下子就把自己的一切都抛到了脑后,开始一门心思地为臻华着想。

"臻华,你先别着急,听我把事情的经过慢慢地告诉你……"说着话,雪姬用眼神示意,让各位大臣先退出去。宰相大人会意,立刻就带着众人退出了殿外。

一见人们都走了,臻华也就不再强作镇定了,他的目光一下子就像钉子一样钉到雪姬的脸上:

"雪姬,你跟我说实话,到底出什么事情了?纯儿为什么要给我纳妃,为什么这个妃子又会是你?!"

雪姬听出来了,臻华的话语中对她充满了怀疑,她有些悲凉地说道:

"妃子不光是我,还有笙管笛箫!"

"什么?那四个竟然是她们!?她们怎么敢做这样的事情——"忽然,臻华的目光变得深沉冷酷了,他直直地望着雪姬,一字字地说道,"雪姬,你跟我说实话,是不是你和她们四个联合起来,对纯儿做了什么?"

望着臻华那冰冷的目光,雪姬心中一片冰冷,而在冰冷的尽头,她又是感到深深地庆幸——终究,她还是了解臻华的!

正因为她了解臻华,所以,在笙管笛箫趁纯儿立足未稳,逼纯儿同意她们给臻华做妃子的时候，她才选择了站在纯儿的一边，和纯儿一起共度危难，因为雪姬知道，纯儿在臻华心中的分量！这一点，恐怕这个世界上没有人比她知道得更清楚了。她相信，当臻华苏醒过来之后，第一不会放过的，就是每一个伤害过纯儿的人！

尽管心中明了，雪姬还是情不自禁地问道：

“臻华，如果真的是我和笙管笛箫她们几个一起对纯儿做了什么，你一定不会原谅我的是吗？”女人终究是痴情啊，虽然心中什么都想到了，都明白，可是仍旧存着一丝幻想，幻想着自己在臻华心中的地位，和别人总是有些不同的。

臻华没有说话，但是他那始终冷硬的目光，已经说明了一切——如果雪姬敢于伤害纯儿，那臻华就一定会把她当做不共戴天的仇人！

雪姬心中悲苦，两颗沉甸甸的泪珠终于滚落了下来：

“唉，”雪姬在心中长叹一声，“罢了，从现代到古代，经历了这么多风波，自己心中还有什么想不明白呢？话说回来，自己之所以对臻华这么痴心不悔，不也正是因为臻华对感情的这种专一和执著吗？只可惜，他的目标，永远都不是自己。”

雪姬深深地吸了一口气，振作了一下精神，不让自己在悲伤的情绪中沉浸得太久，她稳定住了情绪，说道：

“放心吧，臻华，我没有和任何人联合起来做伤害纯儿的事情，我们两个现在已经成为了最好的朋友和搭档。因为我这辈子不管做什么事情都是首先考虑到你的，而我知道，一旦我伤害了纯儿，那么就等于彻底断绝了你我之间的路。你别急，先坐下，听我把事情从头讲起……”

“我曾经以为世界上没有人比我更爱你，但是，现在我知道了，纯儿对你的感情，比我还要深厚得多。”这是雪姬最后的总结。

而臻华却像没听见雪姬的话一样，犹自愣愣地坐在那里。

因为他真的不知道自己现在究竟该做点儿什么，甚至他都不知道自己在想什么。

经历了两世的波折，历尽了千辛万苦，一直支撑他坚持过来的，就是心中对纯儿的爱情。而今天，当他突然知道，纯儿也是爱他的，他却连高兴都忘记了，也顾不上感慨，他现在心中唯一的念头，就是见到纯儿，把她紧紧地拥在怀中，两个人的身体紧紧地贴在一起，心也紧紧地贴在一起，就这样，永远，永远都不再分开！

“纯儿呢，现在她在哪儿？”

雪姬的目光有些暗淡了：

“臻华，你别着急，听我把事情说完。”

“是不是又出了什么事了？”雪姬的态度让臻华生疑。

“纯儿现在在宇文端昊的军营中，做了人质……”

“什么?！”臻华一下子就跳了起来，俊美的脸庞都有些扭曲了，“怎么会这样?！”

雪姬无话可说，她想让臻华先冷静下来，可是，却无法开口，所以只有用自己那充满了哀求的目光，深深地望着臻华。臻华也看出了雪姬目光中的痛楚，于是强压住心中的怒火与恐惧，喑哑地说道：

“好，你先说吧，到底是怎么回事？”

雪姬把最后几天发生的事情一五一十地告诉了臻华，最后说道：

“纯儿知道，如果让宰相大人他们知道了真相，那他们一定不会同意纯儿这么冒险的，所以，她隐瞒过了所有的人，只说她要去和谈。”

“她为什么这么傻，为什么要这么做？”臻华喃喃地自语，声音中充满了痛苦。

“因为她爱你。”雪姬平静地说道，“在纯儿的心中，重要的是你，是你的大梁国，是大梁国的盟友和友邦，而相比起来，她自己的一切，包括她的性命都是不重要的。如果，她为了你，为了大梁国而死，她会认为，自己死得其所！”

“死得其所……”臻华无意识地重复了一遍，忽然，他像是一头受伤了的狮子一样，发出了一声号叫：

“没有人，没有人能够伤害到我的纯儿，没有人能够让纯儿死，她不会死，她绝对不会死！我不允许，我决不允许。”

臻华这一声负痛长吼，把雪姬吓坏了，她以为臻华会抄起宝剑直接就闯到西蜀国的军营中去。所以脱口而出：

“臻华，你别冲动，你的身体还没有复原，我们好好想一想，现在你已经醒过来了，我们一定会有办法的……”

可是雪姬的话还没有说完，她就惊异地发现，臻华并没有像她所想象的那样，立刻就要出兵讨伐，相反，他竟然安静下来了，而且是非常的安静，沉稳如山！

“臻华，你没事吧?”雪姬试探着问道。她是真担心臻华会因为受不了这么强烈的刺激，而又发生什么变故。

“我没事，你不用担心。”臻华的语调也非常的平静，“刚才你说，是无影和回鹘的天象师救了我？”

“哦，对。”

“他们现在在哪里，你带我去见见他们。”

“哦，好吧。”雪姬有些反应不过来，她不明白，臻华怎么会一下子把话题转到了这上面。

雪姬带着臻华来到了无影居住的那间宫殿，一进门，雪姬惊异地发现，天象师竟然已经苏醒了，正坐在无影的床边。

“大师，你醒了？”雪姬吃惊地问。

天象师微微地点了点头：

“我的气力损耗得还不是很重。”话虽如此，但是谁都能听出来，天象师现在说话的声音都是虚浮着的，一听就是大伤了元气。

天象师想要向臻华行礼，可是臻华已经先一步向天象师拜了下去：

“多谢大师救我。”

“皇帝陛下不用客气，”天象师还礼说道，“我们陛下说了，他和你是兄弟，而且，大梁和回鹘是朋友。”

臻华深深地点了点头：

“没错，我们是兄弟，大梁和回鹘是朋友，永远都是！”雪姬听了臻华的话，不禁心中一动，因为她觉察出来，臻华似乎是话中有话，但是，又不知道他心里到底在想些什么。

然后，臻华又把目光转到了无影的身上，关切地问道：

“他怎么样了？”

“我们陛下是内力损失太大了，那股邪力太厉害，幸好有陛下在，否则，恐怕普天下没有第二个人能够制住那股邪力了。不过还好，陛下天赋异禀，又身怀绝艺，所以，没有什么大问题，我刚才已经看过了，估计他再昏睡上两三天，就会醒过来了。”

“无影真的没事吗？”臻华还是有些不放心，又叮问了一遍。

“请陛下放心，真的没事的。”

“那就好，”臻华长长地呼出了一口气，“你们先离开一下，我单独在这里待一会儿。”

人们都出去了，殿内，只剩下了无影和臻华。臻华站在床边，深深地望着无影：

“无影，谢谢你，谢谢你为我，为纯儿，为大梁所做的这一切！”

说着话，臻华对着无影深深地拜了下去：

“你说得对，我们是兄弟，只可惜，我这个兄弟没有帮过你什么忙，却承受了你的大恩，而这份恩情，不知道我还有没有机会报答了。我要去救纯儿了，我这一去生死难料，所以，日后的大梁国，还劳无影兄多多关照。”话音落处，臻华又是深深的一拜。

臻华躬身良久，才又重新直起腰来，他四下环望了一下，看到桌上有笔墨，就走了过去，刷刷地写了起来。

臻华运笔如飞，很快就写好了一封书信，然后扬声喊来侍卫，命他去请天象师。天象师很快来了，臻华郑重其事地把信递给了他：

“大师，劳你把这封信转交给你家皇帝陛下。”

天象师虽然不知道臻华想做什么，但是看到臻华那郑重的神情，也不敢大意，毕恭毕敬地双手把信接了过来，说道：

“请皇帝陛下放心，等我家陛下一醒来，我马上就交给他。”

“好，”臻华点了点头，又再次问道，“你家皇帝过两天一定会醒来吧？”

天象师听出了臻华的话语中那深深的牵挂，心中感激，说道：

“您放心吧，最多两天，陛下就苏醒了。”

臻华轻轻地呼出了一口气：

“那就好。”

臻华离开无影，又回到了自己的寝宫中，在这里，内侍们已经按照他的吩咐，准备好了朝服，臻华沐浴更衣，戴上皇冠之后，外面的仪仗也已经设好了，他大步走出了寝宫。

金殿之上，文武群臣都已经到来了，他们都已经得到了消息，说是皇帝陛下身体复原，今天起就要恢复临朝了。大家的心情都欣喜激动不已。

臻华步入金殿，抬头向上观瞧，只见金殿正中的金阶之上，端端正正地摆放着一张金碧辉煌的宝座，而在宝座的旁边，还有一张略小一些，也略显朴素一些的宝座，臻华知道，那里曾经是纯儿的座位。在自己昏迷的这段时间里，纯儿就是坐在那里，殚精竭虑，带领着大梁国度过了一场又一场危机！

臻华收拾了一下心神，不让自己长时间沉浸在对纯儿的思念之中，他昂首走到宝座之前，然后转过身，面对着群臣，接受群臣的朝见，大臣们看到皇帝陛下如此的神采奕奕，也都深感欣慰。

百官见礼完毕之后，臻华在宝座上坐了下来，先是简单地慰问了一下群臣，紧跟着就开始了一连串的国事安排：

“传口谕，即日起，大梁国开启火器库。重新启用火器！”

“是。”

“宰相大人，我记得我国西北部，还有数十万亩天然的草原牧场，因为我国人力不足，所以暂时封存着，没有启用，对吗？”

“对。”

“好，派人传谕西蜀国那六十万战俘，我们现在需要一些人，去开辟新的牧场，如果他们中间有愿意去西北植草放牧的，只要做够三年的时间，就可以被放回西蜀国。如果不去的话，将永世被关押在大梁国！”停了一下，臻华又加了一句，“我要让西蜀国没有可用之兵！”

众人本来一下子没弄懂臻华的意思，但是想了一想，马上就明白了臻华这一番布置的高明——六十万受过训练的军队不是个小数目，一旦放回了西蜀国，那他们很可能就又被利用来攻打大梁国。而如果这样安排，他们既不会有机会回西蜀国，又不用在大梁国吃闲饭，消耗大梁国的粮食。三年之后，这些人已经很难再成为精锐部队了。

“西北的天然牧场地域辽阔，我们不如把这些战俘分散开来，这样免得他们聚众生事。”宰相大人补充道。

“好，宰相大人所虑很有道理，就按照宰相大人所说的办。”

雪姬一直站在一旁，深深地望着臻华，她真的无法想象，现在这个坐在宝座之上意气风发指点江山的英俊帝王，就在刚才，还在寝宫中为情所感，为情所伤！在人前是无人能出其右的盖世英雄，在人后，是一片真爱比天高比海深的痴情男人。这个世界上，怎么会有一个男人完美到了如此的程度?!

臻华仍旧在继续着自己的布置：

“再传一道圣旨，向全天下广聘贤才，不论男女，不问出身高低贵贱，不管祖籍是哪个国家，只要身怀绝技，就可以进入大梁国。他们的任务，就是抓捕大梁国中的西蜀奸细。只要能捉住一个真正的西蜀国奸细，就赏黄金十万两！”

大梁国大臣们看出来了，皇帝是动了真格的了，这一下子，等于全天下的高手，都来帮助大梁国捉入侵的青衣卫了。而且，只要抓住一个青衣卫，就有十万两的黄金，在这样强大的诱惑之下，这些高手们只会一门心思地去捉青衣卫，而不会再动其他的心思，因为他们就算是去当强盗，都没有这么好的收入。

臻华继续发布着命令：

“即日起，组建一支五万人的火器军队。从西部隘口，绕道到西蜀军营的后面，一字排开，万一西蜀国军队向西域溃散，立即进行阻击！”

“是。”

当初，四十万西蜀军队向西域溃散，是大梁国最担心的事情，而现在，臻华已经重新启用了火器，拥有火器的大梁国军队，足可以以一当十！这样，就等于在西蜀军营的背后，竖起了一道无法突破的火器网，现在，如果西蜀军队再想向西域转移，那就无异于自取灭亡！

“另外，再组建十万人的火器军队，在黄河口岸屯集，随时准备渡河作战！”臻华现在已经是调动了大梁国内所有的火器了。

这时，宰相大人沉吟着开口了：

“陛下……”

“怎么，宰相大人还有什么建议？”

“臣是想提醒陛下一声，皇后娘娘现在还在西蜀军营之中！当初，我们最大的目的，就是不让西蜀残余溃散入西域，或者摇身一变成为职业杀手，大量地涌入大梁国。所以，皇后娘娘才甘冒奇险，孤身深入敌营，就是为了拖延时间，等陛下醒来，重新开启火器，一举歼灭西蜀残余。陛下这样安排布置，在战术上当然没有问题，只是臣担心，当端昊发现自己被逼上了绝路之后，他会杀死皇后娘娘泄愤。”

宰相大人的意思很明白，纯儿对大梁国功勋累累，所以，无论如何，也不能任凭她置于险境而不顾！

臻华冷冷一笑：

“这就是我今天要安排的最后一件事情，立即给宇文端昊写一封书信，告诉他，用我的皇后，来换取我黄河口岸十万火器军的撤离，否则，我十万火器大军，将立刻踏过黄河，直捣西蜀国！”

臻华的话说得非常简单，但是，他那凛然的傲气，却非常明白地昭示出了，这是一场强者对弱者的战争！

没错，臻华现在的态度，让所有人都明白了，他不是在和宇文端昊平等竞争地争夺女人，而是在用绝对的强势，去打击一个敢于觊觎他的国家和他的女人的仇人。自作孽，不可活！宇文端昊必须要受到惩罚！

臻华本来就不是一个弱者，而重新拥有了火器的大梁国，更绝对是强者中的强者！

当臻华把国事安排好了之后，就又开始说另外一件事情：

"皇后出使西蜀国之前,曾经册封雪姬为贵妃,暂理朝政。"雪姬一惊,她没想到臻华竟然会当众点出她的名字来。

"也许,臻华是想要当众宣布,解除自己贵妃的封号吧。毕竟臻华那时在寝宫中已经明确地表示了,绝不接纳纯儿之外的任何女人。"

但是,出乎雪姬意料,臻华接下来说的竟然是:

"现在我宣布,雪姬仍旧为大梁国贵妃,继续协助我打理朝政。"

雪姬被惊呆了,她做梦也没想到,臻华竟然会说出这样的话来。

"这到底是怎么回事?"

但是,臻华却没有再进一步做出解释,只剩下雪姬一个人满腹狐疑,不知所措。

好不容易挨到散朝,雪姬紧跟着臻华就回到了他日常处理政务的那间偏殿中:

"臻华,你没事吧?为什么又要重申我是贵妃的事情?我知道,其实你心里并不想娶我,对不对?!"雪姬有些急躁,所以说话也就不再拐弯抹角了。

臻华没有马上说话,只是轻叹了一声。

雪姬现在可受不了他的沉默,于是又问道:

"臻华,到底是怎么回事,你告诉我好不好?"

臻华对着书案上的一个青玉镇纸凝视了良久,才有些艰难地说道:

"雪姬,我知道,在你我这两世的生命中,我亏欠你太多了。"

雪姬没想到臻华竟然会说出这样一句话来,她愣住了,过了一会儿,才问道:

"你就为这个,才要娶我为妃吗?"

臻华摇了摇头:

"当然不是。我虽然不敢说了解你,但是,我也知道你的骄傲,你肯定不会接受这种施舍的感情。而且,我和纯儿之间,也的确是容不下第三个人的。"

一听臻华这么说,雪姬反倒平静了下来,因为臻华的话虽然残酷,但的确是事实。现在雪姬的心中其实已经接受了这个事实。她所不能接受的,正如刚才臻华所说的,是感情上的施舍。

"既然注定了得不到臻华的心,那么,我宁愿保留自己的一份骄傲,保留住臻华对自己的一份尊重。"雪姬的心中这样想道。

所以,雪姬说道:

"既然你什么都明白,为什么还要保留我的贵妃封号?"

臻华仍旧低垂着目光,如果雪姬现在能够看到他的眼睛的话,一定能看出他眼神中的愧疚。

"雪姬,我知道我欠你太多,但是,我所亏欠的这些,却永远也没有办法偿还。我希望你能得到幸福,真的。"

雪姬听着臻华的话,两行热泪不由自主地滴落了下来,两世的痴心不悔啊,今天总算是换来了臻华这一句祝福,也算是值得了。一时间,积压在雪姬心底的太多委屈和痛苦,一下子就都涌上了心头,雪姬再也忍不住了,泪水刷刷地流了下来。

殿中一片寂静,只有雪姬那强压着的抽泣声。臻华并没有看她,他知道自己现在应该去安慰一下雪姬。但是他也知道,自己不能去劝慰她,因为雪姬想要的,自己终究是无法给予。

过了很长时间,雪姬才忍住了悲声,她抬起衣袖,吸干了脸上的泪水,说道:

"你我之间就不用说这些了。为你做事,是我心甘情愿的,而且到后来,我也是真的喜欢上了纯儿,她是一个好女孩子,值得人去追随。你刚才说要把大梁国托付给我,到底是怎么回事?"

臻华看雪姬恢复了平静,就又继续说道:

"雪姬,我先问你一个问题,你,想回现代吗?"

突然被问及这个问题,雪姬显得有些茫然:

"怎么想起问这个了?"

"你先回答我,我再告诉你原因。"

雪姬沉吟了一下,说道:

"说心里话,我在现代也没有什么朋友,反而是在这里,有你还有纯儿,比起来,我倒是宁可留在这里。"

臻华仍旧望着那个青玉镇纸,低声说道:

"如果,我和纯儿都不在了呢?"

"不在了?你们要去哪里?"雪姬开始没弄明白臻华的意思,但是她再一看臻华的神情,马上就反应了过来,不由得提高了声音:

"臻华!你为什么会说出这样的话?当你昏迷不醒的时候,纯儿都没有绝望,难道,现在你都已经苏醒过来了,却反倒绝望了吗?"

面对着雪姬的指责,臻华没有争辩,也没有恼怒。因为他知道,雪姬是因为心中对他还有对纯儿深深的爱,才会如此情切的。

所以,臻华只是放缓了声音,耐心地解释道:

“雪姬，你误会了，我没有绝望。尤其是现在，我有十分的把握，打垮大梁国的一切敌人，我更不会绝望。但是，我现在是大梁国的皇帝，我的身上肩负着一个国家的重任，所以，我每做一件事情之前，都要提前为大梁国做好打算。纯儿临走之时，坚持册封你为妃，不也是出于这样的考虑吗？”

雪姬深深地望着臻华：

“臻华，我明白了，你要去西蜀军营中救纯儿，对吗？”

臻华点了点头：

“对，等我把大梁国的事情都安排好之后，马上就走。”

雪姬有些不解：

“臻华，你在金殿之上，已经作出了那么妥善的安排，而且，你刚刚自己也说了，你有把握打垮西蜀国，那样的话，纯儿回来就是迟早的事情了，你为什么还要去做这种冒险的事情呢？”

臻华的声音深沉：

“雪姬，我觉得，当端昊知道必须送回纯儿，我才会撤军的时候，他一定会把纯儿给送回来的。但是，我相信，凭他的为人，他绝不会简简单单地把纯儿完璧归赵，他一定会在送回纯儿之前，做出某种伤害纯儿的事情。”

“臻华，你是说……”雪姬惊恐地失声喊了出来。

臻华摇了摇头：

“你别误会，我说的不是那个意思，端昊毕竟是一方天子，再怎么样，也不会做出那种龌龊的事情来。我担心的是另外一个问题。”

“什么问题？”

“雪姬，你也知道，我是被西蜀国的邪术所伤，我怕端昊会对纯儿用邪术！”

“让她也昏迷？”

“不尽然！我在波斯生活多年，和丝丽苔也认识了很多年，对于她的邪术我也大概了解一些，她的邪术还可以做出很多事情来。”

雪姬似乎听懂了臻华的意思，但是还是有一些不明白：

“臻华，既然你担心端昊会用邪术害纯儿，为什么还要这么大张旗鼓地发兵攻打西蜀国呢？这不等于是更逼了端昊一步吗？”

臻华的目光锐利：

“我今天之所以会这么安排布置，就是因为我认为，端昊肯定是早就有对纯儿施以邪术的想法，所以才会千方百计地逼纯儿到西蜀军营中去的！”

正所谓知己知彼，百战不殆。臻华的推断竟然和事实相差不远。

雪姬点了点头：

“我明白了，你之所以这么排兵布置，一方面也是希望端昊能够完整地把纯儿送回来。而另一方面，你也已经做好了救纯儿的准备。”

“对。”

“但是臻华，即使要去救纯儿，也不是非你不可啊，我可以带人去。”

臻华淡然一笑：

“雪姬，我不仅是大梁国的皇帝，我更是纯儿的丈夫，一个丈夫，怎么可以眼看着妻子遇险，而不舍身相救呢？妻子在困境中多待一天，都是丈夫最大的耻辱！”臻华停顿了一下，又加了一句，“妻子是娶回来珍爱和保护的，不是娶回来替自己去拼命和受苦的。”

雪姬忽然沉默了，因为她想起来，就在不久之前，纯儿也对她说过类似的话，于是，她情不自禁地喃喃自语道：

“纯儿也这样说过……”

“纯儿，她说什么了？”

“当我竭力阻止纯儿去西蜀军营的时候，她对我说，当女人决定了要嫁给一个男人的时候，就是决定了一辈子要替他分忧，替他解愁，永远义无反顾地和他一起去面对风雨艰难，不离不弃，生死与共！”

虽然只是听雪姬在转述纯儿的表白，臻华仍旧是心中感动不已：

“这是纯儿说的？”

“对，这是纯儿说的，而且，纯儿也的确是这么做的。”雪姬的目光深沉，“她做到了，我相信你也会做到，我现在完完全全地相信了，你们两个才是真正般配的夫妻。臻华，去吧，去救纯儿。”

臻华深吸了一口气，想要说什么，但是雪姬却打断了他，继续说道：

“你什么都不用说了，我都明白了，放心吧，你走后，我仍旧是大梁国的第一贵妃，暂理国政，就像纯儿当初安排的那样，如果你们回不来了，我会让拓跋将军的儿子继承皇位的。但是我相信，你们一定会回来的，因为你们之间的真情，一定会感动上苍，苍天会保佑你们的。”

臻华终于抬起了头，第一次迎住了雪姬的目光：

“雪姬，谢谢你。”

“你不用谢我，因为我只是暂时替你们管理大梁国，我相信，你们两个很快就会平安回来的。”

“事有万一，如果我们万一回不来了，你就按照纯儿当初的安排，让拓跋将军的儿子继承大梁国皇位。”

“知道了。”

“还有，我给无影留了一封信，说明了情况。我相信，在未来，不管大梁国遇到什么样的困难，他都会帮助你的。”

“好了，臻华，我知道该怎样做。你就放心去吧。现在你说的这些我都答应，但是，我会等着你们回来的。”

臻华犹豫了一下，没有再说什么，只是最后又重重地加了一句：

“雪姬，一切就拜托你了！”

臻华和雪姬商量完了之后，又和宰相等几位监国重臣密谈了很久，然后当天就离开了大梁国王城。

第十章 生死两茫茫

臻华给端昊的书信，很快就送到了西蜀军营。端昊展信细读，一看到臻华已经苏醒，当下就出了一身冷汗！因为端昊所有的计划都是建立在臻华昏迷不醒，大梁国不会大规模使用火器这个基础上的，可现在，臻华竟然醒了，而且，还在信中明明白白地告诉他，大梁国已经组建起了十万的火器大军！

十万的火器大军！这是什么概念，这就意味着大梁国可以肆意横扫天下！更何况一个区区的西蜀国！

端昊只觉得漫天乌云滚滚而来，遮蔽住了他眼前所有的阳光！他的心中充满了愤愤不平的气恨：

"老天待自己为什么要如此的刻薄！既然已经早就出了自己，为什么偏偏又要多出一个完颜臻华跟自己作对！"

完颜臻华的信上写得很明白，即刻把纯儿完整无损地送到黄河口岸，大梁国可以考虑退兵，否则，十万火器军立即开过黄河！

端昊的眼中冒出熊熊的怒火：

"完颜臻华，你竟然敢这么威胁我？纯儿明明是我的，你乘虚而入，却还这么盛气凌人?！"

端昊被怒火灼烧着，难以自持，他在大帐中愤怒地转着圈子，简直要把大地都踏成碎末，好宣泄出心中的狂怒。

忽然，端昊的脚步慢了下来，他的眉宇间升起了一层让人难以捉摸的颜色，双眼中也闪动出了一抹异样的光彩，熟悉端昊的人都知道，每当他出现这样神情的时候，他的脑海中一定又有了什么计划！

“完颜臻华，既然你要纯儿，我就把纯儿还给你，只可惜，当纯儿重新回到你身边的时候，她恐怕就不再是你的妻子了，而是一株能够杀人的毒草！”

端昊的目光像是两粒淬了毒药的黑宝石，狠毒而妖异：

“来人，去把丝丽苔给我叫来！”

丝丽苔不知道端昊突然要找自己，会有什么事情，唯恐会和严冰有关，所以心中慌乱，匆匆地就赶来了。

丝丽苔第一眼看见端昊，心里就翻了个个儿，因为她发现端昊整个人都变了，往日的端昊就像是大海一样，不管心中隐藏着多少惊涛骇浪，表面上都是风平浪静的，而此时的端昊，却像一个正在等待着吞噬血肉的恶魔。虽然丝丽苔从来都没有见过恶魔，但是，她却毫不犹豫地相信，恶魔就是现在端昊的这种样子。

“你找我什么事？”丝丽苔避开了端昊的目光，问道。

“我记得我上次说过，让你改变方子纯的记忆，对吗？”

“对，我的准备都已经做得差不多了，这一次不会再推延了。”丝丽苔赶紧说道。

端昊微微摇了摇头：

“我没有责问你推延的事，我是想问你另外一件事情。”

“什么事？”

“如果，我想再稍稍改变一下我的要求，你能做到吗？”

“那得看你要加的是什么要求？”

“我想，让你在抹去方子纯记忆的时候，让她保持一段时间的迷惘状态，可以做到吗？”

“你这是什么意思？”丝丽苔一时没有听清楚。

“我的意思就是说，我想在她迷惘的时候，跟她谈些事情，而她，则会无条件地相信我的话。”

“你要跟她说什么呢？”

“比如说，为她的心中增添一个任务……”

“什么任务？”

“杀死某个人！”

丝丽苔的心中一惊：

“你不是想把方子纯留在你的身边吗？怎么又想把她作为特训杀手了？”

端昊没有理会丝丽苔的问题，因为他被另外一件事情吸引住了：

“特训杀手？这是什么意思？”

丝丽苔这才发觉，自己无意之中竟然又吐露出了一个秘密。她不想跟端昊说这些，所以支吾着，想着敷衍过去，可是，还没等她开口，端昊就又说话了：

“别用那些花言巧语哄骗我，说实话！”端昊的话很简单，可是话里面的意思也很清楚——你要是敢骗我，我就要了你和严冰的命。

丝丽苔无奈，只得说道：

“是这样，在拜火教中，的确有一种方式，就是当用法术洗去一个人的记忆之后，让她的精神保持一段时间的迷惘状态，而旁人就会趁着她这个迷惘状态，跟她说一些事情。被施法的人，就会把别人灌输给她的这些事情，当成她真正的记忆和责任。

如果这个时候，有人给她的头脑中灌输进去的是一种任务的话，这个人就会非常执著地去完成这个任务了。我们把这种人叫做特训杀手。”

端昊的眼睛中流露出满意的神情：

“原来世上还有这么妙的事情，那你现在知道该怎样去做了吗？”

丝丽苔有些迟疑了：

“你想让她去杀谁？”

“一个与你无关的人，反正这个人不是你，不是严冰，那么还有其他的人，是你会关心的吗？”

丝丽苔牙一咬，心一横，现在她的确是什么都顾不上了，先保住自己的性命再说吧。她现在是越了解宇文端昊，就越想快一些逃离他的身边，这个人太可怕了。于是，丝丽苔说道：

“我知道了。不过，你必须答应，等我做完这一切之后，你就放过我们两个。”

端昊很自然地说道：

“好，我保证。不过，要等到方子纯真正地完成了我交给她的任务才行。”

“什么？”丝丽苔勃然变色。

“这有什么可大惊小怪的，”端昊的语气平静，但是却神情阴冷，“我相信，如果你肯好好作法的话，方子纯用不了多久就会杀死她该杀的人的，因为你们培训特训杀手，当然是想让他们在尽可能短的时间里完成任务，而不会让他们无限期地拖下去。”

丝丽苔无话可说了，因为端昊说的的确是事实，这种特训杀手一旦被成功地洗脑之后，完成任务所需要的时间是非常短的。

丝丽苔重重地一跺脚：

"好，就按你说的办，不过我抹去方子纯的记忆，让她的头脑保持一片混沌状态，只是一段极短的时间，所以，你想要给方子纯灌输进什么新的记忆，一定要快！"

"大概有多久？"

"也就一炷香的时间。"

"是有些短，"端昊沉吟着，"不过也够用了。"

"好，"丝丽苔终于下定了最后的决心，"我再去做准备，就这么办！"

"很好，就这么办！"

丝丽苔走了，端昊终于露出了满意的微笑，虽然他的笑容短暂得就像是冬风冬雪中那转瞬即逝的片刻阳光。

端昊真的没想到，上天会如此地眷顾自己！

本来，他虽然对丝丽苔提出了那个要求，只是一种病急乱投医的态度，他最初只是希望，纯儿能够在见到完颜臻华之后，杀死他。而丝丽苔的回答却大大地出乎了他的意料——在这个世界上竟然还有这么奇妙的事情！比他自己所能想象出的还要好得多！

他可以利用纯儿神志混沌的那段时间，为她编造一个故事，并且让这个故事成为纯儿真正的记忆。

当初他只想假借纯儿之手杀死完颜臻华，而现在，他想的是，通过给纯儿一段记忆，让纯儿死心塌地地为自己为西蜀国效命，最大限度地发挥她的才智和能力，在臻华死后，利用她大梁国皇后的身份地位，真正掌控大梁国。到时候，纯儿是大梁国的实际统治者，而她又完全听命于自己，那就等于大梁国已经归入了自己的囊中！

端昊发出了一声狞笑：

"完颜臻华，你不会得意太久的，你的火器和国家，很快就属于我了。"

丝丽苔回到房中，坐卧不宁。她如此不安，倒不是为了要把纯儿制造成特训杀手，去帮助端昊杀人。这一辈子，在丝丽苔的心中只有自己才是重要的，只不过现在她的心中又加上了一个严冰，仅此而已。至于别人的生死命运，她不会管，也懒得去管。

她之所以不安，是因为另外一件事——她真的没有把握作法成功！刚才，丝丽苔没敢跟端昊说实话，其实制造特训杀手是一个非常消耗法力的过程。如果放在以前，那当然没有问题，可是丝丽苔上次和天象师对决后，功力受损过重，她现在的功力刚刚恢复到可以抹去纯儿的记忆，至于让纯儿的思想能够在混沌状态中保持一段时间，这件事太难了。

可是丝丽苔不敢跟端昊说实话，因为端昊的样子让她感到恐惧。她相信，如果端昊发现她没有用处了，那一定会马上就杀死她的！

所以，为了自己能够活命，她只能冒险了。丝丽苔的双手紧紧地抱着水晶球，双眼中闪动着灼热的光芒。她的心中做出了一个大胆的决定——启动师傅留存在水晶球中所有的力量！

丝丽苔知道，自己如果真的这么做了，那就不是玩儿火了，是在玩儿命！因为以她自己现在的能力，根本驾驭不了师傅留存下来的那强大力量！

臻华快马加鞭一路疾驰，风急、云急，马蹄声急，但是这一切，都急不过臻华的心。随着时间在一分一秒地流逝，臻华心情愈加地惶恐，这一路上，每一处从他身边转瞬即逝的山川，都幻化做了纯儿的容颜，都在催促着他，快些把自己的爱侣救出牢笼！

在臻华身后，紧紧跟着臻华的，是雪姬精心选出来的一队圣域高手，他们每个人都配备了精良的火器。而在臻华的斜上方，他的猎鹰正在展翅翱翔。

猎鹰好不容易见到主人苏醒了，又能策马驰骋了，心中的激动可想而知，所以它根本不等臻华发出什么命令，就很自动地跟了出来。只是现在臻华的心中像是着了火一样，也没有心思去理会这只鹰。

在臻华的心中，有太多的话要对纯儿说，他要告诉纯儿，他已经罢黜了笙管笛箫的妃位，只等着他救纯儿回来就制裁她们冒犯之罪。他还要告诉纯儿，他已经和雪姬商量好了，等他们回到大梁之后，雪姬就会自动地提出解除妃位，这样，他的身边就再也不会有其他的女人了，他就是要和纯儿一心一意地度过这一生。

他要亲口对纯儿说出自己的爱情，说出“我爱你”这三个字，已经在臻华的心中整整压了两辈子了，他迫不及待地要告诉纯儿。

他还想向纯儿求婚，请求纯儿嫁给自己，虽然纯儿已经是自己的妻子了，但是这不一样，无论如何，他也要给纯儿一个最完美的婚礼，从求婚开始，直到洞房，他要把自己昏迷时，对纯儿的亏欠都弥补上。

千言万语，在臻华的心中会聚成了一个声音：

“纯儿，等着我，一定要等着我！我有那么多话要对你说，还有那么多的事情等着我们去做，我们还要一起度过一辈子的时光，所以，你一定要等着我！”

不知道是因为风沙的刺痛,还是因为心中的焦虑,臻华的双眼被泪水模糊了。

西蜀军营中,今天正午,就要举行祭祀活动了。因为西蜀国现在对他们的控制更严密了,所以大梁国中的一切消息,都还没有传到纯儿的耳中,纯儿和"侍卫"仍旧在按部就班地按照他们事先制订的计划执行着。

"西蜀国这件事情做得太诡异,平白地,又把祭祀活动向后推迟了六天。""侍卫"说道。

"肯定是他们又有了什么想法。这不,这次祭祀的程序又变了,变成宇文端昊和我一起祭祀了。"纯儿淡淡地说道——这是她的习惯,越是危险在前,她就越平静淡然。

"宇文端昊到底是想做什么呢?""侍卫"百思不得其解,不过,宇文端昊会和皇后娘娘一起祭祀,这怎么说也算是一个好消息,因为既然宇文端昊和皇后娘娘在一起,就不用担心,西蜀国会突然对皇后娘娘下杀手,因为如果那样的话,宇文端昊也活不成。

纯儿和"侍卫"都没想到,其实端昊之所以要和纯儿一起祭祀,就是因为纯儿陷入混沌的时间太短了,他只能留在她身边,才能实施他的计划。

每个人都各怀心腹事,就在这重重心事之中,午时无声无息地到来了。

今天是一个分外晴朗的天气,蓝天上万里无云,明亮火热的阳光,不受丝毫阻碍地、笔直地照到了大地之上。而在军营中间的空地上搭建起的那座高台,更是整个都曝露在阳光之中。

端昊已经等候在高台上了,而纯儿也正沿着红毯,一步步地走出临时宫殿,走上高台。丝丽苔在自己的房中,通过水晶球看着高台上的一切,眼中闪动着刀子一样的光芒!

因为她已经做好了准备,过一会儿,如果她真的控制不住水晶球中的力量了,那她就把这些力量变成一把无形的刀!让这把刀去杀死方子纯和宇文端昊!等他们都死了,自己也就自由了。

其实丝丽苔并不想杀纯儿,她想杀的是宇文端昊,只是宇文端昊和方子纯的距离太近了,要杀宇文端昊就非杀方子纯不可!

这就是丝丽苔!在她的心中,没有任何道义、正义、公理这些东西,有的只是她自己!例如这次作法,丝丽苔已经反复盘算过了:如果作法成功,纯儿将被改变记忆,这样，端昊就会放过她和严冰。如果作法失败，那么死的，也将是端昊和纯儿，这两个人是活是死跟她也没什么关系！所以，算来算去，丝丽苔在这件事上，都不会受到什么损伤。

现在距离正午还有一段时间，纯儿和端昊已经都来到了高台之上，他们两个相对盘膝而坐，在他们的身边，放置着一个精致的小香炉，香炉中，一根细细的檀香正在徐徐燃烧着，而在那根燃烧着的檀香旁边，还静静地伫立着两根没有点燃的檀香。这个香炉设计得非常巧妙，当第一根檀香燃尽之后，第二根檀香就会被自动引燃，如此类推。

端昊虽然没看香炉，但他却始终都在关注着香炉中的动静。因为，掌握好时间，对于他今天要做的事情，是至关重要的。现在，距离午时还有两炷香的时间，当第二炷香燃尽了之后，纯儿就会进入混沌状态，端昊要利用这段时间为纯儿重新输入一段记忆——一段关系到端昊和西蜀国未来生死存亡的记忆。

现在正在燃烧着的第一炷香正在一点点地变短，作法的时间正在一点点地接近……

关押严冰的牢房里，有一个极小的方形窗子，阳光透过窗子，在牢房的地上洒下了一个明亮的方块，现在，严冰就背负着双手，站在这个明亮的方块中，透过窗子，看着那有限的一小块天空。

忽然，一个熟悉的影子跃入了严冰的视线，最初，严冰都以为自己是看花了眼，因为这个影子绝对不应该在这里出现！可是，严冰很快就打消了自己的疑虑，他绝对没有看错，蓝天上那个矫健优美的身影，正是臻华的猎鹰！

鹰儿怎么会突然出现在这里？严冰的心中一阵狂跳，鹰儿从来都不会和臻华距离太远的，现在，既然鹰儿出现了，那就说明……严冰的呼吸已经变得急促了起来，臻华来了！

对，一定是臻华来了！臻华绝不会让纯儿困在险境的！严冰心情激动，他几乎就要大喊出来了，因为他有太多的事情要告诉臻华，他要告诉臻华端昊和丝丽苔的阴谋；他还要告诉臻华丝丽苔的真实面目；他要告诉臻华，丝丽苔和端昊的魔爪已经伸向了回鹘！最主要的，他一定要向臻华道歉，因为是他把丝丽苔带到了西域，又带到了中原！

这些日子，严冰一直不敢硬闯出牢房，因为他知道，面对着外面的重重围守，他如果硬闯，后果肯定是死路一条！

"可是现在，到了自己闯出牢狱的时候了！"严冰目露寒光，"因为臻华来了！"

是啊，臻华来了，自己不再是孤立无援的了。严冰不再犹豫，抬手就取出了藏在靴底的薄刀，这把刀虽小，却是他此刻手中唯一的兵器。严冰把刀扣在手中，就拍响了牢房的门板。

臻华的确已经来到了西蜀军营，这一路上，他所率领的圣域弟子是遇佛杀佛，遇鬼杀鬼，凭借着手中的火器，把西蜀国军派驻在路上的哨卡都斩杀殆尽。在火器面前，这些哨卡显得是那样的无力，连发出危险讯号的机会都没有，就丧掉了性命。所以，臻华他们是畅通无阻地就来到了西蜀军营，而且，西蜀军营中连一点儿风声都没有听到。

可见，男人到了关键时刻，都是杀伐决断、果敢无情的，就像臻华。往日里的臻华是何等的善良、儒雅，可是此时，当他心爱的人遭遇到危险的时候，他就也变成了一个冷血战神似的人物。

臻华来到了军营附近之后，选择了一处草木繁茂的山坡，驻马向着军营中瞭望，首先映入臻华眼帘的就是一段雪白的拱形屋顶，虽然看不真切，但臻华还是一眼就认了出来，那殿顶正是大梁国的风格。无疑，这就是纯儿所居住的地方。想到这些，臻华的心中不禁一阵激动，恨不得一步就踏到那座临时宫殿中去。臻华勉力压住自己激荡的情绪，再向其他地方瞭望，只见军营中一片寂静，长方形的军营内外分为三层，中规中矩，布局并不精妙。很明显，西蜀军队并不想死守着这座军营，他们的打算就是，一旦有危险，就立刻向西转移。

“只可惜，现在他们向西转移的路已经被全线封锁了！”臻华的嘴角流露出了一丝冰冷。

臻华放眼四望，却看见猎鹰已经自己先一步飞到了西蜀军营之中，臻华有些担心了，因为他怕西蜀军中的人看出这只猎鹰不是普通的山鹰，是经过驯养的，而心生疑虑，会用弓箭射杀猎鹰。所以臻华发出了一声呼哨，想着喊鹰儿回来。

可就在这时，不可思议的事情发生了，鹰儿听到臻华的呼哨之后，本来转身想要回来，可是它刚刚转身，却像是突然看见了什么似的，一下子就定在了半空，然后并不理会臻华的呼哨，径直就朝着军营之中俯冲下去，它那矫健的身影，一下子就消失在了层层的军帐之中。

看着鹰儿这反常的行为，臻华不禁心中一紧，因为猎鹰不肯听召唤，是极不正常的事情，除非，它看见了什么非常要紧的东西。

“那么，它到底看见了什么呢？”

臻华的心念急转：

“难道是纯儿遇险!？”

这个念头一冒出来，臻华当下就惊出了一身冷汗，他被自己吓住了，紧跟着，无数可怕的想法就开始在臻华的脑海中乱撞起来：

“对，一定是纯儿，因为在军营中，猎鹰只认识纯儿。而且，看鹰儿刚才那样子，分明是觉察到了什么危险的信号……”

臻华不敢再往下想了，事实上，他是什么都不想了，催马就朝着西蜀军营飞奔而去!本来，臻华心中还在规划，从哪一个营门闯入，会效果更好一些。可是现在他已经顾不得这些了，他径直就朝着距离鹰儿俯冲的地点最近的那个营门冲了过去。

那些圣域弟子都是训练有素的高手，一见臻华出动，立刻也就都像离弦的快箭一样，飞速而出。

守营门的西蜀军都傻了，因为他们不知道怎么就突然冒出了这么一哨人马，气势汹汹地就扑了过来。他们想要阻拦，可是这队人根本就没有停下来的意思，乌黑的枪口就是他们的通行证，圣域门徒即使在飞奔的马背上，射击也是百发百中的，西蜀军纷纷倒在了血泊之中，而臻华率领的圣域门徒，直接就踩踏着西蜀军的尸体闯入了西蜀军营之中。

军营中的西蜀军也已经听见了枪声，附近的警戒都纷纷赶来救援。可是此时的圣域军已经分为了两路，一路阻住了来救援的人马，而另一路已经紧紧跟随着臻华继续朝着军营深处闯去。

此时，高台之上，第二炷香已经开始燃烧，这就说明，午时已到，丝丽苔已经开始作法了。端昊的心情分外紧张，他的嘴里虽然在念着那些专门用于祭祀的字句，但是他却连自己究竟在念些什么都不知道。他的目光不断地在纯儿的脸上和檀香之间来回穿梭，希望能够在第一时间看到纯儿身上所发生的变化。可是纯儿一直就是那么面如止水，沉静若仪，看不出一丝一毫的变故。

纯儿当然也感觉到了端昊的紧张，所以她敏锐地意识到，一定有某种看不见的危险将要发生，或者已经发生了。所以，她的沉静只是表面上的，纯儿的手中已经扣好了落蕊神针，针筒直对着宇文端昊，以防备宇文端昊突下杀手，而她的全身心也都绷紧了，捕捉着来自于四面八方任何一个角落的讯号，并且把所有的注意力都高度地凝结起来，以应对随时可能会出现的邪力!

臻华远远地就看见，有一队西蜀国士兵正在围着什么人进行厮杀，而鹰儿竟然身处战团的最中央，不时地就俯冲下来，对着一个西蜀国的士兵狠狠地啄上一口。

看到这种情形，臻华更不犹豫了，直接一挥手，圣域门徒就朝着那队西蜀士兵开始射击。西蜀士兵霎时大乱，臻华就趁势冲开了一条血路，进入了战团的最中央，一冲进去，臻华就愣住了，因为出现在他的眼前的，不是纯儿，竟然是严冰！严冰此刻已经浑身是血了。原来严冰骗开了牢门之后，就不顾一切地冲了出来，结果没走多远就被西蜀士兵围住了。幸好在危机关头，鹰儿发现了他。

本来严冰已经绝望了，但是看到鹰儿来帮自己了，他又重新鼓起了勇气，因为他知道，鹰儿很快就能把臻华引来了。现在，看到臻华真的出现在了自己的面前，严冰却连话都说不出来了。

“四弟，你怎么了，这是怎么回事？”臻华急不可耐地问道。

严冰摇了摇头，吐字艰难地说道：

“我没事，快去救纯儿，军营中间空地上的高台，午时作法，纯儿危险。”严冰把从看守他的军士那里听来的消息，一股脑儿地都告诉了臻华。臻华虽然没听太明白，但是一听到纯儿危险，他也就什么都顾不上问了，掉转马头就要走，可是又一想，不能把严冰一个人丢在西蜀士兵的面前，所以索性一伸手，把严冰拉上了马背，和自己一起飞马向着军营的中央冲去。

丝丽苔端端正正地坐在水晶球前，现在水晶球已经升到了半空中，并且慢慢地旋转了起来。随着水晶球的旋转，球里面也相应地出现了一幅幅若真若幻的画面。这些画面外人看起来可能并没有什么，可是看在丝丽苔的眼中，却是分外的惊心动魄！因为这些画面记录的正是丝丽苔的师傅在世时的一些往事。师傅已经死了很久了，师傅的教导，丝丽苔也基本都忘光了。可是此时，当师傅的影子重新又出现在水晶球中的时候，丝丽苔却感到了由衷的惶恐，因为她自己的心里也很清楚，自己多年来的行为，已经远远地偏离了师傅的教导，包括她现在所做的这件事，都是师傅绝对不会允许自己去做的！

“作恶太多，必然会受到上天的报应！”师傅的话又开始在丝丽苔的耳边回荡起来。

有那么一刻，丝丽苔差一点儿就放弃了自己正在进行着的法术。但是最终，丝丽苔还是选择继续做下去！

“我都已经计算好了，这件事伤害不到我的，一定伤害不到我。”丝丽苔在心中这样对自己说道，“我发誓，这是我最后一次用法术害人，等我这次作完法之后，我就再也不做坏事了，我一定做个好人。”丝丽苔下定了决心。狠狠一咬牙，就抬起双手，用力地朝水晶球推去……

坐在高台上的端昊和纯儿，突然听到营中一阵大乱，两个人都不禁抬头，朝着发生骚乱的地方望去。还没等他们看明白到底发生了什么事情，就见一匹神骏的白马，纵身跃来。端昊一愣，因为没有人敢在营中这样肆无忌惮地驰骋。而纯儿只朝着白马看了一眼，就呆住了，一下子她把什么都忘了，她张开了嘴却发不出声音来，所以只能任凭一个声音在她的心中疯狂地撞击：

“臻华！臻华来了！”

纯儿感到自己的呼吸都变得急促了：“那是臻华吗？可是，现在还不到臻华被唤醒的时间啊！难道是自己看花眼了？可是不可能啊？或者，自己在不知不觉间已经失去了生命，而现在，只不过是自己的灵魂和臻华在天国相遇了……”

纯儿还没有想明白到底是怎么回事，臻华已经一勒马头跳上了高台，马儿因为用力过猛，所以跳上了高台之后，又向前冲了几步，马蹄踢翻了摆在高台上的香炉。

香炉“哗啦”一声倒在地上，也惊醒了错愕中的端昊，他这才梦醒过来，一跃而起，向后退了几步，而此时，守护在高台附近的侍卫们也都冲了上来，团团护住了端昊。

这个突然出现的不速之客，并没有看端昊一眼，只是翻身下马一步就跨到了纯儿的面前，而纯儿好像呆住了一样，就那么愣愣地望着他，眼中的泪水慢慢地蕴了起来。

臻华一把就把纯儿拉进了怀里，在见到纯儿之前，臻华曾经想过无数次，第一眼看见纯儿的时候要说什么。当时，他觉得最重要的就是要亲口对纯儿说出：“我爱你”。还有一件顶要紧的事，就是告诉纯儿，他已经把那些所谓的妃子都遣散了，他的妻子只有纯儿一个人，一生一世都只有纯儿一个人！

这么多话涌到口边，臻华却不知该从何说起，千言万语只化作了一句话：

“纯儿，对不起，我来晚了……”

然后臻华就把纯儿紧紧地拥进了怀中。因为，当他看到纯儿那双包含着深情的明眸的时候，他就知道，自己什么都不用说了，一切尽在不言中，此刻，他和纯儿的心已经相通。

纯儿也是如此，本来她还想，见到臻华之后，她要先问一问臻华是否还愿意和她在一起，如果臻华不愿意，或者，臻华还要容纳其他的妻子，那么，她就马上远走高飞。可是此刻，当她看到臻华突然出现在自己面前的时候，纯儿才发现，原来，自己对臻华的爱竟然是那样的强烈，那样地深陷其中无法自拔。

“臻华，我爱你。”当纯儿被臻华拥进怀中的那一刻，她发自内心地说道，臻华突如其来地听到了纯儿的表白，先是大感意外，紧跟着就是惊喜不已，他的身体都禁不住有些发颤了，就在臻华刚要说话的时候，忽然，天地间一下子就变暗了！

丝丽苔用力一推水晶球，一道亮得刺眼的白光，就从水晶球中呼啸而出，丝丽苔的双手紧紧地追随着这道白光，现在，她只要把这道白光准确地送到方子纯的体内，就大功告成了！

可是，就在白光飞起的那一瞬间，丝丽苔忽然感到腹内一阵绞痛，这股痛来得太突然太强烈了，丝丽苔没有心理准备，也无力抵御。只觉得就像是有人突然在她的肚子上捅了一刀似的，丝丽苔全身的力气一下子就被抽干了，她瘫软在了地上，只能眼睁睁地看着那道白光，任凭白光自己飞了出去！

“天哪，这股强大的失去了控制的力量，究竟会造成什么后果……”

丝丽苔的心被恐惧填满了，然后一头就扎倒在地上，昏了过去。

天地突然变暗，严冰最先意识到了危险来临，因为他想到了一定是丝丽苔在做什么事情。所以严冰不顾一身伤痛，就从马上滚落了下来，口中大喊着：

“臻华小心！”就朝着臻华扑了过去。

臻华此时也意识到了危险，所以辨别了一下风向，本能地就抱着纯儿转了身，把纯儿护在了自己的怀中，把那突如其来的怪风挡在了身后。

此时，严冰也已经冲到了臻华的背后。

忽然，严冰就看见从丝丽苔居住的地方，飞来了一道白光，这道白光就像是喝醉了酒一样，摇摇晃晃地朝着高台飞来。严冰看得分明，虽然这道亮光看上去并不稳健，但是它前面最明亮的那一个光点，却是毫不犹豫地飞向了臻华的后背，或者说，它的目标其实是臻华怀中的纯儿。

严冰想要喊臻华让他躲开，但是来不及了，因为臻华是背对着白光，所以什么都看不到，严冰如果一喊，臻华必定会回头看，可是他这一回头，就把时间都耽搁了。严冰不再犹豫，纵身就扑了上去，从背后紧紧地抱住了臻华。严冰刚一抱住臻华，白光就打在了他的身上，严冰被白光打中，身体重重地抖了一下，似乎人就失去了知觉，但是他的手臂仍旧紧紧地抱着臻华。

只是白光在打到严冰身上之后，并没有停下来，而是分散开来，其中一部分，越过了严冰的头顶，打在了臻华的头上。

站在一旁的端昊，清楚地看到了这一幕，他当然比所有的人都明白这道白光究竟是什么。他并不知道丝丽苔那边已经发生了严重的变故，还以为这一切就是丝丽苔作法的过程。

而且，端昊也已经知道了臻华的身份，看着臻华和纯儿真情相拥的样子，他的心里不禁又妒又恨。现在局势突变，由于严冰和臻华的重重护卫，白光并没有伤到纯儿，而是打中了严冰和臻华。

"这可真是无心插柳柳成荫！"眼看着臻华闭上了眼睛，而且脸也变成了淡金色。端昊心中一喜，当下就有了计较。

他一个箭步走上前，就拉住了纯儿，因为现在纯儿已经被臻华整个搂在了怀里，脸紧紧地贴在臻华的胸前，所以，她并不知道外界发生了这么大的变化。端昊就想趁着这个机会，把纯儿从臻华的怀中拉出来。因为看臻华的样子，是无论如何也活不了了：

"纯儿终究还是我的！"端昊心中得意。

可是，就在端昊的手刚刚一拉住纯儿的时候，天地间突然又风云突变，打到严冰身上和臻华头上的那些白光竟然都没有消失，而是又会聚了起来，形成了一个很大的白色罩子。罩子旋转着朝着严冰、臻华、纯儿、端昊他们四人迎头罩了下来，然后越收越紧，越收越紧，直到把他们四个紧紧地包裹了起来，看上去就像是一个巨大发光的蚕茧。

高台上下的人都傻了，不知道这究竟是发生了什么事情，然后，也是在突然之间，那个巨大的发光蚕茧，就凭空地消失不见了！真的消失不见了，高台上一片寂静，就好像刚才什么都没有发生过一样，只有那个被踢翻的香炉静静地躺在台上。

不知道过了多久，丝丽苔悠悠地转醒了，在她醒来之后，第一件事就是本能地把手放到了水晶球上，多年来，她已经习惯了让水晶球告诉她所发生的一切。

水晶球告诉了她第一个消息——她怀孕了！

"我肚子里有孩子了！"丝丽苔惊喜交加，"这是真的！我有孩子了。这是我和严冰的孩子！"这一点，丝丽苔还是可以肯定的，因为她虽然通过水晶球和很多男人交欢过，但是，在这个世界上真正和她有过肌肤之亲的，只有严冰。

"冰，我们有孩子了。现在，你一定就能够原谅我了吧！"丝丽苔的眼中流下了喜悦的泪水。

而很快，水晶球告诉她的第二个消息，就让丝丽苔脸上的笑容凝结了——师傅的力量离开水晶球之后，因为失去了控制，所以变成了一种莫名其妙的强大力量。这股力量，竟然把严冰、臻华、端昊和纯儿，都带到了遥远而陌生的地方，现在，他们四个人分散在了三个地方！这三个地方有的在海边，有的在江南。

"天啊，"丝丽苔彻底地呆住了，"冰，你到底去了哪啊？我上哪去找你啊？你走了，我和孩子怎么办啊？"

发呆的不止一个丝丽苔，还有武陵和大梁国的那个神秘"侍卫"。刚才他们都在高台旁边，眼睁睁地看着那四个大活人凭空就不见了。有好一段时间，武陵都在冲着高台发呆，因为他觉得，也许用不了多大工夫，这几个人就又会出现在这里。可是时间一分一秒地过去了，武陵终于放弃了幻想。他把呆滞的目光移到了"侍卫"的脸上：

"现在怎么办？"突如其来的变故，让这两个人暂时放弃了彼此之间的仇怨，是啊，现在各自的皇帝都不见了，就算是他们想接着打，也得先把皇帝找着了呀，要不，谁领着他们打呢？

"侍卫"的目光也分外的冰冷，就在刚才那一眨眼的工夫，他真的好像是从天堂到地狱走了一遭！先是见到了臻华陛下，让他欣喜若狂，可他还没来得及把自己的兴奋表达出来，皇帝陛下就和皇后娘娘一起失踪了，生死难料！

"是啊，现在怎么办？""侍卫"望了武陵一眼，低沉地说道：

"你们的军营中，是不是住着一个叫丝丽苔的女人，我要见她，也许她知道到底发生了什么。"

武陵的心中却一片茫然，因为他什么都还不知道。他只是觉得这个严四夫人太神秘了，不仅陛下和她交往过密，竟然敌国的人都能直接叫出她的名字来。

不用他们去叫，丝丽苔自己来了，她跌跌撞撞，失魂落魄地走到了高台上，眼中全是绝望的泪水：

"严冰和他们一起走了，是吗？"丝丽苔问武陵。

武陵也赶紧问道：

"那他们去哪里了？"

"去了三个地方。"丝丽苔浑浑噩噩地答道。

"哪三个地方？"

"海边，江南。"丝丽苔漫无边际地答道。

"侍卫"上前一步，一把就钳住了丝丽苔的手腕：

“你到底把我家陛下和皇后弄去了哪里？”

丝丽苔悲哀地摇了摇头：

“不是我弄的，我没有想到会这样，我晕过去了，一切就都发生了。报应，这是我的报应，我作恶太多得到了报应。”丝丽苔说完话，就用力地甩脱了“侍卫”，发疯似的朝着后山冲去。

“你别走啊，你先告诉我们，去哪找他们啊？”武陵对着丝丽苔的背影大叫道。

“侍卫”阻止住了他：

“她现在精神不好，不要太逼她，只管叫人跟着她就行了，她应该也想找到严四公子。”

武陵本来就是一个非常优秀的将才，而所谓优秀的将才，就是说永远都需要有人领导着他工作。就像现在，他很容易地就接受了“侍卫”的建议。

丝丽苔怀里抱着水晶球，一路蹒跚着在后山的山谷中游弋，她在寻找那个回鹘部方巴族的老妇人——唐婉云的母亲。

因为她记起了严冰曾经说过的话，严冰说，无影是他的朋友，所以，他不能眼睁睁地看着无影受到伤害。

“放心吧，冰，我这就把那个老妇人送到无影那里去，让她去揭发唐婉云的罪状，我发誓，从现在起我只做好事，只做你喜欢的事，希望有朝一日，上天能够看到我的虔诚，宽恕我曾经的罪孽，让我找到你。”

所以说世界上的事情，永远都是这么不可捉摸，就像现在，丝丽苔想要做好事了，可是却把已经下定决心要痛改前非、洗心革面的唐婉云推到了绝路上！

丝丽苔终于找到了老妇人，在看到老妇人的第一眼，丝丽苔简直认为她马上就要死了，因为现在的老妇人比过去更要骨瘦如柴了，几乎就是一张人皮挂在了骨架上，要不是一双眼睛仍旧炯炯有神，真看不出她是个活人了。

“野猫子，你终于来了。”老妇人的身体已经非常虚弱了，声音都变得飘忽了，但是言辞仍旧是那么锋利。

丝丽苔现在已经没有和老妇人斗口的心思了，她悲伤地说道：

“我是带你走的，带你去见你们回鹘国的皇帝，让你去揭发唐婉云的罪行。”

老妇人没有开口，只是定定地望着丝丽苔，半晌，才说道：

“野猫子，怎么今天你倒显出些善良的样子来了？”

“我的丈夫失踪了。”丝丽苔脱口而出，她也听出了老妇人口中的奚落之意，但是她现在真的很想找个人说说心里话，这个老妇人虽然和自己相识的时间很短，又那么势不两立，但是，她毕竟是一个能够看透自己的人，在没有朋友的前提下，一个能够看透自己心思的人，也是可以倾吐心声的，所以，丝丽苔继续说道，“我的肚子里已经有了他的孩子，可是他却失踪了。我要去找他，我一定要找到他。现在，我带你去见无影，就是想替我肚子里的孩子积攒些功德，好让我能够早些找到他的父亲。”丝丽苔说着话，眼泪就又流了下来。

听了丝丽苔的话，老妇人竟然笑了，因为她已经瘦得皮包骨了，所以这一笑，让她的脸看上去更像是个骷髅了：

“把我的女儿送上断头台，好为你的孩子积攒功德，你的想法倒是很风趣。”

听了老妇人的话，丝丽苔不禁心中一惊，她这才意识到自己确实是说错了话。她心头狂跳，生怕这一下惹恼了老妇人，以至于老妇人不肯去揭发唐婉云了。

还好，老妇人继续说道：

“不过，不管怎么样，我也会去见我们皇帝，把事情都跟他说清楚的，我们回鹘人犯了错，需要受到惩罚！”

丝丽苔的心头如释重负：

“好，那我们就来计划一下，如何去回鹘。”丝丽苔心中盘算，现在端昊已经失踪了，西蜀军营中必定会成为一团乱麻，也不会有人再关注她的行踪了。所以，带她回到大营中，应该没有什么问题。而且，从这里去回鹘山高路远，怎么也得补充一些给养。

于是，说道：

“好，你现在就跟我回去，先休养几天，等你的身体稍微恢复一些，我就带你去回鹘。”

天黑了，“侍卫”和武陵相对而坐，神情都非常阴沉。

白天，武陵在“侍卫”的建议下，先稳定住了军心，因为毕竟只有极少数人看明白了端昊他们失踪的事情，而且也都说不出所以然来，所以，都不敢胡言乱语。这样一来，倒是没有传出什么太过分的谣言去。

尤其是“侍卫”着手接管了臻华带来的那一队圣域军，这些圣域门徒手持火器在军营中来回巡弋着，只要有妖言惑众者，当场抓捕，这样一来，大家更是三缄其口了。

一时间，西蜀大梁两国实现了空前的团结！看着这样的形势，“侍卫”也不禁心生感叹——如果臻华陛下和皇后娘娘的和平计划能一早实施，又怎么会出现这么大的变故呢？

“丝丽苔回来了？”“侍卫”问道。

“回来了，还带回来一个像鬼一样的老太太。”武陵回答道。

“看住她，明天正午让她再作法，看能不能让陛下他们回来。”“侍卫”现在也是病急乱投医了。

武陵点了点头：

“我知道，已经看住她了。唉，”武陵长叹了一声，“万一明天陛下回不来，怎么办啊？这样瞒着，不是办法啊？”

“侍卫”也神情黯然，但是口中仍旧说道：

“明天会回来的，一定会的。”不知道他是在安慰武陵还是在安慰自己。

他们两个在这里没完没了地发愁，却没有想到，另有一哨人马，正在朝着西蜀军营风驰电掣而来。

而走在这支队伍最前面的，竟然是无影、雅鲁、雪姬，还有天象师！

原来，在臻华走后的第三天，无影就如期醒来了。他苏醒之后，天象师马上就把臻华的信交给了他。

无影一看臻华的书信，当下大惊，因为臻华在信中，竟然交代的是自己的后事！臻华唯恐自己此去凶险，无法再回来了，所以，殷殷切切地，把大梁国托付给了无影。臻华在信中写到，万一自己和纯儿都回不来了，在以后的岁月中，希望无影能够帮助拓跋将军的儿子振兴大梁国！

无影看完信，发现雪姬正直直地盯着自己，就非常认真地说道：

“臻华和纯儿万一有什么意外，我帮助大梁国那责无旁贷，因为臻华、纯儿和傲兄都是我最好的朋友，但是现在，说这些为时尚早，现在最主要的，是去救他们！”

雪姬的眼睛立刻就放出了光来，她现在最大的心愿，就是无影会出手相助臻华！

“我也去！”雪姬说道。

“臻华不是让你守在大梁国吗？”

“大梁国现在很稳定，我跟你们去，我保证，我去了之后会保护好自己，不管臻华是否脱险，我只看他们一眼，就马上返回大梁！”

无影犹豫了片刻，还是答应了雪姬的请求，于是，一行人立刻起程，朝着西蜀军营而来。

他们已经够快的了，这一路上，几乎都没有休息，可还是迟了，当他们赶到的时候，正是将近第二天正午，“侍卫”和武陵正在跟丝丽苔商讨再次作法的事情。

其实与其说是商讨，不如说是逼迫，因为丝丽苔不肯再作法了——没有用处：

“你们相信我，真的没有用的，有用的话，我早作了，毕竟我的丈夫也失踪了，我也想找到他。但是我真的没有办法再作一次法就让他们重新出现。”丝丽苔苦苦地说道。

可是这个理由“侍卫”和武陵却无法接受，他们更愿意相信，既然丝丽苔能突然把几个人弄走，就能再让这几个人出现！

“要想找到他们，只能到水晶球指示的地方去找。”丝丽苔说道。

“那你能不能让那个水晶球再把话说清楚一些。”“侍卫”尽量和颜悦色地说道，“它现在给出的面积也太大了，而且，至少也得告诉我们，哪个人大概在哪里啊？”

“侍卫”也有他的担心——万一历尽千辛万苦，找到的却是宇文端昊，这算是什么事啊。

面对着“侍卫”的问题，丝丽苔只有苦笑，因为她跟人们解释不清楚水晶球的玄妙，水晶球哪有那么好用。

就在人们争执不下的时候，无影他们来了。

一见到无影，“侍卫”和武陵都像是见了主心骨一样，因为“侍卫”很清楚无影和臻华、纯儿的交情，也知道他的本事，相信他一定会想出办法的。而武陵则是因为多年来，已经习惯了去崇拜西蜀国的这位护龙侍卫，天下第一高手。

无影听明白了事情的经过之后，只觉得眼前一黑！在这一路上，他已经想过了各种可怕的结局，纯儿重伤，或者臻华遇险，但是他真没想到，等待他的是这样一个结果——人没了，而且不是一个人没了，还是四个人一起没了！这该怎么办?!

无影站在高台之上，茫然失措，这是多么可怕的一种状态，在无影这几十年的生命中，他还从来没有过这样的感受。

这时，一直默立在他背后的天象师说话了，只不过，天象师说话的目标是丝丽苔：

“你就是那个用邪术害臻华陛下的人，对吗？”仇人相见，分外眼红，天象师和丝丽苔四目相对，虽然这是他们第一次见面，但是他们心里都清楚，就是眼前的这个人，在上次那场隔着虚空进行的决斗中，险些要了自己的性命！

天象师的手中扣着他的双刀，他已经多年不用刀了，而眼前的这个女人，竟然让他的宝刀又重出了刀鞘！

与天象师正相反，丝丽苔面对宿仇的态度却是悲哀低回，仿佛一只将死的仙鹤，即使在不发出鸣叫的时候，人们都能感受到它的悲啼。

丝丽苔无力地抬起眼帘，望着天象师：

“对，当初是我害了臻华，而这次我又要害方子纯，却没想到，竟然连累了我的丈夫。我也知道你是谁，上次和我对决的是你，救了臻华的也是你，你差点儿要了我的命！但是我现在没有力气和你打了，你要想杀我，就杀吧。但是我现在肚子里有孩子了，所以我只求你，等我生下孩子之后，再杀死我。”

天象师没想到丝丽苔竟然说出了这样一番话来，他愣怔了一下，才说道：

“我不是要杀你，至少现在我不想杀你。刚才我听你跟他们说，今天无法再作法救臻华陛下他们回来，所以，我想问一问你，为什么不可以，如果我们两个联合作法，有没有可能？”

原来，天象师是想和丝丽苔联手来救臻华他们。

“联合作法？”丝丽苔的眼睛一亮，但是随即就又暗淡了下来，“恐怕不行的，我们所学的不是同一种功法。”

天象师淡定地说道：

“我倒觉得可以试一试，各种功法，其实都是殊途同归的，现在为了救人，也说不得要放手一搏了。”

天象师的最后一句话打动了丝丽苔，是啊，为了救人，为了救严冰，真的要放手一搏了。

丝丽苔点了点头，拿出了一直抱在怀中的水晶球，言简意赅地对天象师说道：

“我是依靠水晶球作法的，但是，我却不能完全地控制住水晶球。”

“同样，我是依靠天象作法，我更不能完全地控制住天象！”稍微停顿了一下，天象师又说道，“昨天正午发生这样的大变，天象上一定出现过预警，现在又是正午，正好让我们作法。”

说着话，天象师就和丝丽苔相对坐到了高台之上，太阳笔直地挂在头顶，水晶球在两个人的中央徐徐地旋转着，阳光透过水晶球照到了两个人的脸上，为他们两个人的脸镀上了一层迷幻的光影。

无影等人则站在一旁，愣愣地看着天象师和丝丽苔，因为在这个时候，他们什么忙也帮不上，只能睁大了眼睛，等待着奇迹的出现。

就只见天象师紧闭着双眼，而丝丽苔则圆睁着双目，人们虽然看不懂他们那些复杂的手势，但是通过天象师额头上越来越细密的汗珠，和丝丽苔那越来越苍白的脸色，不难看出，他们两个人现在正在进行着一场非常严酷的战争。

时间慢慢地滑走，天上的太阳开始渐渐向西偏移，而人们深深期待着的身影仍旧没有出现。

终于，丝丽苔和天象师两人同时收手，水晶球回落到了丝丽苔的怀中。

“怎么样？”无影一个箭步就冲了上去，焦急地问道。

天象师缓缓地摇了摇头：

“天象显示，皇后娘娘和严四公子在江南的某个地方，但是相距也很远，宇文皇帝在海边，而臻华陛下……”天象师停下了。

一看天象师这种欲言又止的样子，“侍卫”心中不禁惶恐：

“大师，陛下到底怎么样了？”

天象师的脸上流露出了茫然的神色：

“臻华陛下的情形最怪，我不知道该如何形容，你呢？”天象师看向了丝丽苔。

丝丽苔的目光也有些呆滞：

“可能是有你帮助的缘故，我这次看得清楚了不少，其他三个人我看到的和你一样，而从我这里看，臻华是非常非常模糊的。”

“对，”天象师点了点头，“我看臻华陛下似乎也是在迷雾之中。”

“模糊？迷雾？”“侍卫”缓缓地重复着他们两个人的话，良久才沉声问道，“请你们告诉我事实，陛下是不是，已经遇难了？”

说实话，“侍卫”是鼓起了极大的勇气，才问出这句话的，他真的认为也许臻华已经遇难了，而天象师和丝丽苔却不约而同地选择了一种较为委婉的说法。

可是出乎“侍卫”意料的是，他的问题刚一出口，天象师和丝丽苔竟然同时摇头，并且异口同声地说道：

“不，他还活着。”

“对，他一定活着。”

“如果他死了，天象上会有所显示的。”

“水晶球也会显示的。”

最后，天象师总结道：

“这么说吧，臻华陛下一定还活着，只是我们看不清他的状态，或者说，这种状态，我们太陌生了。”

"侍卫"终于长长地松了一口气——不管怎样,只要人活着就好,只要人活着就有希望!

雪姬一直都默不作声地站在一旁,当她听说臻华和纯儿同时失踪的消息之后,不禁痛断肝肠,险些昏了过去,那一刻,她真的不想活了,只想着追随他们而去。可是雪姬毕竟是一个非常坚强的女子,她强迫自己镇定下来,因为臻华和纯儿在离去之时,都曾经重重地托付过她,所以,她要活下去,只有好好活着,才能照顾好臻华的国家,才能完成臻华和纯儿托付给她的事情。雪姬把痛苦的泪水都咽到了肚子里,默默地跟随着众人,希望自己可以为臻华做些什么。

而现在,作为在场的唯一的现代人,雪姬的思想就要比这些古人们开阔多了,所以,她听了天象师的话之后,最先想到的就是——难道臻华又回了现代?如果真是那样的话,可就太惨了,因为纯儿留在了江南,而臻华却回到了现代,那他们两个真的就是重逢无期了。所以,雪姬问道:

"大师,你能看出臻华陛下现在处于哪个年代吗?"

天象师愣了一下,似乎对于年代这个词不大理解,过了一会儿才说道:

"这一点天象上并没有太明显的显示。"

雪姬总算是松下一口气来,只要还在古代就好,剩下找人的事,就只能一步一步地来了,急也没用。

丝丽苔疲惫地站起身来,可是她刚一动,几个不知何时已经站在了她身后的圣域门徒,就向前一进身,围住了她。武陵一愣,但是马上就明白了,刚才丝丽苔已经亲口承认了,她害人家皇帝昏迷在前,又害人家皇帝和皇后双双失踪在后,所以大梁国的人当然是不会放过她了。

这时,丝丽苔面对着几个乌洞洞的枪口,有些疲倦地开口了:

"你们不用这样,我现在已经什么都不想了,也许大梁国的牢狱对我而言,还是一个很好的地方,在那里至少可以让我安稳地把孩子生下来。我相信,你们就是再恨我,也不会伤及一个无辜的孩子的。不过现在,我还有些事情要做,就在这里做就行。你们如果不放心,尽管看着我就好了。"

"侍卫"轻轻一挥手,命令圣域门徒退下,因为他看出来了,现在的丝丽苔已经是心如死灰,对人不具备任何威胁了。

丝丽苔慢慢地把目光投到了无影的脸上,半晌才说道:

"无影,你知道关于唐婉云的母亲的事情吗?"

一听丝丽苔提到了唐婉云的母亲，无影勃然变色：

“她的母亲现在在哪里？”

看着无影的神情，丝丽苔冷笑了一下：

“你不用这么紧张，我现在就带你去见她。”

无影的眼中露出狐疑的神色，丝丽苔又是一声冷笑：

“你不用疑神疑鬼的，严冰曾经要求过我，告诉你真相，所以，我要完成他的心愿。”

“真相？什么真相？”

“你跟我来吧，让唐婉云的母亲自己告诉你。”

丝丽苔说着话，就走下了高台，无影紧随其后，跟在他们后面的，竟然还有一长串人马，有回鹘的，也有大梁的，甚至还有一队西蜀国的人马。因为武陵现在也只能牢牢地盯住了丝丽苔，盼着她能想出救人的办法来。

在丝丽苔的房间中，无影终于见到了他慕名已久的那位老妇人。她是回鹘族中最聪明的女人，关于她的传说，在回鹘广为流传。

此时，这位传奇般的女人，正躺在床铺上，顶着一张骷髅似的脸庞和一个骨架般的身体。

天象师抢先一步走到了老妇人的床边，把手指按到了老妇人的额角，无影知道，这是天象师在用自己的独门功夫来判定老妇人的真伪。片刻之后，就见天象师扑通一声跪倒在了床边，口中唤道：

“夫人！”

无影心中震动——这个形状已经悲惨之极的老妇人竟然真的是唐婉云的母亲。于是无影也赶紧走过去，向老妇人行礼。因为他虽然贵为皇帝，但是回鹘人对这位夫人的尊重，却是由来已久的了。

老妇人睁开眼睛，慢慢地看向了无影，只看了一眼，她的眼中就涌起了一层泪水：

“陛下，我终于见到你了，你和你父亲长得一样。”

无影握住老妇人的手，柔声说道：

“夫人，能找到你就好，我们很快就回回鹘了，你就能回家了，就能见到婉云了。”

一听“婉云”两个字，老妇人的眼中霎时就射出了一道精光，她那双枯爪一样的手一下子就反过来紧紧地抓住了无影的手，说话的声音也响亮了许多：

“陛下，我有事要告诉你。”

“你先休息，我们以后有的是时间，事情可以慢慢说。”无影柔声安慰道。

“不，我一定要现在就讲。”

无影不知道她为什么如此执著，只好说道：

“那好吧，什么事，您说。”

老妇人并没有马上说事，而是又把目光投到了天象师的脸上：

“你是现在的天象师？”

“正是。”天象师恭敬地回答道。

无影不禁心生佩服，天象师此时并没有穿戴什么特别的服饰，而老妇人在如此差的状态之下，竟然一眼就能认出他的身份来，足见心思何等的清明。

“好，我现在要说的话，非常重要，正好需要天象师在旁边为证。”

听了老妇人的话，无影和天象师都深感意外，因为按照回鹘的习惯，如果需要天象师旁听，那一定就是非常重要的事情。这个在外面已经漂泊了三十年，行将就木的老妇人，会有什么重要的事情呢？

看到天象师和无影都神情肃穆地站立在了自己的床前，老妇人终于闭上了眼睛，然后开始徐徐诉说，那个压在了自己心头将近二十年的秘密。

夜已深沉，无影独自坐在纯儿搭建的那座临时宫殿之中，他暂时住在这里。而天象师则垂首站在他对面。老妇人也被搬到这里了，现在，她已经睡着了，看着她那熟睡的样子，无影真怀疑，她是不是三十年都没睡过安稳觉。的确，今天老妇人是三十年来，睡得最安稳的一夜，因为她虽然还没有回到回鹘，但终究是已经和回鹘人在一起了。

她是睡着了，却把一个天大的难题留给了无影，留给了整个回鹘国……

备受尊重的回鹘皇后唐婉云竟然是弑父的凶手！

“我活着就是为了把这件事说出来，告诉你们，现在我把我知道的都说出来了，请皇帝陛下裁断吧。”这是老妇人最后的话。

“让自己裁断？”可是无影真的不知道这件事该如何裁断！他不是不想替唐婉云辩解，因为唐婉云毕竟从小在圣域长大，心理性格行事作风总会受些影响，而且，她在犯错的时候毕竟年纪还小。

可是，除了唐婉云弑父这件事，老妇人还从丝丽苔那里听来了很多关于唐婉云成为回鹘国皇后之后的恶行，包括曾经一心想着毒杀无影，好取而代之！

无影不愿意相信这是真的，可是这毕竟是从唐婉云的母亲口中说出来的。她的母亲又是一位那么睿智的女人，如果不是心中已经有了确凿的答案，她又怎么会诬陷自己的亲生女儿？

无影的心中如同翻江倒海一般，纷乱不休，正在这时，武陵忽然来了。

面对武陵的深夜造访，无影有些疑惑，而且以他现在的心情，也实在是不宜于处理国事，他本想回绝了武陵，告诉他有什么事明天再说。但是，转念一想，现在西蜀国毕竟正是动荡之际，而且怎么说西蜀国也算是自己的半个故乡，所以，还是接待了武陵。

武陵进来之后，刚一开口，就把无影弄得愣住了。因为武陵对无影的称呼竟然是：

“无影将军。”

“无影将军！”这是自己过去在西蜀国的旧称，无影没想到武陵会这么称呼自己。他一时不知道该如何应对。武陵继续说道：

“请将军恕我言语冒犯，因为我今天深夜前来，真正的愿望，是想以下属的身份来见将军，而不是以使臣的身份来见回鹘的皇帝。”

无影仍旧愣怔，过了一会儿才说道：

“既然武陵将军提起西蜀国的旧事，那就是说，武陵将军是为了西蜀国而来了。”

“的确，我来，就是想请将军看在往日的情分上，帮助西蜀国渡过这个难关。”

无影没有马上表态，只是说道：

“说说你的想法。”

武陵苦笑了一声：

“我的能力将军是了解的。平心而论，我只是将才而不是帅才，可现在，我却是这四十万西蜀军的最高长官。如果放在平时，我可能还能应对，可是在现在这种时候，我实在是不知道该怎么决断。我想继续在这里等陛下，可是毕竟不知道陛下什么时候才会回来。万一拖一两个月，冬天就到了，这里就无法再屯兵了。”

无影目光如电：

“你想率军回西蜀国？”

武陵一遇到无影那洞察秋毫的目光，情不自禁地打了个寒战，喃喃地说道：

“我，的确是这么想过，毕竟这四十万大军的家小都在西蜀国，大家都想回去，可是我也知道，回国这件事，大梁国恐怕很难答应。”

"为什么？我是说，为什么你会觉得大梁国不会放你们回国？"

武陵轻叹了一声：

"将军您想，西蜀国和大梁国对抗十年，此次交战，也是我国撕毁的和约，还差一点害死他们的皇帝，这些事情，不管哪一件都是无法化解的冤仇。而现在，大梁国已经把我们团团围困了，他们又怎么会轻易放过我们呢？"

无影不得不承认，武陵说得很有道理，于是问道：

"既然你已经把形势都看清楚了，那你心中到底是怎么打算的呢？"

武陵停了一会儿，仿佛下定了很大决心似的，说道：

"说实话，我是想请将军暂时替我指挥这四十万军队，因为，我实在是不知道该怎么办了。"

"啊!？"

武陵的话一出口，在场的所有回鹘国人包括无影在内，就都愣住了。

武陵根本不等无影做出反应，就飞快地接着说下去，好像生怕会被无影打断拒绝似的。

"无影将军，当年，您和拓跋将军是西蜀国的两大柱石，在我们这些军士的心目中，你们就是战神，是西蜀国的保护神。现在，西蜀国面临危难，只有您能帮助西蜀国了。无影将军，我知道，陛下曾经做过的一些事情，可能您都不赞同，但是现在的事情，并不完全是陛下一个人的事，更多的，是我们西蜀国的事啊！所以，还请将军看在西蜀国百姓的分上，帮我们一把吧。"

武陵的最后一句话打动了无影，是啊，不管端昊做过多少错事，西蜀国的百姓是无辜的。当年，拓跋傲疆和自己最大的心愿，不也是要让西蜀国富强，百姓安居乐业吗？

现在端昊失踪，先不说大梁国会不会乘虚而入，光是西蜀国的内乱，就够让百姓受苦的了。而且，无影也了解西蜀国中的那些所谓宇文皇族，那些人还远不如端昊呢，端昊虽然有野心，虽然做事有些不择手段，但他却是个毋庸置疑的好皇帝，而那些人呢？无影在心中冷笑了一声：

"哼，他们要是做了皇帝，西蜀国真的就民不聊生了。"

"可是，自己现在又究竟该如何做呢？"无影的心中也有些茫然，从感情上，他的确是割舍不下西蜀国，可是从国家的角度上来说，回鹘现在等于已经和大梁签订了战略同盟，帮助西蜀国就意味着背叛和大梁国的同盟关系，如此错综复杂的纠结，也不禁让无影一时难下决断。

无奈,他只好说道:

“武陵将军,你的意思我都听明白了,请你先回去,继续稳定军心,至于其他的事,你给我一段时间,让我好好想一想。”

武陵走了,无影望向天象师:

“大师,您有什么决断?”

天象师的目光深不可测:

“我倒是觉得,西蜀国的事和唐皇后的事,可以并在一起解决。”

“为什么?”无影不解,他不明白这两件风马牛不相及的事情,怎么会联系到一起。

天象师幽幽地说道:

“这只是我的一个念头,也许有失偏颇。”

“你说说看。”

“在这两件事中,有一个共同的关键人物。”

“谁?”

“大梁国的雪姬贵妃!”

“她?”

“对。”

“前段时间,大梁国的内政其实已经操纵在了大梁皇后的手中,皇后娘娘来见宇文端昊之前,把这一切权力都交给了雪姬贵妃。”

“也就是说,雪姬现在掌控着大梁。”

“对。而且,雪姬贵妃还有一个非常奇特的来历,她出身圣域!唐皇后也是在圣域长大的,所以,也许在唐皇后这件事情上,她可以给我们一些建议。”

无影心中一动,他“刷”的一下抬起眼睛,直视着天象师,天象师毫不退避地迎住了无影的目光。两个人用目光做着无声的交流,他们在彼此的眼眸中都看到了相同的东西——能不能想办法给唐婉云一条生路!这是徘徊在两个人心中很长时间的一个念头,此刻,终于被天象师说了出来。

良久,无影沉声说道:

“唐皇后弑父在前,试图谋杀我在后,回鹘是容不下这样的大罪之人的。”

“唐皇后登基以来,为回鹘立下了汗马功劳,而且,天象也从来没有显示过,她对回鹘有邪恶的企图。”

“可是夫人的话……”

天象师接口道：

“这件事，我是这样想的。唐皇后毕竟是在邪恶的圣域长大的，所以才会在小时候就犯下大罪。在刚刚准备回回鹘的时候，也许她真的有过恶念，但是这些恶念，在她成为皇后之后就渐渐地消失了。取而代之的，只剩下了对回鹘和对陛下的忠诚。”

天象师的话说得很含蓄，但是无影却听明白了其中的意思：

“是啊，对回鹘的忠诚，对自己的感情！”无影纵然是铁石心肠，也能看出来，唐婉云对于自己的的确确是一往情深的。

“可是，你也知道我们回鹘的律法，如果放过了唐皇后，我们怎么向回鹘交代，又怎么向方巴族交代呢？”

雪姬现在也在这座临时宫殿中，她正好就住在纯儿曾经住过的房子里，屋中的一切，都让雪姬黯然神伤。因为她的心中，总有一个可怕的念头在旋转——臻华，很可能又回到了现代。可是这件事，她却没有办法和任何人去商量，因为这里除了她就再也没有一个现代人了，没有人能够理解这种事情。

雪姬手中还掌握着圣域的一部分功法，这部分功法足以把她自己也送回现代，让她追随臻华而去。可是，雪姬却不能这么做，纯儿和臻华把那么多的责任交给了她，而且纯儿现在还在江南的某一个地方漂泊，她不能那么自私地一走了之！她必须留下来，完成自己的使命。这种滋味，比完全的束手无策，更让人痛苦，雪姬的心中就像是滚油在煎熬一样。

这时，忽然有人来报，说是无影皇帝有请。雪姬一愣，不知道三更半夜的无影突然找自己干什么，但是无影和大梁国关系深厚，尤其是现在这个时候，更顾不得什么礼仪规矩了，雪姬毫不迟疑地就来了无影的居处。

一看到无影，雪姬不禁吓了一跳——才多半天的时间不见，无影竟然就像变了一个人一样，整个人都被包围在了浓得化不开的愁绪之中。

“无影陛下，你这是怎么了？又出什么事了？”一个“又”字道出了雪姬心中多少的无奈——是啊，这段时间以来，出的事情太多了。

无影叹息了一声：

“雪姬，现在我不称呼你为贵妃，你也不要喊我陛下，我们两个就当是朋友那样谈谈好吗？毕竟，我们都是臻华和纯儿的朋友。”

“没问题。”雪姬痛快地答道。

“雪姬，我真的是遇上一件很严重的事情，比臻华他们失踪还要严重，因为，臻华他们失踪了，我们只要按照天象的提示去找就可以了。可是我现在面对的这件事情，却一点儿都不知道该如何解决。”

“那么棘手？到底是什么事情？”

无影又是一声叹息：

“是关于婉云的。”

“她，怎么了？”

无影也不再隐瞒，把唐婉云所犯的那些罪孽，一五一十地都告诉了雪姬。

听完之后，雪姬也呆住了。她愣怔了良久，眼泪慢慢地涌了上来：

“这不怪她，这真的不能怪她，”雪姬喃喃道，“她进入圣域的时候，才两三岁大。圣域从来就没有教过她要做一个好人，圣域教的都是如何去害人，一直都告诉她，只有把别人都害死了，才能保护自己。她那时还那么小，也只能这么做。”

无影也心中沉痛：

“这些我也想到了，但是，国法无情，她犯的罪的确是太大了。”

雪姬拭了拭泪水，她感到这一切太残酷了，按照她后来得到的消息，唐婉云已经弃恶从善，走上正途了，可是现在，她却要为了童年犯下的滔天大罪付出代价！一个唐婉云，一个柯韵琪，这两个人明明都是出身高贵的天之骄女，都是仙子一样的人物，却偏偏就成了他人权力斗争的牺牲品，命运悲惨至极。想一想，她们自己又有什么错呢？

“真的没有办法通融了吗？”雪姬含泪问道。

无影和天象师相互望了一眼，天象师说道：

“其实，我们深夜把您请来，就是想和您商量一下，看能不能找出救她的方法。”

“找出救她的方法。”可是，正像刚才无影说的那样，国法无情，唐婉云身犯重罪，这怎么救？雪姬也沉默了。

唐婉云赶到西蜀军营的时候，已经是几天之后了。她接到了无影的一封急信，信写得很简单，一是说明西蜀军营中出现了些变故，所以他一时无法离开，二是告诉唐婉云，自己现在已经和唐婉云的母亲在一起了，所以有些事情，需要唐婉云过来一趟，当面谈一谈。

这封信是无影斟酌了很久之后才写的，他知道，凭着唐婉云的聪明，应该能从信中看出端倪。所以,无影才想这样大胆地试探一下她。如果唐婉云发现自己阴谋败露,选择逃跑的话,那就说明她根本没有悔改之心,如果是那样,唐婉云也就不值得救了,无影自然会天涯海角也要抓捕她归案正法。如果反之,他也就可以重新考虑对唐婉云的裁决了。

唐婉云没有逃走,她很快就来了。当无影、天象师还有雪姬见到唐婉云的时候,都愣住了。只见唐婉云穿着一身素衣,脸上没有脂粉,身上也没有珠宝。见到无影之后,她做的第一件事,就是解下佩刀,双手递给了无影。看着无影那不解的神情,唐婉云惨然一笑。

"陛下,"这是她第一次称呼无影为陛下,往日里她都是直接喊他的名字的,不知道为什么,听到唐婉云用如此生疏的称呼喊自己,无影的心中涌起了一阵恻然。

"陛下,我是犯了大罪的人。即使,这次你没有见到我的母亲,我也准备当战局稳定以后向你认罪。我已经想清楚了,人必须为自己的过错付出代价。如果,我继续瞒天过海苟活下去的话,那将是回鹘的耻辱,也是方巴族的耻辱。"

无影一时无言,唐婉云继续说道:

"陛下、大师,我承认,是我亲手杀死了我的父亲。而且,当我知道了我会成为回鹘的皇后之后,又对陛下动了杀心,想毒杀陛下之后,自己成为女皇。而且,我也确实是向陛下投过毒。只是陛下功法高强,没有受到毒药的侵害。其实我用的毒药是很有效的,如果不是陛下,而换成任何一个旁人,都已经被我毒死了。所以,虽然陛下没有被我害死,但是这个罪责我也无法推卸。"

唐婉云深深地吸了一口气:

"二罪并一,却只让我死一回,已经算是宽恕我了,我只有一个愿望,把我押解回回鹘,公开处决,让全天下的人都知道,我们回鹘还有方巴族,都是善恶分明的。"

"婉云……"无影刚一开口,唐婉云就又打断了他:

"回鹘对我太好,而我做了太多对不起回鹘的事情,所以,我选择这种死法,以维护回鹘律法的尊严,这也许是我能为回鹘做的最后一件事情了。"

人们一阵沉默,因为都不知道该说什么。忽然,幕帐后面,传来了一个苍老却清晰的声音:

"好,你总算还是传承了我们方巴人的风骨!"

听到了这个声音,唐婉云的身体重重地一震,本能地,她就知道这个说话的人,是她的母亲!

唐婉云疾走了几步，拉开了幕帐，就见老妇人正仰躺在床上。唐婉云此时真的很想扑上去，扑到母亲的怀中去大哭一场，但是，她却迈不开步子，因为她知道，自己身上的那重重罪孽，已经阻隔住了她回到母亲怀里的路。

唐婉云在离床还有一段距离的地方跪下了，然后重重地叩了几个头：

“母亲，我知道了，我罪孽深重，我会用死来赎罪的。但愿来生，我还能成为方巴族的子孙，然后穷其一生，为方巴和回鹘效力，来彻底赎清这一世的罪孽。”

话音落处，唐婉云已经泣不成声！老妇人始终仰面朝天并没有看唐婉云一眼，只是说道：

“好，你去吧。本来，我还想亲手杀死你，为方巴族除掉你这个叛逆的子孙。但是现在，你既然有心悔改，我就把这个赎罪的机会留给你，等你死后，我会亲手为你收尸，把你当做女儿那样掩埋你。我活不了几天了，但是，只要我活着一天，我就会思念你的，你毕竟是我唯一的女儿！”

老妇人的态度很明确——她会在唐婉云死后，原谅她。

唐婉云跪伏在地上，痛哭不止，而老妇人的眼角也渗出了一颗浑浊的泪珠。

站在旁边的三个人，看着这一幕奇异的母女诀别，都不禁心如刀绞。

过了很久，雪姬仿佛下定了很大决心似的，说道：

“婉云，你跟我来。”说着话，她扯起唐婉云就往外走，唐婉云一个没有防备就被雪姬拉了出来：

“什么事？”唐婉云问。

雪姬并不回答，只是拉着她走到了一个空屋子里，关严了门，然后才死死地盯着唐婉云，分外严肃地说道：

“婉云，我问你一个问题。”

“什么？”

“我现在有办法救你，你愿不愿意听我的话？”

出乎雪姬的意料，听说她可以救自己，唐婉云竟然连眼皮都没眨一下：

“你不用救我，你也知道，凭我的本事，如果想活下去，也不是什么难事，我现在是真的想死，想赎罪。”

“不光是我，无影也不想让你死！”

一听无影也不想让自己死，唐婉云的眼中显出了一道光芒，但是，光芒转瞬即逝：

“他是好意，我明白，但是，我现在是真的想用死来赎罪，你们如果想帮我的话，就满足我这个心愿吧。”

雪姬盯着唐婉云，语气沉重地说道：

“你想过没有，也许有比死更好的方法能帮你赎罪！你死了，就万事皆休了，可你如果活着，就还可以为回鹘为方巴做很多很多的事情！”

唐婉云仍旧不为所动：

“我曾经也这样想过，想努力地多为回鹘做些事情，来赎清我自己的罪孽。可是后来我想清楚了，天下没有不透风的墙，我的罪孽早晚也会传扬出去。到时候，让人们都知道了，回鹘的皇后竟然是一个罪人，回鹘的那些功勋竟然是来自于一个叛逆子孙的成绩，那会让回鹘受辱的。所以，我如果再继续活在回鹘的话，就等于是在侮辱回鹘和方巴。”

“如果，我带你离开回鹘呢？”

唐婉云淡然一笑：

“离开了回鹘，我的生命就没有任何意义了，那和死又有什么区别呢？”

雪姬想了想，又换了一个话题：

“婉云，你听说臻华他们的事情了吗？”

“听说了。”

“现在天象师和丝丽苔都已经明确地指出了纯儿、严冰甚至端昊所在的地点，唯独说不出臻华在哪里。所以，我怀疑臻华一定是又回到了我们来的那个地方。本来我可以回去找他，但是，他和纯儿把大梁国交给了我，我不能离开。所以，我希望你去替我把臻华找回来。因为，只有你有可能找回臻华！”

唐婉云抬起了头：

“我？怎么会呢？”她怀疑地望着雪姬，很明显，她认为雪姬是在骗她活下去。

雪姬看透了她的心思：

“我没有骗你，那里是一个全然陌生的世界，去的人，首先得保证能够在那里活下来，然后才能去找臻华，带臻华一起回来。你绝顶聪明，武功高强，意志坚定，所以，只有你是最适合的人选！”

“可是，我……”

雪姬不容唐婉云说话，就继续说道：

“你想想，臻华是无影最好的朋友，也是纯儿最爱的人，他身上还肩负着整个大梁国的重任。难道，你忍心看到纯儿和臻华就此天涯分隔，永世都不能见面？难道，你忍心看到，大梁国因为失去了这样一个好皇帝，就此走向衰败，民不聊生？难道，你忍心看到无影永远都为了臻华的失踪而无法释怀？婉云，我还是那句话，与其用死来赎罪，真的不如好好活着，多做一些有意义的事情来赎罪！

婉云，听话，我知道你有足够的坚强，活下来，替大梁、替纯儿去把臻华找回来！”

唐婉云的脑子有些混乱：

“可是，我怎么去呢？我去了如果找不到臻华呢？我要是找到臻华又怎么回来呢？说到底，我到底要去哪儿找他呢？”

雪姬深深地吸了一口气：

“你将要去的那个地方，我无法跟你形容，也无法让你理解，一切都只能等你自己去了亲眼看一看才能了解。我会送你去，并且会给你一样东西，让你凭借它回来。少则三个月，多则半年，你就回来，不管能否找到臻华你都回来。而且我相信，在这段时间里，你一定能找到他！”雪姬的眼中闪动着坚毅的光芒，“因为我相信，臻华现在一定也在迫不及待地寻找着回来的方法，毕竟，这里有他的纯儿！那是他心里最深的牵挂！”

唐婉云被雪姬说得有些动摇了，这时雪姬又说道：

“其实我的心里也非常矛盾，因为去现代寻找臻华，并不是一件简单的事情，尤其是对于你这种从来没有去过现代的人，所面临的艰险是无法想象的。也许，你有可能把性命都搭上。”

唐婉云抬起了头，眼中闪出了一抹奇异的光彩，因为她被雪姬这最后一句话打动了。唐婉云觉得，如果她选择苟活，那就一定要去完成最危险的任务，否则，就不足以赎清自己身上的罪孽！

“你答应了？”雪姬敏锐地捕捉到了唐婉云情绪的变化。

“但是我还要去问一问母亲。”唐婉云低声说道。

老妇人依旧仰躺在床上，唐婉云跪在床前，说清了事情的来龙去脉。

良久，老妇人才沉沉地说道：

“去吧，此去不管是生是死，都要把臻华皇帝找回来。”

“是。”唐婉云站起来转身要走。

忽然背后又传来了母亲的声音：

“记住回鹘对你的恩情，因为是无影皇帝想方设法给你创造了这个活下去的机会！”

唐婉云心头剧震，她真没想到，这一切竟然会是无影的安排，她转头望向雪姬。雪姬望着她，无言地点了点头，唐婉云的眼中涌上了一层泪水。她用力控制了一下自己的情绪，对着雪姬问道：

“我什么时候上路？”

“你还去向无影告别吗？”

唐婉云眼中含泪摇了摇头：

“不了，只请你转告给无影，我一定会找到臻华，送他回来的。还有，如果有可能，我愿意一辈子做他的妹妹。”

“妹妹？”雪姬不解，她当然也知道唐婉云对无影的感情。

唐婉云却再也不肯解释了，只是说道：

“没错，从此后，我就是他的妹妹。”

唐婉云走了，去到了那个她一丁点儿都不了解的现代，去寻找臻华。而丝丽苔则孤身一人去了江南西蜀国，因为水晶球告诉她，纯儿和严冰应该在那附近。丝丽苔已经下定了决心，无论如何，一定要找到严冰，去祈求他的原谅。而端昊呢？他自己能够找到重新返回西蜀国的路吗？

尾声

西蜀国，十六年后，拓跋傲疆的儿子已经成为了一位优秀的少年皇帝，风姿气魄甚至胜过了当年的宇文端昊。端昊信守了所有的诺言——治理好西蜀国，禅让皇位，实现两国统一，而且真的没有再宠幸过任何女人！

今天，丝丽苔带着严冰的儿子如约前来了，密室中，端昊和丝丽苔相对而坐，良久端昊才幽幽地说道：

“谢谢你，不远万里来赴这个约，我的责任已经全部尽完了，所以我想请你把我送到另一个时代去，我要到纯儿的身边去……”